Ralf Schwob

Holbeinsteg

Ralf Schwob

Holbeinsteg

Frankfurt-Krimi

SOCIETÄTS
VERLAG

Satz: Julia Desch, Societäts-Verlag
Umschlaggestaltung: Julia Desch, Societäts-Verlag
Umschlagabbildung: © ina.mija / photocase.de
Druck und Verarbeitung: CPI books GmbH, Leck
Printed in Germany 2017

ISBN 978-3-95542-256-1

Die menschliche Entwicklung bietet zwei Möglichkeiten,
die der Liebe und die der Macht.
Arno Gruen

If there's one thing you can say about mankind,
there's nothing kind about man.
Tom Waits

Für Ilka
(We're one but we're not the same…)

1

Du hast nicht geglaubt, dass er wirklich kommen würde. Aber er hat dich abgeholt. An einem Sonntag. In seinem Auto. Die anderen Männer haben gegrinst und Gesten gemacht. Aber er hat sie gar nicht beachtet. Er trug Jeans und ein weißes Hemd und war glatt rasiert. In seinem Auto roch es nach Holz und Leder. Du hattest dich schön gemacht. Ein enges Top. Ein kurzer Rock. Hohe Schuhe. Parfum. Männer mögen das. Er auch. Gesagt hat er nichts, aber dir im Auto immerzu auf die Beine geschaut. Männer machen das. Das ist so. Wahrscheinlich überall auf der Welt. Du hast damit gerechnet, dass er dich anfassen will. Du bist schließlich nicht naiv. Aber der Mann hat dich nur angesehen. Und dabei gelächelt. Er hat gefragt, ob du Kaffee trinken möchtest, und du hast ja gesagt. Aber das Café am Marktplatz war geschlossen. Wegen Geschäftsaufgabe. Die Tische und Stühle auf dem Platz waren zusammengekettet und glänzten in der Sonne. Die Luft roch nach Frühling. Der Himmel war blau. Du wärest gern mit dem Mann in einem Cabrio gefahren. Du hattest eine Sonnenbrille dabei. Ein Kopftuch auch. Aber du hättest deine Haare auch im Fahrtwind wehen lassen, wenn der Mann das gewollt hätte. Doch der Mann hätte viel lieber mit dir in diesem Café gesessen. Er war ganz unglücklich und verärgert deshalb, und da hast du gelächelt und gesagt: Es ist nicht schlimm. Aber der Mann hat gesagt: Doch, es ist schlimm. In seinem Gesicht war jetzt kein Ärger mehr. Da war etwas anderes, und du hattest auf einmal Angst. Dann hat er gelacht und gesagt, es sei nur Spaß. An der Tankstelle hat er zwei Becher Kaffee mit Milch und Zucker gekauft. Er hat gesagt, ganz in der Nähe gäbe es einen Park und einen See. Ob du in den Park oder an den See wolltest? Du hast auf deine Absatzschuhe gezeigt und gelacht, und da hat er auch gelacht und gesagt: Das sind sehr schöne Schuhe. Ihr habt den Kaffee in seinem Auto getrunken. Auf einem Parkplatz gleich bei der Tankstelle. Im Radio lief ein Lied, das du kanntest. Du hast die Melodie mitgesummt. Der Mann hat dich gefragt, ob du Musik magst und ob du dir ein besseres Leben wünschst, und dabei auf deine Brüste geschaut. Du hast genickt und gesagt, dass du dir ein besseres Leben wünschst. Der Mann hat auch genickt und einen kleinen Schluck Kaffee getrunken. Du hast auf irgendetwas gewartet. Dass er seine Hand auf dein Knie legt vielleicht. Oder, dass er sich zu dir herüberbeugt. Aber der Mann hat nur geredet. Ohne dich dabei anzuschauen. Er hat gesagt, dass man für ein besseres Leben manchmal Opfer bringen müsse. Ob du bereit seiest, Opfer zu bringen? Du hast nicht verstanden, was das heißen soll: Opfer bringen. Da hat er es dir erklärt, ganz ausführlich und geduldig, und dich dann nochmal gefragt. Und du hast einen Moment darüber nachgedacht und dann gesagt, dass du bereit seiest, Opfer zu bringen, wenn er dir dabei hilft. Da hat er gelächelt und sich endlich zu dir herübergebeugt und dir einen Kuss gegeben. Einen ganz leichten Kuss auf die Wange.

***

Larissa Winterkorn erwachte, als der Wagen durch ein Schlagloch fuhr. Sie sah den Rücken des Fahrers und hörte, wie der

Mann leise fluchte. Sie wusste nicht, wie er hieß, weil sie aufgehört hatte, die Fahrer nach ihren Namen zu fragen. Es schien ihnen unangenehm zu sein. Manchmal standen sie rauchend auf dem Hof, wenn Philipp und sie im Haus mit den Frauen redeten.

Beim nächsten Schlagloch erwachte auch Philipp, rieb sich die Augen und sah Larissa verwirrt an. Er trug einen beigefarbenen Anzug über dem weißen Hemd, die beiden oberen Knöpfe waren geöffnet und die Krawatte hing ihm lose um den Hals.

„Sind wir schon da?" Seine Stimme war nur ein heiseres Krächzen. Er räusperte sich und fragte erneut: „Sind wir schon da?"

Sie schüttelte den Kopf. Der Fahrer hielt eine Hand hoch und zeigte ihnen seine fünf ausgestreckten Finger.

„Was heißt das jetzt?"

„Keine Ahnung." Larissa hob die Schultern. „Fünf Minuten?"

„Frag ihn."

Sie beugte sich nach vorne und berührte den Fahrer leicht an der Schulter. Als er daraufhin kurz den Kopf in ihre Richtung drehte, konnte sie seinen Zigarettenatem riechen. Sie musste gar nicht fragen, der Mann begann sofort, sich zu rechtfertigen.

Larissa ließ sich wieder auf den Rücksitz des Kleintransporters fallen. Philipp sah sie gespannt an.

„Und? Was hat er gesagt?"

„Er sagt, es sei nicht mehr weit. Ich glaube, er hat sich verfahren."

„Scheiße."

Ja, dachte Larissa, Scheiße. So konnte man das auch nennen. Sie war 25 Jahre alt und hatte vor einem Jahr ihre Magisterarbeit in Slawistik geschrieben, alle Prüfungen mit Auszeichnung bestanden und sich schon auf dem besten Weg gesehen, eine der begehrten Doktoranden-Stellen zu ergattern. Reine Formsache, hatte ihr Prof damals augenzwinkernd gesagt und mit ihr bereits über mögliche Themen der Arbeit gesprochen. Sie war sich ihrer Sache so sicher gewesen, dass sie das Schreiben, in dem er ihr ein paar Wochen später schließlich mitteilte, sich nun doch für einen anderen Bewerber entschieden zu haben, dreimal lesen musste, um es glauben zu können.

„E departe?", fragte sie den Fahrer noch einmal von ihrem Platz aus, aber der Mann tat so, als habe er sie nicht gehört. Larissa sah nach draußen. Ein undurchdringlicher Wald breitete sich zu beiden Seiten des Weges aus, manchmal streiften überhängende Äste die Wagentüren.

Sie hatte in den letzten Monaten viel Armut gesehen. In der Ukraine. In der Slowakei. Auch in Polen. Aber das hier war der traurige Höhepunkt. Dörfer, die keine Dörfer mehr waren, sondern Ruinen. Häuser ohne Türen und Fenster. Eingefallene Dächer. Rußgeschwärzte Wände. Und Menschen, die in selbstgezimmerten Bretterverschlägen hausten. Kein Strom, kein fließendes Wasser. Rumänien. Das Armenhaus Europas. Sie war sich noch nicht einmal sicher, ob die Straße, auf der sie fuhren, überhaupt für den motorisierten Verkehr vorgesehen war.

Erneut wurde der Wagen durchgeschüttelt, die Stoßdämpfer quietschten erbärmlich und der Fahrer schlug mit der flachen Hand aufs Lenkrad. Philipp schüttelte den Kopf und sagte: „Weck mich, wenn wir da sind."

Philipp hatte sie eine Woche, nachdem sie den Brief ihres Professors erhalten hatte, kennengelernt. Noch am selben Tag war sie zur Uni geradelt, um ihn in seiner Sprechstunde zur Rede zu stellen. An der Tür zu seinem Büro hing ein Zettel. Wegen Krankheit fielen die Sprechstunde und alle Lehrveranstaltungen des Akademikers aus. Larissa hätte heulen können. Stattdessen starrte sie auf die Aushänge am Schwarzen Brett, las von einem freiwerdenden WG-Zimmer im Ostend (nur an Nicht-Raucher) und einer Mitfahrgelegenheit ins Saarland, von verlorenen Taschen und verbilligter Fachliteratur – von all dem Kram, der vor ein paar Wochen noch ihr Leben gewesen war und der für sie jetzt keine Rolle mehr spielte – und dann traten ihr doch die Tränen in die Augen. Sie hatte sich so sehr auf die Promotionsstelle verlassen, dass sie sich erst gar nicht um etwas anderes bemüht hatte. Und nun? Nun würde sie den Gang nach Canossa antreten müssen.

Canossa lag eine knappe Autostunde von Wiesbaden entfernt im Taunus. Dort, am Rande eines kleinen Städtchens, stand ein Haus auf einem Grundstück, das direkt an den Wald grenzte. In diesem Haus gab es Abstellkammern, die größer waren als jedes Studentenzimmer in Frankfurt. Wenn sie dort ankäme, stünde draußen auf der Terrasse vor diesem Haus natürlich nicht der Papst, sondern Larissas Vater. Sie sah ihn schon vor sich, wie er dort steht und in den dunkler werdenden Wald blickt, ein Glas Spätburgunder in der Hand. Er schüttelt den Kopf und lächelt milde über seine naive Tochter. Drinnen bezieht unterdessen die Mutter schon das Bett in Larissas altem Kinder- und Jugendzimmer, später wird sie für alle etwas kochen, und dann werden sie wieder wie früher um den großen Esstisch im vorderen Zimmer sitzen und sich schweigend die Schüsseln über den Tisch reichen.

Larissa rieb sich mit dem Handrücken über die Augen. Am linken Rand der Anschlagtafel baumelte ein blauer Handzettel mit einem Job-Angebot. Die Pro East GmbH suchte Absolventinnen im Fach Slawistik für eine interessante Tätigkeit in Osteuropa. Zwei slawische Sprachen sollten die Bewerberinnen fließend beherrschen und möglichst gute Kenntnisse in einer dritten mitbringen. Die einzige weitere Einstellungsvoraussetzung war hohe zeitliche Flexibilität. Larissa riss den Zettel von der Wand. Der Aushang war auf den gestrigen Tag datiert. Wenn sie in den nächsten Monaten einem potentiellen Arbeitgeber neben der sicheren Beherrschung slawischer Sprachen eines garantieren konnte, dann war es ihre hohe zeitliche Flexibilität.

Eine Woche später saß sie Philipp in einem kleinen Büro in Frankfurt-Niederrad gegenüber. Die Räumlichkeiten der Pro East GmbH waren in einem mehrstöckigen Wohn- und Bürohaus aus den Siebzigerjahren untergebracht. Auf dem Flur im zweiten Stock befanden sich außerdem noch eine Zeitarbeitsfirma, eine Anwaltskanzlei und eine Zahnarztpraxis, aus der man ab und zu durch die Wände das surrende Geräusch eines Bohrers hören konnte.

Larissa hatte erwartet, dass es sich bei dem Job um eine Stelle als Reiseleiterin handelte. Sie würde in einem schwankenden Bus vorne gleich neben dem Fahrer stehen und um ihr Gleichgewicht kämpfen, während sie in ein Mikrofon sprechen und den bildungshungrigen deutschen Rentnern in den Sitzreihen vor ihr etwas über die Geschichte und Kultur Krakaus, Kiews oder Sankt Petersburgs erzählen würde. Sie würde sich um deren Beschwerden kümmern und mit dem Hotelpersonal in der Landessprache verhandeln müssen, wenn die Matratzen in den Zimmern zu weich und die Frühstückseier am Morgen zu hart waren. Dann wieder Sightseeing, Larissa mit einem roten Regenschirm in der Hand. Sehen Sie hier, schauen Sie da.

Aber in Philipps Büro gab es keine vierfarbigen Prospekte oder Pappaufsteller über Bus- und Fernreisen. Es gab einen grauen Aktenschrank, eine leere Ablage und zwei halb vertrocknete Topfpflanzen auf dem Fensterbrett, welche die Trostlosigkeit des Raums noch unterstrichen. Philipps Schreibtisch war bis auf Tastatur, Maus und den Flachbildschirm des Computers ebenfalls vollkommen leer. Dafür gab es Kaffee, den Philipp gleich zu Beginn ihres Gesprächs selbst aus einem kleinen Nebenraum holte. Er hatte sich ihr als Herr Hofmeister vorgestellt, sie etwas länger, als es unter den gegebenen Umständen höflich gewesen wäre, gemustert und dann gesagt: „Sie werden sich sicher fragen, was wir hier so machen und was Ihre Aufgabe bei uns sein soll."

Larissa nippte an ihrem Kaffee und bejahte.

„Kurz gesagt: Die Pro East GmbH vermittelt Arbeitskräfte."

Zeitarbeit, dachte Larissa. Damit hatte sie nicht gerechnet. Schöner Mist.

Philipp hob die Hände und lächelte: „Ich weiß, was Sie jetzt denken, Frau Winterkorn: Dass wir Sie für einen Hungerlohn irgendwohin vermitteln wollen."

Genau das hatte sie gedacht, schüttelte aber vehement den Kopf.

„Ich kann Sie beruhigen", sagte Philipp Hofmeister, zog einen blauen Schnellhefter aus einer Schublade und legte ihn zwischen sich und Larissa auf den Tisch. „Wir vermitteln junge Arbeiterinnen aus Osteuropa an Firmen in Deutschland. Wir werben die Frauen direkt in ihren Heimatländern an, und sie erhalten Verträge nach deutschem und EU-Recht. Eine Ausfertigung in Deutsch und eine in ihrer Muttersprache." Philipp schob Larissa den Schnellhefter über den Tisch und forderte sie mit einem Kopfnicken auf, sich die Unterlagen anzusehen.

Tatsächlich befanden sich in der Mappe Norm-Arbeitsverträge in Deutsch und Übersetzungen in mehrere slawische Sprachen.

„Und was verdienen die Frauen so?"

„Interessiert es Sie nicht zunächst einmal, was Sie bei uns verdienen können?"

Larissa erschrak. Genau deshalb war sie doch eigentlich hier. Um Geld zu verdienen. Es hatte keinen Sinn, sich als sozial engagierte Akademikerin zu präsentieren, damit war hier nicht zu punkten. Sie war hergekommen, damit sie im nächsten Monat ihre Miete bezahlen konnte, ohne ihre Eltern anzubetteln.

„Doch, doch", lenkte Larissa kleinlaut ein, „natürlich interessiert mich das."

Philipp nickte und trank einen Schluck Kaffee. Nachdem er die Tasse wieder abgestellt hatte, klopfte er mit dem Nagel seines Zeigefingers gegen den Tassenrand. „Schauen Sie, selbst unser Kaffee hier ist aus fairem Handel!"

Philipp lachte und Larissa lachte mit ihm, wurde aber das Gefühl nicht los, dass hier irgendetwas nicht stimmte. Der Typ war kaum älter als sie, sah aus wie jeder x-beliebige BWL-Student an der Uni, hatte sie aber jetzt schon völlig aus dem Konzept gebracht. Er hatte sie dazu bewegt, über Geld zu reden, noch bevor sie überhaupt wusste, was sie dafür tun sollte.

„Wie ich schon sagte", fuhr Philipp fort, „wir werben direkt in den Herkunftsländern an. Dazu brauchen wir seriöse, mehrsprachige Mitarbeiterrinnen, die übersetzen und auch mal zwanglos mit den Frauen plaudern können."

„Und das wäre dann mein Job."

„Richtig."

„Und wie geht das genau vor sich?" Beinahe hätte sie gefragt, wo der Haken an der Sache ist.

„Wir rufen Sie kurzfristig an, wenn eine Fahrt ansteht. Wir fahren mit einem eigenen Kleinbus, das ist bequemer. In

Deutschland fahre ich, im entsprechenden Zielland haben wir einheimische Fahrer."

Larissa nickte und versuchte ihre Überraschung zu verbergen, dass er als Chef offenbar selbst bei allem dabei war.

„Wir stehen noch ganz am Anfang unserer Firmentätigkeit", sagte Philipp Hofmeister, als habe er ihre Gedanken gelesen. „Außer mir und einer Buchhalterin in Teilzeit, die auch ab und zu Telefondienst macht, besteht die Pro East GmbH nur aus freien Mitarbeitern in den Zielländern."

Philipp hielt einen Moment inne und sah aus dem Fenster, sein Geständnis schien ihm ein bisschen peinlich zu sein. Dann wandte er sich wieder an Larissa, lächelte und fügte hinzu: „Und natürlich aus Ihnen, wenn Sie möchten."

Larissa sagte nichts und blätterte in dem Hefter mit den mehrsprachigen Verträgen. Zielländer, dachte sie, das klingt nicht nach Arbeitsvermittlung, sondern als wollten sie dort einmarschieren. Und der Chef? Ein Ein-Mann-Betrieb. Möchtegern-Yuppie.

„Ach ja, zu Ihrer Frage von vorhin. Sie wären bei uns natürlich ab dem ersten Tag sozialversicherungspflichtig angestellt und bezögen ein Festgehalt."

Diese Frage hatte Larissa überhaupt nicht gestellt, aber sie musste zugeben, die ganze Zeit daran gedacht zu haben. Mit einem Festgehalt hatte sie nicht gerechnet. Eine halbe Stunde später verließ sie das Büro mit einem unterschriebenen Arbeitsvertrag.

Der erste Anruf kam zwei Wochen später. Die Fahrt ging nach Tschechien. Philipp fuhr bis über die Grenze nach Eger, dort übernahm ein Fahrer, der offenbar leidlich Deutsch sprechen und verstehen konnte, es aber über weite Strecken vorzog zu schweigen. Philipp setzte sich zu ihr nach hinten in den Bus und schlief mit dem Kopf an der Scheibe sofort ein. Auf der langen Autobahnfahrt am Morgen hatte er ihr das Du angeboten und Larissa war nicht mutig genug gewesen, es abzulehnen. Schon nach ihrem ersten Treffen war sie sich ziemlich sicher gewesen, dass Philipp früher oder später versuchen würde, sie anzumachen – aber bereits an diesem ersten Abend wurde ihr klar, dass sie sich darüber keine Sorgen machen musste.

Sie übernachteten in einer schlichten, aber sauberen Pension in der Nähe von Ostrava. Im kleinen Gastraum der Herberge waren außer ihnen keine Gäste und nach dem Abendessen ging Philipp sofort schlafen. Der erste und der letzte Tag seien für ihn immer am anstrengendsten wegen der Fahrerei, entschuldigte er sich bei Larissa, schlagkaputt sei er da jedes Mal. Philipp gähnte, wie um seine Ausführungen zu untermauern, und Larissa, die froh war, noch ein bisschen allein sein zu können, ließ ihn ziehen.

Als Philipp den Raum verließ, kam gerade der Fahrer von draußen zurück. Larissa sah, wie die beiden Männer einen schnellen Blick wechselten, dann verschwand Philipp die Treppe hinauf. Larissa bestellte sich ein Budweiser, trank das Bier in kleinen Schlucken und hing ihren Gedanken nach. Sie bemerkte, wie der Fahrer, der sich an die Theke gesetzt hatte, von Zeit zu Zeit zu ihr herübersah und lächelte. Larissa beschloss so zu tun, als bemerke sie es nicht.

Später, als sie nach oben in ihr Zimmer ging, stieß sie im Treppenhaus mit einem jungen Mann zusammen, der sich im Gehen das Hemd zuknöpfte. Er roch penetrant nach Aftershave, obwohl er außer einem zarten Flaum auf der Oberlippe noch gar keinen Bartwuchs entwickelt hatte. Larissa schätzte den verstörten Jungen auf höchstens 17 Jahre und sah ihm verwundert hinterher, als er, sich immer wieder auf Tschechisch entschuldigend, an ihr vorbeidrängte und die schmale Treppe hinabstieg. Als sie am oberen Treppenabsatz angekommen war, sah sie, dass die Tür zu Philipps Zimmer nur angelehnt war. Der gedämpfte Schein der Nachttischlampe war durch den Türspalt zu sehen und das Prasseln der Dusche im Badezimmer zu hören. Larissa zog mit einer schnellen Bewegung die Tür ins Schloss und begab sich in ihr eigenes Zimmer. So war das also auch geklärt.

„Frag ihn noch mal!" Philipps Aufforderung riss Larissa aus ihren Gedanken. Offenbar fand ihr ansonsten tiefenentspannter Chef nun doch keine Ruhe mehr. „Das gibt's doch gar nicht, der muss doch wissen, wo wir sind!"

Larissa nickte. Sie konnte Philipps Unruhe verstehen. Draußen wurde es schon langsam dunkel und die Felder, Wiesen und kleinen Wäldchen um sie herum verloren in der Dämmerung zunehmend ihre Konturen. Es war auch bereits eine ganze Weile her, seit sie an einem Haus oder Hof vorbeigekommen waren. Das Letzte, an das sich Larissa erinnerte, war ein unverputztes, zweistöckiges Gebäude mit Löchern im Dach, von dem sie nicht hätte sagen können, ob es überhaupt bewohnt gewesen war. Zumindest schien der Wagen jetzt wieder festeren Boden unter den Reifen zu haben.

Noch bevor Larissa fragen konnte, drehte sich der Fahrer zu ihnen um und verkündete, dass sie jeden Moment am Ziel seien. Zuerst glaubte sie ihm nicht, aber dann fingen die Scheinwerfer des Buses tatsächlich eine hüfthohe Mauer ein, an deren Ende sich ein Tor öffnete.

Sie fuhren auf einen grob gepflasterten Hof und hielten auf halber Strecke vor einem Haus, das bis auf ein Licht im Erdgeschoss komplett dunkel war. Larissa schloss die Augen.

Warum hatte sie sich auf diese Fahrt überhaupt eingelassen? Sie beherrschte die Landessprache in Grundzügen durch einen freiwilligen Zusatzkurs, den sie besucht hatte, aber Rumänisch war keine slawische Sprache, und das hatte sie Philipp auch gesagt, doch der hatte sie unbedingt dabeihaben wollen.

Über der kleinen Treppe, die zur Haustür führte, ging ein Licht an. Ein Schattenriss erschien im Türrahmen und sah zu ihnen herüber.

Der Fahrer hatte den Motor abgestellt, war ausgestiegen und drückte seinen Rücken durch. Philipp öffnete die Schiebetür und sprang aus dem Wagen. Er zögerte einen Augenblick, zog sich den Krawattenknoten fest und machte dann zwei Schritte auf das Haus zu. Die kühle Abendluft, die durch die geöffnete Tür in den Bus drang, erfrischte Larissa.

„Komm schon“, sagte Philipp und drehte sich mit ausgebreiteten Armen zu ihr um, „für die Leute hier sind wir doch der Weihnachtsmann!“

Ja, dachte Larissa, als sie ihm zu dem im Zwielicht liegenden Haus folgte, und für manche sind wir der Knüppel aus dem Sack.

***

Manfred Kowalski stand im Ostend und beobachtete den Abriss des Häuserblocks, der einmal das bekannteste Bordell Frankfurts beherbergte. In den Achtzigerjahren hatte sein damaliger Chef ihn und seine beiden Kollegen jedes Mal am letzten Abend nach der Sanitär- und Heizungsmesse ins Sudfass eingeladen. Die Inter-Klo, wie die Messe in Fachkreisen scherzhaft genannt wurde, war alle zwei Jahre ein kleines Highlight im Terminkalender der Firma. Erst Armaturen, Pumpen und Pissbecken angucken und dann ab in den Puff. Kowalski lächelte. Das waren gute Zeiten damals. Zeiten, in denen man mit ehrlicher Arbeit noch richtig Geld verdienen konnte, weil die Kunden erstklassige Handwerksarbeit zu schätzen wussten und vor allen Dingen ihre Rechnungen pünktlich und ohne Wenn und Aber bezahlten. Aber damals war damals und vorbei, und heute war 2014.

Kowalski sah, wie die beiden Bagger ihre Arbeit verrichteten und eine Wand nach der anderen zum Einsturz brachten. Ein paar Badewannen lagen wie angeschwemmtes Treibgut unterhalb des Schuttbergs am Rande des abgesperrten Geländes. Alles vorbei, dachte er und stellte seinen Jackenkragen hoch. Vom Main her wehte es kalt herüber, die Luft roch nach Herbst.

Kowalski sah auf seine Uhr. Er hatte noch Zeit. Zeit, um einen kleinen Spaziergang am Fluss entlang zu machen. Hier unten, direkt am Wasser, schlug ihm der Wind noch heftiger ins Gesicht als oben auf der Straße, aber er entschloss sich, trotzdem auf dem Promenadenweg zu bleiben, und zündete sich eine Zigarette an. Er musste die Flamme des Feuerzeugs mit der Hand gegen den Wind abschirmen und sich mit dem Rücken zum Main drehen, um die Marlboro anzubekommen. Als die Zigarette endlich brannte, setzte er rauchend seinen Weg fort, in Gedanken immer noch bei dem Bordell-Abriss. In den Neunzigerjahren reichte es nicht mehr für Einladungen in den Puff, aber wenigstens kam das Gehalt noch regelmäßig. Dann kam auch das nicht mehr.

Er blieb einen Moment stehen und wurde von einem Jogger in grellbunter Sportbekleidung überholt. Der Tag, an dem nicht der Chef, sondern seine Frau in den Betrieb kam, war ein Tag wie heute: novembergrau, wolkenverhangen und kühl. Sie hatte ihn im Keller gefunden. In seinem Werkraum hatte er ein Loch in die Decke gebohrt, das Gebrösel aus Verputz und Beton vom Boden aufgekehrt, die Bohrmaschine noch einmal gründlich gesäubert und wieder zurück an ihren Platz auf der Werkbank gebracht und sich anschließend an einem Schwerlastdübel in der Decke aufgehängt.

Fast zehn Jahre war das nun schon her. Zehn Scheißjahre, in denen Kowalski keinen Fuß mehr auf den Boden bekommen hatte.

Die Chefin ließ die Firma abwickeln und alles, was nicht niet- und nagelfest war, kam unter den Hammer. Am Ende blieb ihr nur das fast leere Haus am Lerchesberg und ein paar Euro im Monat aus einer Witwenrente. Der Chef hatte spekuliert und verloren. So einfach war das. Aufs falsche Pferd gesetzt. Warnungen in den Wind geschlagen. Und dann war er zu stolz, um es zuzugeben und sich Hilfe zu suchen. Die Chefin schwieg sich aus, und seine beiden Kollegen kapierten einfach nicht, warum der Alte mit niemandem darüber geredet hatte, als noch was zu machen war. Nur Kowalski verstand. Diese Blöße gab sich ein Mann wie der Chef nicht. Der zog lieber die letzte Konsequenz.

Die Zigarette zwischen seinen Fingern war fast bis auf den Filter heruntergebrannt, er schnippte die Kippe auf den Gehweg und trat sie aus. Damals, vor zehn Jahren, hatte er auch daran gedacht, die letzte Konsequenz zu ziehen. Er war 45 Jahre alt, geschieden und arbeitslos. Er stand morgens auf, setzte sich in die Küche und starrte die Wand an, rauchte Billig-Zigaretten und trank Dosenbier, bis er betäubt und benebelt genug war, um durch den Tag zu taumeln. Er ekelte sich vor sich selbst. Die letzte Konsequenz ziehen wie der Chef, diesen Schneid hätte er gern gehabt. Aber Kowalski war kein Mann der letzten Konsequenz. Stattdessen: Arbeitsamt und Arbeitslosengeld. Dann Bewerbungen. Nachqualifizierungen. Nach einem Jahr hatte er wieder eine Stelle als Heizungsbauer, aber überstand die Probezeit nicht. Sein neuer Chef war ein jungdynamischer Besserwisser, und Kowalski konnte nun mal noch nie gut mit seiner Meinung hinterm Berg halten. Die folgenden Jahre waren eine einzige zähe Masse aus Stütze und Schwarzarbeit, zeitlich befristeten Anstellungen und Umschulungsbewerbungen, die allesamt abgelehnt wurden. Seit zwei Jahren verdiente er nun ein Almosengehalt, das hinten und vorne nicht reichte, als Wachmann im Objektschutz.

Kowalski kam an zwei jungen Männern vorbei, die nebeneinander auf einer Bank saßen und kauend auf die Displays ihrer Smartphones starrten. Sie trugen dunkle Anzüge unter ihren Mänteln, weiße Hemden und kaminrote Krawatten. Neben ihnen lagen zwei angebissene Sandwichs in Pappschalen auf der Sitzbank. Er blieb einen Moment stehen und starrte die Männer derart unverwandt an, dass einer der beiden schließlich den Kopf hob und ihn stirnrunzelnd ansah. Kowalski lächelte entschuldigend und ging weiter.

Jedes Mal, wenn er solche Typen sah, musste er an Sven denken. Kreditberater bei der Deutschen Bank. 30 ist er im Frühjahr geworden, ein Häuschen in Bad Soden hat er und eine hübsche kleine Frau. Und wer weiß? Vielleicht hat er mittlerweile sogar schon Nachwuchs und er, Manfred Kowalski, war bereits Großvater und lief hier dumm in der Gegend herum und wusste nichts davon. Kowalski ballte die Fäuste in den Jackentaschen. Er würde das Haus seines Sohnes niemals betreten, solange seine Exfrau dort ein und aus ging. Das hatte er Sven auch unmissverständlich klargemacht. Und statt seinem Vater entgegenzukommen und ein bisschen Verständnis zu zeigen, hatte er ihn einfach nicht mehr angerufen. Er hätte doch seine hübsche kleine Frau sonntagnachmittags einfach mal in seinen protzigen Kreditberater-Schlitten setzen und ihn, seinen Vater, besuchen können. Schließlich war das alte Haus am Landwehrweg auch sein Elternhaus, aber auf diese Idee war der Junge nie gekommen. Kowalski wusste schon, warum. Weil er sich für ihn und das heruntergekommene Haus schämte. Und weil er sich 15 Jahre lang die Lügengeschichten seiner Mutter hatte anhören müssen.

Auf Höhe des Bahnhofsviertels verließ Kowalski die Main-Promenade und stieg die Treppe zur Straße hinauf. Er betrat den Holbeinsteg, der hier über den Fluss führte, und spürte das sanfte Federn der Konstruktion unter seinen Füßen. In der Mitte der Fußgängerbrücke blieb er stehen, sah den Kaiserdom links über der Altstadt in den trüben Himmel aufragen und den Autoverkehr über die Untermainbrücke vor ihm donnern. Er lehnte sich ein Stück über das Geländer und sah hinunter auf den dunkel dahinfließenden Main. An den Holmen hatten Liebespaare Vorhängeschlösser angebracht. Kowalski überlegte, woher er diesen romantischen Unsinn kannte, kam aber nicht darauf.

Aus dem Augenwinkel sah er, dass jemand von der Sachsenhäuser Seite aus auf ihn zukam. Die Person näherte sich zuerst schnell, aber dann verlangsamte sie ihre Schritte und blieb schließlich schnaufend neben Kowalski stehen, der sich nicht bewegte und weiter aufs Wasser hinabsah.

Der Mann war kleiner als er und atmete mit offenem Mund, das schnelle Gehen auf der Brücke hatte ihm offensichtlich schon zu schaffen gemacht. Kowalski sah sich den nach Luft ringenden Kerl neben ihm etwas genauer an: Er trug einen grauen Mantel, der sich vorne straff über seinen Bauch spannte, und fuhr sich unablässig mit einem Taschentuch über die verschwitzte Stirn. Mitte, Ende 50, dachte Kowalski, in miesem körperlichen Zustand und furchtbar nervös. Gerade als der Mann ihn ansprechen wollte, wandte sich Kowalski wieder ab. Eine Zeit lang standen die beiden stumm nebeneinander und starrten aufs Wasser.

„Und? Die Eintracht?“, sagte Kowalski schließlich ohne aufzusehen.

„Bitte? Was?“

Kowalski sah aus den Augenwinkeln, wie der Dicke den Mund öffnete und wieder schloss wie ein Fisch auf dem Trockenen.

„Haben sich von den Bayern mal wieder ganz schön abschießen lassen, was?“

Jetzt schien der andere endlich zu begreifen und nickte eifrig. „Ja“, stammelte er, „aber ja doch, natürlich, die Eintracht, Fußball und so, ja, ja ...“

„Gehst du ab und zu ins Stadion?“

„Nein, das eher nicht.“

„Hab ich mir schon gedacht. Naja, macht nix.“

Kowalski beschloss, das schwitzende Nervenbündel, das sich jetzt mit beiden Händen an der Brüstung festklammerte, noch ein bisschen länger zu quälen.

„Commerzbank-Arena, wenn ich das schon höre“, schnaubte er. „Das ist und bleibt doch unser Waldstadion, oder?“

Der Mann zögerte, hob die Hand zu einer vagen Geste und ließ sie gleich darauf wieder kraftlos aufs Geländer sinken.

„Und?“, fragte Kowalski nach einer Weile leise, „hast du's aufgeschrieben?“

Statt einer Antwort zog der Mann einen Umschlag aus seinem Trenchcoat.

„Telefonnummer auch?“ Er steckte den Umschlag ein und der andere nickte. „Gut, du hörst von uns.“

„Und … und wann kann ich …?“

„Bald, sehr bald.“

„Schön“, sagte der Mann, „sehr schön.“ Jetzt lächelte er sogar. Kowalski hätte ihm am liebsten die Fresse poliert.

***

Das Mobiliar im Sitzungssaal 158 am Amtsgericht Groß-Gerau war funktional. Auf steingrauen Teppichfliesen standen weißgraue Tische und Stühle, allein im nüchternen Rauputz an den Wänden schien sich eine Spur Türkisgrün verloren zu haben. Heiner Schultes sah von seinem Platz aus durch die gegenüberliegenden Fenster und fand es durchaus passend, dass an diesem Vormittag auch draußen außer einem grauverhangenen Himmel nichts zu sehen war. Er hatte seinen Mantel auf dem Stuhl neben sich abgelegt, wo eigentlich sein Verteidiger hätte sitzen sollen, aber er hatte auch diesmal auf einen Rechtsbeistand verzichtet.

Der Richter saß links von ihm hinter seinem Pult, die beiden Stühle, die wohl für Beisitzer gedacht waren, blieben leer. Gegenüber, vor der Fensterfront hatte die Protokollantin hinter einem Flachbildschirm Platz genommen und neben ihr, etwas abgerückt, saß die Staatsanwältin, die Schultes demonstrativ ignorierte und in ihren Unterlagen blätterte.

Der Junge, dem er damals mitten auf der Straße eine verpasst hatte, war mit seinen Ausführungen fertig. Nun betrat sein Kumpel den Zeugenstand, setzte sich und begann sofort zu reden. Er wurde vom Richter unterbrochen und darum gebeten, zunächst Angaben zu seiner Person zu machen. Er heiße Denny. Sei 18 Jahre alt und wohne in Groß-Gerau. Auszubildender. Dann fing er erneut an, seine Aussage herunterzurattern. Es klang, als trage er einen auswendig gelernten Text vor.

Beide Jungs trugen Schlabberjeans und Kapuzenpullis mit irgendwelchen sinnfreien englischen Aufdrucken sowie dünne Turnschuhe, die wahrscheinlich ein Vermögen gekostet hatten. Horden solcher Typen kamen ihm jeden Morgen entgegen, wenn er mit seinem Hund die erste Runde drehte. Entweder sie alberten lautstark herum oder glotzten mit offenen Mündern wie Taubstumme auf ihre kleinen Handybildschirme. Die Welt auf Abruf vor der Nase und trotzdem vollkommen ahnungslos.

Auf einmal sah er sich selbst, wie er, noch keine 20 Jahre alt, vor dem Plakat stand, das ihn immer wieder magisch anzog. Da waren Palmen und Kamele und eine orientalisch aussehende Frau, die ihn mit verführerischem Augenaufschlag ansah. Die große weite Welt, so unerreichbar fern für ein ehemaliges Heimkind, das im Saarland der Sechzigerjahre allenfalls eine Stelle als Hilfsarbeiter ergattern konnte. Palmen und Kamele und exotische Schönheiten. Und das alles rückte dieses Plakat für ihn auf einmal in greifbare Nähe. Man durfte nur keine Angst haben, das war alles. Und Heiner Schultes hatte keine Angst.

Heute warb die Fremdenlegion wahrscheinlich nicht mehr mit bunten Plakaten, sondern mit Filmchen im Internet, um Typen wie Denny und seinen Kumpel anzulocken. Aber diese Generation, die den ganzen Tag nur auf Bildschirme starrte, war dem Einsatz in einem Kriegsgebiet doch ohnehin nicht gewachsen. Bei dem Gedanken musste Heiner Schultes lächeln, obwohl ihm gleichzeitig ein kalter Schauer über den Rücken lief.

Sein Lächeln war der Staatsanwältin offenbar nicht entgangen. Ob er denn irgendetwas an den Ausführungen des Zeugen lustig finde, fragte sie gerade, und erst da wurde ihm bewusst, dass der Junge schon seit einiger Zeit nichts mehr gesagt hatte und der Richter grimmig zu ihm herübersah. Heiner hatte nicht zugehört und schüttelte deshalb einfach nur den Kopf, aber die Staatsanwältin war noch nicht fertig mit ihm.

„Der Geschädigte hat also nach Ihrem Hund getreten und Sie beleidigt, woraufhin Sie den Jungen ohne Vorwarnung angegriffen haben. Soll ich Ihnen nochmal das medizinische Gutachten vorlesen?“ Die Staatsanwältin zog ein einzelnes Blatt aus der Akte, las aber nicht wie angekündigt daraus vor, sondern schwenkte es lediglich vor sich durch die Luft. „Sie haben dem jungen Mann das Nasenbein gebrochen, Herr Schultes, so sieht es aus!“

Heiner schätzte die Staatsanwältin auf Mitte 40. In ihrer dunkelblonden Kurzhaarfrisur schimmerten bereits einige graue Haare. Sie war eine zierliche Person mit herben Gesichtszügen und schmalen Schultern, aber einer sonoren, festen Stimme, die ihr eine natürliche Autorität verlieh.

Was sollte er dazu sagen? Vielleicht, dass die beiden Arschgeigen Rosi jedes Mal ärgerten, wenn sie ihnen unterwegs begegneten. Die übrigen Jungs lachten. Machten Handyfotos. Er zog Rosi dann immer auf die andere Straßenseite. Ging ihnen aus dem Weg. An diesem einen Morgen aber war das nicht möglich gewesen. Rosi hatte Angst bekommen, die Lefzen hochgezogen und geknurrt, der Junge hatte gelacht und ihr in die Flanke getreten.

Heiner hatte mit der Linken zugeschlagen, weil er sich auf die Rechte zuweilen nicht mehr verlassen konnte. Der Punch war nicht besonders hart gewesen, aber platziert. Es war im Grunde auch keine Absicht, kein Plan, kein wirkliches Wollen hinter diesem Schlag. Es war ein Reflex, den er als junger Mann erlernt hatte und den er jetzt im Alter nicht mehr loswurde. Er wusste allerdings, was die Staatsanwältin zu einer solchen Argumentation sagen würde, weshalb er darauf verzichtete, sie überhaupt vorzubringen.

Der Richter sah ihn eine Weile lang schweigend an. „Herr Schultes“, begann er schließlich, „wie alt sind Sie?“

„Ich bin 67 Jahre alt.“

„Siebenundsechzig“, wiederholte der Richter gedehnt. „Und was sagen Sie zu den Anschuldigungen gegen Sie, die wir hier soeben gehört haben?“

Heiner Schultes schürzte die Lippen. „Ich habe mich nur verteidigt. Also, meinen Hund beschützt.“

Der Richter schwieg. Die Staatsanwältin hatte die Augen geschlossen und schüttelte kaum merklich den Kopf.

„Nun sitzen wir hier ja nicht zum ersten Mal“, fuhr der Richter schließlich fort und runzelte die Stirn. Er sah in eine für Heiner Schultes unsichtbare Akte, die er vor sich auf dem Richtertisch liegen hatte.

„Vor nicht ganz zwei Jahren Beleidigung und Bedrohung eines Verkehrsteilnehmers.“ Die Staatsanwältin schien dem Richter auf die Sprünge helfen zu wollen und zitierte aus ihren eigenen Unterlagen.

„Dieser Mensch hätte mit seinem albernen Geländewagen beinahe meinen Hund überfahren, die Bedrohung ging eigentlich mehr von ihm aus …“, versuchte Schultes sich zu verteidigen, aber die Staatsanwältin brachte ihn mit erhobener Hand zum Schweigen.

„Vor etwa einem Jahr haben Sie einem unbescholtenen Mann unterstellt, er lege Hundegiftköder aus, und haben ihn deshalb verprügelt.“

„Das war ein Fehler“, räumte Heiner Schultes sofort ein, „ich habe mich bei ihm entschuldigt.“

„Und eine Bewährungsstrafe haben Sie damals auch von uns bekommen, und jetzt sitzen wir schon wieder hier, weil Sie grundlos zugeschlagen haben, verdammt nochmal!“

„Grundlos stimmt nicht.“

Die Staatsanwältin atmete geräuschvoll ein und betont langsam wieder aus. „Herr Schultes“, sagte sie dann so ruhig und liebenswürdig, als spräche sie mit einem begriffsstutzigen Kind. „Sie können andere Menschen nicht einfach so verprügeln, nur weil Sie sie verdächtigen etwas getan zu haben oder weil sie frech zu Ihnen waren – mein Gott, Sie sind doch kein unreifes Früchtchen mehr, sondern ein Mann mit Lebenserfahrung!“

Die Protokollantin erfasste die letzten Sätze der Staatsanwältin, dann hörte sie mit dem Tippen auf, und es wurde ganz still im Sitzungsaal.

Lebenserfahrung, dachte Heiner Schultes und schluckte. Ja, die hatte er. Nur war es nicht die Art von Erfahrung, die einen gütig und weise machte.

Der Richter wechselte einen schnellen Blick mit der Staatsanwältin, nickte und begann dann wieder, in der Akte auf seinem Tisch zu blättern.

„Wenn ich mir das hier so ansehe“, sagte er schließlich, „dann müsste ich Sie diesmal eigentlich zu einer Haftstrafe verurteilen.“

Heiner Schultes ließ keine Regung erkennen, er schien über das ihm zugedachte Strafmaß nicht im Geringsten überrascht zu sein.

„Ja, ich glaube, das müssten Sie aus Ihrer Sicht der Dinge diesmal wirklich tun.“

Der Richter sog scharf die Luft ein und sah Schultes ungläubig an. „Ist das alles, was Sie dazu zu sagen haben?“

Über Heiner Schultes Gesicht huschte ein müdes Lächeln.

„Herr Richter, ich war in meinem Leben schon an schlimmeren Orten als in einem deutschen Gefängnis.“

***

Die Gäste an den Nebentischen waren verstummt und sahen alle zu ihm herüber. Hatte er etwa geschrien? Die beschürzte Frau wischte mit einem Lappen über den Tisch. Sie hob seine Tasse nicht an, sondern wischte einfach um sie herum. Der Lappen war gelb. Die Frau sagte: Sie können hier nicht schlafen. Ingo Bäumler nickte und sah ihr nach. Ihre Kollegin beugte sich über die Theke, hinter der die Brote in langen Holzregalen lagen, und reckte stirnrunzelnd ihr Kinn in seine Richtung. Die Frau mit dem gelben Lappen tippte sich kurz an die Stirn. Bäumler schloss die Augen. Er hatte geschrien.

Er entschied sich, die Augen wieder zu öffnen, aber den Kopf nicht zu heben. Am besten nie wieder. Er starrte auf die Tischplatte und sah die langsam eintrocknenden Wischspuren, die der Lappen um seine Tasse herum hinterlassen hatte. Er hörte die anderen Gäste wieder ihre Gespräche aufnehmen. Vorsichtig griff er nach seinem Milchkaffee. Er hob ihn an die Lippen und nippte, verzog das Gesicht und spuckte die kaltgewordene Brühe zurück in die Tasse. Am Nebentisch lachte jemand. Ungelenk brachte er den Kaffee-Pott wieder auf die Tischplatte.

Er musste hier raus. Aber allein bei dem Gedanken, aufzustehen und an den anderen Gästen vorbei zum Ausgang zu gehen, brach ihm der Schweiß aus. Er saß an einem der niedrigen Tische direkt an der Vollverglasung. Den Sessel gegenüber hatte er mit seinem vollgestopften Rucksack und dem Parka belegt. Die Heizungswärme hatte ihn schläfrig gemacht, er war eingenickt und im Dämmerschlaf hatte etwas nach ihm gegriffen. Bäumler tastete nach seinen Einkäufen. Die beiden prall gefüllten Tüten lehnten unter dem Tischchen aneinander wie zwei angeschlagene Boxer. Der Wocheneinkauf, den er jeden Freitag hier draußen im Groß-Gerauer Helvetia Parc erledigte. Es gab drei Wege von seinem Haus in das Einkaufszentrum. Einen langen, einen gefährlichen und einen durch die Vergangenheit. Für den langen fehlte ihm manchmal die Kraft und der gefährliche …

Wieder lachte jemand am Nebentisch, diesmal eine Frau. Bäumler wünschte, er wäre bei seiner gewohnten Routine geblieben. Dann wäre er nämlich nach dem Einkauf sofort nach Hause gegangen. Wahrscheinlich wieder über den langen Weg. Na und? Was hatte ihn nur geritten, stattdessen hierher zu gehen? Der Bäckerladen mit dem kleinen Café war morgens um diese Zeit voller Frühstücksgäste. Hatte er wirklich geglaubt, dass das funktionieren würde? Warum nur? Bäumler legte die flache Hand auf den Bauch, so wie man es ihm gezeigt hatte, und atmete tief ein.

Er wusste warum. Weil er am kommenden Mittwoch zu Frau Doktor Körner sagen könnte: Ich habe ein Café besucht. Und sie ihn dann gelobt hätte. Von wegen. Wahrscheinlich hätte sie nur wieder Fragen gestellt: Wie haben Sie sich dabei gefühlt? Vorher? Nachher? Und wie fühlen Sie sich jetzt? Und dafür war er in die Falle hier gelaufen. Die Bauchatmung machte ihn auch nicht ruhiger. Die Angst war noch nicht da, kroch aber schon heran. Er konnte spüren, wie sie unter den Tischen lag und sich zwischen den Füßen der anderen Gäste langsam auf ihn zu schlängelte. Er machte einen Versuch aufzustehen und sank fast augenblicklich wieder zurück in den Sessel. Seine Beine boten ihm keinen Halt, waren aus Gummi.

Draußen hatte leichter Nieselregen eingesetzt und besprenkelte die Scheibe mit kleinen Tropfen. Bleigraue Morgendämmerung. Es wurde nicht wirklich heller, nur weniger dunkel. Der Parkplatz füllte sich. Bald würden auch die anderen Geschäfte öffnen. Der Elektromarkt, die Videothek, die Läden mit den Billigklamotten. Dann würde es hier nur so wimmeln von Menschen.

Am Nebentisch lachte jetzt niemand mehr. Dafür wurde getuschelt. Bäumler sah ein junges Mädchen draußen zwischen den geparkten Autos auf das Café zukommen. Sie hielt sich mit einer Hand eine Zeitschrift über den Kopf, um sich vor dem Regen zu schützen, mit der anderen presste sie ein Handy an ihr Ohr. Sie kam direkt auf die Scheibe zu, hinter der Bäumler saß und sie anstarrte. Sie trug Jeans und eine für das Sauwetter viel zu dünne Lederjacke, sie sprach aufgeregt in das kleine Gerät und kam immer näher, erst kurz vor der Scheibe blieb sie abrupt stehen, verdrehte die Augen und steckte das Handy ein. Das Mädchen biss sich auf die Lippen. Wenn das Glas nicht gewesen wäre, hätte er sie berühren können. Für einen Augenblick trafen sich ihre Blicke, dann zog sie erneut das Handy aus ihrer Tasche und verschwand um die Ecke aus seinem Blickfeld.

Bäumler war sofort auf den Beinen. Er wusste nicht, wie lange sein Körper ihm gehorchen würde, aber er war entschlossen, den Fluchtimpuls zu nutzen. Er schlüpfte in seinen Parka, schulterte den Rucksack und packte die beiden Einkaufstüten. Das Pärchen am Nebentisch saß ganz still und gab sich Mühe, ihn nicht allzu offensichtlich anzuglotzen.

Er nahm den Ausgang ins Visier. Dort musste er raus, bevor das Mädchen reinkam. Sie würde mit dem Handy in der Hand auf ihn deuten und schreien: Der da! Der da! Der da! Sie würde ein Foto von ihm machen, vielleicht hatte sie ja eben durch die Scheibe schon ein Foto von ihm gemacht. Bestimmt hatte sie das.

Bäumler taumelte vorwärts. Die Leute an den Tischen zogen überrascht die Beine ein. Die beschürzte Verkäuferin, die seinen Tisch abgewischt hatte, stand neben dem Eingang und sah ihm kopfschüttelnd hinterher.

Der feine Nieselregen benetzte sofort seine Brillengläser, aber er durfte jetzt nicht innehalten, um sich die Kapuze überzuziehen. In jeder Hand eine Einkaufstüte, den Rucksack voller Konservendosen, stapfte er über den Parkplatz, die Scheinwerfer der Autos verschwammen vor seinen Augen zu einem Brei aus Licht und Regen. Einer hupte ihn an, ein anderer rief ihm etwas zu. Bäumler wich auf den Grünstreifen aus, um den Autos zu entkommen. Seine Schuhe füllten sich mit Wasser.

Zwischen dem Gebäude mit der Videothek und der Zufahrtsstraße zum Einkaufszentrum war eine mit Unkraut überwucherte Senke entstanden, in deren Mitte Ingo Bäumler schwer atmend zum Stehen kam. Die Trageschlaufen der Plastiktüten schnitten in seine Handflächen und er spürte, wie immer mehr Feuchtigkeit in seine Schuhe eindrang. Er setzte die Tüten auf dem unebenen Boden ab. Eine kippte sofort um und ihr Inhalt entleerte sich ins feuchte Gras. Bäumler kümmerte sich nicht darum, zog ein Taschentuch hervor und putzte mit zitternden Fingern die regennassen Gläser seiner Brille. Als er seine Kapuze überziehen wollte, stellte er fest, dass es aufgehört hatte zu regnen. Er sah sich um. Niemand war ihm gefolgt. Die Leuchtreklamen der meisten Geschäfte waren auf einmal erloschen. Die Autos auf der Zufahrtsstraße schossen vorbei und verteilten Spritzwasser. Der Geruch nach in Fett gebratenem Hackfleisch lag in der Luft, das Schnellrestaurant auf der anderen Seite der Straße hatte gerade geöffnet.

Bäumler sammelte seine Einkäufe ein und machte sich an den Aufstieg, überquerte die Zufahrt am Burger King und folgte dem Fußweg, der unter dem Bahndamm hindurch auf die andere Seite in den Ort führte. Die Feuchtigkeit in seinen Schuhen hatte seine Socken durchtränkt, er spürte das Wasser bei jedem Schritt unter seinen Fußsohlen und begann zu frieren.

Der gefährliche Weg führte an der Vorderseite der Berufsfachschule vorbei. Hier waren die Bushaltestellen und ein

Kiosk. Hier musste er immer damit rechnen, auf einen Pulk Schüler zu treffen. Der lange Weg war am sichersten. Er führte noch ein ganzes Stück auf dieser Seite am Bahndamm entlang, bis zu einer kleineren Fußgängerunterführung. Hier gab es nur Feld und Acker. Aber bereits heute Morgen war der unbefestigte Pfad vom Regen der letzten Tage aufgeweicht und verschlammt gewesen. Er würde den dritten Weg zurück nach Hause nehmen: die Abkürzung durch das hinter der Berufsfachschule gelegene Gymnasium.

Der verwinkelte Gebäudekomplex des Oberstufenbaus mit den rot umrahmten Fenstern und den gelben Jalousien stand seit dem Sommer leer. Schüler und Lehrer waren in den Neubau am Groß-Gerauer Bahnhof umgezogen. Die Grünfläche vor den alten NaWi-Räumen war mit Hundehaufen zugeschissen, ein grüner Müllcontainer, aus dem ramponiertes Schulmobiliar ragte, stand vor einem der verschlossenen Nebeneingänge.

Bäumlers Blick ging nach oben zur ehemaligen Schulbibliothek und zu den Räumlichkeiten, in denen früher die Abiturprüfungen abgenommen wurden. Goethes Faust und Schillers Tell. Lyrik der Romantik. Kafkas Schloss. Textimmanente Interpretation. Wie einem alles im Leben zur Falle werden konnte. In den Fensterscheiben des leerstehenden Gebäudes spiegelte sich der wolkenverhangene Himmel.

Er umrundete die Schule und überquerte den verwaisten Lehrerparkplatz am Wasserturm. Der fast 50 Meter hohe Turm war das Wahrzeichen der Kreisstadt und verfügte im oberen Viertel tatsächlich über einen Wasserspeicher, der aber schon lange nicht mehr genutzt wurde. In den Etagen darunter waren Anwaltskanzleien und Ateliers untergebracht. Ganz oben gab es eine Aussichtsplattform, die aber fast nie geöffnet war.

Wenn man zu der Reihenhaussiedlung gelangen wollte, in der Bäumler wohnte, konnte man einen geschotterten Zwischenweg hinter dem Turm nutzen und sparte sich so die Umrundung des Möbelhauses, das die Straße ein Stück weiter vorne keilförmig teilte.

Er beschleunigte seine Schritte. Gleich würde er die Tür hinter sich schließen und aus seinen nassen Schuhen schlüpfen können. Er wollte schon die Straße überqueren, als er seinen Nachbarn bemerkte, der sich ebenfalls dem Haus näherte. Der alte Heiner Schultes hatte die Hände in den Manteltaschen vergraben und schien nach seinem Haustürschlüssel zu suchen. Bäumler wusste einen Moment lang nicht, was er tun sollte. Er hatte keine Probleme mit dem Mann, aber er wollte ihm jetzt nicht begegnen. Er wollte heute überhaupt niemandem mehr begegnen. Noch nicht einmal sich selbst. Sein Nachbar schloss die Tür auf und sofort stürzte sein Hund heraus. Der Terrier umtanzte schwanzwedelnd seinen Herrn, hielt aber plötzlich inne und bellte den kleinen hölzernen Verschlag an, in dem die Mülltonnen untergebracht waren. Heiner Schultes sprach beruhigend auf das Tier ein, das sich nur widerwillig von dem Verhau weglocken ließ. Er sah noch einmal zu den Mülltonnen hinüber, dann zog er kopfschüttelnd die Tür ins Schloss und verschwand im Hausflur.

Bäumler wartete noch einen Moment, dann endlich überquerte er die Straße und legte die letzten Meter zu seinem Heim zurück. Er musste die beiden Tüten absetzen, um die Haustür aufschließen zu können. Seine Finger zitterten. Er war viel zu erschöpft, um die Bewegung hinter den Mülltonnen zu bemerken und das mehrfache Klicken der Fotokamera wahrzunehmen.

2 Larissa hatte sich diesmal vorab im Internet über den Ort informiert, um sich auf die dortigen Gegebenheiten vorzubereiten. Aber auf einen Ort wie Kleinkopisch konnte man sich nicht vorbereiten. Nicht, wenn man sein Leben lang daran gewöhnt war, halbwegs saubere Luft zu atmen. Zwei Fabriken, eine Buntmetallhütte und eine Rußfabrik, hatten den Ort nachhaltig und flächendeckend mit Cadmium und Blei verseucht. Kleinkopisch, das waren verrottete Industrieanlagen und rußgeschwärzte Häuser vor dem Hintergrund der dünn bewachsenen Hügel Siebenbürgens. Ein märchenhaft blauer Himmel spannte sich wie zum Hohn über der Stadt.

Larissa wusste, dass es inmitten der Tristesse einen fast idyllischen Ortskern mit schmucken kleinen Häuschen gab. Malerische Gebäude mit doppelverglasten Fenstern, dichten Dächern und rosafarbenem Verputz. Das Ziel ihrer Reise war jedoch nicht das Zentrum der kleinen Stadt, sondern die etwas abseits auf einer Anhöhe errichteten Wohnblocks.

Der Fahrer hielt am Rand einer vermüllten Wiese und sah mit gerunzelter Stirn zu den Häuserblocks hinüber. Er fuhr vage mit der Hand durch die Luft, als er sich im Fahrersitz zu Philipp und Larissa umdrehte und sagte: „Zigeuner hier. Viel. Nicht gut."

Roma, dachte Larissa, das sind Sinti und Roma, verzichtete aber darauf, den Fahrer zu korrigieren.

Philipp streckte sich und nickte dem Mann begütigend zu. Er wusste natürlich, dass hier oben viele Roma-Familien hausten. Die Stadt kümmerte sich nicht um sie.

Larissa öffnete die Schiebetür des Kleintransporters, stieg aus und sah sich um. Zwei Männer mit bis zum Platzen gefüllten Plastiktüten in den Händen überquerten gerade die Wiese zu den Wohnblöcken. Ein frischer Wind wehte heran und fast augenblicklich begannen Larissas Augen zu brennen.

„Das gute Luft von Kleinkopisch." Der Fahrer, der ebenfalls ausgestiegen war, zündete sich eine Zigarette an und grinste. Er teilte ihr auf Rumänisch mit, dass er hier beim Wagen bleiben und auf sie warten werde, es sei sicherer so. Larissa nickte. Philipp kam fluchend um den Bus herum und rieb sich ebenfalls die Augen. Er trug wie immer seinen beigefarbenen Anzug mit der roten Krawatte, über den er einen eleganten Kamelhaar-Mantel gezogen hatte.

Sie folgten dem Trampelpfad über die Wiese, den auch die Männer mit den Plastiktüten genommen hatten. Die beiden standen jetzt rauchend vor einem der Wohnblocks und beobachteten aus der Ferne, wie Philipp und Larissa sich die Anhöhe hinaufplagten. Gott sei Dank hatte Larissa auf Schuhe mit hohem Absatz verzichtet.

Als sie vor dem Eingang des Hauses ankamen, tauchte wie aus dem Nichts eine Horde verdreckter Kinder auf und umkreiste sie, erst in einigem Abstand, dann immer enger. Larissa zog sich die Jacke vor der Brust zusammen und suchte Philipps Blick, aber der ignorierte die Bande einfach und hielt einem der Männer einen Zettel unter die Nase. Der Mann nahm ihm das Stück Papier aus der Hand und sagte etwas, was Larissa nicht verstand. Philipp wollte seinen Zettel wiederhaben, aber der Mann steckte ihn ein und rief einen Jungen aus der Kinderschar heran, die sich im Halbkreis um die Erwachsenen gruppiert hatte. Der Junge war vielleicht sieben Jahre alt, hatte dichtes schwarzes Haar und trug löchrige Schuhe, die ihm viel zu klein waren. Er hing sich mit beiden Armen an die Klinke der Haustür und zog sie auf, verschwand in dem dunklen Flur und rief Larissa und Philipp ein paar Worte zu.

„Was sagt er?“ Philipp schien sich seiner Sache auf einmal doch nicht mehr so sicher zu sein.

„Wir sollen ihm folgen“, antwortete Larissa, die insgeheim hoffte, dass er sich die Sache noch mal überlegen würde.

„Und was noch?“

„Dass wir keine Angst zu haben brauchen …“

Sie hörten die Schritte des Jungen irgendwo vor sich in dem dunklen Hausflur widerhallen. Larissa entdeckte einen Lichtschalter an der Wand und drückte ein paarmal auf die gesprungene Plastikscheibe, ohne dass irgendwo ein Licht anging.

Langsam gewöhnten sich ihre Augen an das Halbdunkel des Flurs. Sie hörte Fernsehstimmen und Musik hinter den geschlossenen Türen, manchmal polterte es auch, als würden Möbel gerückt. Eine Frau lachte, ein Baby schrie. Im Treppenhaus begegneten sie einem Mann, der erschrocken wieder kehrtmachte, als er sie die Stufen heraufkommen sah.

Im dritten Stock klopfte der Junge an eine Tür. Larissa konnte nicht sehen, ob ihm die Tür geöffnet wurde oder ob er sie selbst öffnete.

Hinter der Tür lag ein Wohnungsflur, wie sie schon so viele gesehen hatte: abgetretenes Linoleum auf dem Boden und verblichene Tapeten an den Wänden. Auf einer Leine, die längs durch den ganzen Flur gespannt war, trocknete Damenunterwäsche und Kinderbekleidung. Am Ende des Gangs lehnte der schwarzhaarige Junge im Türrahmen, er kaute jetzt irgendetwas.

Eine Frau fasste ihn an den Schultern, beugte sich lächelnd über ihn und winkte Philipp und Larissa herein. In der überheizten kleinen Küche roch es nach aufgewärmtem Essen und nassen Schuhen. Vier stark geschminkte junge Frauen saßen um den Tisch herum und plapperten aufgeregt miteinander, verstummten aber sofort, als die beiden Gäste eintraten. Es gab Tee und süßliches Gebäck. Philipp hielt seine übliche Ansprache und Larissa übersetzte, so gut sie konnte. Die Frauen rauchten Zigaretten und nickten ab und zu. Das Fenster blieb die ganze Zeit geschlossen. Für Larissa konnte das Treffen nicht schnell genug vorbeigehen.

Sie hatten schon wieder vor dem Kleinbus gestanden, als die alte Frau auftauchte. Sie kämpfte sich schwankend durch das kniehohe Gras und rief etwas.

„Was will die denn?" Philipp runzelte die Stirn und sah zu dem Fahrer hinüber, dessen Kopf gerade unter der geöffneten Motorhaube des Buses verschwand.

„Wir sollen warten", übersetzte Larissa.

Die kleine, gedrungene Frau trug ein schwarzes knielanges Kleid und ein Kopftuch. Schwer atmend kam sie vor Larissa zum Stehen und hielt ihr ein Foto entgegen. „Elena!"

Larissa schüttelte den Kopf.

„Unde este Elena?"

„Was sagt sie?", fragte Philipp irritiert.

„Ich weiß nicht, sie sucht dieses Mädchen. Es heißt Elena und …" Die alte Frau fing an zu jammern. „Es ist wohl ihre Tochter."

Zu Larissas Überraschung stieß Philipp der Alten grob gegen die Schulter, so dass die kleine Frau fast umgefallen wäre. „Sag ihr, sie soll abhauen!"

„Was soll das denn? Sie tut doch niemandem was!"

Noch bevor Philipp antworten konnte, machte die verzweifelte Frau einen Schritt auf Larissa zu. Sie konnte die Tränen im faltigen Gesicht der Alten sehen. „Elena? Vă rog, vă rog… unde…“

Auf einmal stand der Fahrer zwischen ihnen. Alles ging sehr schnell. Dann lag die Frau am Boden.

„Was soll das!“ Larissa schrie.

„Zigeuner! Zigeuner!“ Der Fahrer deutete immer wieder auf die am Boden liegende Frau, als sei Larissa begriffsstutzig.

Philipp stand ruhig daneben und beobachtete, was sich auf der Anhöhe vor dem Wohnblock tat. Ein paar Männer hatten sich dort versammelt und sahen zu ihnen herunter.

„Besser, wir gehen jetzt.“ Er nahm Larissa am Arm und schob sie in den Bus. Die Frau hatte sich aufgerappelt, kam ihnen nach und hielt Larissa das Foto entgegen. Bitte, sagte sie auf Deutsch, bitte, und Larissa nahm das Bild und steckte es ein. Der Fahrer spuckte vor der Alten aus, dann sprang er hinters Steuer und ließ den Motor an. Sie redeten nicht über den Vorfall. Doch als am Abend von der Straße her rumänischer Elektropop durch das geschlossene Fenster in Larissas Zimmer dröhnte, lag sie auf dem schmalen Bett mit der viel zu weichen Matratze und konnte nicht einschlafen.

Gestern Abend waren sie aus Rumänien zurückgekommen. Philipp hatte wie immer am Baseler Platz hinter den Reisebussen gehalten und telefoniert. Die Frauen auf den Rücksitzen schliefen oder starrten schweigend in die künstlichen Lichter Frankfurts. Der Transporter, der sie in ihre Unterkunft bringen sollte, war schon auf dem Weg. Philipp hatte Larissa angeboten, sie nach Hause zu fahren, aber sie hatte abgelehnt und vom Hauptbahnhof aus die letzte U-Bahn nach Preungesheim genommen. Zuhause hatte sie sich sofort ausgezogen und ins Bett gelegt. Die Müdigkeit war so überwältigend gewesen, dass sie sich noch nicht einmal die Zähne geputzt hatte.

Nun saß sie am Küchentisch, trank Kaffee und betrachtete zum x-ten Mal das Foto, das die Alte ihr zugesteckt hatte. Die Frau auf dem Bild hatte lange schwarze Haare, grüne Augen und ein umwerfendes Lächeln. Lippenstift und Lidschatten waren etwas zu dick aufgetragen. Aber sonst. Eine extrem gutaussehende junge Frau. Ein Männertyp. Auf der Rückseite des Fotos war mit zittriger Handschrift in der oberen rechten Ecke der Name „Elena Popescu" vermerkt worden. Darunter ein Datum: 12.04.93. Elena ist jetzt also 21 Jahre alt und irgendwo zwischen Kleinkopisch in Rumänien und Frankfurt am Main verlorengegangen, dachte Larissa.

Als sie eine halbe Stunde später frisch geduscht im Bademantel und mit einem Handtuchturban auf dem Kopf wieder auf den Flur trat, fiel ihr die Leuchtanzeige des Anrufbeantworters auf, die eine neue Nachricht vermeldete. Noch nicht einmal das hatte sie gestern Nacht noch wahrgenommen.

Der Anruf war von ihrer Mutter, die wissen wollte, ob sie neuerdings nun gar nicht mehr zuhause sei. Und ob sie schon fleißig an ihrer Doktorarbeit schriebe. Und ob sie nicht mal wieder zu Besuch kommen wolle. Am Sonntag vielleicht. Zum Mittagessen. Oder abends auf ein Glas Wein? Pfeifton. Keine weiteren Nachrichten mehr, sagte die Digitalstimme.

Larissa ging in die Küche und leerte den Rest des lauwarmen Kaffees in die Spüle. Wieder fiel ihr Blick auf das Foto, das sie auf dem Küchentisch liegengelassen hatte. Unde este Elena? Wo bist du nur, Elena Popescu.

***

Die Farbe am Gartenzaun musste dringend erneuert und das Laub im Vorgarten zusammengekehrt werden. Aus dem ramponierten Postkasten neben dem Gartentor quollen Gratiszeitungen und ein paar Briefe hervor. Manfred Kowalskis Blick ging nach oben. Die Rollläden vor dem Schlafzimmerfenster im ersten Stock waren noch heruntergelassen. Natürlich.

Mit den Zeitungen und der Post unterm Arm fingerte er seinen Haustürschlüssel aus der Hosentasche. Die alte Tür mit der ovalen Scheibe in der Mitte klemmte, weil sich das Holz verzogen hatte. Kowalski lehnte sich mit der Schulter gegen das Türblatt und drückte, bis die Tür nachgab und sich öffnen ließ. In den muffigen Geruch nach verbrauchter Luft mischte sich im Flur eine scharfe Note. Kowalski runzelte die Stirn.

In der Küche lief die Heizung auf Hochtouren und das kleine Licht über dem Herd brannte. Auf der Warmhalteplatte der eingeschalteten Kaffeemaschine brutzelte ein Rest pechschwarzen Kaffees. Er schaltete das Gerät aus, nahm die Kanne aus der Halterung und schüttete die Brühe in den Ausguss. Dann ließ er die Kanne voll Wasser laufen und schwenkte sie aus. Anschließend schaltete er das Licht aus und drehte die Heizung runter. Einen Moment lang dachte er daran, sofort nach oben zu gehen, entschied sich dann aber dagegen.

Im Stehen sah er die Post durch, warf die Anzeigenblätter für Gaby auf den Küchentisch und behielt nur die Briefe in der Hand: Rechnungen, Mahnungen, Werbesendungen. Der Faber-Systemtipp versprach Traumgewinne. Wenn er so wie heute nachmittags von der Frühschicht nach Hause kam, hätte er sich ab und zu über eine frisch aufgebrühte Tasse Kaffee gefreut. Aber er wusste, dass man so etwas nicht erwarten durfte. Das lief vielleicht am Anfang. Da waren sie noch dankbar und wussten einen zu schätzen. Dann wurde alles selbstverständlich. Dass man sich jeden Tag für seine Familie den Arsch aufriss. Dass man ackerte und zusah, dass alles irgendwie weiterging. Kowalski stopfte die Rechnungen in eine Schublade und entsorgte die Werbebriefe im Müll. Er überlegte, ob er selbst Kaffee aufstellen sollte, ließ es aber sein. Er war müde von der Schicht und wollte lieber gleich auf die Couch und ein Nickerchen machen.

Auf dem Weg ins Wohnzimmer bemerkte er, dass die Tür zu Irenes ehemaligem Musikzimmer halb offenstand. Der Raum war vollständig leer und wurde seit dem Auszug seiner Exfrau nicht mehr genutzt. Nur Gaby stellte dort manchmal etwas unter, wenn sie Vorräte im Supermarkt einkaufte. Er selbst mied das Zimmer, als sei es verseucht. Nach all den Jahren konnte man immer noch die hellen Abdrücke im Teppichboden sehen, wo einmal das beschissene Klavier gestanden hatte. Er hatte Irene damals sogar noch dabei geholfen, das Zimmer herzurichten. Hatte Teppich über das abgeschabte Linoleum gelegt und die Wände tapeziert. Ein Bügelzimmer, hatte er gedacht, warum nicht. Irene hatte ihn nur ausgelacht. Ihre Schwester ließ das alte Klavier auf ihre Kosten bringen. Sie hatten beide als Kinder Klavier gespielt und Irene wollte diese Tradition wieder aufleben lassen. Als die Klimperkiste geliefert wurde, trank er sich im Vereinsheim einen an. Später stand er im Dunkeln draußen vor seinem eigenen Haus und sah durchs Fenster, wie Irene im gedämpften Licht an dem verfluchten Ding saß und ihre hochnäsige Schwester mit einem Notenblatt in der Hand danebenstand und Arien trällerte. Das Schlimmste aber war, dass Sven auch mit dabeisaß und verzückt seinen Kopf hin und her warf wie ein kleines Mädchen.

Kowalski schloss die Tür, er wollte nicht mehr daran denken. Im Wohnzimmer kroch bereits am frühen Nachmittag die

Dunkelheit aus allen Ecken. Die Bäume an der Grundstücksgrenze im Garten hielten das Licht ab, weshalb es hier im Sommer immer angenehm kühl und schattig war. Im Herbst aber wurde es dafür nie richtig hell in dem lang gestreckten Raum.

Als Irene damals anfing, Sven nachmittags und an den Wochenenden Unterricht zu erteilen, war es mit seiner Ruhe vorbei. Das ständige Geklimper fraß an seinen Nerven. Zwischendurch hörte er sie im Nebenzimmer gedämpft miteinander tuscheln. Und lachen. Von seiner Couch aus musste er mit anhören, wie sich die eigene Frau und der eigene Sohn über ihn lustig machten. Manchmal ging er dann in den Keller und prügelte auf den Boxsack ein, den er für Sven angeschafft hatte. Aber anstatt mit seinem Vater im Hobbyraum zu boxen, klimperte er lieber oben mit seiner Mutter halbschwul herum.

Seit einiger Zeit lief damals schon nichts mehr zwischen Kowalski und seiner Frau. Immer wenn er sich ihr annäherte, fing er sich eine Abfuhr ein: Sei nicht so grob. Greif da nicht hin. Lass mich doch. Du stinkst nach Bier. Also ging er, wann immer es das Geld zuließ, zu den Nutten im Bahnhofsviertel. Die stellten keine dummen Fragen und zickten nicht rum. Er war sich ziemlich sicher, dass Irene von seinen Ausflügen ins horizontale Gewerbe wusste, aber es schien ihr egal zu sein. Wahrscheinlich war es ihr sogar lieber so, weil er dann die Finger von ihr ließ.

Kowalski zog seine Schuhe aus und ließ sich in Hemd und Hose auf der Couch nieder. Er schloss die Augen für einen Moment, öffnete sie wieder, lag im Halbdunkel und starrte hinaus in den Garten, wo aufkommender Wind an den Büschen zerrte. Ein Frösteln durchlief ihn. Der Heizkörper unter der Fensterbank war noch heruntergedreht. Wieder dachte er an eine Tasse Kaffee. Dann fiel ihm etwas ein.

Auf Socken stieg er die Treppe in den ausgebauten Keller hinunter. Hinter einer Stahltür lag der Flur, an dessen Ende sich der Hinterausgang zum Garten befand. Auch dieser wurde durch eine Stahltür, nur mit einer Klinke auf der Innenseite versehen, gesichert. Der Kellerflur war mit Holzpaneelen verkleidet, der Boden mit dickem, geräuschdämpfendem Teppich ausgelegt. An der rechten durchgehenden Wand hingen gerahmte Bilder und Urkunden. Ein jüngerer Manfred Kowalski präsentierte stolz ein Kleinkaliber-Gewehr. Wettkampfbilder. Siegerehrung. Preisverleihung. Kowalski in ärmelloser Steppjacke über dem karierten Hemd und Gehörschutz auf den Ohren, die Schrotflinte in den wolkenlosen Himmel gerichtet. Auf der gegenüberliegenden Seite befanden sich drei Türen. Die erste führte zur Heizanlage, die zweite in den Technikraum und die dritte in das, was früher einmal Hobby- und Partykeller gewesen war. Der Technikraum war eine ehemalige Vorratskammer, die gerade genug Platz bot für einen Arbeitsplatz mit zwei Monitoren, die auf einer Holzplatte montiert waren. Die dazugehörigen PCs und den Kabelsalat hatte Kowalski in einem selbstgebauten Schränkchen darunter verstaut. Die Schmalseite der Kammer wurde von einem massiven Stahlschrank beherrscht. Im oberen Teil befanden sich Speichermedien, Batterien und Kamerabedarf sowie mehrere Aktenordner. In dem Safe darunter lagerten Kowalskis Waffen. Wenn er auf dem Drehstuhl vor der Arbeitsplatte saß, hatte er mit wenigen Bewegungen alles in dem kleinen Raum in Griffweite. Zwischen Tastatur und Maus stand eine leere Tasse und gleich daneben lag, wonach er suchte. Kowalski fluchte. Er wurde nachlässig. Das konnte ihn jederzeit den Kopf kosten.

Nachdem er die Pistole wieder in den Safe gepackt hatte, löschte er das Licht in der Kammer und verschloss die Tür. Er war müde gewesen gestern Nacht, aber das durfte keine Entschuldigung sein. Noch nicht einmal die Tür hatte er zugesperrt.

In der Küche setzte er Kaffee auf. Sein Körper war immer noch müde, aber sein Kopf würde ihn jetzt nicht schlafen lassen. Hatte er noch etwas vergessen? Als die Maschine röchelnd ihre Arbeit aufnahm, meinte er oben Schritte zu hören. Er ging hinaus in den Flur und lauschte ins Treppenhaus. Jetzt war wieder alles still. Dann hörte er die Toilettenspülung.

Kowalski kehrte in die Küche zurück und schenkte sich Kaffee ein. Vielleicht konnte er ja doch noch ein bisschen dösen. Er nahm die Tasse mit ins Wohnzimmer und drehte die Heizung auf.

Sie hatten noch Zeit. Gaby konnte seinetwegen liegenbleiben, bis er sich auf den Weg machen musste, dann würde er sie wecken. Er rechnete etwa mit einer halben Stunde Fahrtzeit. Eine weitere Viertelstunde käme für die Umwege hinzu. Wenn er langsam fuhr, könnte er alles in allem fast eine Stunde unterwegs sein, dass sollte reichen. Eigentlich hätte er die Pistole gleich mit nach oben nehmen können. Dann hätte er sich später einen Weg gespart. Nein, dachte Kowalski. Nein, nein, nein, das war genau die Scheiße, die ihn zu Fehlern verleitete. Er würde die Pistole wie immer erst aus dem Safe holen, bevor er losfuhr. Und er würde sie später in der Nacht wieder in den Safe zurücklegen. Und diesmal würde er auch nicht vergessen, den Raum wieder abzuschließen.

Kowalski nahm die Fernbedienung vom Couchtisch und lehnte sich in die Polster zurück. Er nippte an seinem Kaffee und zappte durch die Programme. Ein Fernsehrichter befragte eine junge Frau, die unentwegt schrie und tobte und mit ausgestrecktem Zeigefinger auf den Angeklagten deutete, der kleinlaut seine Unschuld beteuerte. Bitte glaub mir doch. Ich war das nicht. Ich könnte dir doch so etwas nie antun. Kowalski stellte den Ton ab. Er wollte nicht wissen, wem was angetan worden war. Er kannte die Dialoge dieser Sendungen zur Genüge. In der Zeit, als Irene und Sven gerade ausgezogen waren und er arbeitslos daheim herumhockte, hatte er sich den ganzen Tag diesen Mist angesehen. Am Ende waren sowieso immer die Männer schuld.

Ein einziges Mal war ihm die Hand ausgerutscht. Ein einziges Mal. Und genau betrachtet, war sie sogar selbst schuld daran gewesen. Mit ihrer ewigen Nörgelei. Er hatte es jedenfalls sofort bedauert und ihr am nächsten Tag einen sündhaft teuren Blumenstrauß mitgebracht. Irene hatte die Blumen in eine Vase gestellt, sie eingehend betrachtet und dann ganz ruhig zu ihm gesagt: „Wenn du das noch einmal machst, zeige ich dich an."

Kowalski schnaubte. Er hatte keinen Zweifel daran, dass sie ihn wirklich angezeigt hätte. Den eigenen Ehemann. Wegen nichts. So war Irene. Gaby war da Gott sei Dank anders. Zumindest in dieser Hinsicht. Aber sonst. Schlampen waren sie alle, auf die eine oder andere Weise.

***

Rosi spitzte die Ohren. Die Hündin erhob sich auf alle Viere und verharrte in Habachtstellung, ein leises Knurren drang aus ihrer Kehle. Heiner Schultes sah aus dem Fenster, auf dem Gehweg vor dem Haus lärmte eine Gruppe Teenager.

„Ruhig, mein Mädchen. Der Richter hätte mich diesmal um ein Haar wirklich in den Knast geschickt, weißt du? Und was wäre dann aus dir geworden, hm?" Er lenkte die Hündin mit einem Leckerli ab. Rosi setzte sich auf die Hinterpfoten und leckte sich ungeduldig mit der Zunge die Lefzen. Heiner hielt ihr das Leckerli direkt vor die Schnauze, und die Hündin nahm es vorsichtig, fast zärtlich aus seinen Fingern. Das war nicht immer so gewesen.

Die Frau, die ihn vor fast drei Jahren im Büro des Tierheims begrüßt hatte, trug gelbe Gummistiefel, die ihr bis über die Knie reichten, und eine durchsichtige Plastikschürze über ihrer Allwetterjacke. Als Heiner den kleinen, nach Tierfutter riechenden Raum betrat, stellte sie ihre Kaffeetasse ab, kam um den Schreibtisch herum und reichte ihm die Hand.

„Ich bin Almuth. Ich glaube, wir haben telefoniert? Wegen einem Hund, oder?"

Heiner nickte. Er mochte es nicht, wenn sich ihm wildfremde Menschen nur mit dem Vornamen vorstellten. „Ja", antwortete er knapp. „Schultes, mein Name."

Er schätzte Almuth auf Mitte 30, sie trug ihre dunkelblonden Haare zu einem Zopf gebündelt und lachte, als sie seinen irritierten Blick bemerkte. „Sie müssen meinen Aufzug entschuldigen, wir haben heute Putz- und Badetag, die Zwinger und Käfige werden gereinigt und einige der Bewohner gleich mit."

Heiner nickte erneut. Aber das war es nicht. Es war die Plastikschürze. Er hatte so eine Schürze getragen, wenn er Anne sauber gemacht oder gebadet hatte. Er hätte sie nicht gebraucht, aber Anne hatte jedes Mal gesagt: Du ruinierst dir doch das gute Hemd. Er wusste noch genau, wie sie es gesagt hatte. Also hatte er immer die Schürze übergezogen, bevor …

Es war eine Schnapsidee gewesen, hierherzukommen. Er dachte an die Pistole auf seinem Nachttisch. Almuth hatte sich inzwischen ihrer Schürze entledigt und wartete schon an der Tür. „Kommen Sie?"

Heiner sah sie verwirrt an.

„Sie wollen sich doch bestimmt die Hunde anschauen, oder?"

„Oh ja, sicher, sicher…"

Er folgte der Pflegerin nach draußen und einen überdachten Weg entlang, der in den hinteren Teil der Anlage führte, wo sich die Hundezwinger aneinanderreihten. Die Anlage müsse dringend mal saniert werden, sagte Almuth, ohne sich nach ihm umzudrehen, aber wie überall fehle es halt auch hier am nötigen Geld. Ob er nicht eine Patenschaft übernehmen oder Mitglied im Förderverein werden wolle? Heiner senkte den Blick und sah ihre ausgewaschenen Jeansbeine, die in den hohen Stiefeln steckten, vor sich hergehen. Die Hunde, die rechts von ihm neugierig die Schnauzen ans Gitter drückten, nahm er nur aus den Augenwinkeln wahr. Er musste der Frau jetzt unbedingt sagen, dass es sich um ein Missverständnis handelte, dass er gar keinen Hund aufnehmen und lieber wieder nach Hause gehen wolle. Nach Hause. Zu seiner Pistole.

Heiner blieb stehen. Almuth bemerkte es nicht und lief munter plappernd weiter. Ob er wisse, wie viele Hunde jährlich ausgesetzt würden? Nein? Sie werde es ihm sagen, allein in Hessen…

Er musste sich am Gitter eines Zwingers abstützen, seine Finger krallten sich um die kalten Metallstäbe, wie aus großer Ferne hörte er Almuth immer weiterreden: „Und das sind nur die registrierten Fälle", sagte sie, „nur die registrierten Fälle!" Sie hob eine Hand, hielt inne, drehte sich um, und Heiner konnte das blanke Entsetzen in ihrem Gesicht sehen: „Um Gottes Willen, Herr Schultes, geht's Ihnen nicht gut?"

Heiner schüttelte den Kopf. Herbsthimmel. Tierheim. Hundebellen. Kieselsteine auf dem Weg. Anne, wie sie vor einem Jahr vom Arzt nach Hause gekommen war: Da ist etwas in meinem Bauch. Alles war vollkommen klar und gleichzeitig durcheinander. Die Finger beider Hände ins Gitter verhakt, stand er da und wusste nicht, was er tun sollte. Er wünschte nur, die Frau würde endlich ruhig sein. In der hinteren Ecke des Zwingers lag ein Hund. Er hatte den Kopf auf die Vorderpfoten gelegt und die Augen halb geschlossen, aber die Ohren aufgestellt.

„Wollen Sie sich einen Moment setzen?", fragte Almuth. Heiner schloss die Augen und schüttelte den Kopf.

„Oder ein Glas Wasser?" Er spürte die Hand der Frau auf seiner Schulter.

„Geben Sie mir einfach eine Minute, ja? Es geht gleich wieder …" Er spürte, wie Almuth die Hand zurückzog und unschlüssig neben ihm stehenblieb. Ob auch wirklich alles in Ordnung sei? Heiner Schultes nickte, doch er dachte: Nein, es ist nicht alles in Ordnung. Wenn einem nach über 30 Ehejahren die Frau innerhalb weniger Monate buchstäblich unter den Fingern wegstirbt, dann ist nicht alles in Ordnung.

Der Hund war ihr letzter Wille gewesen. Sie hatten schon lange vorgehabt, einen Hund aufzunehmen, doch dann war Anne krank geworden und die Heimtieranschaffung wurde erst einmal aufgeschoben. Als klar war, dass sie sterben würde, hatte er ihr versprechen müssen, nach ihrem Tod einen Hund aus dem Heim zu holen. Der Zettel mit der Telefonnummer des Tierheims war ein paar Tage nach Annes Beerdigung unter einem Stapel nicht mehr eingelöster Rezepte zum Vorschein gekommen.

Als er die Augen wieder öffnete, sah er als Erstes den Hund im Zwinger, an dessen Gitter er sich immer noch festhielt. Es war ein Terrier-Mischling mit glattem weißen Fell und hellbraunen Schecken. Langsam hob er den Kopf und nahm das Geschehen vor seinem Zwinger misstrauisch in den Blick. Dann erhob er sich, zog sich noch ein Stück weiter zurück und blieb dort mit gesenktem Kopf und angelegten Ohren stehen.

„Das ist unsere Rosi", sagte Almuth mit einem Unterton in der Stimme, als spräche sie über ein schwerbehindertes Kind.

Schultes sagte nichts. Der Blick in den Hundezwinger gab der Welt wieder Struktur. Das Durcheinander begann sich zu ordnen, aber mit der Ordnung kehrte auch die Unschärfe zurück. Er wagte nicht, seinen Kopf zu heben, noch nicht. Er bemerkte immerhin, dass Almuth seinen Blicken folgte, mit gerunzelter Stirn zwischen ihm und dem Hund hin- und hersah. Nach einer Weile legte sie erneut ihre Hand auf seine Schulter und sagte: „Ich glaube nicht, dass Rosi der richtige Hund für Sie ist." Es war derselbe Tonfall, mit dem sie eben noch über die Hündin selbst gesprochen hatte.

„Ach nein?" Schultes sprach leise, wie zu sich selbst. Mit einer Bewegung, die heftiger ausfiel, als er es gewollt hatte, schüttelte er die Hand der Frau ab. Zuerst schien Almuth protestieren zu wollen, aber dann verschränkte sie nur die Arme vor der Brust.

„Rosi hat keine guten Erfahrungen mit Menschen gemacht. Sie reagiert aggressiv auf Fremde und möchte am liebsten nur in Ruhe gelassen werden."

„Das kann ich gut verstehen." Ein bitteres Lächeln huschte über sein Gesicht. „Was würde passieren, wenn ich da jetzt reinginge?"

Almuth sog geräuschvoll die Luft ein. „Wahrscheinlich nichts, aber glauben Sie mir ..."

Heiner Schultes sah die Tierpflegerin nicht an. Warum hatte er das gefragt? Was wollte er da drin? War er gerade dabei, komplett durchzudrehen? Die Frau musste ihn doch für vollkommen verrückt halten.

„Also gut", sagte Almuth, „versuchen wir es."

Als Rosi hörte, wie die Zwingertür aufgeschlossen wurde, senkte sie den Kopf noch ein Stück tiefer zwischen die Schultern. Heiner hatte keine Ahnung, wie man sich einem solchen Tier näherte. Rosi gestatte ihm einen halben Schritt in ihre Richtung, dann begann sie zu knurren. Almuth beobachtete das Geschehen von der Zwingertür aus, sagte aber nichts. Heiner versuchte eine erneute Annäherung, woraufhin das Knurren anschwoll und Rosi mit hochgezogenen Lefzen ihre Zähne zeigte. Er zog sich ein Stück zurück und ging in die Hocke, bis sein Rücken fast das Gitter des Zwingers berührte, senkte seinen Blick und sah vor sich auf den Boden. Das Knurren verstummte. Er zählte langsam bis zehn, dann hob er den Kopf ein Stück an, gerade weit genug, um zu sehen, dass Rosi ihn immer noch misstrauisch fixierte. Er würde das nicht schaffen. Nicht ohne Anne, die ihm all die Jahre allein durch ihre Anwesenheit seine Gespenster vom Leib gehalten hatte.

Als Heiner den Zwinger wieder verließ, lächelte Almuth gequält und hob die Schultern. Dann standen sie beide draußen auf dem Kiesweg in der Herbstsonne und Heiner begann, sich zu schämen. Was machte er denn hier für ein Theater? Almuths freundlicher Gesprächigkeit hatte er jedenfalls einen herben Dämpfer verpasst, die Frau war ziemlich einsilbig geworden und schien sich in seiner Nähe nun äußerst unwohl zu fühlen.

„Würden Sie mir denn noch ein paar andere Hunde zeigen?", fragte Schultes, um die Situation zu entspannen. Almuth antwortete nicht gleich, sondern sah ihn eine Weile lang prüfend an, aber dann nickte sie.

Sie zeigte ihm einen Dackelmischling mit Diabetes, der sofort schwanzwedelnd auf ihn zugewackelt kam, und eine hochbeinige Pudeldame, die die Leckerlis aus seiner Hand gönnerhaft entgegennahm, wie eine in die Jahre gekommene Diva.

Heiner Schultes verabschiedete sich höflich und sagte, er wolle eine Nacht über seine Entscheidung schlafen und sich dann wieder melden.

Zuhause zog er die Vorhänge im Schlafzimmer zu, setzte sich aufs Bett und nahm die Pistole vom Nachttisch. Er lud die Waffe durch und entsicherte sie. Das Licht der untergehenden Sonne fiel als blasser Schein durch den dünnen Vorhangstoff. Auf der Straße vor dem Haus polterte ein Lastwagen vorbei. Dann war alles wieder still. Totenstill.

Am nächsten Morgen erschien er wie versprochen im Tierheim und bat darum, erneut in Rosis Zwinger gelassen zu werden. Zu seiner Überraschung kam Almuth seinem Wunsch sofort nach. Am übernächsten Tag blieb er bei Rosi, bis es dunkel wurde: er in der einen, die Hündin in der anderen Ecke. Es dauerte fast zwei Monate, bis sie das erste Leckerli von ihm annahm. Drei, bis sie die erste Berührung zuließ, und einen weiteren bis zum ersten gemeinsamen Spaziergang. Noch am selben Abend nahm er die Pistole vom Nachttisch, entfernte das Magazin, wickelte beides in ein Tuch und versteckte das Päckchen wieder in der kleinen Werkbank im Keller.

Rosi hatte ihr Leckerli vertilgt und durch geduldiges Ausharren und einen raffinierten Augenaufschlag auch ein zweites und drittes erbeuten können. Jetzt lag sie mit halb geschlossenen Augen ausgebreitet auf dem Teppichläufer an der Haustür und wartete.

Heiner Schultes erhob sich vom Küchentisch, stellte seine leere Tasse in die Spüle und kippte den kalt gewordenen Kaffee aus einer zweiten Tasse in den Ausguss. Was Anne wohl dazu sagen würde? Wahrscheinlich, dass er mit dem sentimentalen Quatsch aufhören solle. Tote trinken keinen Kaffee.

Heiner sah aus dem Fenster. Es war noch nicht ganz hell, die Straße glänzte nass im Scheinwerferlicht der vorbeifahrenden Autos. In der Nacht musste es geregnet haben. Er hatte diesmal durchgeschlafen, keine Träume, kein Aufschrecken, nur tiefer, todesähnlicher Schlaf. Die kleine Wetterstation auf dem Fensterbord vermeldete drei Grad über Null. In sechs Wochen war Weihnachten.

Der Unterricht an der Berufsfachschule am Ende der Straße hatte begonnen, es waren keine Schüler mehr unterwegs. Gegenüber stand ein Mann, die Hände auf dem Rücken ineinander verschränkt, und betrachtete eingehend eine Sofalandschaft im Schaufenster bei Möbel Heidenreich. Das inhabergeführte Geschäft hatte es schon gegeben, als die kleine Reihenhaussiedlung, in der Heiner wohnte, Anfang der Achtzigerjahre noch im Rohbau gewesen war. Sie waren damals die Ersten gewesen, die hier ein Haus bezogen hatten. Das Lehrerpaar, das gut zehn Jahre später ins direkt angrenzende Haus gezogen war, lebte mittlerweile getrennt. Sie war mit den beiden Kindern ausgezogen, weil er angeblich eine Schülerin vergewaltigt hatte. Heiner erinnerte sich, dass es damals zu einigem Trubel gekommen war, ständig hatten Pressefritzen und Schaulustige den Zwischenweg belagert, der zu ihren Häuschen führte. Wenn die Polizei vorgefahren kam, standen die Nachbarn in den Gärten und reckten die Hälse. Er hatte sich nicht weiter darum gekümmert. Es war die Zeit gewesen, als Anne im Sterben lag. Jedenfalls hauste der Lehrer seitdem allein im Nebenhaus. Man bekam ihn nur selten zu sehen. Heiner war es recht. Er brauchte niemanden.

Als er die Leine vom Haken nahm und im Flur in seinen Mantel schlüpfte, sprang Rosi sofort auf.

***

Der Mittagsschlaf tat gut, aber das Erwachen war jedes Mal tückisch. Die Angst lauerte oft im Halbschlaf. Heute aber glitt Ingo Bäumler erholt und vollkommen ruhig aus dem Schlaf in den Nachmittag, dessen fahles Licht in langen Streifen durch die halb geschlossenen Rollos ins Schlafzimmer fiel.

Nach Sabines Auszug hatte er hier nichts verändert. Er schlief weiterhin auf seiner Seite des Doppelbetts zur Tür hin. Das Fenster war im Sommer nachts geöffnet, im Herbst gekippt, im Winter geschlossen. Die rechte Seite des Kleiderschranks an der gegenüberliegenden Wand war leer, bis auf ein einziges Sommerkleid, das Sabine damals vergessen oder bewusst nicht mitgenommen hatte. Manchmal öffnete Ingo die Schranktür und betrachtete das Kleid, das dort über einem Bügel hing. Frau Doktor Körner sagte, das Schlafzimmer sei nach Trennungen für viele Menschen der problematischste Raum in der ehemals gemeinsamen Wohnung. Für Ingo Bäumler waren alle Zimmer gleichermaßen problematisch. Die Angst konnte ihn schließlich in jedem Raum des Hauses erwischen – außer in den beiden Kinderzimmern, weil er diese Zimmer nicht mehr betrat. Max' Räuberhöhle im Keller und Leas Prinzessinnenschloss im ersten Stock waren unverschlossen, aber seit Sabine alles abgeholt hatte, war Ingo nicht mehr in den Kinderzimmern gewesen. Sein Leben spielte sich größtenteils zwischen Küche und Wohnzimmer im Erdgeschoss ab. Dort löste er Kreuzworträtsel, las oder hörte Musik. Rätsel, Bücher und Musik, diese drei Dinge wirkten prophylaktisch gegen die Angst, wenn er sie richtig einsetzte. Bei den Rätseln konnte er wahllos sein und bei den Büchern bevorzugte er lange historische Romane. Bei der Musik hatte er es zunächst mit den von Frau Körner empfohlenen meditativen Entspannungs-CDs probiert, die ihn aber nur noch unruhiger und nervöser machten. Schließlich hatte er durch einen Zufall herausgefunden, dass ihn ausgerechnet der düster-knorrige Gesang eines Tom Waits auf sanfte Weise beruhigte.

Und dann waren da natürlich noch die Tabletten, die halfen, wenn alles andere nicht mehr half. Frau Körner hatte ihm in Absprache mit seinem Hausarzt eine kleine Notfallration gestattet, drei Tabletten Tavor zu jeweils 1 mg und eine Tablette zu 2,5 mg, die er in einem Metalldöschen im Badezimmerschrank verwahrte. Das Päckchen mit dem Antidepressivum, das er jeden Abend einnehmen musste, lag daneben. Das Tavor bewahrte er in der kleinen Dose auf, weil er es immer einsteckte, wenn er gezwungen war, die Wohnung zu verlassen. Am letzten Freitag im Café hatte er das Döschen auch dabei gehabt, war aber zu verstört gewesen, um daran zu denken. Das würde Frau Körner gefallen. Da war er sich sicher. Er konnte sie vor seinem inneren Auge sehen, wie sie sich in ihrem Sessel zurücklehnte, die Beine übereinanderschlug, ihn durch die Gläser ihrer schwarz umrandeten Nerd-Brille interessiert ansah und sagte: Sie haben die Situation also auch so bewältigt.

Ingo Bäumler fröstelte. Das Schlafzimmer war ausgekühlt, weil er die Heizung vor seinem Mittagsschlaf heruntergedreht hatte. Die Wintersonne vor dem Fenster wärmte nicht. Er beschloss, noch ein bisschen unter der Decke liegenzubleiben. Es gab ja nichts, das er noch zu erledigen hätte oder verpassen könnte. Sein Leben bestand ausschließlich darin, so zu leben, dass ihn weder die Angst noch die Depression erwischte, und selbst das ging an manchen Tagen über seine Kräfte. Unten auf dem Küchentisch lag noch ein angefangenes Kreuzworträtsel, er würde es nachher zu Ende führen. Um die wenigen fehlenden Begriffe in Erfahrung zu bringen, musste er später ins Arbeitszimmer gehen.

Das Zimmer unterm Dach betrat er nur noch, um Rätsel-Begriffe zu googlen, die sich ihm auch nach mehrtägigem Knobeln und Nachdenken nicht erschließen wollten. Die Seite mit Sabines Schreibtisch, ihren baufälligen Bücherstapeln, halb ausgetrunkenen Teetassen, gelben Post-it-Zetteln und von Schülern gemalten Bildern gab es nicht mehr. Ein paar Abdrücke im Teppichboden waren alles, was noch an ihren alten Arbeitsplatz erinnerte. Auf seinem Schreibtisch in der anderen Ecke stapelten sich immer noch Lektüren, Unterrichtsmaterialien und Handreichungen sowie ein paar zerfledderte Reclam-Heftchen, die er mit Anmerkungen vollgeschrieben hatte. Obenauf lag die eingeschweißte Kafka-Biografie, die ihm Sabine zum 41. Geburtstag geschenkt hatte. Er wusste noch, wie das war: vor einer Klasse zu stehen und zu unterrichten. Er wusste es noch, aber er fühlte es nicht mehr.

Ingo Bäumler begann, sich im Bett unwohl zu fühlen. Eine leichte Unruhe stieg in ihm auf. Das Licht im Schlafzimmer veränderte sich. Er erhob sich und sah durch einen Schlitz in der Jalousie nach draußen. Regenwolken hatten sich vor die Sonne geschoben und verdunkelten den Tag. Es war schon fast vier. Er hatte viel zu lange geschlafen. Das würde sich heute Nacht rächen. Und nachts, wenn er nicht schlafen konnte, kamen die Bilder fast von ganz allein, und wenn sie erst einmal da waren, verschwanden sie so schnell auch nicht mehr. Seit vier Jahren kehrte Ingo Bäumler dann immer wieder zu diesem Abend im Sommer 2010 zurück.

Das Fest am See war von Schülern seines Leistungskurses organisiert worden. Die Sommerferien waren nicht mehr weit, und danach begann für sie alle das letzte Schuljahr, der Endspurt zum Abitur. Zusammen mit dem anderen Deutsch-Leistungskurs seiner Kollegin Jutta hatten die Schüler Grillhütte und Lagerfeuerplatz des DLRG am Hegbachsee angemietet, Grillgut und Getränke eingekauft und alles vorbereitet.

Als Ingo Bäumler an diesem Abend auf dem Parkplatz am See aus seinem Volvo stieg und die kleine Brücke am DLRG-Häuschen überquerte, konnte er durch die Bäume am Wegesrand schon von Weitem das Lagerfeuer sehen. Musik und Stimmengewirr drangen zu ihm herüber und die warme Sommerabendluft roch nach Holzkohle und gegrillten Steaks. Ein paar der Jungs standen um den Schwenkgrill herum und diskutierten die Chancen der deutschen Mannschaft bei der Fußballweltmeisterschaft in Südafrika, die am Nachmittag mitteleuropäischer Zeit unter nervtötendem Vuvuzela-Geheule eröffnet worden war. Ingo klinkte sich mit einer ironischen Bemerkung über Lukas Podolski in das Gespräch ein. Einer der Schüler reichte ihm eine Flasche Pfungstädter.

Gut, dachte Ingo, ein Bier, ausnahmsweise, warum nicht. Normalerweise trank er in Gegenwart seiner Schüler, egal wie alt sie waren, keinen Alkohol. Handyfotos von Lehrern mit Bierflaschen in der Hand waren nicht eben eine gute Empfehlung.

Später, als sie alle auf querliegenden Baumstämmen ums Lagerfeuer herumsaßen, ließ er sich dann auch noch zu einer zweiten Flasche verleiten. Alle waren guter Stimmung, selbst Jutta, die bei vielen Schülern als unnahbar galt, schien sich heute Abend zu amüsieren. Ingo trank in kleinen Schlucken und sah ins Feuer. In den Sommerferien würde er mit seiner Familie nach Spanien fliegen, ein alter Studienfreund hatte sie in sein Haus an der Costa Brava eingeladen. Er freute sich auf die langen sonnendurchglühten Tage. Er würde mit Sabine lesend am Strand liegen oder die Gegend erkunden und abends mit ihr auf der Terrasse sitzen und tiefroten Rioja trinken, während die Kinder, vom Schwimmen im Meer erschöpft, zufrieden in ihren Betten schliefen. Er merkte auf, als er seinen Namen hörte. Einer der Jungs am Grill erzählte wohl gerade eine Anekdote, in der er vorkam.

Ingo gähnte und beschloss, sich ein bisschen Bewegung zu verschaffen. Er schlenderte allein zur Brücke, die nur von einer einzigen Lampe schwach beleuchtet wurde. Als er sich wieder auf den Rückweg machen wollte, stieß er mit jemandem zusammen. Er spürte einen straffen, warmen Mädchenkörper durch sein dünnes Sommerhemd, dann Arme um seinen Hals und Lippen auf seinem Mund. Er glaubte, eine seiner Schülerinnen zu erkennen. Er versuchte, sich aus ihrer Umarmung zu befreien ohne grob zu sein, und erst als er merkte, dass er sie so nicht loswerden würde, packte er das Mädchen an den Schultern und stieß es heftig von sich weg.

„Laura?“, presste er hervor. „Laura, was soll denn das?“

Das Mädchen stand jetzt eine Armlänge von ihm entfernt und kaute auf der Unterlippe herum. „Sie sind ein toller Lehrer.“

Ingo schüttelte ungläubig den Kopf. „Laura …“

„Und ich mag Sie!“ Laura Ehrenfels drehte sich abrupt um und rannte zurück in Richtung Grillplatz.

Ingo Bäumler stand wie gelähmt in der warmen Sommernacht. Die Grillen in den Büschen zirpten. Die Autobahn in der Ferne rauschte. Laura war eine Schülerin unter vielen in seinem Kurs. Was war das eben? Was sollte das? Er musste den Aufruhr in sich irgendwie unter Kontrolle bringen und zündete sich eine Zigarette an, rauchte und sah das Lagerfeuer in der Ferne durch die Baumreihen lodern. Ein Schwarm winziger Insekten schwirrte unablässig um die Lampe über ihm. Als die

Zigarette zur Hälfte heruntergebrannt war, drückte er sie aus und ging betont langsam zu den anderen zurück.

Der Pulk ums Lagerfeuer begann langsam, sich aufzulösen und in kleinere Grüppchen zu zerfallen. Auf einer Bank zum See hin saßen drei Mädchen aus seinem Kurs im Halbdunkel, alberten herum und beachteten ihn nicht. Etwas abseits stand ein Junge, den er nicht kannte, und starrte angestrengt auf sein Handy.

Er würde mit Laura reden müssen. Sie saß jetzt zwischen ein paar anderen am Lagerfeuer und stocherte mit einem Stock in der Glut herum. Jutta inspizierte den Grill und kam mit einer Bratwurst, die sie in ein aufgeschnittenes Brötchen gestopft und mit Senf bestrichen hatte, zu ihm rüber.

„Geglücktes Fest, oder?"

Ingo nickte. Er sah über Juttas Schulter, wie Laura kurz den Kopf hob und ihm zulächelte. Ingo wich ihrem Blick aus.

„Alles klar?" Jutta biss von ihrer Wurst ab und sah ihn mit hochgezogenen Brauen an.

„Ja, ja, alles klar." Montag, dachte er, am Montag in der Schule würde er mit ihr reden. Vielleicht sollte er auch mit Jutta reden. Jetzt gleich. Er könnte sagen …

„Och nee!" Jutta hob theatralisch die Arme. Einer ihrer Schüler, ein großer schlaksiger Junge, stimmte gerade eine Gitarre.

„Wir dachten, wir machen Ihnen eine Freude", grinste der Teenager und schlug ein paar Akkorde an. „Und? Was wollen Sie hören? Was von den Beatles oder ‚Blowin' in the Wind'?"

Jutta schüttelte erbost den Kopf. „Sagt mal, für wie alt haltet ihr uns eigentlich?"

Ingo lachte und bereute es sofort. Es hörte sich falsch an. Jutta setzte sich wieder zu ihren Schülern, die dem Jungen mit der Klampfe Songtitel zuriefen. Ein Scherzbold fragte, ob er auch was von Rammstein draufhabe. Laura saß jetzt abseits, zusammen mit Daniel, der auf sie einzureden schien. Laura nickte nur ab und zu. Daniel war auch in Ingos Kurs.

Keine zehn Minuten später saß Ingo in seinem Volvo. Er sei müde, hatte er gesagt, und müsse morgen früh raus wegen der Kinder, was natürlich Unsinn war, aber mit allgemeinem Kopfnicken akzeptiert wurde. Es war kurz vor Mitternacht. Auf dem Parkplatz trafen nun immer mehr Autos ein, die Disco am See hatte seit zwei Stunden geöffnet. Ingo fuhr langsam auf die zu beiden Seiten bewaldete Straße. Er bekam das Mädchen nicht aus dem Kopf. Laura. Laura Ehrenfels. Richtig. Er hätte Jutta sofort ins Vertrauen ziehen müssen. Er musste noch einmal umkehren und sie vom Lagerfeuer weglotsen. Hallo, da bin ich noch mal, hab was vergessen. Jutta, kommst du mal bitte? Und dann sah er sich mit ihr abseits im Halbdunkel stehen und nach Worten suchen. Da schlug etwas dumpf vor ihm auf.

Ingo bremste sofort. Die Linkskurve war tückisch. Er wusste das und hatte, obwohl in Gedanken versunken, automatisch den Fuß vom Gas genommen. Wildwechsel, dachte er, auch das noch. Die Straße im Rückspiegel war frei. Er schaltete den Warnblinker an und stieg aus.

Der Körper lag vollkommen ruhig im Licht der Scheinwerfer, die über die Straße hinaus in den Wald hineinleuchteten. Jeans und Turnschuhe, ein eng anliegendes Top, das im Bauchbereich eingerissen war. Langsam richtete sich das Mädchen auf, an ihrer Lippe klebte etwas Blut.

Das passierte jetzt nicht wirklich. Für eine Sekunde rückte die Welt von Ingo Bäumler ab. Eine Inszenierung, na klar. Gleich würden sie aus dem Wald kommen: Jutta, Laura, die ganze Bande. Und als Letzter der Mann mit der versteckten Kamera. Das Mädchen vor ihm würde lachen und sagen: Du hast mich angefahren.

„Du … hast mich angefahren …“, sagte das Mädchen, aber es lachte nicht. Es lächelte verlegen, als hätte es geküsst gesagt statt angefahren. Ingo ging einen Schritt auf sie zu und streckte die Hand nach ihr aus.

„Bist du verletzt?“

Keine Antwort. Das Mädchen sah ihn immer noch lächelnd an. Das ist der Schock, dachte Ingo.

„Mach dir mal keinen Kopf …“

Ingo sah, wie sie sich erhob und zurück in den Wald laufen wollte, aus dem sie wohl auch gekommen war.

„Stopp!“, rief er, war mit zwei schnellen Schritten bei ihr und packte sie am Arm. Das Mädchen schrie auf und schlug nach ihm. Panisch sah Ingo die Straße hinunter, jeden Moment konnte ein Auto über die Brücke kommen, dessen Insassen einen erwachsenen Mann mit einem halbwüchsigen Mädchen im Scheinwerferlicht ringen sehen würden.

„Du musst zu einem Arzt!“, versuchte er die Tobende zu beruhigen, aber das Mädchen wehrte sich nur noch mehr. Schließlich ließ er von ihr ab, ging einen Schritt zurück und hob die Arme zum Zeichen, dass er sie nicht mehr anfassen würde.

Das Mädchen fuhr sich mit dem Handrücken über die blutende Lippe. Erst jetzt sah er, dass etwas in ihren halblangen Haaren hing. Kleine Ästchen und Blätter, als sei sie durch ein Gebüsch gekrochen. Auch ihre Jeans war verschmutzt.

Ingo versuchte, ruhig zu bleiben, er durfte jetzt nichts Unüberlegtes tun. Das Mädchen war höchstens 16 Jahre alt. Er kannte sie nicht. Was trieb sie überhaupt mitten in der Nacht allein hier draußen im Wald? Oder war sie gar nicht allein? Was sollte er jetzt tun? Sie ins Krankenhaus bringen? Die Polizei rufen? Das Fragenkarussell in seinem Kopf drehte sich immer schneller. Als er an die Polizei dachte, fielen ihm die zwei Bier ein, die er getrunken hatte.

„Ich will nach Hause." Das Mädchen stand mit hängenden Schultern im Scheinwerferlicht und starrte auf den Boden.

„Gut ...", sagte Ingo. „Ich bringe dich, okay? Ich muss sowieso mit deinen Eltern reden ..."

„Die sind nicht da."

Das durfte alles nicht wahr sein. Erst die Sache mit Laura und jetzt das. „Okay, okay, wie heißt du?"

„Tabea."

„Du musst mir sagen, wo wir hinmüssen, Tabea."

„Ist nicht weit." Das Mädchen ging um den Volvo herum und stieg ohne zu zögern auf der Beifahrerseite ein.

Irgendetwas stimmte mit der Kleinen nicht. Ingo hoffte nur, dass es nichts mit dem Unfall zu tun hatte.

Tabea dirigierte ihn zu einem freistehenden Haus in der Nordsiedlung. Sie kramte einen Schlüssel aus ihrer Jeans, stieg wortlos aus dem Auto und ging durch den gepflegten Vorgarten auf das dunkle Haus zu. Über der Haustür ging ein automatisches Licht an, kurz bevor sie die Treppe erreichte.

„Warte mal!" Ingo sprang aus dem Wagen und rannte ihr nach. Das Mädchen drehte sich nicht nach ihm um, sondern verschwand im Haus und schloss die Tür.

Im Licht der Außenbeleuchtung las Ingo den Namen auf dem Klingelschild ab. Heumann. Gut, dachte er, Tabea Heumann. Er würde morgen früh wiederkommen, um mit den Eltern zu reden. Das Mädchen hatte sich merkwürdig verhalten, war aber offensichtlich weitgehend unverletzt. Der Schock, dachte Ingo, wahrscheinlich stand sie nur unter Schock. Der Gedanke hätte ihn eigentlich beruhigen sollen, tat es aber nicht. Als Nächstes hörte er etwas knacken, dann ging das Licht aus.

Auf der Heimfahrt spürte Ingo Bäumler seine Erschöpfung, war aber gleichzeitig viel zu aufgeregt, um sich jetzt neben seine Frau ins Bett legen zu können. Er parkte den Wagen vor der Reihenhaussiedlung, ließ die Scheibe herunter und zündete sich eine Zigarette an. Er hatte das Gefühl, einen Fehler gemacht zu haben, und schlug mit der flachen Hand aufs Lenkrad. Er sah auf die Uhr am Armaturenbrett. Es war fast halb eins. Aus dem Augenwinkel nahm er eine Bewegung in der Dunkelheit wahr. Jemand kam aus dem Nachbarhaus, blieb auf dem Treppenabsatz stehen und starrte in die Nacht. Der alte Heiner Schultes. Seine Frau war krank. Todkrank. Man bekam beide zusammen nur noch selten zu Gesicht. Er stieg aus dem Wagen, trat die Zigarette aus und grüßte seinen Nachbarn im Vorübergehen. Der erwiderte den Gruß nicht, sondern verharrte reglos vor der angelehnten Haustür. Ein schwacher Streifen Licht sickerte durch den Türspalt nach draußen.

Leise betrat Ingo sein Haus und schlich nach oben. Im Flur vor dem Schlafzimmer zog er sich bis auf die Unterhose aus und schlüpfte dann ohne Licht zu machen neben Sabine ins Bett. Er hörte den gleichmäßigen Atem seiner Frau. Er dachte an Max, der in seinem Zimmer im Keller schlief, und an die kleine Lea, die nebenan unter ihrem Prinzessinnenhimmel lag. Ingo spürte, wie ihm die Tränen in die Augen stiegen. Er war überreizt, sagte er sich, vollkommen überreizt. Er rückte ein Stück näher an Sabine heran. Am liebsten hätte er sie jetzt geweckt und ihr alles erzählt. Stattdessen sah er auf die rote Digitalanzeige seines Weckers, die gerade auf ein Uhr sprang. Ingo Bäumler hätte schwören können, in dieser Nacht keine Minute geschlafen zu haben, aber als er das nächste Mal auf seinen Wecker sah, war es bereits halb sieben und vor dem Schlafzimmerfenster dämmerte ein leicht verhangener Sommermorgen.

In der Küche machte er Kaffee, trank ihn im Stehen an der Anrichte lehnend und bekam dabei plötzlich ein paar Traumfetzen der vergangenen Stunden zu fassen. Wirre Bilder aus Nacht und Wald und Sabine, die neben ihm im Auto saß und blutete. Aber Sabine war nicht Sabine und das Auto war nicht seins. Waren da nicht auch zwei Kindersitze auf dem Rücksitz gewesen? Ingo schüttelte den Kopf. Er würde das jetzt alles in Ordnung bringen. Zuerst zu den Heumanns fahren, dann zur Polizei.

Seine Klamotten im Flur rochen nach Grillkohle und Lagerfeuer. Er warf sie in die Wäschetonne im Bad, duschte heiß, putzte sich gründlich die Zähne und zog sich frische Sachen an. In Jeans und Poloshirt verließ er das Haus. Er dachte daran, dass er seine Familie später mit ofenwarmen Brötchen überraschen könnte. Der Morgen war noch frisch, aber der Himmel klarte zunehmend auf und die Sonne gewann schon an Kraft. Sie würden nachher auf der Terrasse frühstücken können.

Um acht Uhr parkte er vor dem Haus der Heumanns. In der Auffahrt stand ein silberfarbener Mercedes. Ingo hätte nicht sagen können, ob das Fahrzeug schon letzte Nacht dagestanden hatte. Er klingelte, aber niemand öffnete.

Auf der Polizeistation protokollierte ein Beamter seine Angaben und bat ihn dann, sich einen Moment zu gedulden. Der Mann verließ den kleinen Raum und schloss die Tür hinter sich. Als er wieder zurückkam, spürte Ingo Bäumler, dass etwas nicht stimmte. Ein Knoten aus Angst begann sich langsam in seinem Magen zusammenzuziehen. Der Polizist nahm ihm gegenüber Platz und sah ihn einen Moment lang nur an, dann sagte er: „Herr Bäumler, Tabea Heumann ist tot."

3 Hinter dem Frankfurter Kreuz dirigierte das Navigationssystem Larissa Winterkorn auf die A67. Der Opel Adam ihrer Studienfreundin war brandneu und serienmäßig mit jeder Menge Schnickschnack ausgestattet.

Philipp hatte sie mit der Nachsicht behandelt, die man einem störrischen Kind entgegenbringt, als sie gestern unangemeldet in seinem Büro aufgetaucht war. Die Sache mit der alten Frau täte ihm ja leid, aber er sei schließlich auch nur ein Mensch. Er nahm eine Akte aus seinem Rollschrank, kopierte daraus ein paar Dokumente und legte alles vor Larissa auf den Tisch. Die Frauen arbeiteten im Mehrschichtsystem für Yukon Net, einen der größten Internet-Versandhändler, der unter anderem zwei Logistikcenter in Südhessen unterhielt. Untergebracht waren sie in einer ehemaligen Raststätte mit Motel direkt an der A67 bei einem Kaff namens Büttelborn. Sie könne von ihm aus sowohl bei Yukon Net als auch in dem Wohnheim nach Elena fragen. Allerdings sei nicht ausgeschlossen, dass die junge Frau sich abgesetzt habe oder schon längst wieder zurück in ihrer Heimat sei. Das komme eben manchmal vor. Auch bei laufenden Verträgen. Man könne die Frauen schließlich nicht einsperren, auch wenn Larissa offenbar genau das glaube. Philipp war vollkommen entspannt und schien nichts vor ihr verheimlichen zu wollen. Sie überlegte, ob sie ihm das Foto zeigen sollte, entschied sich aber dagegen. Stattdessen lieh sie sich am nächsten Tag das Auto ihrer Freundin und machte sich auf den Weg nach Büttelborn. Irgendetwas an der Sache gefiel ihr nicht, da konnte Philipp sagen, was er wollte.

Am Rüsselsheimer Kreuz staute sich der Verkehr unter dem grauen Novemberhimmel. Es war zehn Uhr vormittags und die Abbiegerspur in Richtung Mainz-Wiesbaden wurde durch einen liegengebliebenen LKW blockiert. Halten Sie sich links, sagte die Navi-Stimme und nur wenige Minuten später passierte Larissa die Abfahrt nach Groß-Gerau. Flaches Land und Wohnblocks aus den Sechzigerjahren hinter Lärmschutzwänden. Auf der anderen Seite der Autobahn erhob sich ein riesiger blauer Kasten mit dem grünen Wick-Logo. Wick Medinait, dachte Larissa, hier kam also der ekelhafte grüne Erkältungssaft her, den sie als Kind bei jedem Husten löffelweise von ihrer Mutter verabreicht bekommen hatte.

Hinter dem Wick-Lager öffnete sich die Landschaft wieder: Wiesen, Bahndämme und Bungalowsiedlungen unter Regenwolken schossen rechts und links der Autobahn vorbei. An der Abfahrt Büttelborn schwieg das Navi. Larissa ging trotzdem vom Gas, hier musste es irgendwo sein. Ein LKW hinter ihr setzte zum Überholen an und schob sich auf der linken Fahrspur an ihr vorbei. Die Navi-Stimme sagte: Nach 500 Metern nehmen Sie die Ausfahrt.

Der grün-beige Lärmschutzwall zu ihrer Rechten endete und gab den Blick frei auf ein Industriegebiet und ein Waldstück, dann folgte die Abfahrt. Der verblasste Hinweis „Raststätte“ unter dem Parkplatz-Symbol war kaum noch zu erkennen. Larissa blinkte und bog auf den Verzögerungsstreifen ab.

Das ehemalige Motel war nicht gleich zu sehen. Die Abfahrt führte auf einen Parkplatz, auf dem einige Laster und PKW standen. Larissa blieb auf der äußeren Fahrbahn, die um den Parkplatz herumführte, und landete schließlich vor einem Gittertor, hinter dem sie in einiger Entfernung einen zweistöckigen Gebäudekomplex in L-Form sehen konnte. Die Gardinen vor den Fenstern im ersten Stock waren alle zugezogen. Sie haben ihr Fahrtziel erreicht, vermeldete das Navi.

Larissa parkte den Opel auf dem unbefestigten Seitenstreifen, stieg aber nicht aus. Ein leichter Nieselregen setzte ein und besprenkelte die Windschutzscheibe mit kleinen Tropfen. Neben dem Tor waren eine Klingel und eine Sprechanlage in einen Stahlpfosten eingelassen. Das gesamte Gelände war von einem mannshohen Zaun umgeben. Der hintere Teil des Areals schien in das Wäldchen überzugehen, das sie schon von der Autobahn aus gesehen hatte. Auf einmal kam sie sich lächerlich vor. Wahrscheinlich hatte Philipp recht und Elena Popescu war längst wieder in Rumänien. Dass sie offenbar nicht nach Kleinkopisch zu ihrer Mutter zurückgekehrt war, sondern vielleicht in Bukarest oder einer anderen großen Stadt ihr Glück versuchte, konnte Larissa ihr nicht verdenken.

Sie hatte sich schon fast zur Umkehr entschieden, als sich ein Mann in schwarzblauer Uniform dem Tor näherte, die Arme in die Hüften stemmte und zu ihr herübersah. Offenbar gab es hier sogar einen hauseigenen Sicherheitsdienst. Den hatte Philipp allerdings nicht erwähnt.

Larissa öffnete die Fahrertür, stieg aus, hielt sich die Handtasche über den Kopf und ging auf das Tor zu. Der Mann kniff wegen des Sprühregens die Augen zusammen. Als Larissa bis auf zwei Meter herangekommen war, zog er sich den Gürtel ein Stück höher über seine verfetteten Hüften.

„Kann ich Ihnen helfen, schöne Frau?“ Breiter hessischer Dialekt. Anzügliches Grinsen.

„Oh, das hoffe ich!“ Larissa nahm ihre Handtasche vor die Brust, machte große Augen und blinzelte kokett, damit der Typ nicht merkte, wie ekelhaft sie ihn fand. „Ich suche eine Freundin, die hier wohnt oder mal gewohnt hat."

„So, so…" Der Mann nickte, drehte sich kurz um und sah zu dem Gebäude hinüber, dann drückte er auf einen Knopf und die vergitterte Tür sprang auf. „Dann kommen Sie doch erstmal rein, Sie werden ja noch ganz nass."

Larissa wäre am liebsten sofort wieder umgekehrt, aber dazu war es jetzt zu spät. Sie folgte dem Mann über den Hof. Regentropfen glänzten auf dem Rücken seiner schwarzen Lederjacke. Er führte sie in ein kleines Büro, bot ihr den Platz vor seinem Schreibtisch an und reichte ihr ein Handtuch. Sie dankte ihm und rieb sich Nacken und Gesicht trocken.

„Damit wir uns richtig verstehen…", sagte der Mann gedehnt, nahm ihr das Handtuch wieder ab und ließ sich schwerfällig auf dem Rand des Schreibtisches nieder. Sie bemerkte einen schwarzen Schlagstock an seinem Gürtel. „Eigentlich dürfte ich Sie ja laut unserer Hausordnung gar nicht hier reinlassen."

Larissa sah sich um. Sie spürte, wie der Typ sie von oben bis unten musterte. Außer ihnen beiden schien niemand hier zu sein.

„Aber naja, die Bürokraten! Was wissen die schon!" Der Mann zwinkerte ihr zu und lächelte.

Larissa zwang sich, seinem Blick nicht auszuweichen. „Also wie gesagt, ich suche meine Freundin Elena."

„Nachname?"

„Popescu."

Der Mann schien einen Moment irritiert zu sein, dann begann er schallend zu lachen. „Popescu?"

Larissa nickte.

„Ach, Süße! Popescu, das ist bei denen hier wie bei uns Müller, Maier, Schulze, verstehste?"

Er zog sich die Jacke aus und drapierte sie über der Lehne des Drehstuhls, bevor er sich an den Computer setzte, die Maus bewegte und mit gerunzelter Stirn auf den Bildschirm vor sich sah.

Hatte der Typ sie eben tatsächlich „Süße" genannt? Auf dem Ärmel seines zerknitterten blauen Uniformhemds war das Logo der Sicherheitsfirma aufgedruckt, über der linken Brust trug er ein Namenschild, das ihn als „M. Kowalski" auswies.

Während der Mann noch damit beschäftigt war, Dateien durchzuklicken, holte Larissa das Foto aus ihrer Handtasche und legte es vor sich auf den Rand des Schreibtischs. Der Mann sah kurz zu ihr rüber und lächelte, dann verfinsterte sich seine Miene.

„Was willst du denn hier?" Kowalski sprang auf.

Larissa wich zurück. Sie wollte etwas sagen, bekam aber keinen Ton heraus. Für einen irren Moment war sie davon überzeugt, dass der Mann sich gleich auf sie stürzen würde, dann erst wurde ihr klar, dass er gar nicht sie meinte, sondern über ihren Kopf hinweg mit jemand anderem sprach.

Eine junge Frau stand seitlich hinter ihr und starrte auf das Bild.

„Komm, komm, komm, raus hier!" Kowalski kam mit wedelnden Armen um den Schreibtisch herum und scheuchte die Frau aus dem Büro.

„Sorry, aber hier drin haben die Bewohnerinnen nix zu suchen. Ist zu ihrer eigenen Sicherheit. Steht auch in der Hausordnung."

Larissa sah sich um, aber die Frau war schon verschwunden. Kowalski nahm das Foto und sah es einen Moment lang an, dann gab er es Larissa zurück und schüttelte den Kopf.

„Tut mir leid, aber die kenne ich nicht, und das System …", er deutete mit dem Kinn zum Bildschirm hinüber, „das System offenbar auch nicht."

Einen Moment lang saßen sie sich schweigend gegenüber. In einem der angrenzenden Räume lief gedämpft ein Radio. Irgendwo im Haus rauschte die Toilettenspülung. Kowalski erhob sich und zog erneut den Gürtel über die Hüften. „War aber vielleicht auch vor meiner Zeit."

„Ja", sagte Larissa achselzuckend. „Ist ja auch alles schon eine Weile her. Naja, einen Versuch war es wert." Sie nahm das Foto vom Schreibtisch und steckte es zurück in ihre Handtasche.

Kowalski begleitete sie nach draußen. Es hatte aufgehört zu regnen, im Hof standen kleine Pfützen. Er ging ein paar Schritte vor ihr her und so konnte er nicht sehen, dass die Frau, die er aus dem Büro geworfen hatte, an einem der unteren Fenster stand. Sie hielt ein Stück Pappkarton gegen die Scheibe, auf das sie in schwarzen Großbuchstaben zwei Worte geschrieben hatte. Als Kowalski das Tor öffnete, drehte sich Larissa noch einmal um und sah zu dem Gebäude hinüber, aber die Frau am Fenster war bereits verschwunden.

Sie stieg in den Opel, ließ den Motor an und fuhr davon. Auf dem Parkplatz hielt sie zwischen zwei Lkws, lehnte sich im Fahrersitz zurück und schloss einen Moment die Augen. Dann programmierte sie das Navi neu.

Der einzige Burger King in unmittelbarer Nähe lag in einem Einkaufszentrum zwischen Büttelborn und Groß-Gerau. Sie konnte den hoch aufragenden Reklameturm des Helvetia Parc schon sehen, als sie von der Autobahnbrücke herunterfuhr. Nach dem Regen klarte das Wetter langsam auf und die Wolkendecke bekam Risse, sodass sie in der Ferne sogar das quaderförmige blaue Wick-Gebäude, an dem sie vor einer knappen Stunde vorbeigekommen war, erkennen konnte.

Larissa parkte und betrat das rundum verglaste Schnellrestaurant. Die Einrichtung war so steril und funktional wie in allen Burger-Läden: Am Boden verschraubte Plastiktische und -stühle, Stapelwagen mit Plastiktabletts, und Fernsehbildschirme, auf denen pausenlos Werbung für Mainstream-Pop lief. An einem der größeren Tische lärmte eine Horde Teenager. Ansonsten gab es nur ein paar vereinzelte Gäste, die sich mit vollen Backen kauend über ihre Burger-Menüs beugten. Es war offenbar noch zu früh für den großen Mittags-Ansturm.

Larissa versuchte, sich an das Gesicht der Frau aus dem Wohnheim zu erinnern. Dunkle, kinnlange Haare und braune Augen. Nicht besonders groß, schmächtig. Sie bestellte einen Kaffee und setzte sich an einen der Zweiertische, von dem aus sie den Eingang im Auge behalten konnte. Der Kaffee war gar nicht schlecht. Schwarz und heiß wie früher. Als Schülerin war sie mit ihren Freundinnen und später mit der Clique an den Wochenenden oft in den Großraumdiscos im Rhein-Main-Gebiet unterwegs gewesen. Abtanzen. Feiern. Party machen. Gute Laune. Und wenn man dann gegen halb zwei in der Nacht den absinkenden Blutzuckerspiegel und den ansteigenden Alkoholpegel spürte, fraß man sich noch einmal durch die Menüs bei McDonalds oder Burger King und spülte alles mit einem halben Liter Cola runter. Einer musste immer nüchtern bleiben und fahren, die anderen alberten auf der Rückbank rum, knutschten mit dem Freund oder tuschelten mit der besten Freundin, und als Soundtrack dazu dröhnten die Vibes der satten Bässe aus den Autoboxen. Wie die Lichter in der Nacht draußen vorbeizogen und wie köstlich es war, morgens um fünf ins weiche Bett zu fallen und den Sonntag zu verschlafen. Wie lange war das nur her? Wie lange nur?

„Ist frei hier?“ Die junge Frau sah sich noch einmal um und setzte sich, ohne Larissas Antwort abzuwarten. Sie rutschte unruhig auf ihrem Stuhl herum und machte keine Anstalten, ihre pinkfarbene Daunenjacke auszuziehen, so als habe sie nicht vor, lange zu bleiben. „Ich habe Bild von Elena gesehen."

„Ja …", sagte Larissa und holte das Foto noch einmal aus ihrer Handtasche hervor.

Die Frau nickte. „Das Elena."

„Okay, okay, und wie heißen …" Larissa wusste nicht, ob sie die Frau siezen oder duzen sollte.

„Florina." Wieder sah sie sich um, als habe sie Angst, dass jemand sie beobachten könnte.

„Ist alles in Ordnung, Florina?"

Die Frau holte Luft, sagte aber nichts.

„Florina, wo ist Elena?"

„Weg."

„Weg? Einfach weg?"

„Erst Arbeit bei Yukon und Wohnheim. Dann … dann Elena sagen: Alles Scheiße. Mist hier. Und dann weg." Florina machte eine Handbewegung, als habe sich Elena einfach in Luft aufgelöst.

„Ich verstehe nicht …"

„Elena … geht gut?"

Larissa runzelte die Stirn. „Das weiß ich nicht, ich …"

„Elena bestimmt gut. Guter Mann vielleicht? Gutes Leben."

Larissa fragte die Frau noch einmal, ob wirklich alles in Ordnung sei, diesmal auf Rumänisch.

Florina lächelte spöttisch und antwortete ihr auf Deutsch: „In Deutschland immer Ordnung."

Larissa versuchte es noch einmal auf Rumänisch, aber Florina schien ihr gar nicht mehr zuzuhören, sondern starrte nur auf einen der Fernseher über ihren Köpfen. Ein braungebranntes Pärchen in Badehose und Bikini tollte in der Brandung am Strand einer Südseeinsel herum. Ein gutgebauter Kellner in kurzen Hosen servierte bunte Cocktails auf einem Tablett.

„Ich muss gehen." Florina stand abrupt auf. „Elena bestimmt gut", sagte sie entschieden, als müsse sie sich damit selbst überzeugen. „Nix mehr Wohnheim. Nix mehr …" Sie schüttelte den Kopf und ging.

Larissa wollte sie zurückhalten, aber die Entschlossenheit, mit der die junge Frau davonstürmte, hielt sie davon ab. Was hätte sie denn auch noch von ihr erfahren können? Offensichtlich wollte oder konnte sie nicht mehr über Elenas Verbleib sagen.

Nur eins war jetzt sicher: Der eklige Typ vom Sicherheitsdienst hatte sie belogen.

***

Commerzbank-Arena. Wenn er das schon hörte! Neues Stadion mit Dach und allem Pipapo, aber bei Temperaturen knapp über dem Nullpunkt war es im Block hinter dem Gästetor genauso kalt wie im alten Waldstadion. Auf den blauen Sitzschalen aus Hartplastik fror man sich den Arsch ab, es sei denn man hatte ein Kissen zum Unterlegen mitgebracht. Aber das machten eigentlich nur Rentner und Hämorrhoiden-Kranke. Offiziell war dieser Teil der Ostkurve ein gemischter Block, es waren aber fast nur Eintracht-Fans hier. Der Gästebereich lag ein ganzes Stück weiter links, um Provokationen zu verhindern.

Kowalski biss von seiner Bratwurst ab und sah kauend übers Spielfeld. Auf dem Videowürfel über dem Anstoßpunkt lief Werbung für Mineralwasser und im Fanblock auf der gegenüberliegenden Seite herrschte noch die Ruhe vor dem Sturm. Gegen Dortmund hatte die Eintracht in der Vergangenheit die eine oder andere herbe Klatsche einstecken müssen, aber momentan stand der BVB ganz unten in der Tabelle, und die

Frankfurter waren für ihre Verhältnisse eigentlich ganz gut drauf.

Kowalski verputzte den Rest seiner Wurst und spülte mit Bier nach. Noch zehn Minuten. Langsam füllten sich die Reihen. Der Platz links neben ihm war noch unbesetzt und würde es auch bis kurz vor Anstoß bleiben, so war es ausgemacht. Meistens ging er mit Kessler, einem seiner Kollegen vom Sicherheitsdienst, ins Stadion, aber heute war er ja sozusagen geschäftlich hier, da konnte er niemand anderen gebrauchen.

Kessler hatte gestern mal wieder Dünnschiss gehabt und fast den ganzen Morgen auf dem Klo gesessen, sodass er vom Besuch der komischen Tussi nichts mitbekommen hatte. Die Kleine wollte ihn für doof verkaufen, das hatte er gleich gemerkt. Auf der Suche nach einer Freundin. Von wegen. Die Mädels, die bei Yukon arbeiteten und im alten Motel in Mehrbettzimmern hausten, hatten keine Freundinnen mit schnittigen Neuwagen und Louis-Vuitton-Handtaschen. Kowalski tippte auf Journalistin. Er hatte sie auch nur reingelassen, um sie ein bisschen an der Nase herumzuführen und auszuhorchen, aber dann fing die blöde Tussi auf einmal mit Elena an. Was zur Hölle wusste die Tusse von Elena? Er hatte laut gelacht und sich hinter dem PC verschanzt, um Zeit zu gewinnen und nachzudenken. Und dann kam ausgerechnet die kleine Florina ins Büro und hatte das Bild von Elena gesehen. Schöne Scheiße.

Der Stadionsprecher gab gerade die Mannschaftsaufstellung des BVB durch, der Dortmunder Fanblock applaudierte, die Kurve gegenüber pfiff. Jetzt waren fast alle Plätze besetzt, nur die Sitzschale neben Kowalski war noch frei. Als die Eintracht-Hymne „Im Herzen von Europa“ erklang, stand alles auf, manche sangen lauthals mit. In die Fankurve auf der gegenüberliegenden Seite kam Bewegung, Fahnen wurden geschwenkt und

Schals in die Höhe gehalten. Das Lied verklang und der Stadionsprecher kündigte gerade die Aufstellung der Frankfurter Eintracht an, als Kowalski bemerkte, wie sich jemand an den stehenden Fans in seiner Reihe vorbeischob. Der Mann war groß und dünn und hatte sich einen Fan-Schal um die hageren Schultern gelegt. Er blieb vor der freien Sitzschale stehen und sah Kowalski mit fragenden Augen an, bevor er sich setzte.

Der Stadionsprecher rief: „Mit der Nummer 4: Marco …"

Und das ganze Stadion brüllte den Nachnamen des Frankfurter Verteidigers: „Russ!"

Kowalski brüllte mit. Zwischendurch beäugte er seinen Nebenmann, der mit Magenbittergesicht dasaß, als hätte er einen Besenstiel verschluckt. Er hatte die Hände auf die grauen Stoffhosenbeine gelegt und die Knie so nahe aneinandergestellt, dass sie sich fast berührten. Seine Kiefer mahlten und die Sehnen an seinem Hals traten hervor. Der Idiot hätte sich den Fan-Schal auch sparen können, dachte Kowalski, es nahm ihm hier sowieso keiner ab, dass er wegen des Spiels gekommen war.

Nach dem Anpfiff blieb Kowalski noch einen Moment stehen, dann ließ er sich auf seinem Platz nieder, warf dem blassen Elend neben sich einen vergnügten Seitenblick zu und sagte: „So, dann wollen wir mal sehen, was wir heute reißen können, was?"

Der andere sah ihn mit zusammengepressten Lippen an. Kowalski grinste. Er hatte den armen Kerl sogar die Eintrittskarten bezahlen lassen.

Die Partie nahm schnell Fahrt auf. Bereits nach fünf Minuten spielte der Dortmunder Großkreutz einen tödlichen Fehlpass direkt in die Füße eines Frankfurter Verteidigers, und der schaltete blitzschnell und schickte Alex Meier auf die Reise in den gegnerischen Strafraum. Der ganze Block sprang auf. Kowalski sah, wie der schlaksige Stürmer zwei schwarze-gelbe Verfolger abhängte, aus vielleicht zehn Metern Entfernung abschloss und den Dortmunder Tormann sauber tunnelte. Danach sah Kowalski einen Moment lang gar nichts mehr, weil sich vor ihm ein Wald aus Armen erhob und das Stadion in einem einzigen lang gezogenen Torschrei explodierte. Der Typ neben ihm war als Einziger im Block sitzengeblieben und starrte vor sich auf den Boden. Er sah aus, als würde er sich am liebsten an Ort und Stelle in Luft auflösen.

Zur Halbzeit führte die Eintracht immer noch 1:0, die Mannschaften trabten vom Platz, die Musik setzte ein und das Publikum machte sich zufrieden auf den Weg zu den Bierständen oder aufs Klo.

Sein Sitznachbar starrte Löcher in die Luft und machte ein derart unglückliches Gesicht, dass Kowalski beschloss, ihn zu erlösen.

„Hast du's aufgeschrieben?"

Der Mann atmete erleichtert auf. „Ich dachte schon, Sie fragen nie."

„Und hast du?"

„Natürlich, natürlich. Es ist aber ein bisschen speziell."

„Nicht hier."

Der blasse Typ nickte ergeben und holte einen Briefumschlag aus der Innentasche seines Mantels. Kowalski steckte das Kuvert ein, stand auf, streckte sich und sah sich im Block um. Der andere saß jetzt vornübergebeugt und massierte sich mit zwei Fingern die Nasenwurzel.

Kowalski gähnte. „Also wenn wir gleich nach Wiederanpfiff ein Tor nachlegen, gewinnen wir die Kiste heute. Holst du uns mal zwei Bier, Kumpel?"

Der Mann sah ihn an, als habe er ihn geohrfeigt. „Ich gehe davon aus, dass ich von Ihnen höre?", fragte er steif.

„Klar. Du hörst von uns."

Kowalski sah dem komischen Vogel hinterher, als er ungelenk die Treppe zum Blockausgang hinaufstieg, wobei er gegen den Strom der zurückkehrenden Fans ankämpfen musste. Oben sah er sich noch einmal angewidert um, dann war er in der Menge verschwunden.

***

Psychotherapeuten, so glaubte Ingo Bäumler, verfügten im Gespräch mit ihren Patienten im Grunde nur über zwei banale Techniken: Fragen zu stellen war die eine, die Antworten auf diese Fragen dann noch einmal zusammenfassend an den Patienten zurückzugeben, die andere. Auch Franziska Körner stellte größtenteils nur Fragen. Was sie allerdings von den Therapeuten, die Ingo vor ihr konsultiert hatte, unterschied, war die Tatsache, dass Franziska Körner wusste, die richtigen Fragen zu stellen.

Ihre Praxis befand sich im dritten Stock eines Gebäudes am Groß-Gerauer Marktplatz. Im Erdgeschoss befanden sich Ladengeschäfte, ein Optiker, eine Apotheke und auf der Ecke eine Schnellbäckerei. Im ersten Stock residierte eine Nachhilfe-Schule. Den Rest des Hauses teilten sich Arzt- und Anwaltspraxen, neben Franziska Körner boten noch zwei weitere Psychotherapeuten unter demselben Dach ihre Hilfe an. Ingo Bäumlers wöchentlicher Termin bei Frau Körner war am Mittwochmorgen. Er kam immer eine Viertelstunde früher und stand dann in dem sparsam aber geschmackvoll eingerichteten kleinen Wartezimmer am Fenster und beobachtete, wie sich die Menschen unten über den Wochenmarkt schoben. Menschenansammlungen aus der Ferne zu beobachten, während man selbst in Sicherheit war, das war für Ingo Bäumler ein großer Genuss. Um selbst nicht in das Menschengewimmel zu geraten, nahm er einige Umwege in Kauf und näherte sich dem Marktplatz nur über Seitenstraßen.

Bei den wöchentlichen Sitzungen mit Franziska Körner fühlte sich Ingo Bäumler wie in einem therapeutischen Kokon, der ihn schützte und stützte und den er nach einer Stunde mit neuer Lebenskraft wieder verließ. Auch als er an diesem Morgen seiner Therapeutin gegenübersaß, spürte er, wie sich große Ruhe in ihm ausbreitete. Franziska Körner lächelte und sah ihn durch die Gläser ihrer dick umrandeten Brille an, die sich in ihrem zierlichen Gesicht grotesk groß ausnahm.

„Worüber wollen Sie heute mit mir reden, Herr Bäumler?“, fragte die Therapeutin und Ingo musste sofort an seine Panikattacke im Café denken. Aber da war noch etwas.

„Ich schlafe wieder schlechter. Und dann ist alles wieder da. Von damals.“

Franziska Körner nickte. „Was genau?“

„Alles.“

In den Wochen nach dem Unfall ermittelte die Polizei und fand heraus, dass Tabea nicht an den Folgen des Zusammenstoßes gestorben war, sondern an einem Mix aus Drogen und Tabletten, den sie in der Nacht zu sich genommen hatte. Ihre Eltern, die in den frühen Morgenstunden von einer Feier zurückgekommen waren, hatten sie gefunden. Sie wussten, dass ihre Tochter unter der Trennung von ihrem ersten festen Freund litt und hatten sie an diesem Abend in der Obhut einer älteren Freundin zurückgelassen. Die Freundin berichtete der Polizei unter Tränen, dass Tabea ihr gegen elf Uhr versichert habe, einfach nur schlafen zu wollen, und da sei sie gegangen, weil sie unbedingt noch ihren Freund treffen wollte. Danach musste Tabea mit ihrem Tablettenvorrat hinaus in die Nacht gelaufen sein, wo sie gegen Mitternacht vor Ingo Bäumlers Auto geraten war. Die Polizei glaubte sogar, dass sie sich, bereits im Rausch, mutwillig vor das Auto geworfen haben könnte.

In ihren letzten Lebensstunden hatte Tabea allerdings einen wirren Brief geschrieben, in dem neben ihrem Exfreund auch Ingo Bäumler vorkam. Tabeas Eltern gaben bereits ein paar Tage nach dem Tod ihrer Tochter der FAKT-Zeitung ein Interview und zeigten dem mitfühlenden Journalisten, der sie zuhause besuchte, auch eine Kopie von Tabeas Abschiedsbrief, das Original lag noch bei der Polizei.

FAKT druckte anschließend unter der Überschrift „Angefahren! Und vergewaltigt?“ ein Bild des Mädchens und gab Passagen aus dem Brief wieder, die vage darauf hinzudeuten schienen, dass Tabea vor ihrem Tod sexuell belästigt worden war. Konkrete Anschuldigungen erhob das Blatt natürlich nicht, fragte aber in übergroßen Lettern: „Welche Rolle spielt dabei der Lehrer Ingo B. (41)?“

Ein Fotograf der Zeitung hatte eine verwaschene Aufnahme gemacht, die Ingo mit Sabine und den Kindern am Esstisch zeigte. Um Ingos Kopf hatte man mithilfe der Bildbearbeitung einen roten Kreis gelegt. Der Fotograf musste sich zwischen den Büschen im kleinen rückwärtigen Gärtchen versteckt und auf seine Chance gewartet haben. Seitdem hielt Sabine sämtliche Rollläden im Haus bei Tag und Nacht geschlossen. Sie glaubte ihrem Mann, war aber nicht naiv. Die Verwicklung in eine derartige Geschichte hinterließ immer Spuren, vor allem wenn man Lehrer war. Als Ingo noch dachte, er könne selbst alles klären, bestand sie bereits darauf, einen Anwalt hinzuzuziehen. Jeden Tag klingelte ein anderer Pressefritze bei den Bäumlers.

Mit keinem sprechen, sagte der Anwalt. Die Polizei wollte Ingo noch einmal befragen, der Anwalt schaltete sich ein. Dann der Bericht in der FAKT, die Nachbarn tuschelten. Ruhig verhalten, sagte der Anwalt.

Und Ingo Bäumler verhielt sich ruhig. Er sah sich bei heruntergelassenen Rollläden alle Spiele der Fußball-WM im Fernsehen an, um sich abzulenken, aber seine Gedanken kehrten dennoch immer wieder zu dem verflixten Unfall am See zurück. Einige Male dachte er auch an Laura Ehrenfels, traute sich aber unter den gegebenen Umständen nicht, mit ihr Kontakt aufzunehmen. Der Kuss war nach allem, was später in der Nacht noch passiert war, ohnehin sein kleinstes Problem.

Vom Schuldienst war er offiziell bis nach den Ferien freigestellt. Danach werde man schon sehen, hatte der Rektor zu ihm gesagt, nachdem er ihm am Telefon wortreich versichert hatte, dass die Schulleitung und das Kollegium natürlich zu hundert Prozent hinter ihm stünden. Die Urlaubsreise nach Spanien sagten die Bäumlers ab. Die Kinder waren enttäuscht, protestierten aber nur halbherzig. Max, mit zehn Jahren der wesentlich Ältere, spürte, dass etwas nicht stimmte. Wenn Lea, die gerade fünf geworden war, munter drauflos plapperte und die Erwachsenen mit Grabesmiene am Tisch saßen, nahm Max seine kleine Schwester an der Hand, schlug ihr ein Spiel vor oder machte den Clown für sie.

Ingo und Sabine entschieden, dass es das Beste sei, wenn sie mit den Kindern in den Ferien ein bis zwei Wochen zu ihren Eltern in den Schwarzwald fahren würde.

Ingo vergrub sich währenddessen in der heißen, stickigen Wohnung. Spät in der Nacht riss er alle Fenster und Türen auf und stand manchmal vor dem Haus und rauchte. Der einzige andere Mensch, den er dann hin und wieder zu Gesicht bekam, war der alte Schultes, der nebenan vor seiner Haustür stand und schweigend wie ein alter Indianerhäuptling in die Dunkelheit starrte.

Die Polizei fand nichts, was Ingos Aussagen widersprochen hätte. Ein Sexualdelikt schlossen die Ermittler aus. FAKT hingegen brachte Fotos von der Stelle, an der das Mädchen Ingo vors Auto gelaufen war. Sie fotografierten eine Schulfreundin, die Blumen und einen kleinen Stoffhasen neben der Fahrbahn ablegte, als sei Tabea dort an den Folgen des Unfalls gestorben. Ingo ärgerte sich und wollte eine Gegendarstellung, aber sein Anwalt riet ihm, sich weiterhin ruhig zu verhalten. Die FAKT habe bald ihr bekanntes Feuerwerk abgebrannt, dann werde er für das Krawallblatt ohnehin uninteressant. Wenn er sich hingegen jetzt einmischte, würden sie ihn nicht mehr in Ruhe lassen … Der Plan des Anwalts schien zu funktionieren. Dann tauchte das Handyvideo auf.

Ein paar Tage davor erlebte Ingo Bäumler seine erste Panikattacke. Nicht, dass er es als solche bezeichnet hätte. Er wusste gar nicht, wie sich das anfühlen sollte, eine Panikattacke. Aber er wusste auf einmal sehr genau, wie es sich anfühlte, zu sterben. Er saß fast zwei Stunden lang am Küchentisch vor einem Glas Eistee und starb. Sein Herz raste, der Schweiß brach ihm aus. Er würde sterben. Nicht morgen oder übermorgen oder irgendwann. Nein. Heute. Hier und jetzt. Jetzt gleich. In dieser seiner Küche mit dem alten Esstisch und dem Familienplaner an der Wand. Dem aufgeschnittenen Laib Brot und den Krümeln auf der Anrichte. Der Kaffeemaschine und den Magneten an der Kühlschranktür. Er begann zu hyperventilieren, die Küche drehte sich, wurde immer größer und er immer kleiner. Verschwindend klein. Gleich, dachte er, gleich passiert es.

Nach etwa fünf Minuten waren die zwei Stunden Sterben vorbei. Aber die Angst, dass es jeden Moment wieder losgehen könnte, war noch da. Ingo sah den Eistee vor sich auf dem Tisch. Die erfrischend kalte Flüssigkeit hatte die Ränder des Glases beschlagen lassen. Draußen vor dem Küchenfenster, hinter den Rollladenschlitzen, schien die Sonne. Irgendwo bolzte jemand einen Ball gegen eine Mauer. Ingo hatte Durst, konnte aber die Hand nicht ausstrecken, um nach dem Glas zu greifen. Er blieb am Küchentisch sitzen, bis es dunkel wurde.

Sabine kam ohne die Kinder aus dem Schwarzwald zurück. Ingo war froh, nicht mehr allein zu sein, und wollte ihr von seinem Küchentisch-Erlebnis berichten, aber Sabine blieb merkwürdig einsilbig und erstarrte sofort, wenn er sie umarmte. Sie räumte auf, putzte die Wohnung und ging einkaufen. Am Abend führte sie ihn nach oben ins gemeinsame Arbeitszimmer und fuhr ihren Computer hoch.

Hier war Ingo schon lange nicht mehr gewesen. Er wunderte sich über sich selbst. Hätte er in den Ferien nicht schon ein bisschen Unterricht vorbereiten müssen? So hatte er das doch immer gemacht, aber nun konnte er sich nicht erinnern, wann er zuletzt hier oben an seinem Schreibtisch gesessen hatte.

Sabine öffnete ihren Internetbrowser, rief Facebook auf und drehte den Bildschirm so, dass Ingo gut sehen konnte. Er verstand erst nicht, was das verwackelte Filmchen mit ihm zu tun haben sollte. Dann erkannte er Laura Ehrenfels und sich selbst, wie sie engumschlungen auf der Brücke am Hegbachsee standen. Der Film hatte keinen Ton. Dafür war die Bildqualität quälend gut, man sah deutlich, wie sie sich küssten. Auf dem Video sah man Ingos Überraschung nicht, man sah auch nicht, wie Ingo das Mädchen von sich wegschob, es sah vielmehr so aus, als lösten sie sich beide einvernehmlich voneinander, um etwas zu besprechen. Der Film brach ab, bevor man Laura weglaufen sehen konnte.

„Sabine, das ist…" Ingo setzte zu einer Erklärung an, aber seine Frau hob die Hand, schloss die Augen und schüttelte energisch den Kopf. Er versuchte es trotzdem. Sagte, dass der Film einen falschen Eindruck erwecke. Dass es ein Fehler gewesen sei, es ihr nicht gleich erzählt zu haben. Dass er gehofft habe…

„Du hast gehofft, dass es nicht rauskommt!", schrie Sabine und sprang so heftig auf, dass der Drehstuhl gegen die Schreibtischkante knallte. Durch die Erschütterung fielen ein paar gerahmte Bilder, die sie neben dem Monitor postiert hatte, um. Sabine stand vor ihm und zitterte. Sie könne nicht mehr. Sie sei am Ende. Vollkommen am Ende.

Ingo spürte die Angst anrollen. Er beugte sich nach vorne und steckte die Hände zwischen die Knie, zog die Schultern hoch, als wolle er sich vor Schlägen auf den Kopf schützen. Wenn er sich ganz klein und hart machte, käme die Angst vielleicht gar nicht in ihn hinein.

„Die Kinder", hörte er Sabine wie aus weiter Ferne sagen, „die Kinder kriegen das alles mit. Alles, weißt du das?"

Ingo wusste nur, dass er die Angst in den Griff bekommen musste. Sie nicht reinlassen durfte.

„Hörst du mir überhaupt zu?" Sabines Stimme kippte. Sie schrie jetzt. Dann schlug sie auf ihn ein. Ihre kleinen festen Faustschläge prasselten auf seinen Rücken, wurden aber schnell schwächer.

Als er für einen kurzen Moment aus seiner Selbstumklammerung auftauchte, stellte er fest, dass sie das Zimmer verlassen hatte. Nur der Computer auf ihrem Schreibtisch lief noch. Der Bildschirmschoner hatte sich eingeschaltet und zeigte ein Foto aus dem vergangenen Jahr: ein Sommertag im Freibad. Max und Lea im Vordergrund mit Eis am Stiel, dahinter Sabine, die Sonnenbrille ins strohblonde Haar geschoben. Und ganz hinten er selbst mit freiem Oberkörper, lächelnd und mit weit ausgebreiteten Armen vor dem blauen Himmel.

Er hörte, wie seine Frau unten mit großen Schritten von Raum zu Raum ging. Er hörte sie in der Küche, im Wohnzimmer, im Flur, dann an der Garderobe. Als nächstes fiel die Haustür ins Schloss. Es dauerte eine ganze Weile, bis er begriff, dass er allein war. Allein mit der Angst.

Die Schule begann wieder und Ingo war krankgeschrieben. Sein Hausarzt hatte ihm Tabletten gegen die Angstzustände verordnet, die ihn müde machten und sein Denken verlangsamten. Es war ihm egal, solange nur die Angst nicht wiederkam.

Laura Ehrenfels gab der FAKT ein Interview, in dem sie beteuerte, dass Ingo Bäumler ihr nichts getan habe. Es sei eine ganz und gar dumme Aktion gewesen. Sie habe sich schon in der achten Klasse so ein bisschen in ihn verliebt, aber es sei ja nichts gewesen. Er habe es noch nicht mal bemerkt. Dass jemand die Szene auf der Brücke gefilmt habe, täte ihr furchtbar leid. Laura gab sich alle Mühe, um ihrem Lehrer Schwierigkeiten zu ersparen. Die FAKT brachte dazu ein Bild aus dem Handyvideo, das sie beide in inniger Umarmung auf der Brücke zeigte, und titelte: „Würdest Du für Deine große Liebe lügen, Laura?“

Ingos Anwalt schüttelte den Kopf und machte ein Gesicht, als habe er auf eine Zitrone gebissen. Das sei nun natürlich ganz schlecht, sagte er und wollte wissen, warum in Herrgotts Namen Ingo ihm nicht früher von der Sache mit der Schülerin erzählt habe.

„Weil es gar keine Sache gegeben hat!“, versuchte Ingo sich zu verteidigen.

„Vielleicht nicht", sagte der Anwalt und breitete die Zeitung vor ihm auf dem Küchentisch aus. „Aber jetzt, Herr Bäumler, jetzt gibt es sie…"

Wahrscheinlich lag es an den Tabletten, dass Ingo nicht verstand, worauf der Anwalt hinauswollte. Schließlich wurde keine Anklage gegen ihn erhoben.

Im Herbst lichtete die FAKT ihn noch einmal in unvorteilhafter Pose ab, als er unrasiert und mit verschleiertem Blick die Praxis seines Hausarztes verließ. Sabine erbat sich Bedenkzeit. Sie war mit den Kindern bei einer Freundin untergekommen, die gerade ihr Elternhaus im Ried geerbt und ausreichend Platz hatte. Ingo wurde in einen Nachbarort an eine andere Schule versetzt. An seinem ersten Arbeitstag brach er an der Tafel stehend vor seiner neuen Klasse in Tränen aus und wurde erneut krankgeschrieben, weil er einen Tablettenentzug machen musste. Danach begann er eine Psychotherapie, wechselte nach kurzer Zeit den Therapeuten, startete einen weiteren Arbeitsversuch und scheiterte erneut. Er brach die Therapie ab und verließ das Haus nicht mehr. An einem Freitagabend im Frühsommer, fast genau ein Jahr nach den Ereignissen am See, betrank er sich und fuhr zu dem Haus, in dem Sabine nun mit den Kindern lebte. Er wollte Max und Lea sehen, und als Sabine es ihm verweigerte, schrie er herum und drohte die Tür einzutreten. Als ihm das nicht gelang, drohte er mit Selbstmord. Die herbeigerufene Polizei brachte ihn in die Psychiatrie, wo er sich für drei Wochen freiwillig in Behandlung begab. Nach seiner Entlassung zog er sich in sein Haus zurück.

Der ambulante Dienst der Klinik sah regelmäßig nach ihm. Wenn er nicht unter Angstzuständen litt, lag er im Bett oder saß tagelang wie gelähmt vor dem Fernseher. Erst die Sitzungen bei Franziska Körner halfen ihm, sich im Alltag einigermaßen zu stabilisieren und mit der Angst und vor allem der

Angst vor der Angst zu leben. In den Schuldienst kehrte er nicht mehr zurück. Mittlerweile war seine Dienstunfähigkeit amtlich. Sabine reichte die Scheidung ein und bekam das alleinige Sorgerecht zugesprochen.

Ingo Bäumler massierte sich die Schläfen. Manchmal kam ihm das alles so unwirklich vor, als sei es gar nicht ihm selbst passiert, sondern einem anderen. Einem Fremden. Jemandem, über den man in der Zeitung liest.

Franziska Körner schlug die Beine übereinander und fragte: „Wie alt sind Ihre Kinder jetzt eigentlich?"

„Max ist 14 und Lea ist im Sommer 9 geworden."

Die Psychotherapeutin lächelte. „Das kam jetzt aber wie aus der Pistole geschossen."

„Glauben Sie etwa, ich vergesse die Geburtstage meiner eigenen Kinder?" Bäumler sah seine Therapeutin gekränkt an. Tatsächlich hatte er im Juli beinahe Leas Geburtstag vergessen und dann überstürzt ein Buch besorgt, von dem er sich nicht sicher war, ob sie es schon kannte.

„Nein, nein, so war das nicht gemeint", lenkte Franziska Körner sofort ein.

„Ich schicke ihnen immer etwas zum Geburtstag und zu Weihnachten", sagte Bäumler, hielt einen Moment inne und fügte dann mit leiser, tonloser Stimme hinzu: „Sie schreiben mir Karten zurück. Manchmal schicken sie auch ein Foto. Sie bedanken sich für die Geschenke und so. Wie man sich bei einer alten Tante bedankt, verstehen Sie?"

Die Psychologin nickte. „Würden Sie denn Ihre Kinder gerne mal wiedersehen? Sie treffen?"

„Besser nicht." Ingo schloss die Augen und schüttelte den Kopf.

„Was könnte denn schlimmstenfalls passieren?“

Er hörte, wie im Stockwerk unter ihnen eine Tür ins Schloss fiel, gefolgt von Schritten auf der Treppe. Auf einmal war ihm heiß. Er senkte den Kopf und flüsterte kaum hörbar: „Sie könnten sich für mich schämen. Mich verachten.“

***

Heiner Schultes platzierte eine frische Kerze in dem roten Glasgehäuse und zündete sie mit einem Streichholz an. Er trat einen Schritt von der Sandstein-Einfassung zurück und betrachtete das warme Flackern des Öllichts. Im Herbst und im Winter erneuerte er Annes Grablicht jeden dritten Tag.

Eine alte Frau schwankte mit einer blechernen Gießkanne vorbei und schüttelte den Kopf, als sie den Hund vor dem Grab liegen sah. Heiner tat so, als sehe er sie nicht. Die meisten Leute ignorierten Rosi, nur manchmal wurde er auf die Friedhofsordnung hingewiesen. Wenn er Angestellte der Verwaltung oder einen der Landschaftsgärtner sah, ging er ihnen aus dem Weg. Früher hätte er es bewusst darauf ankommen lassen, immer bereit, notfalls auch mal zuzuschlagen, wenn ihm einer frech kam. Dass man nicht jeden Konflikt frontal angehen musste, war eine der Lehren, die ihm Anne erteilt hatte. Ein Leben lang hatte sie sich als Sozialarbeiterin mit Knastbrüdern und Schwererziehbaren herumgeschlagen. Sie war nicht naiv, aber im Gegensatz zu Heiner glaubte sie stets daran, dass Menschen sich zum Guten ändern konnten, wenn sie eine Chance und Hilfe bekamen. Und ihre Arbeit gab ihr in vielen Punkten Recht. Dennoch konnte Heiner sich nie ganz von der Überzeugung lösen, dass es Menschen gab, die durch ihre Taten ihr Menschsein verspielt hatten. An schlechten Tagen zählte er sich immer noch selbst dazu. Und seit Annes Tod …

Rosi begann leise zu winseln. Sie witterte den Regen, der nicht mehr lange auf sich warten lassen würde.

„Hab's schon kapiert." Heiner nahm die Leine in die eine und die Tasche mit den Einkäufen in die andere Hand. Rosi sprang sofort auf.

Sie erreichten die Reihenhaussiedlung, als die ersten Tropfen fielen. Heiner packte die Tasche aus, stellte zwei Tassen Kaffee hin und setzte sich mit der FAKT-Zeitung an den Küchentisch. Draußen begann es jetzt heftig zu regnen. Von den gegenüberliegenden Häuschen, die man sonst vom Küchenfenster aus sehen konnte, waren nur noch verwaschene Umrisse zu erkennen. Die Kaffeemaschine auf der Anrichte röchelte. Rosi lag mit halb geschlossenen Augen in ihrem Korb und döste. Die Schlagzeile der FAKT meldete: Ausnahmezustand in Ferguson. Nachdem ein Polizist in der amerikanischen Kleinstadt in Missouri einen unbewaffneten schwarzen Teenager erschossen hatte, versank der Ort nun in Chaos und Gewalt. Unbewaffnet, dachte Heiner. Und: erschossen. Gewalt. Chaos. Er wollte das jetzt nicht lesen und klappte die Schlagzeile der FAKT nach hinten um, dafür bekam er im unteren Teil der Zeitung etwas nicht minder Verstörendes zu sehen.

Das Foto zeigte einen Mann mit gehetztem Blick vor einer Haustür. Alles auf diesem Bild kam ihm bekannt und gleichzeitig fremd vor. Der Regen schlug gegen die Scheibe. Rosi schnarchte. Der Kaffee war durch. Heiner befüllte zwei Tassen, schob eine davon über den Tisch zu Annes altem Platz und stellte die andere neben die aufgeschlagene Zeitung. Über dem Foto prangte die Überschrift: „Der Lolita-Lehrer – so lebt er heute". Sie hatten seinen Nachbarn offenbar nach dem Einkaufen erwischt. Er trug einen prall gefüllten Rucksack und zu seinen Füßen standen zwei Aldi-Tüten. Sein Parka war durchnässt, die Haare klebten im Gesicht. Der Fotograf musste sich in dem Holzverschlag bei den Mülltonnen versteckt haben, um unbemerkt so nah an ihn herangekommen zu sein. Der kurze Artikel kochte dann lediglich die alte Geschichte nochmal hoch. Die Missbrauchsvorwürfe seien nie ganz aufgeklärt worden, schrieb die FAKT.

Schultes sah zu Annes dampfender Tasse hinüber. Dass du dieses Mistblatt überhaupt liest, würde sie jetzt sagen und die Augen verdrehen. Sie würde sich eine Zigarette anstecken und hinaus in den Regen schauen. Heiner versuchte, das Bild seiner Frau festzuhalten, aber stattdessen sah er den schwarzen Teenager aus Ferguson. Er sah, wie sein Körper zurückgeschleudert wurde, als die Kugel ihn traf. Er sah aufgewirbelten Staub, der sich langsam legte, und dann sah er für einen Augenblick die Negerfrau im grünen Kleid aus seinen Albträumen. Heiner faltete die Zeitung zweimal zusammen und warf sie in einen Karton hinter der Küchentür, wo er das Altpapier zwischenlagerte. Rosi hob kurz den Kopf, schnaufte und legt sich wieder. Anne lächelte und sagte: Gute Entscheidung. Fast glaubte er, den Rauch ihrer Zigarette riechen zu können.

4

Kowalski sah auf die Uhr an seinem Handgelenk, obwohl er wusste, dass noch Zeit war. Das Warten war jedes Mal das Schlimmste. In vier Stunden wäre die ganze Chose schon wieder über die Bühne, und er konnte sich mit einer Flasche Bier und einem Korn vor die Glotze setzen. Manchmal fuhr er danach auch noch ein bisschen in der Gegend herum. Mit Gaby war dann meistens sowieso nichts mehr anzufangen. Kowalski verließ das Haus durch den Kellerausgang, der über eine Außentreppe in den Garten führte.

An der Grenze zum Nachbargrundstück duckte sich eine windschiefe Hütte, in der er den Rasenmäher und seine Gartenwerkzeuge aufbewahrte. Im Sommer staute sich die Hitze in dem engen Holzverschlag, und im Winter fuhr der Ostwind durch die Ritzen. Ein paar Säcke mit Herbstlaub, die er noch nicht zur Deponie gebracht hatte, standen direkt hinter der Tür. An der Wand hingen Spaten, Rechen und Schneeschieber in allen Größen, ein Sack mit Streugut thronte in der Ecke. Auf einem alten Küchenregal daneben reihten sich Metalldosen mit Farbe und Lösungsmitteln aneinander. Kowalski griff gezielt eine Dose heraus und schraubte den Deckel ab.

Das Plastiktütchen mit den Tabletten war auf der B-Ebene des Hauptbahnhofs mehrere Hundert Euro wert. Betriebskosten, die ich nirgendwo geltend machen kann, dachte er grimmig und entnahm dem Tütchen zwei Tabletten, die er in einen Briefumschlag wandern ließ.

Draußen wurde es bereits dunkel. Im Nachbarhaus flimmerte das bläuliche Licht eines Fernsehers. Erneut sah Kowalski auf seine Armbanduhr. Die Sportschau hatte gerade erst begonnen, kein Grund zur Eile. Er öffnete das Hoftor und setzte den Wagen zurück, so dass er zwischen der Hausmauer und dem mit Efeu und Unkraut überwachsenen Gartenzaun zum Stehen kam. Nachher würde er mit dem alten BMW bis vor den Kellereingang fahren. Er kannte die wenigen Schritte bis zur Tür und würde kein Licht machen müssen.

Im Auto kontrollierte er Rücksitz und Handschuhfach. Die Schlafmaske steckte neben der Gaspistole. Der Wagen war vollgetankt, was nicht wirklich nötig war, aber es gab ihm das gute Gefühl, notfalls auch ein paar längere Umwege fahren zu können. Er schloss die Fahrertür und ging über den Keller zurück ins Haus.

Im ersten Stock hörte Kowalski das Rauschen der Dusche. Er stieg die Treppe hinauf, verharrte einen Moment in dem kleinen Flur und betrat dann das Schlafzimmer. Gaby hatte ihre Kleider für den Abend auf dem Bett ausgebreitet. Kowalski rieb den leicht kratzigen Stoff des steingrauen Faltenrocks zwischen Daumen und Zeigefinger. Die richtige Größe war ein Problem gewesen, am Ende hatte er die gesamte Garderobe maßschneidern lassen. Diese Betriebskosten würde er sich allerdings erstatten lassen.

Nebenan wurde das Wasser abgedreht. Er hörte, wie die Schiebewand der Duschkabine geöffnet wurde und Gaby auf die Fliesen im Badezimmer trat. Ein paar Minuten später stand sie, in ein großes weißes Badetuch gewickelt, im Schlafzimmer.

„He“, sagte Kowalski, „ich hab dir was mitgebracht.“ Er legte das Briefchen mit den zwei Tabletten auf den kleinen Tisch vor ihren Schminkspiegel.

Gaby sah ihn einen Moment mit leerem Blick an, dann griff sie nach dem Umschlag, aber Kowalski packte ihre Handgelenke und hielt sie fest.

„Eine für jetzt, die andere für später. Ist das klar?"

Gaby presste die Lippen zusammen und nickte.

„Ob das klar ist?"

„Ja, ja, ist klar …", stieß sie hervor, ohne den Blick von dem Briefchen zu nehmen.

Kowalski ließ ihre Handgelenke los und sah ihr dabei zu, wie sie sich vor den Spiegel setzte, eine der beiden Tabletten in den Mund steckte und mit einem Schluck aus der Wasserflasche hinunterspülte, die immer zwischen ihren Schminkutensilien stand.

Gaby schloss die Augen. „Danke …"

Kowalski lächelte gönnerhaft und nahm sie umständlich von hinten in die Arme. Sie duftete nach Duschgel und Körperlotion, die Haut an ihren nackten Armen war warm und weich. Gaby war eine große, schlanke Frau mit langen schwarzen Haaren und grünen Augen. Genau der Typ, auf den man immer gut aufpassen musste.

„Ich muss mich jetzt fertig machen."

Kowalski runzelte die Stirn. „Es ist noch Zeit."

„Ich muss mich trotzdem fertig machen." Gaby griff nach der weißen Bluse auf dem Bett und hielt sie prüfend vor sich. „Ich muss schauen, ob alles gut passt."

„Das passt schon. Keine Angst." Sie hatte alles schon einmal vor ein paar Tagen anprobiert. Kowalski fragte sich, ob sie vielleicht irgendwo Tabletten gebunkert hatte, von denen er nichts wusste.

„Ich habe keine Angst", sagte Gaby versonnen lächelnd und sah ihn mit glänzenden Augen an.

Kowalski nickte, verließ das Schlafzimmer und schloss leise die Tür hinter sich. Im Flur sah er auf die Uhr.

Jetzt hätte er gern ein Bier getrunken, aber das war natürlich ausgeschlossen. Mit einer Cola setzte er sich im Wohnzimmer vor den Fernseher und sah sich die Sportschau an. Die Eintracht hatte in Hoffenheim kurz vor Schluss noch das spielentscheidende 3:2 kassiert und konnte auswärts mal wieder nichts reißen. Schöne Scheiße, dachte Kowalski. Tabellenplatz 8. Da war nix drin mit internationalem Geschäft. Die anderen Spiele verfolgte er nur halbherzig, das Gequatsche des schnöseligen Moderators ging ihm auf die Nerven. Nach einer halben Stunde hörte er Gaby die Treppe herunterkommen und schaltete das Gerät ab.

Er trat vor die Tür und blieb einen Moment in der Einfahrt zwischen Hausmauer und Auto stehen. Trotz der aufziehenden Kälte schwitzte er unter dem dicken Rollkragenpullover und der Lederjacke. Noch einmal sah er auf das beleuchtete Zifferblatt seiner Armbanduhr. Warum war er heute nur so nervös? Er machte das schließlich nicht zum ersten Mal. Kowalski gab sich einen Ruck. Er stieg in den Wagen und widerstand dem Impuls, noch einmal ins Handschuhfach zu sehen. Er wusste, dass er alles dabeihatte. Die Gaspistole war zur Sicherheit. Am Anfang hatte er sogar immer eine seiner scharfen Pistolen dabeigehabt, meist die kleine PPK, was aber im Falle einer Polizeikontrolle ziemlichen Ärger gegeben hätte. Die Gaspistole hingegen durfte er zum Selbstschutz mit sich führen, da konnte keiner was wollen.

Es herrschte der für einen frühen Samstagabend übliche Verkehr. Kowalski steuerte den BMW mit der Ruhe des Ortskundigen über die Darmstädter Landstraße immer tiefer hinein nach Sachsenhausen. Weihnachtliche Lichterketten blinkten in vielen Fenstern, und vor den Kneipen standen frierende Raucher in kleinen Grüppchen beisammen und frönten ihrer Sucht. Er hielt sich links und gelangte schließlich ans Museumsufer. Unweit des Kunstmuseums Städel fuhr er an den Straßenrand, stellte Motor und Scheinwerfer aus und lehnte sich im Sitz zurück.

Kowalski saß ganz still. Er hörte das Klicken des abkühlenden Motors und sah durch die Windschutzscheibe die Straße hinunter. Erleichtert stellte er fest, dass hier nur vereinzelte Passanten unterwegs waren, die es allesamt eilig hatten, dem eisigen Wind, der vom Main herüberwehte, zu entkommen. Er dachte an Gaby. Er hätte ihr nicht beide Tabletten auf einmal geben sollen. Die Uferpromenade auf der gegenüberliegenden Seite lag im Zwielicht der Straßenlampen. Auch dort war heute Abend kaum jemand unterwegs. Die Menschenmassen wälzten sich über den Weihnachtsmarkt am Römerberg.

Mit der Gaspistole und der Maske aus dem Handschuhfach unter der Jacke überquerte Kowalski die Straße. Die entlaubten Platanen, die den Fußgängerweg zur Straße und zum Main hin flankierten, standen wie stumme Wächter, als er den Weg zum Holbeinsteg einschlug. Nach ein paar Schritten bemerkte er, dass er immer schneller wurde, und zwang sich dazu, langsamer zu gehen. Ein alter Mann, der den Kragen seines steingrauen Wintermantels zum Schutz gegen den kalten Wind hochgestellt hatte, stand an der Rampe und wartete, bis der Dackel zu seinen Füßen eines der beiden Mäuerchen am Brückenaufgang markiert hatte. Der Hund sah Kowalski einen Moment lang misstrauisch an, aber der Alte drehte sich noch nicht einmal nach ihm um.

Die roten Spannkabel, die vom Ufer aus diagonal zum ersten Flusspfeiler verliefen, glänzten im Licht der Brückenbeleuchtung und hoben sich vor dem dunklen Himmel ab. Schon nach ein paar Schritten sah Kowalski den mageren Typ im beigefarbenen Trenchcoat verabredungsgemäß in der Mitte der Brücke stehen. Er lehnte mit den Armen am Geländer und sah hinunter auf den dunklen Fluss. Über ihm schwebte in der Ferne auf der anderen Mainseite die hell erleuchtete Pyramide des Messeturms in der Nacht, flankiert vom Kronenkranz des nähergelegenen Westend Towers. Der Mann hob kurz den Kopf und senkte ihn gleich darauf wieder. Kowalski trat an ihn heran und sagte: „Schönen Ausblick hat man von hier."

Der Mann sah mit bitterer Miene zu ihm auf. „Ich bin schon froh, dass Sie mich nicht wieder ins Fußballstadion bestellt haben."

Kowalski grinste und lehnte sich neben ihn ans Geländer, sodass er sehen konnte, ob jemand die Brücke entlangkam.

„Möchten Sie jetzt?"

„Ja."

Der Mann zog einen Umschlag aus der Manteltasche. „Ich habe auch die ausgemachte Summe für ihre Aufwendungen beigelegt."

„Gut", sagte Kowalski, steckte den Umschlag ein und gab dem Mann die Augenmaske.

„Was soll ich damit?"

„Sie warten jetzt noch fünf Minuten, dann gehen Sie rüber auf die Sachsenhäuser Seite. Stellen Sie sich vor dem Städel an den Straßenrand und setzen Sie die Maske auf. Ich hole Sie dann in Kürze dort ab."

Der Mann drehte die Schlafmaske in seinen Händen. „Muss denn dieser Mummenschanz wirklich sein? Wir sind doch erwachsene Menschen."

Du hast es nötig, dich über Maskeraden aufzuregen, dachte Kowalski belustigt, ließ es sich aber nicht anmerken.

„Ich weiß nicht, wer Sie sind und woher Sie kommen", sagte er stattdessen, „und Sie werden auch nicht erfahren, wer ich bin oder wohin wir heute Abend fahren. Ich denke, das ist von Vorteil für uns beide, oder?"

Der Mann schien einen Moment zu überlegen, dann nickte er.

Eine Viertelstunde später lud Kowalski seinen Fahrgast mit der Maske vor den Augen in seinen Wagen. Er half ihm auf den Rücksitz und stellte den Beifahrersitz so weit es ging nach vorne, um ihm größtmögliche Beinfreiheit einzuräumen. Dann fuhr er zehn Minuten lang kreuz und quer durch Sachsenhausen und änderte ein paarmal die Richtung, bis er wieder auf die Darmstädter Landstraße gelangte und sicher war, dass der Mann vollständig die Orientierung verloren hatte. Auf dem Rückweg würde er einen langen Umweg über Oberrad machen. Einmal war er mit einem Gast sogar bis zum Kaiserlei-Kreisel gefahren, war dort auf die Autobahn gewechselt und am Offenbacher Kreuz wieder abgefahren, um sich Sachsenhausen von der anderen Seite zu nähern. Sein damaliger Gast hatte ihm beinah in den Wagen gekotzt und war derart verunsichert, dass die ganze Sache fast schiefgegangen wäre. Kowalski musste vorsichtig sein, keine Frage, durfte es aber auch nicht übertreiben.

Im Landwehrweg fuhr er in die Einfahrt zu seinem Haus und parkte den Wagen wie geplant direkt am Kelleraufgang. Wenn Gaby sich beide Tabletten eingefahren hatte, würde er jetzt gleich ein Problem bekommen. Er sah in den Rückspiegel, wo sein Gast hochaufgerichtet und mit leicht geöffnetem Mund auf der Rückbank saß. Wenn der Typ erregt war, konnte er es gut verbergen.

„Wir sind da", sagte Kowalski. „Ich helfe Ihnen jetzt aus dem Wagen und bringe Sie rein."

Der große Raum war früher einmal ein Partykeller gewesen. Nur dass niemand darin Partys gefeiert hatte. Also war er über die Jahre zu einem überdimensionierten Abstellraum verkommen. Als Kowalski dann Gaby kennenlernte, hatte er sofort mit dem Umbau begonnen. Die alte gemauerte Theke hatte er verkleidet, die Wände erhielten eine Dämmung und die Zugangstür ein Spezialschloss, das sich von innen nicht verschließen ließ, sodass die Tür von außen jederzeit geöffnet werden konnte. Kowalski legte Kabelkanäle zu dem kleinen Nebenraum, installierte verschiedene Lichtquellen und verschiebbare Raumteiler. Ein Quäntchen dieser Aufbruchsstimmung von damals bekam er jedes Mal wieder zu fassen, wenn er den Raum betrat. Gleich neben dem Eingang gab es eine bequeme Sitzecke mit einem niedrigen Tisch, zwei Sesseln und einer Minibar. Der Rest des Raums wurde nach den Wünschen des jeweiligen Gastes ausgestattet. Heute Abend war der Raum durch einen schweren roten Vorhang geteilt. Davor standen eine Tafel und ein Schulpult sowie ein Tisch, und auf dem Tisch saß mit baumelnden Beinen Gaby, die kaum wiederzuerkennen war.

Sie trug schwarze Lackschuhe und weiße Kniestrümpfe, die sie sich fast bis zum Saum des grauen Uniformrocks hochgezogen hatte, darüber eine weiße Bluse und eine gelockerte gestreifte Schulkrawatte. Sie hatte ihre pechschwarzen Haare zu dicken Zöpfen geflochten, und ihr Gesicht war derart blass geschminkt, dass der kirschrote Lippenstift um ihren Mund sie aussehen ließ wie ein außerirdisches Puppenwesen.

Gaby sah ihn mit dem gleichen leeren Blick wie früher am Abend an. Kowalski nickt ihr kurz zu, dann nahm er dem Gast die Augenmaske ab. Der Mann blinzelte nervös und sah wegen der plötzlichen Helligkeit zu Boden.

Kowalski dämmte das Licht ein wenig. „So besser?"

Der Gast hob den Kopf und sein Blick fiel sofort auf Gaby, die von der Tischkante herunterrutschte, einen Schritt auf ihn zumachte und sich mit einem gesitteten Knicks vor ihm verbeugte. Dem Mann entwich ein Laut, den Kowalski irgendwo zwischen Lust und Schmerz einordnete.

„Wollen Sie mit Ihrer neuen Schülerin vielleicht zuerst etwas trinken?“, schlug Kowalski vor und machte sich schon an der Minibar zu schaffen, aber der Mann schüttelte heftig den Kopf.

„Okay“, sagte Kowalski, „ versteh schon, kein Problem.“ Er schloss die gepolsterte Tür hinter sich und stand eine Minute lang reglos in dem spärlich beleuchteten Kellerflur mit seinen alten Schützen-Bildern an der Wand. Durch die Tür war kein Laut zu hören. Kowalski spürte, wie sich ein Ziehen in seinen Schläfen einnistete, das Kopfschmerzen ankündigte.

In dem kleinen Nebenraum mit den Monitoren zog er seine Jacke aus und hängte sie über die Rückenlehne des Bürostuhls. Er legte die Gaspistole und den Umschlag mit dem Geld neben die Tastatur auf den Tisch. Plötzlich spürte er, wie durstig er war. Er kannte das schon, weshalb er immer eine Flasche Wasser hier unten deponiert hatte. Kowalski trank und schloss für ein paar Sekunden die Augen, bis das Ziehen in seinen Schläfen etwas nachließ. Er hätte jetzt gern geduscht, aber das würde er auf später verschieben müssen. Dann schaltete er den Computer und die Monitore ein.

Auf dem Bildschirm erschien eine gestochen scharfe Aufnahme des Nebenraums, in dem Gaby und der Gast nun zugange waren. Kein Ton, aber der war auch nicht nötig. Der Gast hatte seinen Trenchcoat abgelegt, fummelte an sich herum und umkreiste Gaby, die vor seinem Pult auf dem Boden kniete. Er erzählte ihr irgendwas und Gaby nickte. Plötzlich packte er sie an den Zöpfen und zog ihr den Kopf in den Nacken.

Kowalski legte eine Hand auf den Griff der Pistole, entspannte sich aber sofort wieder, als der Mann sich im nächsten Moment selbst auf den Boden warf, den Kopf in Gabys Schoß schmiegte und mit einer Hand unter ihre Bluse fuhr.

Kowalski justierte die Kamera und startete dann die Aufnahme, man konnte schließlich nie wissen. Der Gast schob Gaby jetzt den Rock über die Hüften, ihr rosa Mädchenschlüpfer raubte ihm den Atem. Kowalski schüttelte angeekelt den Kopf.

Manchmal, wenn er hier saß und auf Gaby aufpasste, kam es ihm so vor, als sei er der letzte anständige Mensch in einer verkommenen Welt voller Huren und Perverser.

***

Staat in Vorderasien mit vier Buchstaben: Iran oder Irak? Schuhmacherwerkzeug, dann wahrscheinlich Raspel. Das A als zweiter Buchstabe bleibt, egal, ob Iran oder Irak. Und der Fluss im Kaukasus mit vier Buchstaben? Ingo Bäumler kaute auf dem Ende eines schon abgekauten Bleistifts herum. Der ganze Kaukasus schien aus Flüssen mit vier Buchstaben zu bestehen, die aber alle nicht recht in das vor ihm liegende Kreuzworträtsel passen wollten. Die untere Ecke versprach schnellere Erfolge. Englisch an: on. Deutscher Schriftsteller (Bertolt …): Brecht. Folglich war das Backwerk mit vier Buchstaben: Brot.

Bäumler legte den Bleistift aus der Hand. Was war mit dem Brot? Der Rollladen vor dem Küchenfenster war heruntergelassen und im Spiegelbild der Fensterscheibe sah Ingo sich selbst vornübergebeugt am Tisch sitzen. Gebrochener Mann mit drei Buchstaben: ich. Oder auch: selbstmitleidiger Mensch. Oder: einer, der durch ist. Oder …

Bäumler stand auf und schlurfte zur Anrichte. Das Brot. Er hob den Deckel des Brotkastens an und holte einen halben Laib Roggenkruste heraus, der mit grünlichen Flecken übersät war. Er könnte versuchen, den Schimmel wegzuschneiden und den besseren Teil des Brotlaibs zu toasten. Wäre schließlich nicht das erste Mal. Mensch, der sich von Abfällen ernährt. Mit wie vielen Buchstaben? Bäumler warf den verschimmelten Kanten in den mit Kaffee- und Teefiltern vollgestopften Bio-Eimer unter der Spüle. Er hatte sowieso keinen Appetit.

Am Küchentisch zündete er sich eine Zigarette an. Seit er allein war, rauchte er überall im Haus. Dass die Körner auch ausgerechnet nach den Kindern hatte fragen müssen. Die Sitzung war schon drei Tage her und die Sache mit den Kindern machte ihm immer noch zu schaffen. Das musste er ihr sagen. Was? Dass sie da nicht mehr nachfragen, nichts mehr aufwühlen solle? Da bist du bei Frau Doktor aber an der falschen Adresse. Bäumler stieß den Rauch durch Mund und Nase und schloss die Augen. Beim letzten Mal hatte die Zeit nicht mehr gereicht, aber nächste Sitzung würde sie ihn bestimmt fragen, wann er seine Kinder denn das letzte Mal gesehen habe. Und dann würde er ihr von der Theateraufführung und dem missglückten Besuch erzählen müssen.

Der kleine Ort im Ried, in den Sabine nach ihrem Auszug mit den Kindern gezogen war, lag keine zehn Kilometer von der Kreisstadt entfernt. Ingo hatte damals den Bus genommen und war am Ortseingang vor dem alten Friedhof ausgestiegen. Er stand in der auffrischenden Abendluft, es war Anfang Oktober und die Bäume verloren bereits ihre Blätter. Er wusste ungefähr, in welche Richtung er gehen musste, und fand die Turnhalle, in der die Aufführung stattfinden sollte, ohne Probleme.

Aus sicherer Entfernung beobachtete er, wie Eltern und Kinder auf den an der Seite befindlichen Halleneingang zuströmten. Kombis und Kleinwagen fuhren vor und setzten gehbehinderte Großeltern ab. Die Parkstreifen vor der Halle und neben dem Grundschulgebäude waren schon bald alle besetzt. Kinder liefen aufgeregt plappernd hin und her, Elternpaare grüßten sich über Autodächer hinweg. Ingo rührte sich nicht von der Stelle.

Durch die Glasbausteine an der Vorderfront der Halle konnte er sehen, dass der Innenraum hell erleuchtet war. Sabine kam mit den Nachzüglern. Sie trug einen Rock und Schuhe mit hohem Absatz. Sie hatte sich ihre schulterlangen Haare bis knapp unters Kinn abschneiden lassen. Mit großen, entschlossenen Schritten ging sie auf den Eingang zu. Lea und Max waren wohl schon im Gebäude.

Ingo Bäumler wartete im Schein einer Straßenlaterne, bis niemand mehr kam. Und dann wartete er, bis hinter den Glasbausteinen das Licht ausging. Erst dann überquerte er die Straße und schlich sich in die Halle. Er hielt sich eng an der Wand hinter den Sitzreihen und blieb schließlich in einer Ecke, den Rücken an eine Sprossenwand gelehnt, stehen. Die Bühne befand sich auf der gegenüberliegenden Hallenseite. Auf der Bühne ging jetzt das Licht an, Musik setzte ein und Lea kam in einem Maikäferkostüm auf die Bühne gesprungen. Bäumlers Herz krampfte sich zusammen. Lea sagte etwas, das er nicht verstand. Im Publikum wurde gelacht, dann applaudiert. Lea verbeugte sich und verschwand, jetzt stürmten andere Kinder in bunten Verkleidungen auf die Bühne.

Ingo stand wie gelähmt in seiner dunklen Ecke und wartete auf die Rückkehr seiner Tochter. Noch dreimal kam die kleine Lea auf die Bühne. Beim dritten Mal kündigte sie eine Pause an, und noch bevor Ingo reagieren konnte, stand er schon im grellen Hallenlicht. Das Publikum nahm keine Notiz von ihm, sondern strebte nach vorne an den Verkaufsstand, um sich mit Getränken und Knabbereien zu versorgen. Eine aufgeregte Frau eilte mit einem Kleinkind in Richtung Toiletten. Ingo Bäumler verließ die Halle und stieg in der Ortsmitte in einen Bus, der gleich darauf losfuhr, so als hätte der Fahrer nur noch auf ihn gewartet.

Das war vor einem Jahr gewesen. Seinen Sohn Max hingegen hatte er erst vor ein paar Wochen gesehen, aber als er ihn sah, wusste er nicht, dass es Max war, der da vor seiner Haustür stand. Zumindest am Anfang nicht, und dann war es zu spät. Er war am Nachmittag wie so oft auf der Couch eingeschlafen und die Klingel hatte ihn geweckt. Er öffnete nicht sofort, sondern schaute erst durch das Küchenfenster, um zu sehen, wer vor der Tür stand. Den schlaksigen Jungen mit der roten Baseballkappe kannte er nicht. Erst als der Junge eine Bewegung machte, die rechte Schulter zweimal kurz ruckartig hochzog, ein Zeichen von Nervosität, erkannte er seinen Sohn. Das war Max, der da vor der Tür stand und zu ihm wollte. Bäumlers Knie wurden weich und sein Herz trommelte Alarm. Er sank auf einen Stuhl am Küchentisch. Reiß dich jetzt zusammen, sagte er sich. Reiß dich zusammen und mach deinem Sohn die verdammte Tür auf. Er dachte an Frau Körner. Daran, wie sie jetzt sagen würde: Bleiben Sie ganz ruhig, setzen Sie sich nicht unter Druck, es ist alles in Ordnung. Bäumler holte tief Luft. Nichts war in Ordnung. Noch bevor er die Tür öffnete, wusste er, dass Max schon gegangen war. Er hatte zu lange gezaudert.

Das waren also die letzten beiden Male, dass er seine Kinder gesehen hatte. Ja, er hatte sie gesehen. Aber sie ihn nicht. Und bald schon würden sie ihn wahrscheinlich auch gar nicht mehr sehen wollen. Er konnte ihnen das nicht verdenken. Was sollte man denn auch mit einem Vater wie ihm anfangen? Manchmal telefonierte er noch mit Sabine. Über Max' spontanen Besuch hatten sie nicht geredet. Sabine war freundlich aber kühl. Wenn sie ihn fragte, wie es ihm gehe, klang sie dabei wie eine abgehetzte Krankenschwester. Er wollte ihr sagen, dass er auf einem guten Weg sei. Dass er angefangen habe, dass Haus aufzuräumen, die alten Sachen auszumisten. Aber dann fiel ihm wieder ein, dass er bis jetzt lediglich ein paar alte Klamotten aus dem Keller in blaue Säcke gestopft hatte.

Ingo Bäumler drückte seine bis auf den Filter heruntergebrannte Zigarette im Aschenbecher aus. Er wollte jetzt nicht mehr darüber nachdenken. Es machte ihn unruhig. Unruhig und traurig. Und das war eine denkbar schlechte Kombination. Einmal war er in Max' Zimmer im Keller gewesen. Dort stand nichts mehr. Eine Matratze lag auf dem Boden und an der Wand hing ein altes Mannschaftsposter von Eintracht Frankfurt.

Ingo nahm das Päckchen Marlboro und das Feuerzeug vom Tisch, knipste das Licht in der Küche aus und ging hinüber ins Wohnzimmer. Im Halbdunkel schob er eine CD in den Player, setzte den Kopfhörer auf und legte sich auf die Couch. Klavier und Streicher erklangen. Und dann begann Tom Waits zu singen und Ingo schloss die Augen. „Wasted and wounded, it ain't what the moon did ..."

Ingo riss die Augen auf. Er nahm den Kopfhörer herunter und wunderte sich, dass die CD nicht mehr lief. Wie spät war es? Er griff nach den Zigaretten auf dem Tisch, da schrillte ein Alarm. Das hatte ihn also geweckt. Endlich verstand er: Jemand klingelte an der Tür. Sein Sohn stand wieder vor der Tür, und er verschlief hier vielleicht seine letzte Chance, alles wieder in Ordnung zu bringen. Ruckartig setzte er sich auf, taumelte durchs Wohnzimmer und bekam schließlich den Türrahmen zu fassen. Tief einatmen jetzt. Kopf hoch. Und weiter. Er machte kein Licht im Flur, sondern riss gleich die Tür auf. Im Mondlicht stand jemand. Max, dachte er, mein Gott, da steht ja mein Sohn.

Max war ganz in Schwarz. Er trug eine Skimaske mit Augenschlitzen. Groß war der Junge geworden, riesengroß. Er machte einen Schritt nach vorne, packte Ingo und nahm ihn in den Würgegriff.

„Du mieser kleiner Kinderficker", flüsterte die schwarze Gestalt ihm ins Ohr. Ingo Bäumler spürte, wie seine Knie nachgaben.

***

Larissa hatte geglaubt, dass es beim zweiten Mal weniger schlimm sein würde, aber sie hatte sich getäuscht. Nach Kleinkopisch zu kommen, war jedes Mal, als lande man auf einem anderen Planeten.

Sie übernachteten wieder in der selben Pension. Larissa bekam diesmal ein anderes Zimmer, dessen Fenster auf den Innenhof hinausging, aber der nächtliche Lärm aus Musik, anfahrenden Autos und dem Krakeelen besoffener Kneipengäste ließ sie wieder kein Auge zumachen. Sie lag auf der butterweichen Matratze, spürte ihren schmerzenden Rücken und betrachtete die Schatten, die über die Wände und die Decke des Zimmers huschten. Larissa überlegte, was sie nach ihrer Rückkehr in Deutschland tun würde. Denn irgendetwas musste sie tun, so viel stand fest.

Das erneute Zusammentreffen mit der alten Frau war ein Zufall gewesen. Sie hatten eine Handvoll Frauen in einem der Wohnblocks aufgesucht und ihnen die Vorteile einer Arbeitsvermittlung nach Deutschland erläutert, als die Alte auf einmal im Türrahmen stand. Sie drehte ein Geschirrtuch mit Würfelmuster zwischen ihren Händen und bewegte lautlos die Lippen. Eine der jungen Frauen war aufgestanden und wollte sie vertreiben, aber Larissa hatte sie gebeten zu bleiben. Philipp war die Anwesenheit der Alten offenbar unangenehm, er sagte aber nichts.

Als die Frauen ihre Verträge unterzeichnet hatten und munter durcheinanderplapperten, kam die Alte auf Larissa zu, nahm sie am Arm und wollte sie mit sich nach draußen ziehen. Larissa war unschlüssig, aber Philipp runzelte die Stirn und schüttelte verärgert den Kopf. „Auf keinen Fall, du gehst hier nirgendwo allein hin."

„Bitte kommen …", brachte die Frau auf Deutsch hervor.

„Ich weiß nicht, wo Elena ist …" Larissa hob bedauernd die Schultern. Wie sollte sie der alten Frau begreiflich machen, was sie bei ihren Nachforschungen herausgefunden hatte?

„Tee. Bitte."

„Auf keinen Fall." Philipp schob sich zwischen Larissa und die Alte, die sofort versuchte, seine Hände zu küssen. Eine der Frauen, die gerade unterschrieben hatte, drehte sich zu ihnen um und deutete mit dem Zeigefinger an die Stirn. Die anderen Frauen lachten.

Philipp entzog dem Muttchen grob seine Hände. Larissa sprach mit der jungen Frau, die ihr den Vogel gezeigt hatte. Sie solle ruhig gehen, die Alte habe die Wohnung gleich nebenan, sei ein bisschen verrückt, aber harmlos. Die Alte hatte alles wortlos mitgehört und protestierte nicht. Larissa wechselte einen schnellen Blick mit Philipp, der die Augen verdrehte.

Im Wohnzimmer der alten Frau roch es süßlich nach verbrauchter Luft. Der kleine Raum war mit abgestoßenen Pressspan-Möbeln und einer zerschlissenen Polstergarnitur derart zugestellt, dass einem nur wenige ausgetretene Pfade auf dem stumpfen Linoleum blieben, um sich überhaupt fortzubewegen. An den Wänden hingen keine Bilder, sondern dicke Teppiche. Larissa setzte sich und stieß sich die Knie an der Kante des niedrigen Couchtischs an. Philipp blieb, die Arme auf Brusthöhe verschränkt, vor einer Kommode, die mit gerahmten Bildern zugestellt war, stehen.

Sie hörten, wie sich die alte Frau in der Küche zu schaffen machte. Geschirr klapperte, ein Topf wurde mit Wasser befüllt.

„Ich trinke hier keinen Tee", zischte Philipp, „und auch sonst nichts, das kannst du der Kräuterhexe da draußen ruhig sagen."

Larissa überlegte, wie sie der Frau am besten von Elenas Verschwinden erzählen sollte. Philipp ging ans Wohnzimmerfenster und winkte. Offenbar gab er dem Fahrer, der unten vor dem Haus stand, zu verstehen, wo sie sich gerade aufhielten.

Weil Philipp seinen Platz vor der Kommode geräumt hatte, konnte Larissa jetzt die aufgereihten Bilder genauer sehen, die dort standen. Es waren Schwarz-Weiß-Aufnahmen von Männern in verschlissenen Anzügen und Frauen in schweren bodenlangen Kleidern. Langsam verblassende Erinnerungen an Menschen des vergangenen Jahrhunderts. Dazwischen ein Foto von zwei Kindern im Grundschulalter, die Hand in Hand auf einer Wiese standen, sepia. Um den Rahmen eines Fotos, das einen müde dreinblickenden Mann unbestimmbaren Alters zeigte, hing ein schwarzer Trauerflor. Es gab nur eine Farbfotografie in der gesamten Bildergalerie und die fesselte sofort Larissas Aufmerksamkeit.

Das Foto unterschied sich nicht nur dadurch von den anderen Aufnahmen, dass es neueren Datums zu sein schien. Es zeigte auch eine komplett andere Konstellation von Menschen. Zwei Männer und zwei Frauen am Fuße einer Freitreppe, die zu einem öffentlichen Gebäude zu führen schien. Eine Frau im schwarzen Hosenanzug stand ganz rechts, ein Mann mit gelockerter roter Krawatte ganz links. Sie rahmten das Hochzeitspaar ein: er im hechtgrauen Anzug, sie im eleganten weißen Kostüm, das den Blick zwangsläufig auf ihre langen pechschwarzen Haare lenkte. Larissa dachte an das Bild von Elena, das ihr die Frau gegeben hatte.

Sie stand noch mit dem Hochzeitsfoto in der Hand vor der Kommode, als die alte Frau mit dem Tee ins Wohnzimmer kam. Sie stellte das Tablett auf dem Tisch ab. Philipp schüttelte sofort den Kopf und winkte ab. Als die Alte sah, dass Larissa das Bild betrachtete, lächelte sie.

„Ist das Elena?“, fragte Larissa auf Rumänisch.

„Nicidecum!“ Die Alte lachte und entblößte dabei kleine gelbe Zähne. Die Frau auf dem Foto sei nicht Elena, sondern deren ältere Schwester Gabriela. Sie deutete auf den gedrungenen Mann neben der schwarzhaarigen Schönheit und sagte stolz: Manfred.

Larissa hatte auf einmal das Gefühl, als fügten sich die zentralen Teile eines Puzzles zusammen, nur dass das Gesamtbild mit jedem neuen Teilchen immer verwirrender wurde.

Philipp stieß sich energisch von der Fensterbank ab und drängte zum Aufbruch. „Also bitte, wir sind doch nicht hier, um uns Familienfotos anzuschauen …“

Larissa bat ihn mit erhobener Hand um eine weitere Minute. Elenas ältere Schwester Gabriela war also schon lange vor ihr als

Arbeiterin nach Deutschland gekommen und hatte schließlich einen deutschen Mann geheiratet.

„Manfred. Gabriela. Gutes Leben…“, sagte die alte Frau und strich zärtlich mit dem Finger über das Bild.

Der untersetzte Mann im grauen Anzug. Der spöttische Blick. Die dreiste Geste. Der eklige Wachmann aus dem Wohnheim: M. Kowalski!

Von draußen drang das lang gezogene Hupen des Transporters in den Raum. Philipp sah aus dem Fenster, gestikulierte wild und wandte sich dann an Larissa: „Wir müssen gehen.“

Die alte Frau sah Larissa an und deutete schüchtern auf den angerichteten Tee. Larissa schüttelte entschuldigend den Kopf. Philipp stand schon im Flur.

Am Abend hatte Larissa versucht, Philipp von den Zusammenhängen zu berichten, aber der hatte nur den Kopf in die Hände gestützt und sie gelangweilt angesehen. „Die eine ist glücklich mit einem Deutschen verheiratet, und die andere wahrscheinlich noch auf der Suche. Beide melden sich nicht oft bei ihrer alten Mutter.“ Für Philipp gab es kein Problem. Warum dieser Kowalski sie derart dreist angelogen hatte, konnte Philipp zwar auch nicht erklären. Aber wirklich beunruhigt war er deshalb nicht. Die Einzige, die beunruhigt war, schien sie selbst zu sein.

Larissa erhob sich aus dem Bett und trat ans Fenster. Es war schon lange nach Mitternacht und die Geräusche von der Straße wurden weniger. Irgendwo versuchte jemand mit leierndem Anlasser, einen Wagen zu starten. Eine Katze schrie. Im gegenüberliegenden Haus ging ein Licht an und gleich darauf wieder aus.

Larissa Winterkorn dachte an die alte Frau, die mit dem nicht getrunkenen Tee zwischen ihren Wandteppichen saß. Sie dachte an Elena. Und an Gabriela. An Manfred Kowalski wollte sie nicht denken, obwohl sie wusste, dass er wahrscheinlich die entscheidende Person in dieser merkwürdigen Geschichte war.

***

Seit Anne gestorben war, gab es diese Abende, an denen Heiner Schultes sich nicht ins Bett traute. Er wusste, dass er entweder wachliegen und grübeln oder schnell einschlafen und von der Negerfrau im grünen Kleid träumen würde. Gegen zehn Uhr beschloss er deshalb, sich noch eine Flasche Bier zu gönnen, und erhob sich aus seinem Fernsehsessel.

In der Küche machte er kein Licht. Draußen stand der Mond über den Dachfirsten und malte ein fahlgelbes Quadrat auf den abgeräumten Küchentisch unter dem Fenster. Einige Fenster der gegenüberliegenden Häuschen waren bereits weihnachtlich beleuchtet. Von einem der Balkone hing sogar ein künstlicher Weihnachtsmann, der sich mit einem Sack voller Geschenke auf dem Rücken anschickte, über die Brüstung zu klettern.

Auf einmal meinte er, jemanden flüstern zu hören. Dann war wieder alles still. Der Lichterkranz im Fenster gegenüber leuchtete abwechselnd rot, blau und grün. Er hatte die Hand schon an der Kühlschranktür, als das Flüstern erneut einsetzte und gleich darauf wieder verstummte. Heiner drückte sich in die Ecke zwischen Kühlschrank und Fenster und schob die Gardine ein kleines Stück beiseite. Draußen standen zwei ganz in Schwarz gekleidete Gestalten und zogen sich gerade Skimasken über die Köpfe.

Durch den Türspalt sah er, wie Rosi im Wohnzimmer den Kopf hob und die Ohren spitzte. Die Hündin kam leise knurrend und mit gesenktem Kopf in den Flur getrottet. Heiner schlüpfte in seine Turnschuhe und zog die Lederjacke über. Er verfolgte eine Weile das Spiel aus Licht und Schatten durch die Glasscheibe in der Tür, bis er sich sicher war, dass ihm unmittelbar vor dem Eingang niemand auflauerte. Rosi fletschte die Zähne und drängte nach draußen, aber Heiner hielt sie mit dem Fuß zurück.

Im Hauseingang zu seiner Linken bewegte sich etwas im Mondlicht. Die zwei Vermummten nahmen dort gerade seinen Nachbarn in die Mangel, Heiner bemerkten sie gar nicht. Der größere der beiden Angreifer hielt Ingo Bäumler im Würgegriff, während der andere gerade ausholte, um seinem Opfer in den Bauch zu schlagen. In diesem Moment schlug Rosi hinter der Tür an. Erschrocken hielten die beiden Schläger inne und sahen zu ihm herüber.

„Guten Abend, die Herren", sagte Heiner in freundlichem Ton und tippte sich an einen unsichtbaren Hut, als sei er nur mal kurz zum Plaudern vor die Tür gekommen.

Der Würger ließ von Bäumler ab, der sofort in sich zusammensackte und auf den Treppenstufen vor seiner Haustür liegenblieb.

„Verpiss dich Opa, aber flott!"

Heiner hob begütigend die Hände. „Schon gut, schon gut …"

Der Mann kam mit großen Schritten auf ihn zu. Er war groß und breit, aber nicht wirklich durchtrainiert. Seine Bewegungen waren plump und schwerfällig. Heiner sah die Speckwülste, die sich unter dem eng anliegenden Pullover abzeichneten.

Es war spät am Abend. Er musste nur Lärm machen. Die Nachbarn aufwecken. Einige säßen bestimmt noch vor dem Fernseher. Wahrscheinlich würden die beiden schon abhauen, wenn er nur laut genug um Hilfe riefe. Er hörte Rosi hinter der

Haustür ihre lang gezogenen Beller ausstoßen, ansonsten war alles still in der Reihenhaussiedlung.

„Ich hab doch gesagt, du sollst dich verpissen!" Der Mann machte abrupt einen Schritt nach vorn.

Lärm machen und fliehen, dachte Heiner. Er hörte Rosi toben. Er dachte an Anne. Sei kein Dummkopf, sagte Anne. Sei einmal im Leben kein Dummkopf und tue das Richtige. Und noch während er das dachte, machte er einen Schritt auf den Vermummten zu und der Vermummte wich einen Schritt zurück. Der Mann atmete schwer durch den Mund, er hatte den mittleren Schlitz seiner Skimaske zu eng ausgeschnitten und bekam nun nicht genug Luft durch die Nase. Ein armseliger Amateur.

Heiner sagte nichts, sondern ging einen weiteren Schritt auf seinen Gegner zu. Diesmal blieb der Mann stehen, was ihn aber sichtlich Überwindung kostete.

„Mensch, das reicht jetzt, lass uns abhauen!" Der Kleinere der beiden blickte sich panisch um.

„Hör auf deinen Kumpel", sagte Heiner, ohne den Großen aus den Augen zu lassen.

„Mensch, Bert, lass uns abhauen, bitte!"

Der Große fuhr erschrocken herum. „Doch keine Namen hier, du Idiot!"

In diesem Moment schlug Heiner zu. Er spürte die weiche Wampe, die seinem platzierten Leberhaken nichts entgegenzusetzen hatte. Der Große sackte fast augenblicklich nach vorne, seine Augen hinter den Schlitzen geweitet, der Mund ein großes, fragendes O. Der Mann gab ein Geräusch von sich, das sich anhörte, als entweiche Luft aus einem Ventil.

Heine hob die Fäuste in Erwartung eines Gegenangriffs, aber die beiden Vermummten waren nur noch mit sich selbst beschäftigt. Der Kleinere stützte den noch immer nach Luft ringenden Bert. Für einen Moment sah es so aus, als würde er unter dem Gewicht seines Komplizen selbst zusammenbrechen und beide auf dem Boden landen, aber dann schaffte er es irgendwie doch, seinen torkelnden Kumpel zu stabilisieren und Richtung Straße zu zerren. Heiner ging auf die Seite, um bei der Flucht des Überfallkommandos nicht im Weg zu stehen, und massierte sich die Knöchel seiner rechten Hand.

In einem der gegenüberliegenden Reihenhäuser im ersten Stock ging Licht an, eine Gardine bewegte sich und ein Gesicht erschien kurz hinter dem Fenster, dann verschwand es wieder und das Licht erlosch. Rosi bellte immer noch wie von Sinnen und sprang die Tür an. Ingo Bäumler lag auf der Treppe vor seinem Haus und bewegte sich nicht.

Heiner wusste, dass früher oder später irgendein Nachbar die Polizei rufen würde – wenn hinter den dunklen Fenstern nicht schon längst jemand 110 gewählt hatte. Die beiden vermummten Deppen hatten jede Menge Lärm gemacht, bevor sie abgehauen waren. Rosi bellte sich heiser und warf sich immer wieder gegen die Tür.

Heiner wandte sich an seinen zusammengekauerten Nachbarn. „Herr Bäumler? Ich muss mich kurz um meinen Hund kümmern, der gibt sonst keine Ruhe.“ Im Halbdunkel sah es für ihn so aus, als hätte der Mann auf den Stufen kurz genickt, aber vielleicht täuschte er sich auch.

„Brauchen Sie einen Arzt?“

Sein Nachbar gab einen Laut von sich, der ebenso gut Ja wie Nein bedeuten konnte.

Mensch, reiß dich doch zusammen, dachte Heiner. Gut, du hast ein bisschen Prügel einstecken müssen. Na und? Die Schwäche und Erbärmlichkeit des Mannes stießen ihn ab.

Gleichwohl konnte er ihn nicht einfach hier wimmernd vor seiner Haustür liegen lassen. „Ich komme gleich wieder …"

Im Hausflur sprang Rosi schwanzwedelnd an ihm hoch und winselte. Er beruhigte die aufgeregte Hündin, die noch ein paarmal um ihn herumtanzte und sich dann energisch durch den Türspalt nach draußen drängelte.

„Bleib!", rief Heiner, um sie zu stoppen, aber Rosi war schon weg. Sie trug kein Halsband und wenn sie etwas verstörte, hatte sie manchmal immer noch die Tendenz wegzulaufen. Schultes fluchte leise und folgte dem Hund nach draußen. Er hoffte nur, dass sie nicht nach vorne auf die Straße gelaufen war.

Auf den Treppenstufen zum Nachbarhaus saß Ingo Bäumler. Er hatte die Knie unters Kinn gezogen und die Arme um die Beine gelegt wie ein kleiner Junge. Seine Augen waren geschlossen und er murmelte unverständliches Zeug. Neben ihm saß Rosi und bewachte das Häufchen Elend.

Heiner Schultes stemmte die Arme in die Hüften. Die Hündin näherte sich normalerweise fremden Menschen nicht. Und Männern schon mal gar nicht. Als er näher kam, blickte sie kurz zu ihm auf, dann stieß sie Bäumler sanft mit der Schnauze an. Heiner schüttelte den Kopf. Wenn sie den verschrobenen Nachbarn sonst sah, wenn er vom Einkaufen kam oder den Müll rausbrachte, senkte sie nur den Kopf und knurrte leise.

Bäumler schien vom Verhalten des Hundes nicht minder überrascht zu sein. Langsam löste er sich aus seiner Schockstarre und begann, Rosi mit zitternder Hand zu streicheln.

„Herr Bäumler?" Heiner versuchte die Aufmerksamkeit des Nachbarn zu bekommen. „Herr Bäumler, können Sie aufstehen? Wir sollten jetzt reingehen, in Ordnung?"

Der Mann reagierte nicht. Mechanisch streichelte er den Hund, der nicht von seiner Seite wich. Der ehemalige Studienrat trug einen ausgewaschenen grauen Jogginganzug und schmutzige Tennissocken, keine Schuhe. Trotzdem schien er nicht zu frieren. Das würde später kommen, dachte Heiner, wenn der Schock nachließ.

„Soll ich Ihnen aufhelfen?“, schlug er vor und sein Nachbar nickte ergeben.

Er fasste ihn unter den Achseln und zog ihn auf die Füße. Dabei spürte er den dünnen, kraftlosen Körper des Mannes, die schlaffen Muskeln und das Zittern seiner Glieder. Am liebsten hätte er ihn sofort wieder losgelassen. Rosi verfolgte die Bewegungen der beiden Männer, dann schlüpfte sie durch die angelehnte Haustür und verschwand in Ingo Bäumlers dämmrig beleuchteter Wohnung.

„Rosi!“, entfuhr es Heiner, aber Bäumler sagte, immer noch an seinem Arm hängend wie ein Invalide, es sei schon in Ordnung.

Ordnung war allerdings ein Zustand, der in Ingo Bäumlers Haus nicht gerade herrschte. Es war ein merkwürdiges Gefühl, eine Wohnung zu betreten, die haargenau so aufgeteilt war wie die eigene und doch so vollkommen anders war. Im ersten Moment glaubte Heiner Schultes sogar, die beiden Vermummten hätten die Wohnräume verwüstet.

Im Flur unter der überladenen Garderobe lagen vier prall gefüllte blaue Säcke. Einer war an der Seite aufgerissen und ein quietschgelber Kleinkinder-Anorak quoll daraus hervor.

Im Wohnzimmer stapelten sich Bücher, Zeitungen und Rätselhefte. Herrenunterwäsche, Schreibutensilien und Schuhe lagen dazwischen verstreut. In dem überheizten Raum roch es säuerlich nach altem Schweiß. Der Wohnzimmertisch war mit CD-Hüllen und leeren Tassen übersät, dazwischen thronte ein Aschenbecher voll mit gekrümmten Kippen. Auf dem abgewetzten Teppichboden vor der Couch saß Rosi und kaute mit schief gelegtem Kopf. Offenbar hatte sie in dem Durcheinander etwas Essbares aufgestöbert.

Ingo Bäumler ließ sich auf das Sofa fallen, schloss die Augen und schnaufte wie ein alter Mann. Er war unrasiert und seine Haare standen ihm in Büscheln vom Kopf ab. Das indirekte Licht einer zur Decke gedrehten Leselampe verlieh seiner Haut einen wächsernen Farbton. Der Lolita-Lehrer, dachte Heiner, kaum zu glauben. Einen Augenblick stand er unschlüssig herum, dann setzte er sich auf den Rand eines beigestellten Sessels. Rosi sah ihn an und gähnte. Bäumler stöhnte, die Augen immer noch geschlossen. Er wusste nicht, was er jetzt tun sollte. Am liebsten wäre er wieder gegangen. Er dachte an das Bier in seinem Kühlschrank.

Plötzlich riss Bäumler die Augen auf und begann, fahrig in dem Durcheinander auf dem Couchtisch herumzuwühlen. Schließlich brachte er ein Päckchen Marlboro und ein Plastikfeuerzeug zum Vorschein. Er steckte sich eine Zigarette zwischen die Lippen, zündete sie an und ließ sich zurück in die Polster fallen.

„Können Sie mir einen Gefallen tun?", fragte er leise und stieß beim Sprechen Rauch aus.

Heiner nickte.

„Bitte gehen Sie nach oben. Ins Bad. Im Spiegelschrank ist ein Döschen mit meinen Tabletten."

Heiner nickte erneut und erhob sich aus dem Sessel. Er hatte eigentlich erwartet, dass Rosi ihm folgen würde, aber der Hund blieb vor dem zitternden Menschlein sitzen, das an der Zigarette saugte, als hinge sein Leben davon ab.

Im Flur standen Wäschekörbe mit leeren Plastikflaschen und über einem Bügelbrett in der Ecke hingen zerknitterte Herrenhemden. Auf den Treppenstufen war etwas ausgelaufen, Heiners Sohlen klebten bei jedem Schritt kurz fest und lösten sich dann wieder geräuschvoll. Die Zimmertüren im ersten Stock waren alle geschlossen, und er hatte kein Interesse daran herauszufinden, wie es wohl dahinter aussehen mochte. In einer seiner schlaflosen Nächte hatte er sich mal eine Reportage über Messies angesehen. Ganz so schlimm war es hier zwar noch nicht, aber sein Nachbar schien zumindest auf dem Weg in diese Richtung zu sein.

Die Türen der Duschkabine im Bad waren blind vor Seifenlauge und Dreck. Die Klobrille war zurückgeklappt und im Waschbecken klebten Haare. Der Spiegelschrank über dem Becken zeigte Heiners Gesicht hinter weißen Zahnpasta-Flecken. Er öffnete den Schrank und fand das kleine Döschen mit den Pillen zu seiner Überraschung sofort.

Bäumler kraulte immer noch Rosis Nacken, als Heiner ins Wohnzimmer zurückkehrte. Er nahm das Döschen, schüttete eine gelbe Tablette auf seine Handfläche und warf sie sich in den Mund. Suchend blickte er über den Tisch, nahm schließlich einfach eine der Tassen und spülte das Medikament mit einem kräftigen Schluck daraus herunter. Kalter Kaffee? Kalter Tee? Wodka? Egal. Heiner verzog das Gesicht. Sein Nachbar mochte ein erbärmlicher Weichling sein, aber etepetete war er ganz sicher nicht.

„Woher können Sie das?“ Ingo Bäumler fuhr einmal kurz mit gekrümmten Fingern durch die Luft. Die armselige Parodie eines Faustschlags.

„Ich hab mal geboxt.“

„Ah. Im Verein?“

„Ja“, sagte Schultes zögernd, „so ähnlich.“

Bäumler gab sich damit zufrieden, drückte die Zigarette aus und steckte sich gleich eine neue an. Langsam schien er sich etwas zu beruhigen. „Danke", sagte er, „wenn Sie nicht gekommen wären, dann ... ich weiß auch nicht."

„Haben die was gesagt?"

Bäumler hielt die Zigarette zwischen Daumen und Zeigefinger. Sein Kinn bebte.

„Die FAKT hat letzte Woche ein Foto von Ihnen gebracht, wie Sie draußen vor dem Haus stehen", sagte Schultes. „Wenn man sich hier ein bisschen auskennt ..." Er hob die Schultern.

„Ach ja?" Ingo Bäumler starrte mit leerem Blick vor sich hin, zog an seiner Zigarette und kraulte mit der anderen Hand Rosi, die zufrieden brummte. „Haben die auch was geschrieben?"

„Ja, von Ihrer ... Ihrer Sache damals. Ich kann mal schauen, ob ich die Zeitung noch beim Altpapier finde, wenn Sie möchten."

„Nein, nein. Schon gut." Bäumler schüttelte den Kopf.

„Sie sollten die Typen aber anzeigen."

Der ehemalige Lehrer sagte nichts. Er zog mit geschlossenen Augen immer wieder gierig an seiner Zigarette und sah aus, als würde er jeden Moment zu heulen anfangen.

„Also, ich geh dann mal wieder rüber", sagte Heiner, der den Anblick des weinerlichen Mannes nicht mehr aushielt. „Rosi, auf, komm jetzt!"

Rosi sah einen Moment zwischen Bäumler und ihrem Herrn hin und her, trottete aber dann gehorsam zu Heiner, der schon im Türrahmen stand. „Sie sollten besser hinter mir abschließen."

„Ja, natürlich ..." Bäumler erhob sich und folgte ihm in den Flur. Er bedankte sich noch mal und schloss hinter den beiden ab.

Zuhause nahm Schultes die letzte Flasche Bier aus dem Kühlschrank, trank im Stehen einen großen Schluck und setzte sich dann in sein dunkles Wohnzimmer. Den Rest des Biers nippte er in kleinen Schlucken, und als die Flasche leer war, stellte er sie neben dem Sessel auf den Boden. Er hörte Rosis gleichmäßigen Hundeatem und schloss die Augen. Er wusste, dass er es morgen früh bereuen würde, wenn er im Sessel einschlief, wollte aber der bleiernen Müdigkeit, die ihn jetzt endlich überfiel, nichts mehr entgegensetzen.

5 Du hörst die Tür, die Schritte, das Auto. Dann bist du allein. Sofort reißt du dir die Kleider vom Leib. Den beschmierten Rock, die Bluse, auch die Unterwäsche. Einen Moment lang stehst du nackt bis auf die weißen Kniestrümpfe im Zimmer und lauschst in die nächtliche Stille, die keine ist. Das Haus macht Geräusche. Es ächzt und stöhnt. Das Dach muss repariert werden und die Leitungen erneuert. Viel, viel Arbeit. Und viel, viel Geld, denn Manfred kann nicht alles allein machen. Deshalb musst du Opfer bringen. Das weißt du doch. Also stell dich nicht so an. Jetzt ziehst du auch die Strümpfe aus und gehst nach oben. Im Schlafzimmer sitzt du eine Weile nackt vor deinem Schminkspiegel. Du nimmst die zweite Tablette. Du gehst ins Bad und drehst die Dusche auf, wartest, bis Wasserdampf aufsteigt, den Raum ausfüllt und den Spiegel über dem Waschbecken beschlagen lässt. Dann stellst du dich unter den heißen Strahl. So lange, bis die Tablette zu wirken beginnt. Manfred wusste das mit den Tabletten. Von Anfang an wusste er es. Und hat dich trotzdem geheiratet. Und du warst bereit, Opfer dafür zu bringen. Auch das. Guter Mann, gutes Leben. Und schöne Träume, obwohl man gar nicht schläft. Und Musik, die niemand hört außer dir selbst. Manchmal einkaufen, was du willst. Ein Haus mit Garten. Und abends ausgehen in schöne Restaurants. Dann wieder schlafen. Du öffnest die Augen: Der Dampf schimmert jetzt in den schönsten Farben. Du nimmst

ein Regenbogenbad an einem verzauberten Ort. Und der Dampf ist gar kein Dampf mehr. Bunte Bänder hüllen dich ein, umgeben dich wie eine zweite Haut. Ein Kokon aus lebendigen Farben webt sich immer enger um dich, du kannst die Farben schmecken und riechen, wenn sie dir durch alle Poren dringen und dich davontragen, ganz, ganz weit davontragen … und dann schließt du die Augen und weißt, dass du sie nicht wieder aufmachen darfst, denn sonst verfliegt der Zauber und du kauerst wieder auf allen Vieren in der glitschig-klammen Duschwanne. Du frierst, deine Zähne schlagen aufeinander. Du schiebst die Duschkabinentür zur Seite, der Spiegel ist immer noch beschlagen, von den Kacheln perlt Kondenswasser. Dir ist so kalt auf einmal. Im Abfluss der Dusche kleben schwarze Haare. Du hebst den Kopf ein Stück und siehst deine Mutter in der Ecke des Badezimmers stehen. Du streckst die Arme nach ihr aus: Mama! Aber deine Mutter schüttelt den Kopf. Rapandulă, sagt deine Mutter entsetzt, rapandulă. Und du willst ihr erklären, dass das nicht stimmt, dass du keine Hure bist, dass sie sich täuscht, dass du doch nur Opfer bringst für ein besseres Leben, aber da ist sie auch schon wieder verschwunden, und unten dreht sich ein Schlüssel in der Tür und jemand kommt mit schweren Schritten durch den dunklen Flur und schimpft, und deine Unterwäsche und die verschmutzten Kleider liegen noch im Keller, aber auch das wird dir vergeben werden, solange du nur Opfer bringst.

***

Kowalski ballte die Fäuste. Die Lichter im Keller waren alle eingeschaltet, die Tür zum Partyraum stand offen und Gabys Wäsche lag als verknotetes Stoffknäuel auf dem Boden. Er versenkte den Kleiderhaufen im Wäschekorb und ließ ihn vor der Waschmaschine stehen, dann kehrte er in den Partykeller zurück und löschte das Licht. Um die Schweinerei auf den Klamotten sollte sich Gaby morgen gefälligst selbst kümmern.

Der Kunde hatte eine Weile gebraucht, um Worte zu finden. Als Kowalski ihn durch Oberrad kutschierte, war nur ab und zu ein wohliges Stöhnen vom Rücksitz zu hören. Schließlich fragte er ihn, ob alles zu seiner Zufriedenheit gewesen sei. Der Mann leckte sich die Lippen, nickte und wollte Gaby sofort erneut buchen, er würde sogar noch was drauflegen, wenn er vielleicht morgen Abend schon wieder …

Kowalski bremste ihn sanft aus. Er wusste, was er Gaby zumuten konnte und was nicht. Wenn er jetzt gierig wurde, lief er Gefahr, alles in den Sand zu setzen. In drei Tagen würden sie sich erneut am Holbeinsteg treffen, Uhrzeit und Bezahlung wie gehabt. Im Rückspiegel sah Kowalski, wie der Typ die Stirn in Falten legte. Etwas schien ihm nicht zu passen. Ob man sich unter Umständen nicht auch schon eine Stunde früher treffen könne? „Natürlich", sagte Kowalski und lachte, „bei uns ist der Kunde König."

Seine gute Laune war schon wieder restlos aufgebraucht, nachdem er das Durcheinander im Keller gesehen hatte. Als ob sie die Abläufe nicht minutiös durchgesprochen hätten. Und so schlimm war der Kunde nun wirklich nicht. Da gab es ganz andere. Er würde sich die Sache mit den Tabletten nochmal überlegen müssen. Vielleicht tat es auch eine halbe davor und eine ganze danach.

Viele der Mädchen im Wohnheim nahmen was, um sich die Welt ein bisschen schöner zu machen. Aber nur Gaby hatte sich damals von ihm in flagranti erwischen lassen. Die Vorschriften waren eindeutig: Er musste das Zeug konfiszieren, die Zeitarbeitsfirma und Yukon Net informieren, und das wäre es dann gewesen für Gabriela Popescu. Stattdessen hatte er sich mit ihr verabredet.

Kowalski sichtete kurz die Aufnahmen, die er am Abend gemacht hatte. Der Kunde war gut darauf zu erkennen, das war das Wichtigste. Einmal sah er sogar mit entrücktem Gesichtsausdruck direkt in die Kamera. Es wirkte fast so, als wisse er, dass sie gefilmt würden, und als mache ihn das noch mehr an. Kowalski sicherte die Kopie und archivierte alles auf einer externen Festplatte, die er zusammen mit dem Geld und der Gaspistole im kleinen Tresor unter dem Tisch einschloss. Um alles andere würde er sich morgen kümmern. Kowalski sah auf die Uhr an seinem Handgelenk: Punkt zehn und der ganze Spuk war wieder vorbei. Er liebte es, wenn die Dinge so liefen wie geplant.

Hinter einem Vorhang am Treppenaufgang stand ein halb voller Kasten Bier, dem er zwei Flaschen entnahm, bevor er nach oben in die Wohnung ging. Er verstaute das Bier im Kühlschrank in der Küche, ohne Licht zu machen. Draußen vor dem Fenster lag die Welt wie erstarrt. Die kahlen Büsche im Vorgarten duckten sich unter dem Nachtfrost, das gegenüberliegende Haus wirkte verloren in der Dunkelheit. Vielleicht lagen ja dessen Bewohner mit Kopfschüssen hingerichtet tot im Keller, dachte Kowalski auf einmal. Was wusste man schon von seinen Nachbarn? Auf einmal fröstelte es ihn. Er roch den getrockneten Schweiß unter seinen Achseln, spürte die sauren Ausdünstungen seines massigen Körpers und sehnte sich nach einer Dusche, mit der er sich den ganzen Dreck vom Leib waschen konnte.

Bereits auf der Treppe sah er, dass Gaby auch vergessen hatte, das Licht im Bad auszumachen. Die rote Leuchtanzeige des

Schalters war deutlich am Ende des dunklen Flurs zu erkennen. Kowalski betrat den kleinen gekachelten Raum und war in Gedanken schon bei den Vorhaltungen, die er ihr morgen früh machen würde, als er seine Frau nackt vor der Duschkabine liegen sah. Sie hatte die Knie bis unters Kinn gezogen und hielt mit beiden Armen ihre Schienbeine umklammert, ein Menschenball über den sich tiefschwarze, nasse Haarmassen ergossen.

Er kniete sich auf den Boden und schüttelte sie, worauf Gaby einen lang gezogenen Klagelaut von sich gab.

„Was machst du denn, Herrgott nochmal …“, zischte er und half ihr dabei, sich aufzusetzen.

„Mama …“, murmelte Gaby und verdrehte die Augen. Sie lehnte mit dem Rücken an der gefliesten Wand und konnte ihren Kopf nicht aufrecht halten. Immer wieder fiel ihr das Kinn nach vorne auf die Brust.

„Na, die würde Augen machen, wenn sie dich sehen könnte, zugedröhnt wie du bist“, schnaubte Kowalski verächtlich.

Als er aus der Hocke hochkam, wurde ihm schwarz vor Augen, sodass er sich an der Wand abstützen musste, um nicht das Bewusstsein zu verlieren. Er atmete ein paarmal tief durch, riss die Augen auf und spürte, wie ihm der Schweiß ausbrach. Dann öffnete er die Türen zum Bade- und Schlafzimmer, knipste die kleine Nachttischlampe neben dem Bett an und kehrte zu Gaby zurück. Er musste das mit den Tabletten unbedingt anders organisieren, so viel war klar.

Gaby saß mit geschlossenen Augen auf dem Boden und brabbelte vor sich hin. Kowalski hob ihre Arme an und legte sie sich um den Nacken.

„Halt dich fest.“ Ihre Arme hingen schlaff über seinem Rücken, der Kopf lehnte an seiner Schulter.

„Halt dich jetzt verdammt nochmal an mir fest, oder ich lass dich einfach hier liegen!"

Gabys Griff wurde fester, ihre Hände schlossen sich um seinen Nacken. Mit einem Ruck zog Kowalski seine Frau auf die Beine.

Gut so, dachte er, als sie beide inmitten des hell erleuchteten Badezimmers zum Stehen kamen. Sein Blick fiel in den Spiegel, das einen untersetzten, rotgesichtigen Mann zeigte, dessen nackte Partnerin beim Tanzen offenbar eingeschlafen war. Kowalski duckte sich unter den schlaffen nackten Körper und ließ ihn sich wie einen nassen Sack über die Schulter fallen. Er schleppte sie ins Schlafzimmer, wo Gaby einen überraschten Laut ausstieß, als er sie quer auf dem Bett ablegte. Er schob ihr ein Kopfkissen unter den Nacken und deckte sie zu, dann setzte er sich im trüben Schein der Nachttischlampe an den Bettrand und ruhte sich aus.

Es dauerte eine Weile, bis sich sein Puls und seine Atmung normalisiert hatten. Als er aufstand und das Licht ausknipste, hörte er bereits Gabys gleichmäßigen Schlafatem. Sie lag mit ausgebreiteten Armen und Beinen wie erschlagen unter der Decke auf dem Ehebett. So konnte sie von ihm aus die ganze Nacht liegen bleiben, er würde später wahrscheinlich sowieso auf dem Sofa einschlafen.

Kowalski duschte ausgiebig und schlüpfte danach in einen abgetragenen Jogginganzug, nahm die beiden Flaschen Bier aus dem Kühlschrank und setzte sich vor den Fernseher. „Das aktuelle Sportstudio" lief bereits und zeigte noch mal die schönsten Bilder der Fußballweltmeisterschaft. Ein lächelnder Bundestrainer verfolgte zufrieden die Ballstafetten seiner Jungs unter brasilianischem Himmel, Lukas Podolski machte Faxen am Strand, und Oliver Bierhoff warnte davor, den nächsten Gegner zu unterschätzen. Der nächste Gegner, nach dem Arbeitssieg im Achtelfinale gegen die unbequemen Algerier, war Frankreich. An den Tag dieser Begegnung erinnerte sich Kowalski noch sehr genau, allerdings nicht wegen des Fußballspiels.

Es war der Freitag, an dem seine Schwägerin zum ersten und einzigen Mal zu Gast in seinem Haus gewesen war. Elena zog sich genau wie ihre ältere Schwester gern figurbetont an, pflegte dabei allerdings einen deutlich jugendlicheren Stil. Als sie damals am Landwehrweg eintraf, trug sie weiße Turnschuhe, eine eng anliegende Bluejeans und ein bauchfreies, knallrotes Oberteil. Die mit einem Gummi zusammengebundenen Haare hatte sie hinten durch ihre Baseballkappe gefädelt, sodass sie ihr als langer schwarzer Zopf über den Rücken fielen. Sie lächelte und gab Kowalski die Hand. Um sie ein bisschen zu verunsichern, hielt er die Hand seiner Schwägerin sehr viel länger als nötig in seiner, aber Elena sah ihn dabei nur spöttisch an und zeigte keinerlei Anzeichen von Verwirrung oder Angst. Spätestens da wusste Kowalski, dass er die Kleine schnellstmöglich loswerden musste.

Fast drei Jahre nachdem ihre ältere Schwester nach Deutschland gekommen war, hatte Elena den gleichen Weg genommen und landete im Sommer 2014 als Arbeiterin bei Yukon Net. Sie kündigte sich per Handy schon einige Tage vorher bei Gaby an, der vor Wiedersehensfreude bereits am Telefon die Tränen in die Augen stiegen. Kowalski war von dem überraschenden Nachzug seiner angeheirateten Verwandtschaft weniger begeistert.

Er fing Elena bereits am ersten Tag im Wohnheim ab und machte ihr klar, dass sie weder bei ihnen wohnen noch sonstige Unterstützung erwarten könne. Außerdem wolle er nicht, dass seine Kollegen erfuhren, dass sie verschwägert seien. Die dummen Sprüche wolle er ihr und sich selbst einfach ersparen. Elena hatte nur stumm genickt und das Geld eingesteckt, das er ihr für die Fahrt gegeben hatte, um am Freitag nach ihrer Schicht nach Frankfurt zu kommen. Gaby wolle sie unbedingt sehen, aber in Zukunft würden alle weiteren Verabredungen ausschließlich über ihn laufen. Elena nickte ergeben und bedankte sich artig, aber Kowalski hatte schon da ein mieses Gefühl bei der Sache.

Die Schwestern fielen sich im Hausflur in die Arme und plapperten aufgeregt in ihrer Muttersprache. Gaby hatte 48 Stunden lang keinen ihrer kleinen Glücklichmacher genommen, um ihren Augen den verschleierten Blick zu nehmen und um sicherzugehen, dass sie nicht am Kaffeetisch vornüberkippte und einschlief. Elenas Miene zeigte dennoch leichtes Entsetzen, als sie Gaby zärtlich mit dem Handrücken über die Wangen strich, so als sei ihre große Schwester in Wirklichkeit ein kleines Kind, das nach einem schweren Verlust getröstet werden musste. Dazwischen warf sie immer mal wieder einen fragenden Blick auf Kowalski, der mit verschränkten Armen im Türrahmen lehnte und gähnte. Am liebsten hätte er das kleine Miststück gleich wieder vor die Tür gesetzt.

Der 4. Juli 2014 war ein sommerwarmer Tag, und Gaby hatte den Kaffeetisch zu Ehren ihrer Schwester auf der Terrasse gedeckt, die im Schatten einer Markise lag. Elena ließ sich auf einem der gepolsterten Gartenstühle nieder und blinzelte in die Sonne, während Gaby Kaffee einschenkte und Kuchen auf kleinen Tellern verteilte.

Kowalski wartete nicht, bis alle am Tisch bedient waren, sondern fing sofort damit an, ein großes Stück Bienenstich, das Gaby ihm gerade aufgetan hatte, zu verschlingen. Noch während er kaute, spürte er die Blicke seiner Schwägerin, die ihre Augen jetzt hinter einer riesigen Sonnenbrille verbarg. Er trank einen Schluck Kaffee und spülte den Rest des süßen Kuchenbreis in seinem Mund damit herunter. Über der Kuchenhaube in der Mitte des Tisches kreiste eine Biene. Gaby hatte sich ihm gegenüber gesetzt und nippte selig lächelnd an ihrer Tasse.

„Ist heute Fußball?", fragte Elena und deutete mit dem Kinn zu Kowalskis Nachbarn hinüber, die gerade dabei waren, eine schwarz-rot-goldene Fahne an der Brüstung ihres Balkons zu befestigen.

„Viertelfinale um sechs", antwortete Kowalski, ohne von seinem zweiten Stück Kuchen aufzusehen.

„Deutschland?"

„Natürlich Deutschland."

Elena lachte. „Ja, natürlich. Immer Deutschland."

Kowalski vergaß einen Moment zu kauen. Machte sich die kleine Schlampe etwa über ihn lustig?

Gaby legte ihrer Schwester behutsam eine Hand auf den Unterarm und begann erneut, Rumänisch mit ihr zu reden. Kowalski wischte sich den Schweiß von der Stirn.

Um halb sechs ging er durch die verglaste Terrassentür ins schattige Wohnzimmer und schaltete den Fernseher an. Die Vorberichte liefen, das WM-Gewinnspiel flimmerte über den Bildschirm. Hier drin war es angenehm kühl, draußen staute sich jetzt die Wärme unter der Markise. Die Schwestern schien das allerdings nicht zu stören. Gaby plapperte ohne Unterlass, und Elena nickte und lachte. Wenn sie selbst sprach, tat sie es mit heller, lauter Stimme. Die Nachbarn in ihren Gärten und auf den Balkonen bekamen alle mit, dass die Kowalskis Besuch aus dem Osten hatten.

Zehn Minuten vor Anstoß öffnete Manfred Kowalski das erste Bier und ließ sich mit der Flasche in der Hand in seinem Fernsehsessel nieder. Die Frauen begannen gerade damit, das Geschirr zusammenzuräumen und in die Küche zu tragen. Rechtzeitig zu Spielbeginn saßen sie wieder auf der Terrasse. Elena trank jetzt ein Radler und rauchte eine Zigarette, Gaby saß vor einem großen Glas Sprudel, das sie nicht anrührte. Kowalski beobachtete die Frauen durch das Wohnzimmerfenster und fragte sich, über was sich die beiden wohl unterhielten, dann wurde er durch den Spielverlauf abgelenkt.

Frankreich begann kontrolliert und kam schon nach wenigen Minuten zu einer ersten guten Torchance durch Benzema. Kowalski schlug mit der Faust auf die Sessellehne und fluchte, die Schwestern auf der Terrasse verstummten kurz und hoben die Köpfe. Als der Dortmunder Mats Hummels nach einem Freistoß durch Toni Kroos in der 12. Minute das 1:0 köpfte, sprang Kowalski auf, die Torschreie aus der Nachbarschaft drangen durch die offene Terrassentür zum ihm herein. Irgendein Idiot fuhr jetzt schon hupend durch die Straßen. Kowalski fiel in seinen Sessel zurück und nahm einen Schluck Bier. Elena drückte ihre Zigarette im Aschenbecher aus und steckte kurz ihren Kopf zur Tür herein. Sie hatte sich die Sonnenbrille auf den Schirm der Baseballkappe geschoben und sah sich das Tor in der Zeitlupe an, klatschte dreimal kokett in die Hände und lächelte ihrem Schwager wissend zu, so als teilten sie beide ein abgrundtiefes Geheimnis. Kowalski hätte sie erwürgen können und hatte fortan Schwierigkeiten, dem weiteren Verlauf des Spiels zu folgen. Er war fast erleichtert, als der Schiedsrichter zur Halbzeit abpfiff.

In den Nachbargärten wurden Vorbereitungen zum abendlichen Grillen getroffen. Jemand schüttete Holzkohle auf, der Geruch von Brennspiritus schwappte kurz herüber. Kowalski stand auf der Terrasse und zündete sich eine Zigarette an. Gaby sah kurz zu ihm auf und nahm einen kleinen Schluck von ihrem

Mineralwasser, eine halbe Zitronenscheibe schwamm auf der Oberfläche.

„Wo ist denn deine kleine Schwester hin?"

Gaby machte eine vage Bewegung Richtung Garten. „Will sich nur die Beine ein wenig vertreten, hat sie gesagt …"

Kowalski nickte. Er stieg die verwitterten Stufen von der Terrasse auf den Rasen hinunter und sah sich um. Jenseits des Zauns stand sein Nachbar vornübergebeugt mit den Händen auf den Knien vor einem Grill und pustete Luft in die Glut. Kowalski nickte ihm kurz zu, ging ums Haus herum und warf einen schnellen Blick zur Kellertreppe. Die Tür war geschlossen, der Rollladen vor dem Fenster zum Partyraum heruntergelassen.

Er fand Elena vor dem Haus. Sie lehnte mit dem Rücken am Gartenzaun und rauchte. Es sah fast so aus, als habe sie auf ihn gewartet. Als er näher kam, bemerkte er, dass sie die Augen geschlossen hatte. Die getönte Brille und die Kappe hatte sie auf dem Kaffeetisch liegen lassen. Die Sonne stand jetzt auf der anderen Seite des Grundstücks, hier war es schattig und so kühl, dass sich auf Kowalskis Unterarmem eine Gänsehaut ausbreitete.

„Angenehm hier im Schatten, was?"

Elena nickte nur träge. Sie hatte ihn natürlich kommen gehört.

Kowalski blieb einen halben Meter vor ihr stehen und zog an seiner Zigarette. „Und? Schon Pläne, wie es weitergehen soll?"

Elena hob die Schultern und blies Rauch durch Mund und Nase. Sie öffnete die Augen, sah auf den abgebrannten Zigarettenstummel zwischen ihren Fingern und schnippte die Kippe über den Zaun auf die Straße.

Kowalski hob die Augenbrauen. „Das sehen wir hier aber gar nicht gern, oder denkst du etwa, wir sind dazu da, deinen Dreck wegzumachen?"

Elena antwortete nicht. Irgendwo in der Nachbarschaft grölte jemand: „Deutschlaaand, Deutschlaaand…"

Kowalski drückte seine Kippe am Torpfosten aus, verrieb die Asche zu einem tiefschwarzen Fleck auf dem Beton und hielt den Filterstummel zwischen Daumen und Zeigefinger.

„Was machst du mit meiner Schwester?" Ihre Stimme war so leise, dass Kowalski die Frage fast überhört hätte.

„Nichts mache ich mit deiner Schwester", sagte er und trat einen Schritt näher an seine Schwägerin heran, „zumindest nichts, was ihr nicht gefällt, oder behauptet sie etwa was anderes?"

Elena sagte nichts. Kowalski stand jetzt so dicht vor ihr, als wolle er sie jeden Moment auf den Mund küssen. Er sah das leichte sommerliche Make-up, das sie aufgetragen hatte, und den blassroten Lippenstift, von dem ihre oberen Schneidezähne auch etwas abbekommen hatten.

„Gaby ist nicht glücklich."

„Ach ja?"

„Ich sehe das in ihren Augen."

„So, siehst du das?"

Elena nickte. Ihre spöttische Selbstsicherheit war auf einmal wie weggeblasen. Sie drehte ihren Kopf zur Seite und wich seinem Blick aus.

„Und weißt du, was ich sehe?" Kowalski grinste. Er konnte jetzt ganz deutlich das Parfüm reichen, das seine Schwägerin auf Hals und Nacken aufgetragen hatte. „Ich sehe eine junge hübsche Frau", flüsterte er ihr ins Ohr, „die weit weg ist von zu Hause und ihre Nase in Sachen steckt, die sie nichts angehen."

Einen Moment lang glaubte er, sie würde sich wehren. Ihn wegstoßen oder sogar versuchen, ihm in die Eier zu treten. Aber Elena rührte sich nicht. Kowalski trat einen Schritt zurück und gab sie frei. Er hielt immer noch den Filterstummel zwischen seinen Fingern. In einer Nische bei der Einfahrt standen drei Mülltonnen. Kowalski hob den Deckel des Restmüllbehälters an und warf den Stummel hinein, schloss den Deckel wieder und sah zu Elena hinüber, die immer noch am Gartenzaun lehnte, jetzt aber schützend die Arme vor der Brust verschränkt hielt und die Lippen zusammenpresste.

„So“, sagte Kowalski, „zweite Halbzeit.“

Zehn Minuten nach Wiederanpfiff kehrte auch Elena zurück auf die Terrasse. Kowalski hob kurz den Kopf und sah, wie sie sich draußen auf ihrem Platz niederließ. Sie legte Gaby eine Hand auf den Arm und sah sie lange an, ohne etwas zu sagen. Kowalski drehte den Ton des Fernsehers herunter, die Sache gefiel ihm nicht. Als er sich wieder dem Spiel zuwandte, entschärfte Neuer gerade einen Vorstoß der Franzosen und leitete einen Konter ein, der aber im Mittelfeld steckenblieb. Die Partie verflachte.

Auf der Terrasse wurden Stühle gerückt, die Frauen erhoben sich, kamen ins Wohnzimmer, huschten am Fernseher vorbei und verschwanden im Haus. Kowalski verspürte den Impuls, ihnen zu folgen, beherrschte sich aber und blieb sitzen. Als die beiden wieder auftauchten, hatten sie eine Flasche Sekt dabei. Gaby nahm zwei langstielige Kelche aus dem Wohnzimmerschrank und kehrte damit auf die Terrasse zurück. Fünf Minuten vor Spielende stand es immer noch 1:0 und die beiden Frauen ließen den Korken knallen.

Als Kowalski auf die Terrasse kam, lächelte Gaby entrückt und Elena trug wieder ihre Sonnenbrille. Er stemmte die Hände in den Rücken und streckte sich. Ein paar Straßen entfernt setzte sich ein hupender Autokorso in Bewegung. Der Nachbar stand in seinem XXL-Trikot der Nationalmannschaft am Grill und prostete ihnen über den Gartenzaun hinweg zu. „Halbfinale!", rief er gut gelaunt zu ihnen herüber, und Kowalski hob kurz die Hand und nickte.

Elena führte ihren Sektkelch an die Lippen und nippte kurz daran. Gaby wollte ihr sofort nachfüllen, aber sie hielt eine Hand übers Glas und schüttelte den Kopf. „Ich mach mich dann auch langsam auf den Weg."

Gaby sah sie enttäuscht an. „Aber … bleib doch noch …"

Elena sagte nichts.

„Manfred kann für uns doch etwas grillen, oder?"

Kowalski stand in der Terrassentür und hob die Schultern. „Vielleicht hat deine Schwester ja noch was vor?"

„Aber wir …" Gaby brach ab, als habe ihr jemand den Gedanken abgeschnitten, und stierte in ihr leeres Glas.

„Die Arbeit, weißt du?", sagte Elena und lächelte. „Die stupide Arbeit am Band macht mich müde, das bin ich noch nicht gewöhnt. Und morgen hab ich Frühschicht."

„Tja, Deutschland ist kein Ponyhof, was?" Kowalski lachte.

Die Frauen schwiegen. Als Elena aufstand, erhob sich auch Gaby. Die Schwestern umarmten sich. Küssten sich auf die Wangen. Kowalski hörte sie auf Rumänisch miteinander flüstern.

Elena drückte ihren Rücken durch, hob die Arme und zog sich das Haargummi straff. Dabei rutschte ihr rotes Top noch ein Stück weiter nach oben, sodass Kowalski das silberfarbene Piercing in ihrem Bauchnabel gut sehen konnte. Aus einem vorbeifahrenden Auto ertönte „So ein Tag, so wunderschön wie heute".

„In der Stadt und am Bahnhof wird jetzt bestimmt viel gefeiert …", sagte Gaby nachdenklich und sah ihre Schwester an.

Elena zögerte. Kowalski durchzuckte ein Gedanke. Schnell verschwand er in der Wohnung und kehrte gleich darauf mit seinem Autoschlüssel zurück. „Ich fahr dich."

Noch bevor Elena ablehnen konnte, sagte Gaby: „Das ist ein gute Idee. Ist besser so, Elena, sicherer."

Kowalski griff nach der Sektflasche und füllte Gabys Glas bis zum Rand. „Natürlich ist es besser so." Er lächelte und legte ihr zärtlich eine Hand in den Nacken. „Wir sind doch eine Familie. Da hilft man sich und passt aufeinander auf, oder?"

Jogi Löw grinste. Bierhoff applaudierte. Schwarz-rot-goldenes Fahnenmeer in Berlin. Deutschland hat eine Mannschaft. Philipp Lahm mit Pokal auf der Bühne vor dem Reichstag. Rückblick Ende. Kowalski war wohl ein bisschen eingenickt. Er griff nach der halb vollen Flasche, das Bier schmeckte schal. Draußen vor dem Fenster pfiff der Wind. Er schaltete den Fernseher aus, drehte die Heizung runter und legte sich auf die Couch. Er würde Gaby morgen das Frühstück ans Bett bringen. Kaffee und Toast und Marmelade. Eine Rose im Wasserglas daneben auf dem Tablett. Er würde mit ihr spazieren gehen, wenn sie das wollte, oder einen Schaufensterbummel in der Innenstadt machen. Er würde sie am Abend ausführen. Er würde auch einen Abstecher ins Bahnhofsviertel machen müssen, um die Vorräte aufzustocken. Früher oder später würde sie dann von selbst fragen. Und er könnte einfach sagen: Am kommenden Dienstagabend nochmal dasselbe Programm.

***

Larissas Mutter öffnete ihr die Tür. Sie trug eine nagelneue blaukarierte Küchenschürze über dem teuren Kleid, und ihre rechte Hand steckte in einem Topflappen.

Ungelenk nahm Hilde Winterkorn ihre Tochter in die Arme und hieß sie willkommen. „Komm rein und setz dich zu deinem Vater ins Wohnzimmer, ich muss wieder in die Küche, sonst brennt mir alles an."

Larissa lächelte gequält und sah ihrer Mutter hinterher, die den langen Gang hinunterstöckelte und in der Küche verschwand. An den Wochenenden und wenn sie Gäste empfingen, spielte sie gern die aufopferungsvolle Hausfrau. Unter der Woche kam natürlich jeden zweiten Tag eine Hausangestellte, die sich um alles kümmerte.

Larissa schlüpfte aus ihrem Mantel, stopfte Handschuhe und Schal in die Ärmel und brachte alles in den kleinen Garderobenraum neben dem Eingang. In ihrem Elternhaus verschwanden profane Dinge wie Bekleidung in extra dafür vorgesehenen Zimmern. Das Haus war immer peinlich sauber, aber nirgends schien es Putzmittel, Besen oder Schrubber zu geben. Die umfangreichen Essensvorräte waren in zwei kleinen Kammern mehr versteckt als gelagert. Wein und Sekt teilten sich ein Kellerregal mit integriertem Kühlfach. Selbst in der Doppelgarage neben dem Haus standen die beiden BMWs wie im Verkaufsraum eines Autohauses. Hier gab es keine Werkbank mit ölverschmierten Lappen, keine in der Ecke gestapelten Reifen.

Larissas Elternhaus war geschmackvoll-modern eingerichtet. In der Diele und im Wohnzimmer hingen ein paar wenige Originalgemälde von Künstlern, deren Arbeit sie finanziell unterstützten. Abstrakte, aber dezente Malerei, die sich fast bruchlos in die helle Wohnlandschaft von Rolf Benz einfügte. Die Vorstellung, dass erwachsene Menschen, die im Besitz ausreichend finanzieller Mittel waren, ihre Wohnungsausstattung in einem Billigmöbelhaus auf der grünen Wiese oder bei Ikea kauften, war für ihre Eltern vollkommen unbegreiflich.

Ein einziges Mal war ihr Vater in der Wohngemeinschaft gewesen, in der Larissa während des Studiums mit ein paar Kommilitonen zusammenwohnte. Er hatte vor dem alten Küchentisch mit den Brandflecken und der Weinflasche, in die eine Kerze gesteckt war, gestanden, den vollen Aschenbecher und die halb leeren Teetassen gesehen und angewidert den Kopf geschüttelt. Gerne hätte sie ihrem Vater damals erklärt, dass sie der nächtliche Radau in der WG störe, sie aber andererseits die lebendige Atmosphäre und das Zusammensein mit ganz unterschiedlichen Leuten sehr genoss. Ihr Vater jedoch hatte ihr ungefragt die Wohnung in Preungesheim gekauft, und damit war die Angelegenheit für ihn erledigt.

Ein faustgroßer Stein schien ihr im Magen zu liegen, wenn sie daran dachte, ihrem Vater von der geplatzten Promotionsstelle und ihrer lukrativen, aber dubiosen Beschäftigung zu berichten. Dabei hoffte sie doch, dass ihr Vater als Wirtschaftsanwalt ihr vielleicht etwas zum Geschäftsgebaren der Pro East und den hinter der Agentur stehenden Firmen sagen konnte.

Larissas Vater saß mit übereinandergeschlagenen Beinen in seinem Sessel und sah sich eine Ausgabe des „Weltspiegel" im Fernsehen an. Es ging ausgerechnet um Osteuropa, Billigarbeitskräfte und den europäischen Binnenmarkt, als wolle ein unsichtbarer Regisseur ihr den Sprung in das bevorstehende Gespräch erleichtern.

Als sie ins Wohnzimmer kam, erhob sich ihr Vater lächelnd und ging auf sie zu. Er trug graue Anzugshosen und ein weißes Hemd, dessen oberster Knopf geöffnet war. An den Füßen hatte er blank geputzte schwarze Budapester. Auch das hatte sie erst viel später in den Wohnungen ihrer Schulfreunde gesehen: dass erwachsene Menschen in Hausschuhen oder sogar einfach nur in dicken grauen Wollsocken herumliefen.

Ihr Vater nahm Larissa kurz in die Arme. Sie roch sein dezentes Aftershave und spürte seine glatt rasierte Wange an ihrer, dann löste er sich schon wieder von ihr und deutete auf den Bildschirm. Er wolle das gern zu Ende ansehen, wenn sie nichts dagegen hätte, er könne das Gerät aber natürlich auch sofort abstellen, wenn sie das wünschte.

Larissa schüttelte den Kopf und setzte sich auf die Couch, so würde sie sich noch ein bisschen Zeit verschaffen und vielleicht eine halbwegs passende Überleitung finden. Auf dem Bildschirm berichtete eine junge Frau gerade, dass sie nicht wisse, wie sie ihre Kinder kleiden und ernähren solle. Der Vater der Kinder kümmere sich nicht, und die Fabrik, in der sie gearbeitet habe, sei nun auch geschlossen worden. Die Frau saß in einer Wohnküche, wie Larissa sie in den letzten Monaten zu Dutzenden gesehen hatte.

Aus dem Augenwinkel sah sie, wie ihr Vater den Kopf schüttelte. Im nächsten Sommer würde er 60 Jahre alt werden. Seine Haare waren vollständig ergraut, aber sein Profil war immer noch kantig und ließ ihn jünger wirken.

In der nächsten Einstellung stand die Frau zusammen mit anderen Frauen auf einem zugigen Parkplatz und wartete auf einen Bus. Sie wusste nicht, wo genau sie in Deutschland arbeiten, und auch noch nicht, was sie im Endeffekt verdienen würde, aber alles sei schließlich besser als das hier. Die Kamera schwenkte über eine Straße im Nieselregen und zeigte Industrieruinen.

Larissa räusperte sich. „Hast du gewusst, dass die Vermittlung von Arbeitskräften aus Osteuropa boomt wie noch nie?"

„Natürlich. Hart arbeiten will hier ja keiner mehr.“ Ihr Vater schnaubte verächtlich, ohne den Blick vom Fernseher zu nehmen.

„Die Arbeitsvermittler verdienen noch am besten daran …“, versuchte Larissa es erneut.

„Alle verdienen daran“, entgegnete ihr Vater kopfschüttelnd. „Die Unternehmen müssen für einfache Arbeiten keine astronomischen Löhne und Sozialabgaben zahlen. Die Vermittler nutzen einen offenen Arbeitsmarkt und diese Frauen … naja, mit dem, was die bei uns verdienen, sind sie doch in ihren Herkunftsländern fast reich …“

„Nein, nicht immer, die Löhne … also davon müssen die Frauen ja auch noch Unterkunft und Vermittlungsgebühr bezahlen.“

Larissa sah ihren Vater an, der sich ihr stirnrunzelnd zugewandt hatte. Wenn er sie jetzt fragen würde, woher sie das denn alles wisse, dann musste sie die Katze aus dem Sack lassen. Die Frau im Fernsehen berichtete jetzt davon, dass sie seit Tagen fürchterliche Zahnschmerzen und keine Krankenversicherung habe. Larissa hörte ihre Mutter in der Küche ein Lied summen und spürte einen Klumpen Übelkeit in ihrer Kehle aufsteigen. Ihr Vater lächelte und fragte, ob sie schon hungrig sei.

Es gab Braten, Kartoffeln und Gemüse der Saison. Larissas Mutter erklärte fröhlich, woher die Lebensmittel stammten. Es gebe nun endlich auch hier in der Nähe einen Bio-Hof. Ganz urige Leute, so richtige Öko-Bauern halt, die Männer mit langen Bärten und die Frauen mit selbstgestrickter Kleidung. Sogar Wein böten sie dort an, aber den möge Vater leider nicht.

Larissas Vater entkorkte eine Flasche Spätburgunder und schenkte ein. Larissa legte die Hand über ihr Glas. „Danke, nein. Ich bleibe beim Wasser.“

„Du bist doch mit der Bahn, oder?“

„Ja. Trotzdem.“

„Schade. Der Württemberger ist wirklich ganz hervorragend.“

„Wir waren doch im Herbst auf dem Weingut zur Probe“, klinkte sich ihre Mutter ein und warf ihr einen forschenden Blick zu.

Larissa nickte. Sie fragte sich, wie sie es schaffen würde, auch nur einen Bissen herunterzubekommen. Sie sah auf das Stück Roastbeef auf ihrem Teller. Das zarte, rosafarbene Fleisch war von einer tiefschwarzen Kruste umgeben, eine halbe Kartoffel war in die Mitte gerutscht und hatte sich voll Bratensaft gesogen.

Ihr Vater hob sein Glas. Ihre Mutter lächelte.

„Ich muss euch etwas …“, setzte Larissa leise an, aber niemand schien es zu hören. Ihre Mutter strich eine Falte in der Tischdecke glatt, ihr Vater hielt begutachtend den Spätburgunder gegen das Licht.

„Wir müssen über etwas reden“, versuchte sie es erneut, diesmal so laut, dass beide sie erstaunt ansahen.

„Nun lass uns doch erst einmal in Ruhe zusammen essen, danach können wir immer noch …“

„Nein!“, rief Larissa und ihre Mutter verstummte sofort.

Ihr Vater stellte sein Glas betont langsam auf der weißen Tischdecke ab und sah sie an. „Was soll das Theater?“

Larissa atmete tief ein, schloss die Augen, atmete aus. Am besten geradeheraus, dachte sie. Ich bin nicht mehr an der Uni. Ich arbeite für eine dubiose Firma. Dort verschwinden Frauen. Ich denke, da ist was faul. Stattdessen sagte sie: „Wir haben doch eben diese Reportage gesehen …“

Larissas Vater hatte die Ellenbogen auf den Tisch gestützt und hielt die Hände über seinem Teller gefaltet, als wolle er ein Tischgebet aufsagen. Er sah seine Tochter nicht an.

„Was denn für eine Reportage?", fragte ihre Mutter.

„Eben mit Papa. Im Wohnzimmer."

„Ach so?"

„Ja nun, Larissa, komm zur Sache, wenn es denn so wichtig ist." Den ruhigen, geschäftsmäßigen Ton ihres Vaters kannte sie sehr gut. Es war sein Kanzlei-Ton. Ihre Mutter würde ab jetzt nichts mehr sagen. Und sie hatte den denkbar schlechtesten Start erwischt.

„Also, diese Branche, diese Arbeitsvermittlung von osteuropäischen Frauen ..."

Ihr Vater hob eine Augenbraue.

„Also an der Uni ... das mit der Uni ..." In Larissas Kopf leuchteten Bilder auf: Elena Popescu. Philipp. Der verwahrloste Wohnblock, vor dem verlumpte Kinder im Dreck spielten. Florina im Burger King. Wie sie sich über den Tisch beugt und sagt: Vielleicht besseres Leben?

Larissas Vater lächelte gönnerhaft. „Ich verstehe schon, die Uni, das ist eine Welt für sich, und die Lebensrealität ist zuweilen etwas vollkommen anderes."

„Nein, das ist es nicht ... also, das ist nicht, um was es geht."

„Nein, wirklich nicht?"

Larissa verstummte. Die Übelkeit war zurück. Drängender als zuvor. Sie durfte jetzt auf keinen Fall auf das Stück Fleisch auf ihrem Teller schauen.

„Es ist doch so", sagte ihr Vater, als rede er mit einem kleinen Kind, „du willst, dass es allen Menschen gut geht, oder? Und da hörst du an der Uni die tollsten Theorien darüber, wie das zu bewerkstelligen sei, nicht wahr?"

Larissa fixierte einen Punkt an der gegenüberliegenden Wand. Sie wollte etwas sagen, aber schwieg. Ihr Vater legte ihr die Hand auf den Unterarm, zog sie aber schnell wieder zurück, griff stattdessen nach seinem Weinglas und sah gedankenverloren in die rubinrote Flüssigkeit.

„Schau mal", sagte er schließlich in die Stille hinein. „Du glaubst, wenn wir hier und heute das gesamte Geldvermögen der Menschheit gleichmäßig auf alle Bewohner dieses Planeten verteilen würden, dann ginge es allen gut, oder?"

Der Druck in Larissas Magen schwoll an. Der Stein begann zu wandern. Sie schluckte trocken und hielt kurz die Luft an, um den Brocken unten zu halten.

Ihr Vater deutete mit dem Weinglas in der Hand auf sie: „Aber was meinst du, was in spätestens zwei, drei Generationen sein würde? Hm? Ich sage es dir: Wir stünden wieder genauso da wie heute. Und warum? Weil die einen arbeiten, sparen und investieren, die anderen aber nur an schnelle Bedürfnisbefriedigung und vermeintlichen Luxus denken."

Larissa spürte den Brocken jetzt im Hals. Tränen stiegen ihr in die Augen. Sie löste den Blick von der Wand, sah ihre Eltern verschwommen an dem festlich gedeckten Tisch sitzen.

„Freiheit führt zu Ungleichheit", sagte ihr Vater abschließend und nahm einen Schluck Wein.

Larissa sprang auf. Auf dem Weg ins Badezimmer hörte sie noch, wie ihre Mutter seufzte: „Jetzt wird das gute Essen kalt."

Im Bad fiel sie auf die Knie und übergab sich in die Kloschüssel. Danach ging es ihr etwas besser. Am Waschbecken wusch sie sich das Gesicht und spülte sich den Mund mit lauwarmem Wasser aus. Sie würde jetzt an den Esstisch zurückkehren und sich für ihr dummes Verhalten entschuldigen. Ihre

Eltern würden einen kurzen Blick tauschen und lächeln. Dann würden sie alle essen. Und schweigen.

Nach dem Essen leerte Larissas Vater sein Glas und machte sich auf den Weg zu seinem Verdauungsspaziergang, den er schon seit ihren Kindertagen sonntags immer allein unternahm.

„Kommst du mit mir in die Küche?" Ihre Mutter räumte das Geschirr auf einen Servierwagen und schob ihn vor die Spülmaschine.

„Ach, weißt du was?", sagte sie und drehte sich lachend zu ihrer Tochter um, „das soll Trude morgen machen, dafür wird sie schließlich bezahlt. Kaffee? Espresso?" Ihre Mutter hielt kurz inne. „Oder lieber einen Tee?"

Larissa nickte und setzte sich an den Küchentisch. Sie nahm automatisch den Platz ein, an dem sie auch als Kind schon gesessen hatte. Als sie es bemerkte, ärgerte sie sich, fand es aber albern, den Platz jetzt zu wechseln.

Ihre Mutter stellte eine Tasse unter die Nespresso-Maschine, in eine zweite hängte sie einen Beutel Pfefferminztee. Als die Maschine fauchte und das Wasser kochte, überbrühte sie den Tee und kam mit den beiden dampfenden Tassen an den Tisch.

„Zucker?"

Larissa schüttelte den Kopf. Sie spürte, wie ihre Mutter sie eingehend musterte.

„Wie weit bist du?"

„Was?"

„Ach, Larissa. Ich bin doch nicht blöd."

„Ich …" Sie schüttelte irritiert den Kopf.

„Du trinkst keinen Alkohol. Bist durcheinander. Dir ist übel. Du musst dich übergeben. Und du bist … verzeih mir, wenn ich das so offen sage … etwas üppiger geworden."

Larissa sah ihre Mutter überrascht an. Es dauerte einen Moment, bis sie begriff.

Ihr Vater hielt sie für einen akademischen Gutmenschen, der mit der harten Lebensrealität nicht zurechtkam. Und ihre Mutter glaubte, sie sei schwanger. Was auch immer sie sich von diesem Besuch bei ihren Eltern erhofft hatte, konnte sie vergessen. Und zugenommen hatte sie offenbar auch noch.

***

Hitze und Staub. Sand und Geröll. Als die kleine Siedlung in Sicht kommt, schwärmen die Fremdenlegionäre aus. Der junge Mann schwitzt und spürt seinen Herzschlag bis in den Hals. Er macht einen schnellen Ausfallschritt, lehnt sich gegen eine Mauer und wartet auf den Befehl. Der Feldwebel brüllt. Die Männer stürmen los. Auch der junge Mann aus Deutschland springt aus der Deckung und rennt. Die Hütte vor ihm ist mit einer Holztür gesichert, Schüsse fallen, Menschen schreien. Aus dem Augenwinkel sieht er einen seiner Kameraden stürzen, er hört den Feldwebel französische Kommandos bellen. Ist das ein Hinterhalt? Die Tür gibt sofort nach und fliegt aus den Angeln, als er dagegentritt, er sieht das Flimmern eines Gewehrlaufs, der aus der Dunkelheit heraus auf ihn gerichtet wird. Der junge Mann schießt als Erster, die Salven aus seiner Maschinenpistole pflügen durch den kleinen Raum, zerreißen Gefäße, Bastmatten und Mobiliar. Er hört draußen die Schüsse seiner Kameraden. Schmerzensschreie. Zurufe. Befehle. Aber das alles rückt immer weiter von ihm ab, als sich seine Augen an das Halbdunkel in der Hütte gewöhnen, als er zwischen der durchsiebten und zerbrochenen Einrichtung die Frau liegen sieht, die er erschossen hat. Sie trägt ein grünes Kleid. Mehrere Kugeln haben ihre

Brust durchbohrt. Er sieht ihre blendend weißen Zähne hinter den zurückgezogenen wulstigen Lippen. Sieht die weit aufgerissenen Augen, das Entsetzen darin. Er fasst sich und geht einen Schritt näher. Das war ich nicht, sagt er sich. Ganz unmöglich. Ich war das nicht. Niemals. Er will fliehen, einfach davonrennen, aber stattdessen geht er näher und kniet sich schließlich vor die Frau, und erst da erkennt er das ganze Ausmaß seiner Schlachterei. Das tote Kind in ihren Armen hält noch die spiegelnde Scherbe in der Hand, in der sich das einfallende Licht bricht. Als er sich über sie beugt, sieht er darin sein Gesicht. Wieder sagt er sich: Das war nicht ich. Ich war das nicht. Aber die spiegelnde Scherbe zeigt sein Gesicht. Sie zeigt sein Gesicht. Sein Gesicht.

Heiner Schultes hörte seinen eigenen Schrei, als er aus dem Schlaf aufschreckte. Sein Herz raste, der Atem ging stoßweise. Auf einmal war alles ruhig. Blasses Morgenlicht lag auf den Möbeln im Wohnzimmer. Das hier war nicht Afrika, und er war nicht mehr jung. Deshalb war auch Anne nicht da. Nein. Nicht deshalb. Sie schleppte sich notfalls mit geschlossenen Augen und im Halbschlaf von der Couch ins Bett und ließ ihn einfach schnarchend im Wohnzimmer zurück. Am nächsten Morgen spürte er dann seinen Rücken, der ihm die Nacht im Sessel übelnahm. Ein ziehender Schmerz von den Lenden bis in die Schultern. Und heute auch noch ein schaler Geschmack im Mund. Nach Alkohol und ungeputzten Zähnen. Eine umgekippte Flasche Bier neben ihm auf dem Boden. Aus der Zimmerecke an- und abschwellende Töne, ein hohes Fiepen. Er war immer noch nicht ganz da. Etwas berührte ihn kalt und feucht an der Hand. Heiner erschrak. Das Fiepen war jetzt ganz nah: Rosi, die leise winselnd neben ihm saß und keinen besonders glücklichen Eindruck machte. Heiner

Schultes erhob sich aus dem Sessel, streckte sich und ging langsam in den Flur. Mit der Hand auf der Klinke zum Schlafzimmer zögerte er. Die Erkenntnis war doch schon da. Quäl dich nicht, sagte Annes Stimme in seinem Kopf. Aber eine andere Stimme entgegnete: Doch, quäl dich.

Das akkurat gemachte Doppelbett lag im klaren, kalten Winterlicht, das durch das Schlafzimmerfenster in den Raum fiel. Heiner machte einen Schritt in das Zimmer und blieb vor Annes Bettseite stehen. Von draußen war kein Laut zu hören. Heute war Sonntag, fiel ihm ein. Rosi begann wieder zu winseln. Wie spät war es eigentlich? Er verließ das Zimmer ganz leise, als schlafe dort jemand, den er nicht wecken dürfe. Auf dem Weg in die Küche fiel ihm auch wieder ein, warum er gestern Nacht im Fernsehsessel eingeschlafen war. Die Sache mit seinem Nachbarn, dem Schullehrer.

Die Küchenuhr zeigte halb neun. Unmöglich. Rosi winselte immer noch. Sie stellte sich auf die Hinterbeine und tanzte um die Anrichte herum, auf der Halsband und Leine bereitlagen. Halb neun. Der Hund war daran gewöhnt, um sieben seinen ersten Spaziergang zu machen und sich zu erleichtern.

„Tja“, brummte Heiner Schultes, „wenn man sich nachts in Schlägereien verwickeln lässt, bringt das alles durcheinander, was?“

Rosi bellte einmal kurz, als stimme sie der Einschätzung ihres Herrchens zu.

Keine zehn Minuten später hob die Hündin ihr Bein und wässerte den Bürgersteig vor der Reihenhaussiedlung. Heiner hatte die Hände tief in den Manteltaschen vergraben und die Schultern gegen die Kälte hochgezogen. Er fühlte sich, als hätte er die Nacht durchgesoffen, was unmöglich von den zwei Bieren kommen konnte. Er vertrug zwar schon lange nicht mehr so viel wie damals, als Anne ihn aufgelesen hatte, aber ein paar Flaschen Bier machten ihm normalerweise nichts aus, wenn er nur den Schnaps dazu wegließ. Auch diesen Kampf hatte er mit Annes Hilfe gewonnen.

Heiner Schultes atmete vorsichtig durch die Nase. Die kalte Luft stach ihm in den Bronchien. Der Boden war gefroren. Jedes Mal, wenn Rosi markierte, stieg Dampf auf. Er entschied sich trotz der Kälte zu einem Feldspaziergang und zog die Hündin in Richtung des Sudetenkreisels.

Die Straße, die hier nach Klein-Gerau führte, war schon vor Jahren für den motorisierten Verkehr geschlossen worden. Die Bahnübergänge waren abgerissen und statt der überleitenden Straße ein Rad- und Fußgängerweg eingerichtet worden, der die Bahnstrecken mittels zweier Unterführungen durchlochte. Auf der anderen Seite hatte man die alte Autostraße in Teilen einfach belassen – bis heute konnte man dort die verwitterten weißen Markierungen der Seitenstreifen erkennen. Rechts und links der ausgedienten Fahrbahn lagen Felder und Äcker. An klaren Tagen konnte man von hier aus sowohl in den Taunus als auch in den Odenwald sehen.

Kaum dass sie aus der zweiten Unterführung heraus waren und freie Sicht hatten, ließ er Rosi von der Leine, die sofort ein paar Schritte weit lospreschte, um dann am Wegesrand nach fremden Markierungen zu schnuppern. In Heiners Schläfen pochte es, ein ziehender Kopfschmerz nistete sich ein.

Im Herbst 1971 war er damals nach Deutschland zurückgekehrt. Das Abenteuer Fremdenlegion hatte sich für ihn in einen Albtraum verwandelt. Ohne Geld und irgendjemanden, der ihm beigestanden hätte, wurde aus ihm sehr schnell das, was man damals einen Landstreicher nannte. Er verdingte sich für ein paar Mark auf Baustellen und Höfen, manchmal ließ er auch etwas mitgehen. Auf seiner Reise durch die Republik begegnete er immer mal wieder der Negerfrau im grünen Kleid. Sie stand auf einem abgeernteten Feld im Ried und winkte ihm zu oder saß auf einer Bank am Rhein, das Kind mit dem weggesprengten Kopf im Arm. Nachts erschien sie ihm nur dann nicht, wenn er genug Fusel intus hatte, um für ein paar Stunden in todesähnliche Bewusstlosigkeit abzutauchen, aus der er am liebsten nie wieder erwachen wollte.

An dem Tag, als er Anne begegnete, stand er auf der Autobahnbrücke in der Nordsiedlung und sah auf die A67 hinunter. Autos schossen heran und verschwanden unter der Brücke. Den Aufprall da unten überlebte man bestimmt nicht. Und wenn, dann nicht lange. Die Negerfrau stand plötzlich neben ihm und sah auch nach unten. Sie nickte. Er nahm noch einen Schluck, dann war die Flasche leer. Die Brüstung musste überwunden werden. Das Gefühl der nasskalten Füße in den löchrigen Schuhen, als er auf das Geländer stieg. Er stand einen Moment lang schwankend. Noch einmal drehte er sich um, aber die Negerfrau war nicht mehr da. Da war eine andere Frau.

Sie trug kein grünes Kleid, sondern Schlaghosen und einen Flickenmantel mit Pelzbesatz. Sie hatte ihren VW-Käfer am schmalen Seitenstreifen auf der Brücke geparkt und behinderte den Verkehr. Autos hupten. Fahrer schimpften. Die Frau kletterte über die Planke und kam auf ihn zu. Sie sagte: „He, spinnst du?“

Heiner erstarrte und die Frau kam immer näher. Sie strich sich die Haare aus dem Gesicht. Sie sagte: „Mach doch keinen Quatsch.“ Dann standen sie einfach nur da.

„Wenn du hier springst“, sagte Anne und nickte zur Brüstung, „dann nimmst du andere mit, willst du das?“

Sie wartete. Heiner war verwirrt. Dann sagte sie: „Komm, ich fahr dich wohin, wo du wenigstens niemand anderen verletzen kannst.“

In ihrem Auto war es warm. Die Heizung lief auf Hochtouren. Der Motor brummte. Anne fuhr einfach los. Die Wärme tat gut. Er schämte sich, weil er stank und schmutzig war. Sein Magen knurrte. Es war ihm peinlich, aber Anne lachte. Sie fragte, ob er vorher vielleicht noch etwas essen wolle …

In den Monaten, nachdem Anne ihn an diesem Tag von der Brücke geholt hatte, machte sie Schritt für Schritt wieder einen Menschen aus ihm. Als Bewährungshelferin glaubte sie daran, dass jeder eine zweite Chance verdient habe. Wenn er nachts aufschreckte, weil ihm das Gesicht der Negerfrau im Traum erschien oder der tote Säugling schwer wie ein Amboss auf seiner Brust saß und ihn zu ersticken drohte, zog ihn Anne wortlos an sich und ließ das Licht an, bis er wieder eingeschlafen war. Sie fragte nicht, was ihn quälte, sie half ihm einfach, damit zu leben. Heiner fand eine Anstellung in einem Press- und Stanzwerk am Ort. Über 30 Jahre lang ging er dort seiner Arbeit nach, bis das Werk 2005 dichtmachte.

Nach Annes Tod war ein Teil seiner alten Wut und Unduldsamkeit von früher zurückgekehrt. Der Selbsthass begann wieder, an ihm zu nagen. Aber er war kein junger Mann mehr. Das machte es ein bisschen einfacher. Die Pistole, die er sich am Tag nach der Beerdigung auf verschlungenen Wegen in Frankfurt besorgt hatte, lag unberührt im Keller, seit er Rosi zu sich geholt hatte.

Rosi nutzte ihre Freiheit von der Leine und patrouillierte mit erhobenem Schwanz und der Schnauze am Boden über den zugefrorenen Acker. Als Heiner pfiff, hob sie sofort den Kopf, spitzte die Ohren und kam zurückgelaufen. Du schuldest mir einen Hund, hatte Anne gesagt, immer wieder, und er hatte ihren letzten Willen erfüllt, ohne zu merken, dass ihr verzweifelter Wunsch nach einem Hund nichts weiter war, als der letzte Rettungsring, den sie ihm noch zuwerfen konnte.

Rosi kam bei Fuß und sah Heiner erwartungsvoll an. Die Hündin wusste, dass er immer eine Dose mit Leckerlis dabeihatte. Er warf ihr ein Bröckchen zu, und sie schnappte sich den Happen aus der Luft, kaute, schluckte und sah ihr Herrchen sofort wieder an, in der Hoffnung auf einen Nachschlag.

„Vergiss es", brummte Heiner, nahm Rosi wieder an die Leine und machte sich auf den Heimweg.

Ein paar Sonnenstrahlen fielen durch den Dunstschleier auf den Weg, und Heiner Schultes begann, sich auf eine Tasse heißen Kaffee zu freuen. Eine Tasse für ihn und eine für Anne. So wie immer.

Als sie bei den Reihenhäusern ankamen, ließ er Rosi wieder laufen, die allerdings zielstrebig an der heimischen Tür vorbeilief, sich bei Ingo Bäumler auf die Matte setzte und zweimal kurz hintereinander bellte.

Heiner sah sich um. Aus einem der gegenüberliegenden Fenster quoll Bettwäsche zum Lüften heraus. Raureif lag auf den Grünflächen in den kleinen Gärten. An einer Gartenhütte lehnte ein eingenetzter Weihnachtsbaum. Auf dem Gehweg zwischen den Häusern hatte ein Idiot Salz gestreut. Er würde Rosi also nachher die Pfoten lauwarm abduschen müssen.

„Rosi, jetzt komm …"

Der Hund rührte sich nicht von der Stelle, sondern bellte noch einmal.

Heiner ging kopfschüttelnd auf die Haustür des Nachbarn zu. Der Rollladen in der Küche war noch heruntergelassen. Er wollte gerade die Leine an Rosis Halsband anklicken, als sich die Haustür öffnete und Ingo Bäumler barfuß im Rahmen stand. „ Ach. Hallo. Guten Morgen …"

Heiner hob den Kopf. Das hatte ihm gerade noch gefehlt. „Guten Morgen."

Rosi drängte sich an Bäumler vorbei und verschwand in der Wohnung.

„Rosi, kommst du …!"

„Schon gut, kommen Sie doch auch rein." Bäumler ging ein Stück zur Seite und machte eine einladende Geste.

„Na gut", sagte Heiner, „aber nur kurz."

Wieder fielen ihm als Erstes die vollgestopften Säcke in der kleinen Diele auf. Diesmal führte Bäumler ihn in die Küche. Rosi saß kauend im Halbdunkel, auch hier war sie offenbar schnell fündig geworden. In dem kleinen überheizten Raum roch es nach angebranntem Kaffee und Zigarettenrauch. Bäumler zog den Rollladen zur Hälfte nach oben und sah aus dem Fenster.

„Das hätten Sie mal besser tun sollen, bevor Sie mir vollkommen arglos die Tür geöffnet haben."

Bäumlers Blick wurde für einen Moment starr, seine Hände begannen zu zittern.

„Ist ja noch mal gut gegangen", knurrte Heiner und sah sich nach einer Sitzgelegenheit um. Die einzigen beiden Stühle in der Küche waren mit Gratiszeitungen und Werbeprospekten beladen. Egal, er wollte ohnehin nicht lange bleiben.

Sein Nachbar hatte sich wieder im Griff und räumte schnell die beiden Stühle ab. „Kaffee?"

„Für mich nicht." Ich trinke den ersten Kaffee des Tages immer zusammen mit meiner toten Frau, müssen Sie wissen, setzte er grimmig in Gedanken hinzu.

Während Bäumler sich aus einer Thermoskanne einschenkte, legte Rosi sich unter den Tisch zwischen die beiden Männer.

„Komisch", sagte Heiner, „Rosi kann fremde Männer normalerweise auf den Tod nicht ausstehen."

„Wahrscheinlich merkt sie, dass ich keine Gefahr für sie bin."

„Sie tun sich gerne selbst leid, was?"

„Was? Wie meinen Sie das?" Bäumlers Stimme klang überrascht, fast empört.

„Naja, man hat Ihnen übel mitgespielt, nach allem was ich weiß. Keine Frage. Aber haben Sie sich schon mal gefragt, ob Sie überhaupt wieder auf die Beine kommen wollen?"

Heiner beobachtete sein Gegenüber. Mit den zerzausten Haaren und dem weinerlichen Blick sah er aus wie ein Kind, das man im Wald ausgesetzt hatte. Selbst der borstige Dreitagebart und das Grübchen am Kinn verliehen dem Gesicht des ehemaligen Lehrers nichts Männliches. Als er zum Sprechen ansetzte, zitterte seine Stimme: „Ich … bin … Ich bin krank, verstehen Sie das?"

Heiner schüttelte den Kopf. „Sie haben vor Gott und der Welt Angst, das ist in meinen Augen keine Krankheit."

„Meinen Sie denn allen Ernstes …", Bäumler rang sichtbar um Worte, „ich lebe freiwillig so, wie eingemauert? Jede Woche schleiche ich mich freitags zum Einkaufen und mittwochs zur Psychotherapie und danach bin ich … bin ich …"

Psychotherapie, dachte Heiner, natürlich. Anne hatte ihn jahrelang damit genervt, sich einen Therapeuten zu suchen. Wegen seiner verkorksten Jugend. Und wegen seines Traumas. Es war eines der wenigen Themen, über die sie sich fast bis zum Schluss erbittert gestritten hatten. Heiner hatte keine Lust, darüber nachzudenken. An Typen wie seinem Nachbarn sah man ja, wie hilfreich derartige Therapien letzten Endes waren. „Ich habe Ihnen nur gesagt, wie ich die Sache sehe. Wenn ich Sie damit beleidigt habe…"

„Nein, nein, das… das wollte ich damit nicht sagen." Ingo Bäumler starrte die Tischplatte vor sich an. Er sah plötzlich furchtbar erschöpft aus.

„Ach kommen Sie schon, Bäumler!" Heiner schlug mit der flachen Hand auf den Tisch, sodass Rosi unter dem Tisch alarmiert den Kopf hob. „Sie denken doch: Was weiß denn der alte Schultes davon, wie es mir geht? Der hat doch keine Ahnung, der Sack!"

Bäumlers Unterlippe zitterte, aber er sagte nichts. Heiner stand auf und nahm Rosi an die Leine, die mit eingezogenem Kopf unter dem Tisch hervorkam.

„An Ihrer Stelle hätte ich…" Er hielt inne und schaute auf seine geballte Faust. Rosi stieß einen leisen, wimmernden Laut aus. Heiner schüttelte den Kopf. „Ach, vergessen Sie's…"

Bevor er die Wohnung endgültig verließ, drehte er sich mit der Hand auf der Klinke noch einmal um. „Und machen Sie verdammt nochmal nicht jedem auf, der bei Ihnen vor der Bude steht!"

6 Weißt du noch? Eure nackten Füße auf dem kalten Fußboden. Jeden Morgen. Die Eisblumen am Fenster. Und die kleinen weißen Atemwölkchen vor euren Mündern. So kalt. Immer so kalt. Und draußen alles weiß. Noch kälter. Schneehimmel. Schneefall. Schneeballschlacht. Schnell weg. Die größeren Jungs sind so gemein. Wenn sie dich kriegen, reiben sie dir den Schnee ins Gesicht. Der Schnee ist weiß, aber er stinkt. Stinkeschnee. Wenn er schmilzt, ist er schwarz wie Teer. Hüte dich vor den Jungs, Elena. Komm, gib mir deine Hand. Ich helfe dir. Im Klassenzimmer beschlagen die Fensterscheiben. Die feuchten Sachen trocknen neben dem Ofen. Ein muffiger Kleiderberg aus Anoraks und Schals. Daneben die kleine Tafel. Die Kreide kratzt das deutsche Alphabet. Die Lehrerin sagt es vor. Und es gibt noch sehr viel mehr zu lernen: Der Apfel fällt nicht weit vom Stamm. Und: Wer nicht hören will, muss fühlen. Und vor allem: Ich bin, du bist, er ist, wir sind, ihr seid … heimgegangen über glatte Wege und zugefrorene Pfützen aus Eis. Eine Spiegelfläche über dem Fluss. Mutproben. Wir müssen nach Hause, Elena. Dreh dich nicht um. Mutter hat gekocht. Kartoffeldampf und Rübengeruch in der Küche. Hände zum Gebet falten: Heilige Maria, Mutter Gottes, bitte für uns Sünder. Vater hustet. Bitte für uns. Tränen laufen über sein Gesicht. Bitte, bitte. Bitte für uns. Jetzt und in der Stunde unseres Todes. In der Brust eures Vaters lebt ein Tier. Nachts kommt es raus. Es raschelt wie trockenes Laub. Das Tier lässt sich nicht weg-

husten. Nur das Laub. In roten, feuchten Klumpen. Abends schlaft ihr in euren Betten ein und träumt von den kalten Füßen am nächsten Morgen. Weißt du noch? Ja, du weißt noch. Und du weißt, wie gut du es heute hast mit dem warmen, weichen Teppichboden und der Heizung in der Nacht. Und in Deutschland wird es sowieso nie so kalt wie in Rumänien. Du hast keine kalten Füße mehr. Du hast eine Heizdecke. Und du hast Zeit. Den ganzen Tag. Manfred sagt: den lieben langen Tag. Abends wird der Faule munter. Und heute Abend ziehst du dich wieder um und bindest dir die Haare zu Zöpfen. Du hast auch schon andere Sachen angezogen. Und andere Sachen gemacht. Für eine Stunde. Nur für eine Stunde! So viel Geld. Du musst noch waschen. Unbedingt. Alles liegt im Keller. Und putzen. Manfred kann sich nicht um alles kümmern. Er geht zur Frühschicht. Und du musst waschen. Und putzen. Und ein bisschen aufräumen. Ist das zu viel verlangt? Das ist es nicht. Und dann kannst du wieder duschen. Stundenlang. Und schlafen, den ganzen Tag und die ganze Nacht. Und niemals hast du kalte Füße. Niemals. Und Elena? Unde este Elena? Komm, steh auf und denk jetzt nicht daran. Alles wird gut. Auf dem Küchentisch steht eine Tasse mit kalt gewordenem Kaffee. Du räumst sie ab. Stellst sie in die Spüle. Du trinkst lieber Tee. Manfred hasst Tee. Deswegen ist zwischen den Beuteln ein gutes Versteck. Die Packung steht ganz hinten im Schrank. Früchtegeschmack. Du nimmst einen Beutel und das kleine Tütchen heraus. Du setzt Wasser auf, hängst den Beutel in die Tasse und wartest. Du siehst aus dem Fenster. Draußen geht jemand vorbei. Oder bildest du dir das nur ein? Manchmal siehst du Dinge und vergisst sie dann wieder. Und später erinnerst du dich an sie und weißt nicht, ob du sie vielleicht nur geträumt hast. Du musst dich besser konzentrieren. Der Mann auf der Straße hat die Hände in den Taschen. Er friert. Er trägt eine Mütze und einen Schal. Er kommt schräg über die Straße auf das Haus zu. Er bleibt vor dem Zaun stehen. Zündet sich eine Zigarette an. Jetzt ist er genau vor dem Fenster. Du musst keine Angst haben. Er kann dich nicht sehen hinter den Gardinen. Hier gibt es keine Eisblumen am Fenster. Hier gibt es Doppelverglasung. Hast du eine Ahnung, was das kostet? Das kostet dich mindestens eine Stunde mit dem Mann, der dich bishōjo nennt. Das sagt der Mann immer, wenn er dir… das ist Japanisch und heißt ‚süßes Mädchen'. Fată, denkst du, wir sagen fată in Rumänien. Und wir bringen Opfer. Für ein besseres Leben. Das Wasser kocht. Der Teebeutel schwimmt oben. Du stellst das Radio an. Jingle bell, jingle bell, jingle bell rock. Es ist zu kalt, um kurze Röcke zu tragen. Ihr habt noch gar keinen Weihnachtsbaum, fällt dir ein und dann drückst du den Teebeutel mit dem Löffel ins kochende Wasser. Du nimmst die Tablette aus dem Tütchen und steckst sie in den Mund. Ganz vorsichtig. Ein kleines raues Bröckchen auf deiner Zunge. Wie schön. Du nimmst einen großen kalten Schluck Leitungswasser direkt aus dem Hahn. Ein Glas weniger zu spülen nachher. Der Tee muss noch ein bisschen ziehen. Du siehst aus dem Fenster. Der Mann ist verschwunden. Welcher Mann?

***

Larissa wunderte sich. Eigentlich hätte Philipp sich längst melden müssen. Er ging nicht an sein Handy und auf ihre Nachrichten antwortete er auch nicht. Als sie heute Morgen die Website der Pro East GmbH aufrufen wollte, erschien eine Fehlermeldung.

Es war ein sonnig-frostiger Wintertag. Der Himmel über der Stadt war blau und sah aus wie glatt gebügelt, als sie am späten Vormittag vor dem mehrstöckigen Wohnhaus in Niederrad stand, in dem die Pro East GmbH ihre Räumlichkeiten angemietet hatte. Das Klingelschild war noch vorhanden, aber der Firmenaufdruck war entfernt worden. Larissa drückte ein paarmal kurz hintereinander, aber über die Gegensprechanlage meldete sich niemand.

Sie überlegte einen Moment, dann drückte sie auf das Klingelschild der Zahnarztpraxis. Fast augenblicklich knackte es im Lautsprecher der Anlage und eine scheppernde Stimme fragte: „Ja, bitte?"

„Schmerzpatient!"

Die Tür wurde aufgedrückt und Larissa trat in den Flur. Sie nahm die Treppe in den dritten Stock. Aus der Zahnarztpraxis drangen gedämpfte Schritte und Gesprächsfetzen. Das kleine Firmenschild der Pro East GmbH neben der Tür fehlte, ein heller rechteckiger Fleck war auf dem gelblichen Anstrich zurückgeblieben. Die Tür der Zahnarztpraxis gegenüber wurde geöffnet und eine Sprechstundenhilfe streckte den Kopf heraus. Sie runzelte die Stirn und sah an Larissa, die geschäftig in ihrem Rucksack herumkramte, vorbei den Flur hinunter. Die Frau verschwand wieder, Larissa schulterte ihren Rucksack und drückte die Klinke herunter. Zu ihrer Überraschung war die Tür nicht verschlossen. Das Büro war leer. Komplett leer. In der Mitte des Hauptraums stand ein Mann in weißer Latzhose auf einer Trittleiter und verpasste der Decke mit einer Malerrolle einen neuen Anstrich.

„Kann ich Ihnen irgendwie helfen?", fragte er desinteressiert, ohne von seiner Arbeit abzulassen und Larissa anzusehen.

„Ich suche die Pro East GmbH. Die waren doch mal hier, oder?"

„Kann schon sein."

„Und seit wann sind die nicht mehr hier?"

„Keine Ahnung."

Larissa ging einen Schritt näher. In der Ecke standen zwei Eimer mit Wandfarbe, der Boden war mit einer durchsichtigen Folie bedeckt, die Fensterrahmen abgeklebt.

„Würden Sie mir sagen, wer Sie beauftragt hat und seit wann Sie hier arbeiten?"

Der Mann erstarrte in der Bewegung. Für einen Moment sah es so aus, als wolle er einfach so stehenbleiben, wie eingefroren, aber dann wandte er sich mit zusammengekniffenen Augen an Larissa und fragte: „Und was genau geht Sie das an?"

„Ich ... das ist jetzt etwas kompliziert."

„Dachte ich mir schon", entgegnete der Mann auf der Leiter und nahm seine Arbeit wieder auf. „Wiedersehen."

Larissa sog scharf die Luft ein, beschloss dann aber, dass es keinen Zweck hatte, mit dem Handwerker zu streiten, und verließ die Räumlichkeiten.

Auf dem Gehsteig vor dem Gebäude holte sie ihr Handy hervor und wählte erneut Philipps Nummer. The person you have called is temporarily not available. Larissa musste sich mit der freien Hand das andere Ohr zuhalten, um die Ansage trotz des Verkehrslärms hören zu können. So ein Mist. Was ging hier eigentlich vor?

Sie steckte das Handy wieder ein und sah sich um. Eine alte Frau schob ein Fahrrad, das mit Einkaufstaschen und Tüten behängt war, an ihr vorbei. An der Ecke standen zwei kleine Mädchen mit riesigen bunten Ranzen auf den schmalen Rücken und warteten darauf, dass die Ampel grün wurde. Gegenüber am Straßenrand stand ein riesiger schwarzer SUV im absoluten Halteverbot. Der Fahrer ging auf dem Gehsteig auf und ab, sprach aufgeregt in sein Handy und fuchtelte wild mit der anderen Hand in der Luft herum. Er trug Cowboystiefel zum grauen Anzug und sah immer wieder schnell zu Larissa herüber. Nein, das tat er natürlich nicht, das bildete sie sich bloß ein. Oder doch?

Als sie die Straße zur S-Bahn-Station hinunterging, sah sie, wie der Mann sein Handy einsteckte und ins Auto stieg. Sie verlangsamte ihre Schritte, um zu sehen, ob er ihr folgte. An der nächsten Straßenecke musste sie an der Fußgängerampel warten und sah sich kurz um. Der schwarze SUV stand mit laufendem Motor am Straßenrand. Auf einmal fuhr der Wagen an, scherte aus und schoss mit hohem Tempo in der entgegengesetzten Richtung davon. Larissa atmete auf. Jetzt begann sie schon, am helllichten Tag Gespenster zu sehen. Was hatte sie denn geglaubt? Dass der Typ sie an der nächsten Ecke in den Wagen zerren würde? Warum denn überhaupt? Die Ampel sprang auf Grün.

Wenig später stieg sie die Treppe zum Bahnhof Niederrad hinauf und wartete auf die nächste S-Bahn in die Stadt. Hier oben wehte ein frostiger Wind. Larissa steckte die Hände in die Taschen ihrer Daunenjacke und zog den Kopf zwischen die Schultern. Jenseits der Schienen erhoben sich die Mehrfamilienhäuser der Nassauischen Heimstätte. Genau gegenüber lag das Haus, dessen Schmalseite seit einigen Monaten mit dem Konterfei Anthony Yeboahs und dem Spruch „Wir schämen uns für alle, die gegen uns schreien“ bemalt war. Der einstige Superstürmer der Eintracht war im Sommer sogar höchstpersönlich zur Einweihung gekommen. Sie hatte den Bericht über das Fanprojekt damals in der Rundschau gelesen. Projekte gegen Rassismus waren so ziemlich das einzig Positive, was Larissa diesem komischen Proleten-Sport abgewinnen konnte. Niemand außer ihr wartete auf dem Bahnsteig. Sie wollte sich keinesfalls in eine

Paranoia hineinsteigern, war aber dennoch erleichtert, als die Bahn Richtung Hauptbahnhof endlich einfuhr.

***

Kowalski beendete seine Schicht und verließ das Wohnheim. Er umging die Autobahn, indem er über einen Schleichweg hinter dem abgezäunten Gelände ins Industriegebiet von Büttelborn fuhr. Hier säumten Lagerhallen und mannshohe Zäune den Straßenrand, in den Einfahrten standen Lieferwagen und kleine Laster. Bevor er auf den Kreisel am Ende des Gewerbegebiets traf, fuhr er rechts ran und schaltete den Motor aus.

Kowalski sah in den Rückspiegel, dann lehnte er sich im Fahrersitz zurück und wartete. Hinter dem Zaun zu seiner Rechten erstreckte sich ein militärisch kurz geschnittener Rasen, an den sich ein geduckter Gebäudekomplex anschloss, der irgendwie amerikanisch auf ihn wirkte. Vielleicht lag es an den zwei Klimaanlagen unter der vorderen Fensterreihe und der blassroten englisch-deutschen Aufschrift „Teile Ausrüstungs-Company", die sich über die gesamte Vorderfront des Gebäudes erstreckte. Darüber prangte das gelb unterlegte Logo der Firma mit den Großbuchtstaben TAC.

Kowalski ließ die Scheibe auf der Fahrerseite herunter. Sofort drang kalte Luft in den Wagen, es roch nach Schnee. Er steckte sich eine Zigarette an und rauchte ein paar schnelle Züge aus dem Fenster, dann schnippte er die halb heruntergebrannte Kippe auf die Straße und schloss das Fenster wieder.

Kein Mensch war zu sehen. Das Tor der Ausrüstungs-Company war geschlossen. Wahrscheinlich noch alle in der Mittagspause. Eigentlich auch egal. Er hatte schließlich nichts Verbotenes vor. Kowalski atmete tief durch, er musste gähnen. Die typische bleischwere Müdigkeit, die ihn immer nach der Frühschicht umhaute, kündigte sich an. Solange man in Bewegung war, spürte man sie nicht, aber sobald man ausruhte, war sie da, kroch einem in alle Glieder und legte das Hirn lahm.

Kowalski griff ins Handschuhfach und holte den Zettel und das Handy mit der Prepaidkarte heraus.

Nach dem zweiten Klingeln nahm der Mann ab. „Ja?"

„Wir kommen nicht ins Geschäft."

Der Mann am anderen Ende schwieg. Dann sagte er vollkommen ruhig: „Liegt es am Geld?"

„Nein."

Wieder schwieg der Mann eine Weile. Kowalski dachte schon, er habe aufgelegt. Schließlich fragte er: „Woran dann?"

Diese wie mit dem Lineal abgemessenen, kurzen Sätze hatten ihn schon bei ihrem Treffen am Holbeinsteg verunsichert. Der Typ sprach wie ein Roboter. Er sah auch so aus. Alles war eckig und kantig an dem alterslos wirkenden Anzugträger, seine Krawatte war zu einem akkuraten Dreiecksknoten gebunden, der wie gemalt unter seinem deutlich hervortretenden Adamsapfel saß. Er war glatt rasiert und zeigte keinerlei Mimik, als leide er unter einer Gesichtslähmung. Der Kunde mit Vorliebe für ausgewachsene japanische Schulmädchen hatte ihn empfohlen. Obwohl Kowalski ihm deutlich gemacht hatte, dass er nur aufschreiben solle, was er vorhabe und was er dafür bereit war zu zahlen, hatte der Typ seinem Wunschzettel bereits einen 50-Euro-Schein beigelegt. Diese kleine Summe, so stand es auf dem Zettel geschrieben, dürfe Kowalski schon jetzt behalten. Für seine Mühen. Darunter stand eine Zahl, die er kaum glauben konnte. Dann hatte er gelesen, was der Mann mit Gaby vorhatte.

Kowalski schluckte, sein Mund war trocken.

„Woran dann?", wiederholte der Mann geduldig.

„Das ist zu heiß. Viel zu gefährlich."

„Ich habe es unter Kontrolle. Es passiert nichts. Nichts Nachhaltiges zumindest."

Kowalskis Magen rebellierte. Nichts Nachhaltiges zumindest. Hatte der Typ das eben tatsächlich gesagt? Durch die Windschutzscheibe sah er einen Wagen im Kreisel weiter vorne abbiegen und in seine Richtung kommen. Er spürte, wie es ihm kalt den Rücken runterlief, und schloss die Augen.

„Es bleibt dabei. Wir machen es nicht." Kowalski wusste, dass er jetzt auflegen und die Nummer sofort aus dem Handy löschen musste, blieb aber trotzdem dran.

„Schade", sagte der Mann leise, nachdem er wieder eine Weile geschwiegen hatte, und fügte hinzu: „Sie haben meine Nummer, falls Sie es sich anders überlegen." Dann legte er auf.

Kowalski saß bewegungslos hinter dem Steuer und hielt sich immer noch das Handy ans Ohr. Der Wagen, den er im Kreisel beobachtet hatte, verlangsamte seine Fahrt, bog vor ihm in die Einfahrt ab und blieb vor dem Tor, das sich langsam öffnete, stehen. Auf der Seite des weißen Transporters war das gelb unterlegte Logo der Firma angebracht. Der Fahrer, ein Endvierziger mit kurzen Haaren und ausrasiertem Unterlippenbart, sah kurz zu Kowalski rüber und nickte ihm freundlich zu.

Als der Transporter in der Hofeinfahrt verschwand, schloss sich das Tor wieder genauso langsam, wie es sich eben geöffnet hatte. Jetzt erst ließ Kowalski das Handy sinken. Er sah es an, als könnte es jeden Moment lebendig werden. Mit schnellen, heftigen Bewegungen stopfte er es zusammen mit dem zerknüllten Zettel zurück ins Handschuhfach.

Auf der Autobahn Richtung Frankfurt wurde sein Kopf langsam wieder klarer. Die Müdigkeit war verflogen, Kowalski wechselte auf die linke Spur und trat das Gaspedal durch.

Er betrat das Haus durch den Kellereingang und kontrollierte die Räume. Gaby hatte gelüftet und den Boden gewischt, nebenan lief die Waschmaschine. Gut. In der Wohnung war alles ruhig, wahrscheinlich hatte sie sich nach getaner Arbeit wieder ins Bett gelegt. Er dachte an den Termin heute Abend. Nachdem er sich im Flur seiner Jacke und der Schuhe entledigt hatte, ging er auf Socken in die Küche. Die Uhr an der Wand tickte in der Stille des Hauses ohrenbetäubend laut. Es war kurz nach drei. Zeit genug, um sich noch ein, zwei Stunden auf der Couch im Wohnzimmer auszuruhen. Kowalskis Blick fiel auf den Küchentisch. Eine Tasse mit kaltem Früchtetee stand in einer klebrigen Lache auf dem Tischtuch, der aufgerissene Karton mit den Beuteln stand daneben. Verdammt, dachte Kowalski, irgendeine Sauerei musste diese Frau ihm ja immer hinterlassen. Er nahm die Tasse, schüttete die kalte Brühe ins Spülbecken und griff nach dem Karton mit den Teebeuteln, bekam ihn aber nur mit den Fingerspitzen zu fassen und fegte dabei das Päckchen vom Tisch.

„Scheiße!" Kowalski schlug mit der Faust auf den Tisch und brüllte. „So eine verfickte Scheiße!"

Die Teebeutel lagen auf dem Boden vor dem Tisch verstreut, ihre Fäden hatten sich ineinander verschlungen, sodass die meisten paarweise über das abgewetzte Linoleum verteilt waren. Kowalski ging in die Hocke. Seine Knie knackten. Er schloss einen Moment die Augen, dann griff er mit Daumen und Zeigefinger nach einem Beutelpaar und runzelte die Stirn. Da war etwas kleines Hartes zwischen den Teesäckchen.

Nachdem er alle Beutel eingesammelt hatte, saß er am Küchentisch und biss die Zähne zusammen. Seine Kiefer mahlten. Vier ganze und drei halbe Tabletten lagen vor der Packung, in die er die Teebeutel achtlos zurückgestopft hatte. Er hatte seine Vorräte im Schuppen nicht durchgezählt, aber immer mal wieder war es ihm so vorgekommen, als wären weniger Tabletten in der Dose, in der er Gabys kleine Helfer aufbewahrte, als es eigentlich sein müssten.

Langsam erhob sich Kowalski, stützte sich mit den Händen auf der Tischplatte ab und blieb einen Moment regungslos so stehen. Dann ging er nach oben.

Gaby lag unter ihrer dicken Daunendecke im Bett. Das schwarze Haar klebte ihr am Kopf, ihr Mund stand offen. Sie schnarchte. Durch die Rollladenschlitze fiel gerade genug Licht in den Raum, dass Kowalski sie sehen konnte. Seine Wut war schon wieder etwas verraucht. Er würde sie nicht bei den Schultern packen und schütteln. Nein, er würde sie schlafen lassen, schließlich musste sie heute Abend noch mal ran. Und er wusste nicht, wie viele Pillen sie eingeworfen hatte. Das konnte natürlich ein Problem werden.

Kowalski sah auf seine schlafende Frau herunter und hielt sich mit beiden Händen am Türrahmen fest. Diese Lektion musste er scheinbar immer wieder aufs Neue lernen: dass man ihnen einfach nicht trauen durfte. Vor einer knappen Stunde noch hatte er sie vor einem richtig kranken Typ bewahrt, während sie hier herumgeschlichen ist und ihn bestohlen hat. Er hatte sie beschützt. Sie hatte ihn betrogen und bestohlen. So wie sie einen eben alle betrügen und bestehlen. Warum vergaß er das nur immer wieder?

Leise schloss Kowalski die Tür, ging wieder nach unten und legte sich auf die Couch. Er dachte noch eine Weile mit geschlossenen Augen an dies und das, dann war er weg.

Als er wieder aufwachte, war es im Wohnzimmer stockdunkel. Er hatte sich nur ausruhen wollen, war aber ohne es zu merken fest eingeschlafen. Wie spät war es? Von der Couch aus konnte er die rote Digitalanzeige des TV-Receivers nicht ablesen. Kowalski knipste die Stehlampe an und hielt sich den Unterarm über die Augen, um nicht geblendet zu werden. Es war schon nach sechs. Scheiße. Um sieben musste er am Holbeinsteg sein. Um halb acht musste Gaby unten in ihrer Uniform sitzen, geduscht und mit gewaschenen Haaren.

Er torkelte in den Flur und lauschte ins Treppenhaus. Für eine Sekunde gab er sich der vagen Hoffnung hin, dass Gaby längst dabei war, sich fertig zu machen, aber oben war alles still. Er musste jetzt ruhig bleiben. Zuerst musste er sie wecken. Dann musste er sich umziehen, er trug immer noch Hemd und Hose seiner Arbeitsuniform. Er musste den Keller checken und den Wagen noch einmal kontrollieren. Er musste …

Diesmal betätigte er gleich den Lichtschalter, als er ins Schlafzimmer kam. Gaby lag auf der Seite und reagierte nicht.

„Wach auf, verdammt noch mal!" Kowalski drehte seine Frau unsanft auf den Rücken und zog ihr die Decke weg. Gaby trug einen Flanell-Pyjama und dicke Socken.

„Mach endlich die Augen auf!" Kowalski schüttelte sie grob an den Schultern.

Gaby öffnete die Augen und lächelte. „Manfred …"

„Ja!", brüllte Kowalski. „Der Manfred ist hier, dein Manfred, der sich für dich den Arsch aufreißt, und was machst du?"

Gaby saß mit ausgestreckten Beinen auf dem Bett, den Oberkörper vornüber gebeugt und stützte sich mit den Händen auf den Knien ab. Sie hob den Kopf und sah ihn mit halb offenen Augen an.

„Ich … nichts … was … gemacht?"

Kowalski musste sich beherrschen. Jetzt hätte er ihr am liebsten ins Gesicht geschlagen, aber er wusste, dass das alles noch schlimmer machen würde. Stattdessen packte er sie an den Armen und zog sie zum Bettrand.

„Was machst du?“ Gaby lachte.

„Geh duschen jetzt, mach dich fertig!“

Er zog sie auf die Füße. Gaby blieb leicht schwankend vor ihm stehen. Ihr Make-up war verlaufen, die Wangen glänzten teigig.

„Und mach endlich die Augen richtig auf, verflucht noch mal!“

Gaby riss die Augen grotesk weit auf und starrte ihn an. Sie sah aus wie ein Clown. Ein verdammter Clown auf Ecstasy.

„Hör mir zu …“, sagte Kowalski mit gepresster Stimme und packte sie bei den Schultern.

Gaby begann zu weinen. Sie wankte und fiel schluchzend gegen seine Brust. Er spürte ihre Tränen feucht an seinem Hals und roch ihre ungewaschenen, fettigen Haare. Er schloss die Augen und ermahnte sich innerlich, jetzt nicht auszurasten. Wenn er das hier noch in den Griff bekommen wollte, musste er ruhig bleiben und überlegt handeln.

„Hör mir zu …“, flüsterte er ihr ins Ohr, „du musst dich jetzt für den Kunden fertig machen, das verstehst du doch, oder?“

Er spürte ein Nicken an seinem Brustkorb.

„Ich kann mich doch auf dich verlassen?“

Wieder ein Nicken.

„Gut, das ist sehr gut.“ Kowalski strich ihr zärtlich mit der Hand über den Kopf. Über alles andere, dachte er, reden wir später.

Nachdem er sich umgezogen und den Keller kontrolliert hatte, kehrte er noch einmal in die Wohnung zurück. Im Treppenhaus konnte er das Prasseln der Dusche im ersten Stock hören. Über seinem Arm hing die Schulmädchenuniform, die noch nicht ganz trocken war, aber damit durften sie sich jetzt nicht aufhalten.

Auf dem Weg Richtung Mainufer wurde er aufgehalten. Eine Ampel war ausgefallen, der Verkehr staute sich stadteinwärts auf Höhe des Südfriedhofs. Kowalski schlug mit dem Handballen gegen das Lenkrad. Hatte sich heute Abend denn alles gegen ihn verschworen?

Um fünf nach sieben hetzte er die Stufen zum Holbeinsteg hinauf. In der Mitte der Brücke konnte er den Mann stehen sehen. Er hatte sich in einen dicken Mantel gehüllt und schaute über das Geländer ins dunkle Wasser. Kowalski verlangsamte seine Schritte, war aber trotzdem völlig außer Atem, als er die Brückenmitte erreichte. Er stemmte sich mit den Armen gegen das Geländer, um besser Luft zu bekommen.

„Ich dachte schon, Sie kommen nicht mehr." Der Mann warf ihm einen fragenden Seitenblick zu. „Ist alles in Ordnung?"

Kowalski nickte. „Alles ... in ... Ordnung", presste er hervor.

Der Mann sagte eine Weile nichts. Dann fragte er: „Und? Wo ist die Maske?"

Kowalski fuhr der Schreck glühend heiß in alle Glieder. Er richtete sich ruckartig auf und griff in die Innentasche seiner Lederjacke. Köstliche Erleichterung durchströmte ihn, als er die Schlafmaske ertastete. Einen Moment lang war er sich nicht sicher gewesen, ob er sie eingesteckt hatte.

Der Mann nahm die Maske entgegen. „Wie beim letzten Mal?"

Kowalski nickte und entfernte sich.

Diesmal fuhr er mit seinem Gast zunächst Richtung Offenbach, wechselte am Kaiserlei-Kreisel auf die Autobahn und verließ diese wieder über die Abfahrt Frankfurt-Süd. Im Rückspiegel sah er, wie der Mann kerzengerade und vollkommen ruhig dasaß. Er hatte die Hände mit den Innenflächen auf die Oberschenkel gelegt. Mit der dunklen Schlafmaske und dem mausgrauen Mantel wirkte er auf Kowalski wie ein im Kampfeinsatz erblindeter Wehrmachtsoffizier.

Kurz bevor sie am Südfriedhof einbogen, überfiel ihn wieder die Nervosität. Vor seinem geistigen Auge sah er Gaby, die nackt in der Duschkabine saß und auf lila Wolken schwebte.

Als er in die Einfahrt bog und den Wagen vor dem Kellerabgang zum Halten brachte, dachte er fieberhaft darüber nach, was er machen würde, sollte Gaby tatsächlich abgedriftet sein. Vorsichtig bugsierte er den Gast die Treppe hinunter und schloss die schwere Sicherheitstür auf. Zu seiner großen Erleichterung brannte im Flur das Deckenlicht und die Tür in den Spielraum stand offen, auch die CD mit der japanischen Klimper-Musik, die sich der Kunde diesmal extra gewünscht hatte, lief bereits. Er sah, wie sich die Lippen des Gastes zu einem verträumten Lächeln verzogen. Der Mann flüsterte etwas, das wohl für niemanden außer ihm selbst bestimmt war.

„So", sagte Kowalski, „gleich sind wir da."

„Ja", presste der Gast mit erstickter Stimme hervor.

Sie betraten den Spielraum. Kurz bevor Kowalski dem Mann erlaubte die Maske abzunehmen, warf er einen Blick auf Gaby und erstarrte.

Gaby trug die Uniform aus Rock und Bluse und sah aus wie ein übergroßes japanisches Schulmädchen. Allerdings wie eines, das auf dem Schulweg unter den Bus gekommen war. Die Schminke lief ihr übers Gesicht, die Haare hingen zerzaust über der verknitterten weißen Bluse. Sie trug keine Schuhe und nur am linken Fuß einen weißen Kniestrumpf, der ihr bis zum Knöchel heruntergerutscht war.

„Was ist denn nun?", fragte der Kunde ungeduldig, in seiner Stimme schwang mühsam unterdrückte Erregung mit.

„Äh, einen Moment noch …" stammelte Kowalski. Er hatte keine Ahnung, was er jetzt tun sollte. Gaby sah ihn aus leeren Augen an.

Der Kunde nahm die Maske ab. Einen Moment lang sah er die Frau vor sich einfach nur an, dann öffnete er den Mund und schnappte nach Luft. Im Hintergrund klimperte immer noch die japanische Musik.

„Das ist jetzt nicht Ihr Ernst, hoffe ich?"

„Das ist …" Kowalski biss sich auf die Lippen.

Der Mann verschränkte die Arme vor der Brust. Gaby sah von einem zum anderen, die Augen halb geschlossen. Sie setzte sich langsam in Bewegung und torkelte auf den Gast zu, schlang ihre Arme um seinen Hals und versuchte, ihn zu küssen.

Der Mann stieß sie zurück. „Mein Gott, die stinkt aus dem Mund, das ist ja ekelhaft!"

Gaby taumelte, verlor das Gleichgewicht und fiel rücklings auf das Bett in der Raummitte, wo sie mit ausgestreckten Armen und Beinen liegenblieb.

„Hören Sie!" Der Mann wandte sich jetzt an Kowalski, der mit geballten Fäusten in den Jackentaschen einfach nur dastand. „So etwas bekomme ich im Bahnhofsviertel für 50 Euro, und wenn ich an den Straßenstrich hinter der Messe fahre, sogar für weniger!"

Kowalski hob begütigend die Hände. „Das ist mir jetzt auch wirklich peinlich, bitte glauben Sie mir das." Er sprach leise und versuchte ruhig zu bleiben. „Ich bin sicher, wir finden eine befriedigende Lösung …"

Der Gast schüttelte energisch den Kopf. „Heute jedenfalls nicht mehr. Bitte fahren Sie mich zurück." Er setzte die Maske wieder auf und drehte sich demonstrativ Richtung Tür.

Kowalski wusste, wann eine Sache keinen Sinn mehr hatte. Schweigend eskortierte er den Gast wieder nach oben und schloss die Tür. Er fuhr denselben Umweg über Oberrad wie beim letzten Mal. Als sie schließlich am Mainufer ankamen, setzte der Kunde die Maske ab, stieg aus und ging ohne ein Wort davon.

Kowalski fuhr wieder nach Hause und fand Gaby in derselben Position auf dem Bett liegen wie zuvor. Er beugte sich über sie und spürte ihren warmen, feuchten Atem. Der Typ hatte recht, sie stank aus dem Mund. Kowalski ließ Gaby auf dem Bett liegen, knipste das Licht aus und verließ den Raum.

Im Überwachungsraum nebenan holte er das Prepaid-Handy hervor und wählte eine Nummer. Nach dem zweiten Klingeln wurde abgehoben. „Ich habe es mir überlegt", sagte Kowalski, „wir machen es doch."

***

Manchmal kündigte sich die Angst an, sandte Vorwarnzeichen aus: Unruhe, Empfindlichkeit, Nervosität. Ingo Bäumler hatte gelernt, diese Zeichen zu erkennen und rechtzeitig darauf zu reagieren. An anderen Tagen allerdings, so wie heute, sprang die Angst ihn einfach aus einer dunklen Ecke heraus an und rang ihn zu Boden. Dann hatte er keine Chance.

Er war um halb neun aufgestanden, hatte sich geduscht und rasiert. Um zehn war sein Termin bei Franziska Körner und es gab viel zu erzählen. Er nahm eine frische Jeans aus dem Schrank, schlüpfte in ein Sweatshirt und ging nach unten, um sich Kaffee zu kochen. Mit den Schuhen in der Hand saß er auf der Couch, die Maschine in der Küche röchelte, trübes Morgenlicht fiel durch das Fenster ins Wohnzimmer. Da spürte er, wie der Raum um ihn herum kleiner wurde, wie die Wände auf ihn zurückten und ihn zu zerquetschen drohten, und im nächsten Moment lag er rücklings auf der Couch und fixierte einen kleinen, fast unsichtbaren Fleck an der Zimmerdecke, der das Vorrücken der Wände stoppen konnte, wenn er sich nur intensiv genug auf ihn konzentrierte.

Einmal hatte Franziska Körner ihn gefragt, wie er seine Angst beschreiben würde. Und er stellte fest, dass die Angst nicht immer gleich war, sondern ihren Aggregatzustand änderte: In flüssigem Zustand war sie eine sich langsam auftürmende Flutwelle, die über ihm zusammenschlug und ihn davonspülte. Gasförmig drang die Angst durch alle seine Poren, löste sein Menschsein auf und überführte alles, was er einmal war, in die Nichtexistenz. Gasförmige Angst war Selbstauflösung, Todesangst. Die feste Angst hingegen verstellte ihm den Lebensraum, mauerte ihn in sich selbst ein, bis er, so wie jetzt, lebendig begraben dalag und sich nur noch an einem Fleck an der Decke festhalten konnte, der ihm einen minimalen Spielraum bot, gerade groß genug, um zu atmen.

Ingo war nicht religiös. Aber manchmal wünschte er sich nichts sehnlicher, als glauben zu können. Er wusste, dass viele Menschen mit psychischen Problemen Halt fanden im Glauben. Beten heißt doch mit Gott sprechen, oder? Es wäre schön gewesen, wenn er jetzt mit Gott hätte sprechen können, wenn er ihm hätte sagen können: Lieber Gott, meine Welt ist nur noch dieser Fleck an der Decke. Warum nur ist mein Leben auf diesen scheiß Fleck zusammengeschrumpft? Warum?

Halt. Stopp. Keine Warum-Fragen! Wenn man in einen Fluss gefallen ist und zu ertrinken droht, muss man darüber nachdenken, wie man aus dem Fluss wieder herauskommt und nicht, warum man hineingefallen ist. Also: keine Warum-Fragen. Das sagt allerdings nicht der liebe Gott, das sagt Frau Dr. Körner. Und Frau Dr. Körner sitzt jetzt in ihrer Praxis am Marktplatz, sieht auf ihre Uhr und wartet auf ihren Angstpatienten, der nicht kommt. Wie spät ist es eigentlich?

Ingo Bäumler hatte keine Ahnung, wie spät es war, aber auf einmal war sein Fleck weg. Vielleicht hatte er ihn zu lange und zu intensiv angesehen? Das war neu, dass die Dinge verschwanden, wenn er sie nur lange genug anstarrte. Glaubte er das jetzt wirklich? Wenn er das glaubte, dann war er doch verrückt. Oder? Dann hatte er Wahngedanken.

Er lachte. Er war verrückt. Ja. Vollkommen irre. Der Fleck an der Decke war weg und die Wände wieder an ihrem Platz. Aber dafür klopfte es jetzt in den Wänden. Wahrscheinlich halluzinierte er. Schon wieder hörte er es klopfen. Schizophrene hören doch Stimmen und Geräusche, war es nicht so? Was kam als Nächstes? Strahlen aus der Steckdose? Das Klopfen wurde lauter, kam aber gar nicht aus der Wand. Eine gedämpfte Stimme war nun auch zu hören. Sie sagte etwas. Er verstand es erst nicht. Dann wieder. Lauter jetzt, aber immer noch ganz weit weg.

„Bäumler!", rief die Stimme. „Nun machen Sie schon auf, Mensch!"

Die Stimme fluchte. Ein Hund bellte. Alles seltsam gedämpft.

Vorsichtig löste Ingo Bäumler den Blick von der Decke, an der kein Fleck mehr zu sehen war, und sah zur verglasten Tür, die vom Wohnzimmer in den kleinen Garten führte. Der alte Schultes stand mit seinem Hund davor. Er hielt die Hände neben seinem Kopf ans Fensterglas, um die Lichtreflexionen abzuschirmen und besser in den Raum sehen zu können.

Rosi bellte und wedelte mit dem Schwanz, als Ingo sich erhob. Er behielt die Wände im Blick und setzte vorsichtig einen Fuß vor den anderen. Es ging erstaunlich gut. Ein bisschen so, wie wenn man nach einer schweren Grippe mit hohem Fieber zum ersten Mal wieder aufsteht, aber es ging. Er öffnete die Tür und ein Schwall kalter Luft drang herein. Rosi schlüpfte sogleich zwischen seinen Beinen hindurch ins Wohnzimmer.

„Rosi! Hiergeblieben!" Der alte Schultes hatte seinen Hund offenbar nicht im Griff.

„Was machen Sie denn hier?" Ingo schlang die Arme um den Körper, er fror.

„Wollte nur mal sehen, wie es Ihnen geht ..."

„Ach so ..." Irgendetwas stimmte nicht. Die Angst war noch nicht fort. Sie lauerte im Wohnzimmer hinter ihm in einer Ecke und wartete nur darauf, dass er sich umdrehte. Er versuchte, sich auf seinen Nachbarn zu konzentrieren. Heiner Schultes sah aus wie eine in die Jahre gekommene Bulldogge. Eine alte Bulldogge mit traurigen Augen, die gerade einen schnellen missbilligenden Blick über seinen ungepflegten Garten warfen.

„Warum klingeln Sie eigentlich nicht vorn an der Haustür und schleichen hier hinten rum?"

„Ich schleiche nicht, Bäumler! Außerdem habe ich vorne mehrfach geklingelt ..." Heiner Schultes sah an ihm vorbei ins Wohnzimmer. „Rosi, komm her jetzt!"

Ingo kratzte sich am Hinterkopf. Richtig, er hatte nach dem Streit am Sonntagmorgen nicht nur abgeschlossen, sondern auch die Klingel abgestellt. Und jetzt war schon Mittwoch. Es war doch Mittwoch, oder? Er war verwirrt.

Rosi kam aus der Küche zurück, setzte sich auf die Türschwelle zwischen die beiden Männer und gähnte.

„Na, nichts gefunden diesmal?"

„Hören Sie", sagte Schultes energisch, „ich muss mich entschuldigen wegen der Sache ..."

Ingo hob ruckartig die Schultern. Eine unsichtbare Hand aus Eis griff ihm in den Nacken.

„Was ist denn jetzt schon wieder?", rief Schultes erschrocken.

Bäumler riss die Augen auf. Irgendwo hinter ihm im Wohnzimmer wartete geduldig die Angst auf seine Rückkehr. Nur eine einzige Frage war noch offen: flüssig, gasförmig oder fest?

„Nun machen Sie es mir doch nicht so schwer, Herrgott nochmal!", fauchte sein Nachbar ihn an.

„Mach ich nicht ...", stammelte Ingo, „mach ich ... will ich wirklich nicht, ich bin nur etwas ... etwas ... ich kann da jetzt nicht wieder rein." Er deutete mit dem Daumen hinter sich.

„Warum? Was ist denn da?" Der alte Mann verengte die Augen zu Schlitzen und beugte seinen Oberkörper leicht zur Seite, um an ihm vorbei ins Wohnzimmer schauen zu können. „Ich sehe da nix."

„Ich glaube nicht, dass ich Ihnen das erklären kann." Ingo schluckte trocken und schloss einen Moment die Augen.

„Aha." Heiner Schultes runzelte die Stirn, dann drängte er sich kopfschüttelnd in die Wohnung. Ingo spürte Rosis kalte Schnauze an seiner Hand und begann, sie hinter dem Ohr zu kraulen. Der Hund ließ ein zufriedenes Grunzen hören. Heiner Schultes kehrte kurz darauf mit Ingos Schuhen, die er offensichtlich vor der Couch gefunden hatte, und seinem langen Mantel von der Garderobe zurück. „Ziehen Sie das an, dann machen wir einen Spaziergang."

Ingo schlüpfte umständlich in den Mantel und bückte sich, um sich die Schuhe zu binden. Seine Hände zitterten. „Ich kann nicht mit Ihnen spazierengehen. Ich habe einen Termin. Mit meiner Therapeutin ... wie spät ist es eigentlich?"

Schultes sah auf seine Armbanduhr. „Halb zehn."

„Gut." Das war knapp, aber noch nicht zu spät. Zigaretten. Ingo durchsuchte hektisch seine Manteltaschen, fand aber nur ein altes Feuerzeug. „Ich brauche dringend was zu rauchen …"

Sein Nachbar verdrehte die Augen, ging aber noch einmal zurück ins Wohnzimmer und kehrte mit einem halb vollen Päckchen Marlboro zurück. Dankbar nahm Bäumler die Zigaretten entgegen und zündete sich eine an.

„Meine Therapeutin", begann er zögernd zu erklären, „meine Therapeutin hat ihre Praxis am Marktplatz. Und heute ist Markttag, da ist da vorne die Hölle los. Und mir geht es nicht so gut …"

Heiner schüttelte verärgert den Kopf. „Bäumler, ich verstehe kein Wort! Was wollen Sie mir eigentlich sagen?"

„Könnten Sie mich vielleicht mit Rosi begleiten?" Ingo lächelte verlegen und sah zu Boden.

„Natürlich", brummte der Alte, „wenn es Ihnen hilft."

Sie brauchten etwas länger als eine halbe Stunde. Im Eingangsbereich des mehrstöckigen Hauses blieben sie stehen. Rosi stieß aufgeregt die Nase in die Luft, vom Imbisstand zog Pommes- und Currywurst-Geruch herüber.

„Ist sie das?" Heiner deutete auf eines der emaillierten Praxisschilder an der Wand. „Dr. Franziska Körner. Diplom-Psychologin. Psychotherapeutin."

Bäumler nickte. Er nahm seine halb gerauchte Zigarette aus dem Mund und trat sie hastig auf dem Boden aus.

„Und? Sollen wir Sie auch wieder abholen?"

„Das würden Sie tun?"

„Würde ich es sonst sagen?"

„Nein, wahrscheinlich nicht."

„Also dann, in einer Stunde." Schultes drehte sich um und verschwand mit seinem Hund in der Menge. Einen Moment lang blieb Bäumler noch stehen, dann betrat er das Haus und fuhr mit dem Aufzug in den dritten Stock. Die Tür zum Wartezimmer stand offen, Franziska Körner goss gerade ihre Topfpflanzen und sah auf, als er den Raum betrat. „Oh, wie schön, Sie kommen ja doch noch, ich dachte schon ...“

Ingo entschuldigte sich. Erzählte von der Angstattacke. „Jemand hat mich hierher begleitet, ich hätte das heute sonst nicht geschafft.“

Franziska Körner nickte. „Sie haben also jemanden, der Ihnen hilft. Einen Freund?“

Ingo verzog den Mund zu einem ironischen Lächeln. „Nein, so würde ich das nicht nennen.“

„Wie dann?“

„Nur ein Nachbar. Ein komischer alter Kauz mit einem Hund. Ich glaube, der Hund mag mich.“

Doktor Körner lehnte sich schmunzelnd in ihrem Sessel zurück. „Wollen Sie mir mehr darüber erzählen?“

Ingo Bäumler nickte.

***

Heiner Schultes stand vor dem Backshop, der sich im Untergeschoss des Eckhauses am Marktplatz befand. Auf einem Ständer vor dem Eingang brüllte die FAKT-Zeitung ihre Schlagzeile in die Welt: Klatschrekord im Bundestag! Er überlegte, ob er sich das Blatt kaufen sollte, um herauszufinden, was die Volksvertreter denn da so ausgiebig beklatscht hatten. Er könnte im Stehen einen Kaffee dabei trinken. Zeit hatte er ja. Dann fiel ihm wieder ein, was diese Zeitung mit dem armen Bäumler veranstaltet hatte, und entschied sich dagegen.

Auf der Straßenseite gegenüber erhob sich das vor kurzem modernisierte Gebäude der Kreissparkasse, ständig drängten Menschen in beiden Richtungen durch die Schiebetüren, die zu den Selbstbedienungsterminals führten. Der Autoverkehr auf der Straße stockte, weil ein Stück weiter vorne ein Laster des Bauhofs mit portabler Hebebühne die Durchfahrt verengte. In der Kabine stand ein Mann, der seelenruhig an der Weihnachtsbeleuchtung, die dort über die Straße gespannt war, herumschraubte. Autos hupten, Passanten blieben stehen und schimpften, ein Kleinkind wurde beinahe von einem Radfahrer, der auf den Gehweg ausgewichen war, über den Haufen gefahren. Der Mann entschuldigte sich nicht einmal, sondern setzte seine Slalomfahrt um die Fußgängergruppen herum fort. Die Mutter des Kindes zeigte ihm den Mittelfinger und schrie ihm etwas hinterher. Wer auf die Idee gekommen war, dass die Vorweihnachtszeit vor allen Dingen besinnlich sei, war in diesen Tagen wohl schon lange nicht mehr in der Innenstadt gewesen.

Heiner fühlte sich unwohl inmitten des Trubels, den er nicht gesucht hatte. Ein bisschen konnte er jetzt sogar den dünnhäutigen Bäumler verstehen, den das hektische Durcheinander von einer Angstattacke in die nächste trieb. Rosi klemmte ängstlich den Schwanz zwischen die Hinterbeine und drängte sich an ihn.

Sie kämpften sich durch die Menge am Penny-Markt und vorbei am Früchtestand, dessen Auslagen mit Plastikfolien vor der Kälte geschützt wurden. An der Einmündung in den Fußgängerbereich der Friedrich-Ebert-Anlage lag ein Bäckerladen, dessen Scheiben beschlagen waren. Schultes kaufte sich eine Tasse Kaffee, verließ den mit Menschen vollgestopften kleinen Verkaufsraum schnell wieder und bog mit dem dampfenden Pappbecher in der Hand in den parkartigen Rundweg der Anlage ein. Schon nach ein paar Metern ebbte der Lärm ab und sie waren allein. Hier gab es keine Geschäfte, sondern nur begrünte Gärten und die Rückansichten einiger Häuser. Rosi markierte pflichtschuldig einen Strauch und folgte ihrem Herrn den geschotterten Weg hinunter.

Nach ein paar Metern ließ sich Heiner Schultes auf einer Bank nieder und nippte an seinem Kaffee. Auf den kurz geschnittenen Rasenflächen lag noch Raureif. Die Luft war winterlich klar und kühl. Trotz der erfrischenden Kälte spürte er die Müdigkeit in seinem Körper. Er hatte in der vergangenen Nacht mal wieder nicht viel geschlafen.

Die Negerfrau im grünen Kleid besuchte ihn neuerdings wieder öfter im Traum. Sie drückte sich mit beiden Händen die Gedärme zurück in den Bauch, wühlte in ihren Innereien und lächelte dabei. Diesmal hatte sie einen jungen Mann dabei, der spöttisch die Unterlippe vorschob und Heiner musterte. Er kannte den Mann nicht. Die Frau sagte: Das wäre mein Sohn heute, wenn du ihn nicht als Säugling in Stücke geschossen hättest. Heiner war aufgeschreckt und hatte sich den Rest der Nacht vor den Fernseher gesetzt. Wiederholungen vom Vorabend. Eisenbahnromantik. Dauerwerbesendung. Im Morgengrauen war er im Sessel eingeschlafen und gegen acht von Rosi geweckt worden, die raus musste. Später saß er wie üblich vor seinen beiden Tassen Kaffee, zündete Anne eine Zigarette nach der anderen an und dachte an die Pistole im Keller. Anne schüttelte energisch den Kopf, aber was half ihm das? Sie war ja trotz des Theaters mit den beiden Tassen und den Kippen doch nur in seinen Gedanken da. Die Pistole hingegen hatte einen kurzen, kühlen Lauf und ein volles Magazin im Griff stecken. Eine einzige Kugel würde schon reichen.

Um sich nicht länger mit dieser einen Kugel beschäftigen zu müssen, war er mit Rosi zu Bäumler rüber, der sich seit Sonntag in seiner Wohnung verbarrikadiert hatte. Heiner dachte mit Grauen daran, was der merkwürdige Ex-Lehrer wohl in den letzten Tagen da drüben getrieben hatte. Wenn er nun an einem Haken im Keller von der Decke baumelte, wäre er, Heiner, wahrscheinlich der letzte Mensch, der ihn noch lebend gesehen hatte. Und so wie ihr Gespräch am Sonntag verlaufen war, hätte er das Weichei dann auch noch auf dem Gewissen.

Aber Bäumler lebte. Wenn man das so nennen wollte. Heiner durchlief ein Schauer, wenn er an die zitternden Hände und den gehetzten Blick dieses verstörten Menschleins dachte. Er war ihm wirklich dankbar gewesen für die Begleitung zum Marktplatz. Und Heiner würde das Häufchen Elend nachher auch wieder sicher nach Hause bringen.

„Wir haben ja sonst nichts anderes vor, oder, Rosi?"

Die Hündin hob kurz den Kopf und sah ihn an.

„Dann kommen wir wenigstens nicht auf dumme Gedanken…" flüsterte Heiner Schultes und massierte sich mit Daumen und Zeigefinger die Nasenwurzel.

Rosi legte ihren Kopf wieder auf die Vorderpfoten und atmete einmal geräuschvoll ein und wieder aus, als trage sie allein die Last dieser beiden merkwürdigen Männer auf ihrem schmalen Hunderücken.

7 Der Lichtfächer eines Autoscheinwerfers breitete sich kurz über die Zimmerdecke aus und erlosch wieder. Larissa strampelte sich aus der Wolldecke, in die sie sich vor knapp drei Stunden frierend eingekuschelt hatte. Jetzt war ihr warm und sie fühlte sich fiebrig. Caren Miosga blickte ihr ernst vom Fernsehbildschirm entgegen und verlas lautlos die Tagesthemen.

Larissa stand auf und schlurfte auf ihren Kuschelsocken, die sie über die Knöchelpartie der Jogginghose gezogen hatte, in die Küche. In der Thermoskanne auf dem Tisch war noch etwas lauwarmer Kräutertee. Sie roch an der Öffnung und verzog das Gesicht. Auf einmal fröstelte sie wieder. Das war nicht gut. Larissa schlang die Arme um ihren Oberkörper, sie spürte, dass eine Erkältung im Anmarsch war. Einen Moment lang stand sie unschlüssig in der halbdunklen Küche, die nur durch das schummrige Licht aus dem Wohnzimmer erhellt wurde, und dachte an ihren merkwürdigen Besuch in Niederrad. Erneut durchfuhr sie ein Frösteln. Larissa beschloss, eine Tablette Aspirin zu nehmen und ins Bett zu gehen.

Das Schrillen der Klingel zerriss die Stille ihrer Wohnung und ließ sie zusammenzucken. Sie prallte mit dem Rücken gegen die Kühlschranktür und fluchte leise. Die Schrecksekunde verflog.

Vorsichtig tastete sie sich bis zum Küchenfenster, schob die Gardine beiseite und sah nach unten. Sie hatte das merkwürdige Gefühl, als würde jetzt gleich etwas passieren, auf das sie schon die ganze Zeit gewartet hatte, ohne zu wissen, was es genau sein könnte. Halb auf dem Bürgersteig vor dem Haus stand ein großer, dunkler Oberklassewagen im absoluten Halteverbot. Automarke und Kennzeichen konnte sie im schwachen Licht der Straßenlaterne nicht erkennen. Sie versuchte, etwas weiter nach links in den Hauseingang zu sehen, aber dazu hätte sie das Fenster öffnen müssen.

Larissa ging in den Flur und machte Licht. Wer auch immer dort unten stand, er war noch nicht im Haus. Dazu musste sie den Summer betätigen. Wieder klingelte es. Larissa erstarrte in der Bewegung. Ihr Hals fühlte sich rau und wund an, das Schlucken fiel ihr schwer. Mit pochenden Schläfen drückte sie den Knopf an der Gegensprechanlage.

„Ja?" Ihre eigene Stimme hörte sich fremd an. „Was wollen Sie?", krächzte Larissa.

In der Anlage knisterte und rauschte es, dann sagte jemand wie aus weiter Ferne: „Larissa?"

„Wer sind Sie, verdammt noch mal!" Larissa merkte, dass sie langsam die Kontrolle über sich verlor. Ihr Finger, mit dem sie den Sprechknopf gedrückt hielt, zitterte. Das Pochen in ihren Schläfen schwoll an.

Wieder krachte es ein paar Mal in der Leitung, dann Stille. „Larissa? Ich bin es, Philipp!"

„Philipp?"

„Ja doch, kann ich hoch kommen? Bitte?" Philipps Stimme klang durch die Anlage derart verzerrt, dass sie nicht mit Sicherheit sagen konnte, ob es wirklich Philipp war, der da unten stand.

„Was willst du?"

„Ich ... ach Scheiße ... Larissa, können wir das nicht oben besprechen?"

„Weißt du eigentlich, wie spät es ist?" Sie wusste es selbst nicht genau, aber auf jeden Fall war es zu spät, um einen Fremden in ihre Wohnung zu lassen. „Was soll das alles?"

„Ja, ja, ich weiß, das ist blöd gelaufen. Larissa, bitte!"

„Bist du allein?"

„Natürlich bin ich allein!"

Larissa schloss die Augen, dann drückte sie den Türsummer und hörte fast im gleichen Augenblick, wie unten die Haustür aufsprang. War sie denn von allen guten Geistern verlassen?

Durch den Spion in der Tür sah sie den Hausflur, die gegenüberliegende Wohnungstür und ein Stück Treppengeländer – alles grotesk verzerrt, dann ging das Licht im Flur aus. Sie hörte jemanden im Dunkeln die Treppe heraufkommen. Schnell löschte Larissa auch das Licht in der Diele und stand mit pochendem Herzen und schmerzenden Schläfen hinter der Tür. Den Schritten nach zu urteilen war der Besucher tatsächlich allein. Die Gestalt, die sich kurz darauf vor ihrer Tür postierte, war in der Dunkelheit jedoch nicht zu erkennen. Einen Moment zögerte die Person, dann drehte sie sich suchend um die eigene Achse, fand den Lichtschalter an der Wand und betätigte ihn. Philipp trat einen Schritt von der Tür zurück, nahm Schal und Mütze ab, breitete die Arme aus und verbeugte sich wie ein Theaterschauspieler beim Schlussapplaus.

Larissa hatte die ganze Zeit unbewusst die Luft angehalten. Beim Ausatmen spürte sie ihren wunden Rachen. Sie sollte sich wirklich ins Bett legen und ihre Erkältung auskurieren und hier keine Mitternachtsbesuche empfangen.

Philipp betrat ihre Wohnung und sah sie stirnrunzelnd an.

„Lass gut sein", sagte sie müde, „ich weiß, dass ich scheiße aussehe."

„So hätte ich das nicht formuliert." Philipp grinste.

Larissa ging nicht darauf ein und winkte ihn ins Wohnzimmer. Im Fernsehen lief mittlerweile eine Talkshow. Sie griff nach der Fernbedienung und schaltete das Gerät aus, dann ließ sie sich auf die Couch fallen, zog die Beine unter sich und sah ihren Ex-Arbeitgeber aus verquollenen Augen an.

Philipp hatte sich in den kleinen Sessel neben dem Couchtisch gesetzt und ließ den Blick durchs Zimmer wandern. Er trug Jeans und Turnschuhe und einen dicken Pullover unter dem Mantel, den er aufgeknöpft, aber nicht ausgezogen hatte.

„Hör mal", begann er, „ich muss mich bei dir entschuldigen. Ich meine, du hast ja einen gültigen Vertrag mit mir, und da stehen dir ja gewisse Leistungen zu. Und deshalb …"

Larissa sah, wie Philipp einen Briefumschlag aus der Innentasche seines Mantels zog und auf den Tisch legte.

„Was ist das?"

„Eine Entschädigung. Abfindung. Nenn es, wie du willst."

„Philipp", Larissa räusperte sich, ihre Kehle brannte, „was geht hier eigentlich vor?"

„Ich hatte vor ein paar Wochen Besuch in meinem Büro. Nicht wirklich angenehmen Besuch. Weißt du, die ganze Branche da im Osten …" Philipp wedelte mit der Hand durch die Luft. „Da wird der Markt gerade neu aufgeteilt, und da stören kleine Fische wie wir nur."

„Bist du bedroht worden?"

Philipp schüttelte den Kopf und verzog die Lippen zu einem bitteren Lächeln. „Sagen wir es mal so: Die haben mir ein Angebot gemacht, dass ich nicht ablehnen konnte, wenn du verstehst, was ich meine …"

Larissas Kopf fühlte sich an, als sei er auf die doppelte Größe angeschwollen, das Pochen in ihren Schläfen wurde unerträglich und durch die Nase bekam sie keine Luft mehr. Trotzdem verstand sie die Anspielung auf den Filmklassiker „Der Pate" sofort. Ein Angebot der Mafia abzulehnen, das hieß, sein Leben zu verlieren.

„Und wer sind die?"

Philipp sah sie an und hob die Schultern. „Vollkommen egal. Die wissen jedenfalls, dass ich eine Mitarbeiterin hatte, aber nicht, dass du das warst. Außerdem interessiert die das auch nicht, solange du nicht anfängst, Staub aufzuwirbeln. Die Pro East GmbH existiert nicht mehr. Und weder ich noch du werden in diesem Bereich wieder tätig. Das ist alles." Philipp stutze. „Alles in Ordnung mit dir?"

„Mir ist schwindelig. Ich glaube, ich habe Fieber …"

„Hör mal, ich gehe jetzt wieder, und du legst dich besser hin."

„Wohin gehst du?"

„Bisschen Urlaub machen."

„Und dann?"

„Keine Ahnung, mal sehen."

Larissa zögerte, dann erhob sie sich und konnte sich gerade so auf den Beinen halten. „Ich bring dich zur Tür."

In der Diele musste sie sich am Türrahmen abstützen. Philipp nickte ihr noch einmal zu, bevor er die Wohnung verließ. Sie hörte seine Schritte im Treppenhaus verhallen, dann fiel unten die Haustür ins Schloss. Im Badezimmer füllte sie den Zahnputzbecher mit Leitungswasser und trank die lauwarme Flüssigkeit mit großen, gierigen Schlucken. Noch einmal füllte sie den Becher und trank. Ihr Hals schmerzte, ihr Kopf drohte zu explodieren. Sie löste zwei Tabletten Aspirin auf und spülte sie mit noch mehr Leitungswasser herunter, dann tastete sie sich in ihr Schlafzimmer.

***

Bäumler wurde übermütig. Und ausgerechnet er sollte ihm dabei zur Seite stehen. Das hatte sich die Psychotante seines Nachbarn ja fein ausgedacht. Rosi klemmte den Schwanz zwischen die Hinterbeine und folgte Heiner mit gesenktem Kopf in den kleinen Vorraum. Er nahm den langen Mantel vom Haken, zog den Schal aus dem Ärmel und wickelte ihn sich um den Hals. Rosi begann leise zu fiepen.

„Ist ja gut, Mädchen, es dauert bestimmt nicht lange." Heiner schlüpfte in den Mantel, beugte sich zu seinem Hund hinunter und kraulte das Tier im Nacken. „Das würde dir keinen Spaß machen", raunte er, „das kannst du mir ruhig glauben."

Heiner sah auf die Uhr. Jeden Moment würde sein Nachbar ihn abholen. Aber vielleicht, dachte er auf einmal mit einem Anflug freudiger Erleichterung, würde es sich der Herr Studienrat ja doch noch anders überlegen. Muffensausen. Angst vor der eigenen Courage.

Plötzlich hob Rosi den Kopf und lief schwanzwedelnd zur Haustür. Heiner erhob sich seufzend. Wäre ja auch zu schön gewesen.

Bäumler trug einen alten olivgrünen Armee-Parka und eine schwarze Wollmütze mit der Aufschrift „Navy Seals". Seine Hände steckten in abgewetzten braunen Lederhandschuhen, welche die Finger frei ließen.

„In welchen Krieg wollen Sie denn ziehen?", fragte Heiner statt einer Begrüßung. Beinahe hätte er gelacht.

Bäumler ging nicht darauf ein, sondern holte einen Kauknochen hervor und warf ihn in hohem Bogen in die Wohnung. Sofort sprang Rosi hinterher.

„Ich dachte, das lindert ein bisschen den Abschiedsschmerz."

„Guter Plan, Herr Leutnant.“ Heiner nickte, trat nach draußen zu seinem Nachbarn und schloss die Tür hinter sich. „Und nun?“

Eine Weile trabten sie schweigend nebeneinanderher. Am Friedhof blieb Bäumler stehen. Es war noch keine sechs Uhr, aber bereits dunkel. Der Boden unter ihren Füßen knirschte frostig, die Luft war kalt. Ein vermummtes Pärchen, das sich untergehakt hatte, lief an ihnen vorbei Richtung Darmstädter Straße. Bäumler zögerte.

„Vielleicht sollten wir uns von hinten anschleichen.“ Heiner musste grinsen, aber sein Nachbar schien nicht in der Stimmung für Witze. Er biss sich auf die Unterlippe und schloss die Augen.

„Angst?“

Bäumler nickte.

„Das ist ganz normal“, sagte Heiner, „lassen Sie sich davon jetzt nicht ablenken.“

Er wählte eine Seitenstraße, die parallel zur belebten Darmstädter Straße verlief. Hier hätten sie noch ein bisschen Ruhe, aber spätestens im letzten Drittel des Wegs, dort, wo die Straße leicht anstieg und sich um die Stadtkirche herumschlängelte, würden sie die Menschenmengen nicht mehr umgehen können. Der hell erleuchtete Kirchturm war schon in der Ferne zu sehen, wie er über den nächtlichen Dächern der Kleinstadt aufragte. Heiner verengte die Augen, weil er meinte, auf einem der kleinen Balkone des Turms Menschen gesehen zu haben, war sich aber nicht sicher. Seine Augen ließen stark nach in letzter Zeit. So wie alles bei dir stark nachlässt, dachte er bitter.

„Ich glaube, ich schaffe das nicht.“ In Bäumlers Stimme war die mühsam unterdrückte Panik deutlich zu hören.

„Doch", sagte Heiner, „Sie schaffen das." Einen Moment war es still, dann fügte er hinzu: „Wir schaffen das."

Er nahm seinen angstgeplagten Nachbarn am Arm und spürte, wie der Mann zitterte. Für einen Moment dachte er daran, es ihm und sich leicht zu machen.

Wir haben es versucht, würde er sagen, es geht nicht, also gehen wir wieder nach Hause. Er konnte den dankbaren Blick seines Schutzbefohlenen schon vor seinem geistigen Auge sehen. Die ganze Sache war schließlich nicht seine Idee gewesen. Sollte die tolle Frau Doktor doch selbst einen Spaziergang über den Gerauer Weihnachtsmarkt mit ihrem Angstpatienten machen. Er war schließlich nur ein alter Mann, der zufällig neben diesem Wrack wohnte. Und er hasste Weihnachtsmärkte. Und was sollte er überhaupt machen, wenn Bäumler vor dem ersten Glühweinstand schreiend zusammenbrach und sich auf dem Boden wälzte?

Eine Familie mit drei kleinen Kindern überholte sie und blieb auf der anderen Straßenseite stehen. Der Vater deutete mit dem ausgestreckten Arm zum Kirchturm hinauf, die Kinder reckten die Hälse, und fast im gleichen Moment begann dort oben der Posaunenchor zu spielen. Heiner hatte sich nicht getäuscht, die Musiker standen mit ihren Instrumenten auf einem der kleinen Balkone und spielten vom Turm herab.

Auch Bäumler hob langsam den Kopf und sah nach oben. Die Musik klang sehr nah, obwohl sie noch ein gutes Stück unterhalb des Kirchenhügels standen. Was war das? Tochter Zion, dachte Heiner und fragte sich im gleichen Moment, woher er das wusste. Er war kein frommer Mensch, trotzdem ergriffen ihn die Töne. Vielleicht war es aber auch der Abend, die hereinbrechende Dunkelheit und die warme Beleuchtung des Turms. Wahrscheinlich war es alles zusammen. Die Passanten um sie herum blieben stehen und wurden für einen Moment ganz still. Er spürte, wie sich Bäumler neben ihm etwas entspannte, ein Ausdruck war auf sein Gesicht getreten, den Heiner nicht recht zu deuten wusste. Er sah hinauf in den dunklen Himmel, der sich über dem Kirchturm spannte. Nicht ein einziger Stern war zu sehen. Und dann entdeckte er doch einen, ganz am Rand seines Blickfelds. Ein Leuchten, das er zuerst für ein Flugzeug gehalten hatte, aber es war kein Flugzeug, es war ein Stern, Lichtjahre entfernt und schon vor Langem erloschen. Heiner Schultes spürte, wie etwas kalt nach seinem Herz griff, und wandte den Blick ab.

„Auf geht's, Bäumler", sagte er, „noch haben wir nichts gewonnen." Sein Nachbar zuckte zusammen, straffte sich dann aber und folgte ihm.

Der Weihnachtsmarkt begann mit einer Mittelaltermeile unterhalb des Kirchenhügels in der Schulstraße. Hier gab es Holzschwerter und Schilde für Kinder sowie Lederwaren und Met für die Erwachsenen. Der Geruch von gebrannten Mandeln und Glühwein lag in der Luft. Heiner dirigierte seinen Schützling durch den Menschenstrom, es war noch früh am Abend und sie kamen zügig bis zum Sandböhl durch. Dort standen die Menschen dann allerdings bereits in großen Gruppen um die Stände herum oder blockierten mit dampfenden Tassen und Pfannkuchen in den Händen den Durchgang.

Das Herumgeschiebe machte Bäumler, der sich wie ein Ertrinkender an Heiners Arm klammerte, sichtlich zu schaffen. Gesprächsfetzen drangen an sein Ohr: Lachen, Kreischen, oh du Fröhliche. Eine Horde Jugendlicher mit rot blinkenden Weihnachtsmannmützen bahnte sich johlend ihren Weg durch die Menschenmasse, jemand wurde angerempelt und schüttete sich aus Versehen heißen Apfelwein über die Hände.

Heiner war klar, dass Bäumler das nicht lange aushalten würde. Er selbst würde es auch nicht lange aushalten. Mit einer entschlossenen Geste zog er seinen Nachbarn aus dem Gewühl hinaus hinter einen Wagen, in dem Fisch gebraten wurde. Sie standen jetzt vor dem Eingang zum Handwerksmuseum, der ebenfalls von einer Menschentraube verstopft war. Heiner drängte Bäumler weiter an den erleuchteten Schaufenstern des Kaufhaus Braun entlang, zog ihn schließlich ein paar Stufen hinauf und lehnte ihn dort abseits des Menschenstroms gegen die Wand. Tagsüber standen in dem kleinen Gang neben dem Warenhauseingang Rolltische mit Sonderangeboten, jetzt aber war der geflieste Flur leer und bot den beiden Männern zumindest vorübergehend Unterschlupf.

„So“, sagte Heiner Schultes und beobachtete den nicht abreißenden Strom aus Menschen, der sich vor dem Kaufhaus vorbeiwälzte. „Und nun?“

Bäumler hob die Schulter. Schweiß glänzte auf seiner Stirn. „Ich weiß nicht.“

„Naja, wo wir schon mal hier sind, trinken wir halt einen Glühwein, oder?“

„Glühwein. Ja. Gut.“

„Dazu muss ich Sie aber einen Moment hier allein lassen.“

„Kein Problem, mir geht's gut.“

Bäumler brachte ein schräges Lächeln zustande und Heiner machte sich auf den Weg zum nächsten Glühweinstand. Als er nach zehn Minuten wieder zurückkam, hielt er zwei dampfende Tassen mit der Aufschrift „Groß-Gerauer Weihnachtsmarkt“ in den Händen.

„Haben Sie gewusst, dass man die Tassen kaufen muss?“

Bäumler schüttelte den Kopf.

„Naja“, brummte Schultes, „der Typ am Stand hat gesagt, dass wir die Dinger einfach jedes Mal wieder mitbringen sollen, wenn wir herkommen.“ Er hielt einen Moment inne und reichte Bäumler eine der beiden Tassen. „Das wird sich bei uns ja dann richtig lohnen, was?“

Die beiden Männer grinsten sich kurz über den Dampf, der aus den Tassen aufstieg, an, tranken und schwiegen.

„Sie haben mir immer noch nicht gesagt, wo Sie Boxen gelernt haben“, sagte Bäumler nach einer Weile und nippte an seinem Glühwein.

Heiner sah überrascht auf. In der Nacht, als sein Nachbar zusammengeschlagen wurde, hatte er ihn das zum ersten Mal gefragt und Heiner war der Frage ausgewichen. Er dachte kurz daran, ihm jetzt einfach irgendeinen Boxverein zu nennen, aber dann entschied er sich dagegen. „Ich war als junger Mann ein paar Jahre in der Fremdenlegion, da lernt man so was.“

Bäumler nickte. Er wirkte nicht im Geringsten überrascht. Wieder schwiegen die beiden eine Zeit lang. Schließlich fragte er: „Und wann war das?“

„Ende der Sechziger-, Anfang der Siebzigerjahre“, knurrte Heiner und hoffte, dass die Fragestunde zu seiner Vergangenheit damit beendet sein würde, und tatsächlich kam sein Nachbar nicht mehr auf das Thema zurück. Zumindest so lange nicht, bis sie beide ihren Glühwein getrunken hatten und die leeren, noch warmen Tassen unschlüssig in den Händen drehten. Von einem Stand in der Platzmitte her dröhnte „Stille Nacht, heilige Nacht“ herüber, ein Kleinkind stolperte vor den Kaufhausstufen und legte sich flach auf den Bauch in den Dreck, wurde von seiner Mutter wieder auf die Beine gezerrt und ausgeschimpft. Heiner wunderte sich, dass das Kind überhaupt nicht weinte, und wollte gerade an Bäumler gewandt eine Bemerkung darüber machen, als der ihn vollkommen unvermittelt fragte: „Vietnam oder Tschad?“

„Was?“ Heiner erbleichte. Um ein Haar hätte er die Tasse fallen lassen.

Bäumler räusperte sich. Auf einmal konnte Heiner ihn sich vorstellen, wie er früher dozierend vor einer Klasse gestanden hatte. „Das waren die beiden zentralen Konfliktzonen zu der Zeit, in die Frankreich Truppen entsandte. In Vietnam unterstützten sie die Amerikaner und im Tschad ...“

„Im Tschad unterstützten sie Präsident Francois Tombalboye“, sagte Heiner bitter.

Bäumler nickte. „Sie waren also in Afrika.“

„Das habe ich nicht gesagt, aber Sie kennen sich ja ziemlich gut aus.“ Heiner sah seinen von Angst- und Panikattacken geplagten Nachbarn an und kam zu dem Schluss, dass er ihn offensichtlich unterschätzt hatte. Der Mann mochte emotional ein Wrack sein, aber seinen Verstand hatte er definitiv nicht eingebüßt.

„Erstes und zweites Staatsexamen in Geschichte“, erwiderte Bäumler achselzuckend, als wolle er sich für sein angelesenes Wissen entschuldigen.

Heiner Schultes wusste nicht, was er sagen sollte. Der Herr Studienrat hatte ihn kalt erwischt. Ihm in einer Viertelstunde mehr über seine Vergangenheit entlockt, als er jemals zuvor jemandem erzählt hatte, wenn man mal von Anne absah. Als er an seine verstorbene Frau dachte, spürte er wieder die kalte Hand auf seiner Brust.

„Wissen Sie, was ich jetzt vertragen könnte, Herr Lehrer?“

Bäumler schüttelte den Kopf.

„Ein kaltes Bier.“

„Wenn uns das an einem Ort mit weniger Menschen führt, bin ich dabei.“

Als sie Schultes Haus betraten, sprang Rosi im Kreis herum und jaulte vor Freude. Die beiden Männer standen noch in Mänteln und bei geöffneter Haustür in dem kleinen Vorraum, wo die Hündin offenbar die ganze Zeit auf ihre Rückkehr gewartet hatte. Bäumler ging in die Hocke und kraulte sie hinter den Ohren.

„Rosi ist es nicht gewohnt, so lange allein zu sein", sagte Heiner und hängte seinen Mantel an die Garderobe. „Vielleicht hat sie ja auch so ein Dings von früher…"

Bäumler sah zu ihm auf und runzelte fragend die Stirn.

„Na, Sie wissen schon. Ein Trauma. Vielleicht sollte ich mit Rosi mal zu ihrer Frau Doktor gehen." Heiner lachte, erst verhalten, dann immer lauter. Etwas in ihm brach sich Bahn in diesem Lachen. Er spürte, wie es ihn ergriff und schüttelte, und dann war das Lachen auf einmal ganz nah an etwas anderem, das sich auch Bahn brechen wollte, und da rief Heiner sich mit aller Macht zur Ordnung und verstummte abrupt.

Bäumler und Rosi sahen mit verdatterten Mienen zum ihm auf. Die Hündin legte den Kopf schief, als wolle sie ihren Herrn fragen, was denn auf einmal in ihn gefahren sei.

Heiner atmete tief durch. Seine Stimme zitterte leicht, als er sagte: „Nun ziehen Sie schon endlich ihren albernen Tarnparka aus." Und an Rosi gewandt: „Auf, rein jetzt, es wird kalt."

Rosi folgte ihm mit eingezogenem Kopf in die Küche und staubte ein Leckerli ab. Heiner nahm zwei Biertulpen aus dem Hängeschrank und platzierte sie auf dem Küchentisch, dann öffnete er den Kühlschrank. Hinter ihm kam Bäumler auf Socken in den Raum und setzte sich. Rosi lag unter dem Tisch, den Kopf auf den Pfoten, die Ohren gespitzt.

„Schön haben Sie's hier…" Bäumler sah sich in der funktional eingerichteten Küche um.

Heiner schenkte Bier ein und sah kurz auf. „Schleimen Sie hier mal nicht rum, Herr Lehrer, ist 'ne Küche wie Ihre auch … vielleicht ein bisschen aufgeräumter." Das hatte er nicht sagen wollen, es war ihm einfach so herausgerutscht. „'Tschuldigung, vergessen Sie's. Ich bin manchmal ein Arschloch", schob er deshalb hinterher.

„Hab ich schon gemerkt", murmelte Bäumler grinsend.

Die Männer stießen an und tranken. Draußen vor dem Fenster rieselten ein paar Schneeflocken vorbei, schmolzen aber sofort, als sie den Boden berührten. Heiner nahm einen zweiten Schluck, er hatte immer noch den klebrig-süßen Glühweingeschmack im Mund.

„Wie war's da eigentlich so?", wollte sein Nachbar auf einmal wissen.

„Wo?"

„In Afrika. Im Tschad."

„Das wollen Sie nicht wissen, Bäumler."

„Und wenn doch?"

„Dann will ich nicht drüber reden."

Bäumler lächelte und trank. Heiner wechselte das Thema.

„Und? War das jetzt heute Abend ein therapeutischer Erfolg für Sie?"

Bäumler sah kurz von seinem Bier auf und schien über die Frage nachzudenken. „Schon, ich habe etwas gemacht, was ich normalerweise nicht gemacht hätte. Mir nicht zugetraut hätte."

„Und darum geht's?"

„Nur darum geht's."

Heiner nickte. So entspannt wie im Moment hatte er seinen Nachbarn bisher noch nie gesehen. Jetzt konnte er ihn sich wieder in einem Klassenraum vorstellen, lässig ans Pult gelehnt, den coolen Spruch eines Schülers schlagfertig parierend, sodass er alle Lacher auf seiner Seite hatte.

„Was macht eigentlich Ihre Familie?“

Auf Bäumlers Gesicht erschien ein Ausdruck, als hätte man ihm ein Messer in den Rücken gestoßen. Heiner lenkte sofort ein: „Dumme Frage, vergessen Sie's.“

„Nein, nein.“ Bäumler schüttelte den Kopf und griff zu seinem Glas, trank aber nicht, sondern schwenkte die bernsteingelbe Flüssigkeit darin hin und her. „Meine Frau lebt zusammen mit einer ihrer alten Freundinnen im Ried und meine Kinder …“

„Schon gut, Bäumler“, sagte Heiner leise.

„… meine Kinder gehen dort zur Schule, Lea noch in die Grundschule und Max aufs Gymnasium in Gernsheim … zumindest glaube ich das … ich bin nicht immer … nicht immer auf dem Laufenden.“

Bäumler trank sein Glas aus und stellte es betont vorsichtig zurück auf den Tisch.

Heiner hätte sich ohrfeigen können. „Noch eins?“ Er deutete auf das leere Glas seines Gastes, aber der schüttelte den Kopf.

„Das war gut, heute Abend. Wirklich. Ohne Sie hätte ich das nicht geschafft.“

„Ach was, natürlich hätten Sie das.“ Heiner stand auf und holte sich ein neues Bier aus dem Kühlschrank. Sein Blick fiel auf die Schnapsflasche, die er seit Annes Tod nicht mehr angerührt hatte.

„Jedenfalls bin ich Ihnen sehr dankbar“, sagte Bäumler und erhob sich vom Tisch. „Und dir natürlich auch.“ Er bückte sich und tätschelte Rosi die Flanke, die sich daraufhin sofort auf den Rücken drehte und wohlig grunzte.

Heiner hielt die Bierflasche in der einen und den Öffner in der anderen Hand und sah, wie sein Nachbar sich verabschiedete.

„Ich geh mal nach Hause, bin müde."

Heiner nickte. Überrascht stellte er fest, dass ihn der schnelle Aufbruch des anderen enttäuschte. Er hätte gern noch eine Weile mit ihm am Tisch gesessen und geredet.

Als sein Nachbar aus der Tür war, kehrte Heiner in die Küche zurück, öffnete das Bier und setzte sich damit an den Tisch. Er war in einer merkwürdigen Stimmung. Draußen schwirrten immer noch vereinzelt Schneeflocken durch die Nacht. Er sah sein Gesicht, das sich in der Fensterscheibe spiegelte, er hörte Rosi unter dem Tisch schnarchen. Er dachte an Anne und spürte wieder, wie es kalt wurde in seiner Brust. Er dachte an die Negerfrau und ihren Sohn. Sie warteten auf ihn. Heiner schüttelte den Kopf. Dann dachte er an die Pistole. Er konnte ruhig daran denken, er durfte nur nicht den Fehler machen und sie hervorholen und in die Hand nehmen. Nicht an einem Abend wie diesem.

Als er aufstand, hob Rosi wachsam den Kopf.

„Alles in Ordnung, mein Mädchen", murmelte Heiner, dann holte er den Schnaps aus dem Kühlschrank und setzte sich mit der Flasche wieder an den Tisch.

***

Kowalski bog am Kaiserlei-Kreisel Richtung Autobahn ab und sah in den Rückspiegel: Der Typ auf der Rückbank hatte sich entspannt ins Polster zurückgelehnt und die Beine übereinandergeschlagen. Die ganze Zeit über bewegte er seine langen Finger, als sei er irgend so ein halbschwuler Konzertpianist, der sich auf seinen großen Auftritt vorbereitet. Was Kowalski allerdings noch mehr irritierte als die ständige Fingerspielerei, war die Tatsache, dass der Mann ab und zu den Kopf drehte und aus dem Seitenfenster nach draußen sah, als könne er durch die schwarze Schlafmaske hindurchsehen. Kowalski wusste, dass das völlig unmöglich war – es sei denn der Typ wäre mit Röntgenaugen gesegnet, so wie der verrückte Wissenschaftler in dem alten Horrorstreifen aus den Sechzigerjahren.

„Alles in Ordnung bei Ihnen da hinten?"

Der Mann hob langsam den Kopf und richtete den Blick hinter der Maske nach vorne. Ohne mit seinen Fingerübungen aufzuhören, sagte er: „Machen Sie sich um mich mal keine Sorgen. Mir geht es gut. Wie lange müssen wir noch fahren?"

Kowalski sah die Auffahrt zur A661 vor sich und blinkte. „Dauert noch ein bisschen."

Der Mann nickte und lächelte. „Macht nichts. Wir haben ja Zeit, nicht wahr?"

Kowalski antwortete nicht, sondern konzentrierte sich wieder auf den Verkehr. Auf dem Beschleunigungsstreifen trat er das Gaspedal durch und fädelte sich in den Samstagabendverkehr ein. Er hatte noch keinen Kilometer zurückgelegt, als er zum Überholen ansetzte und erst im letzten Moment bemerkte, dass sich von hinten ein schnelleres Fahrzeug näherte. Ruckartig zog er zurück auf die rechte Fahrspur. Der weiße Sprinter schoss mit Lichthupe an ihm vorbei. Kowalskis Herz schlug ihm bis in den Hals.

„Warum denn so nervös? Ich habe doch gesagt, dass wir Zeit haben. Kein Grund, uns unnötig in Gefahr zu bringen." Der Typ auf dem Rücksitz schüttelte den Kopf.

Kowalski ignorierte die Bemerkung, umklammerte das Lenkrad und hielt den Wagen mit knapp 100 km/h auf der rechten

Spur. Seit er diese kleine Nebenbeschäftigung betrieb, hatte er schon mit einigen schrägen Vögeln zu tun gehabt. Die einen waren nervös, die anderen fordernd und überheblich. Die einen plapperten unentwegt, die anderen schwiegen. Aber immer konnte Kowalski das Risiko einschätzen. Bei seinem aktuellen Kunden hingegen …

Der Typ würde Gaby jedenfalls zeigen, was passieren konnte, wenn er mal nicht auf sie aufpasste. Es würde ihr eine Lektion erteilen. Und sie wüsste wieder, was sie ihm zu verdanken hatte. Heute Abend hatte sie ihn um eine Tablette angebettelt, und er hatte ihr eine halbe gegeben und die andere Hälfte versprochen, wenn sie die Sache gut über die Bühne gebracht hätte. Er hatte darauf gewartet, dass sie sich bei ihm entschuldigen würde wegen der geklauten Tabletten. Aber nichts. Dabei war sie in der Nacht nach dem Desaster mit dem Japanfreund doch in der Küche herumgetorkelt und musste festgestellt haben, dass er ihre Vorräte gefunden hatte. Auch im Schuppen war sie gewesen. Als wäre er so dumm, das Zeug da zu lassen, wo sie es jederzeit finden konnte. Vielleicht hielt sie ihn ja wirklich für dumm. So wie ihre kleine Schwester ihn auch für dumm gehalten hatte.

Kowalski fuhr am Offenbacher Kreuz ab und fädelte sich Richtung Sachsenhausen ein. Auf der Babenhäuser Landstraße ging es langsamer voran, an der Warte löste sich der zäh fließende Verkehr auf. Er überlegte, ob er zur Sicherheit noch ein paar Schleifen fahren sollte, entschied sich aber dagegen – er wollte Gaby nicht zu lange warten lassen.

Als sie hinter dem Haus unweit des Kellereingangs zum Stehen kamen, runzelte der Kunde die Stirn, blieb aber völlig bewegungslos sitzen. Er trug einen makellosen taubengrauen Anzug über dem weißen Hemd und eine mustergültig gebundene hellblaue Krawatte, seine Hände ruhten jetzt auf den Oberschenkeln.

„Wir sind da", sagte Kowalski und stellte den Motor ab.

„Muss ich meinen Mantel anziehen, oder …?"

„Es ist nicht weit, nur ein paar Schritte, dann eine Treppe hinunter, dann nach rechts, schon sind wir da."

„Na dann …" Der Mann lächelte und Kowalski lief es eiskalt den Rücken hinunter.

Gaby saß auf einem der hochbeinigen Barhocker an der Theke, so wie der Kunde sich das gewünscht hatte. Sie trug ein ärmelloses schwarzes Kleid mit weitem Ausschnitt. Die Haare fielen ihr über die Schultern, sie war dezent geschminkt. Kowalski kam nicht umhin festzustellen, dass seine Frau gut aussah. Alle Spuren von Erschöpfung und Unlust hatte sie geschickt beseitigt. Als er dem Kunden die Maske abnahm, schlug Gaby die Beine übereinander und neigte den Kopf zur Seite.

Der Mann sah sich um. Das gedämpfte Licht erleichterte es seinen Augen, sich an die Umgebung zu gewöhnen. Als er Gaby an der Bar sitzen sah, lächelte er, dann wandte er sich an Kowalski und nickte ihm kurz zu, so wie man einem Chauffeur oder Kammerdiener zunicken würde, um ihm zu verstehen zu geben, dass er nicht mehr gebraucht werde.

Du Arschloch, dachte Kowalski, zog sich aber, einen letzten Blick auf Gaby werfend, aus dem Raum zurück und schloss die Tür. Die Überwachung im Nebenzimmer lief bereits. Er ließ sich in den Bürostuhl vor den Monitoren fallen und zoomte mit der Maustaste den Barbereich heran. Der Kunde lehnte leger, mit einem Arm auf der Theke, an der Bar und sagte etwas zu Gaby, die daraufhin den Kopf in den Nacken warf und lachte.

Vielleicht, dachte er einen Moment, vielleicht hätte ich sie doch vorwarnen sollen. Aber dann würde sie ihre Lektion nicht lernen. Und das musste sie. Unbedingt. Kowalski klickte auf der Menüleiste das Mikrofon-Icon für die Tonübertragung an.

„... und mich zu Ihnen setzen?"

Gaby lächelte. „Aber natürlich, sehr gern."

Der Kunde setzte sich auf den Hocker ihr gegenüber. Er tat es mit einer fließenden Bewegung, die verriet, dass er sich offensichtlich öfter auf Barhocker hievte.

„Whisky?" Gaby griff über die Theke und holte ein Glas, in dem bereits zwei Eiswürfel klirrten, hervor.

„Scotch, bitte."

Kowalski stellte erleichtert fest, dass der Mann sich ans Drehbuch hielt. Eigentlich kein Wunder. Es war ja sein eigenes.

Gaby füllte das Glas zu einem Drittel mit Whisky, dann hob sie ihr langstieliges Sektglas und stieß mit dem Kunden an. Sie nippte nur, der Mann hingegen nahm einen kräftigen Schluck und schloss die Augen. „Unvergleichlich. Hervorragend." Er schwenkte das Glas in der Hand und setzte eine Kennermiene auf.

Kowalski schnaubte. Entweder spielte er sich selbst was vor oder er war ein ahnungsloser Aufschneider. Der Whisky jedenfalls war kein exquisiter Single Malt, es war noch nicht einmal Scotch. Kowalski hatte einfach eine alte Nobel-Flasche mit billigem Discounter-Bourbon befüllt.

Der Mann setzte sein Glas ab und sah Gaby lange an. Dann fragte er: „Sie haben doch nichts dagegen, wenn ich es mir ein bisschen bequemer mache?"

„Aber nein." Gaby legte eine Hand auf seinen Oberschenkel, der Mann lockerte seinen Krawattenknoten.

„So ist es besser."

„Ja, viel besser."

Ihre Hand schob sich über die Innenseite seines Oberschenkels, der Mann gab einen kurzen gurgelnden Laut von sich.

„Alles gut?"

Der Mann nickte, die Augen halb geschlossen. Als Gaby ihre Hand noch ein Stück weiter wandern ließ, kam er leicht in Rückenlage und musste sich mit einer Hand an der Theke festhalten.

„Hoppla!" Gaby hielt sich mit gespielter Überraschung kokett eine Hand vor den Mund. Sie machte das wirklich gut.

„Wollen Sie sich vielleicht ein bisschen hinlegen?"

„Später vielleicht", antwortete der Mann, „wir haben doch Zeit, oder?"

„Die ganze Nacht, wenn Sie es wünschen ..." So lange würde es nicht dauern, wusste Kowalski.

Der Kunde begann wieder mit seinen Fingerspielen. Gaby sah ihm interessiert dabei zu, ließ sich von ihm über Hals und Wangen streichen. Wie lange Insektenbeine krabbelten die Finger des Mannes über ihr Gesicht, dann hinunter über ihre Schultern, nur einen Augenblick lang kamen sie auf ihren Brüsten zu liegen, dann zog der Mann seine Hände abrupt zurück, als habe er sich an ihren Titten die Finger verbrannt.

Gaby hob erstaunt den Kopf und sah einen Moment lang direkt in die Kamera. Kowalski fluchte, das sollte sie besser nicht tun.

Der Kunde sah seine Hände an, als klebe etwas Unappetitliches daran. Dann lachte er und schüttelte den Kopf.

„Ich bin etwas penibel mit den Händen, müssen Sie wissen."

Gaby lächelte nur und sagte nichts.

„Ach!" Der Mann tat so, als fiele ihm erst jetzt wieder ein, was er in der Innentasche seines Jacketts stecken hatte. Er holte ein paar bordeauxrote Fäustlinge hervor und legte sie zwischen sich und Gaby auf die Theke.

„Echtes Leder", sagte der Kunde stolz, als sei er ein Handelsvertreter, der seine Ware verkaufen wolle. „Fühlen Sie doch mal."

Gaby strich vorsichtig mit dem Zeigefinger über die glatte Oberfläche der Handschuhe. Sie wirkte glaubhaft erstaunt, überrascht und gleichzeitig irgendwie angetan von dem Fetisch. Genau die Mischung, die der Typ haben wollte. Und dabei hatte sie von Anfang an gewusst, dass der Mann früher oder später Lederfäustlinge ins Spiel bringen würde. Sie machte das ausgesprochen gut. Fast tat es ihm ein bisschen leid, was ihr noch bevorstand, aber das hatte sich seine Süße schließlich selbst eingebrockt.

„Soll ich sie mal anziehen?", fragte Gaby den Kunden, und als der nicht darauf antwortete, schob sie schnell hinterher: „Oder willst du sie anziehen und mich damit anfassen?"

Der Mann gab einen Laut von sich, es klang wie ein leises Knurren. Kowalski konnte es über den Monitor nicht genau erkennen, aber er war sich sicher, dass er jetzt schon schwerer atmete. Langsam zog er sich die Fäustlinge über die Hände und bewegte seine Finger, als spiele er auf einem unsichtbaren Klavier.

Kowalski hatte Gaby gesagt, dass der Kunde sie nach dem Vorspiel an der Theke teilweise ausziehen und zum Bett, das in der unbeleuchteten Ecke des Raumes stand, bringen würde, aber das war bereits gelogen. Auf nichts von dem, was jetzt folgte, war Gaby vorbereitet.

Kowalski beugte sich ein Stück weiter nach vorne zum Bildschirm und justierte den Kamerawinkel etwas. Der Typ hatte immerzu beteuert, er habe es im Griff, aber Kowalski war nicht bereit, mehr Risiko einzugehen als nötig.

Der Mann hatte jetzt die Augen geschlossen und machte weiter schwer atmend seine Fingerübungen, während Gaby ihm halb interessiert, halb gelangweilt dabei zusah. Sie erschrak und zuckte zusammen, als er plötzlich die Augen aufriss und sie anschrie.

„Schlampe!", schrie der Mann, sein Gesicht war wutverzerrt. Wieder ging Gabys Blick zur Kamera. Sie verstand nicht, was hier passierte, natürlich nicht. Sie wollte von ihrem Barhocker herunterrutschen, doch der Mann packte sie in der Bewegung und drängte sie gegen die Theke, im nächsten Moment hatte er seine behandschuhten Hände um ihren Hals gelegt und drückte zu.

Es gibt zwei Arten von Würgern: den Luft- und den Blutwürger. Beim Blutwürger wird die Blutzufuhr zum Gehirn gestoppt, indem die Halsschlagader des Opfers abgedrückt wird. Nach etwa zehn Sekunden tritt Bewusstlosigkeit ein, weil das Gehirn nicht mehr ausreichend mit Sauerstoff versorgt wird. Danach wird es kritisch, Hirnschäden sind möglich. So hatte es der Kunde Kowalski auf seinem Wunschzettel erläutert. Die zweite Art des Würgens sei das Luftwürgen, hierbei werde die Blutzufuhr zum Gehirn nicht unterbunden, sondern lediglich die Luftröhre so stark komprimiert, dass keine Luft mehr in die Lungen gelangen kann. Das Gehirn könne aber den bereits im Blutkreislauf befindlichen Sauerstoff nutzen. Nach 30 Sekunden Luftwürgen trete normalerweise Bewusstlosigkeit ein, ohne dass bleibende Schäden zu erwarten seien. Wenn man es denn fachgerecht durchführe.

Fachgerechtes Würgen, dachte Kowalski und sah, wie Gaby mit den Armen um sich schlug, die Gläser von der Theke fegte und verzweifelt versuchte, sich aus dem Griff des Kunden zu befreien. Der hielt ihren Hals fest zwischen seinen Händen, die

Daumen drückten unbarmherzig zu. Kowalski zählte. Als er bei 15 angelangt war, wurde er unruhig, Gabys Körper zuckte nur noch. Bei 20 erschlaffte sie immer mehr. Der Mann hatte es im Griff. Er würde rechtzeitig aufhören. Kowalski vergaß zu zählen, der Mann lockerte seinen Griff immer noch nicht. Dafür stieß er einen Schrei aus, ein entsetzliches Heulen zwischen Lust und Schmerz. Der Mann hatte es im Griff, hatte er beteuert, er würde nicht …

Kowalski sprang auf, schnappte sich die Schreckschusspistole, die griffbereit neben dem Monitor lag, und stürmte nach drüben, riss die Tür auf und schoss sofort in die Luft. Der Knall des Schusses dröhnte ohrenbetäubend in dem niedrigen Raum. Sofort ließ der Mann von seinem Opfer ab und erstarrte. Gaby sank vor der Theke zusammen wie eine Marionette, der man auf einen Streich sämtliche Fäden gekappt hatte.

„Weg von ihr!", schrie Kowalski und versuchte, Gaby wachzurütteln. Ihre Augen waren geschlossen, der Hals unterhalb des Kehlkopfs war rötlich-blau verfärbt, trotz des spärlichen Lichts konnte er die Fingermale an den Stellen erkennen, wo der Kunde zugedrückt hatte. Hilflos tätschelte er ihr die Wangen, bis der Mann hinter ihm sagte: „Das ist nicht so schlimm, wie es aussieht."

„Sie atmet nicht mehr, verdammt nochmal!"

Der Mann stand einfach nur da und betrachtete seine Hände, dann zog er sich die Fäustlinge ab und steckte sie seelenruhig zurück in die Innentasche seines Jacketts.

Kowalski musste an den Schrei des Mannes denken, an das tierische Heulen, das er ausgestoßen hatte. Jetzt überprüfte derselbe Mensch den Sitz seines Anzugs, steckte das Hemd, das ihm ein Stück aus der Hose gerutscht war, wieder zurück in den Bund und richtete sich den Kragen über dem Jackett.

Kowalski betrachtete ihn bei seinen Verrichtungen. Eine fürchterliche Ahnung nahm in seinem Kopf Gestalt an: die Ahnung, dass er die Sache unterschätzt und einen furchtbaren Fehler gemacht hatte.

Eine unsichtbare kalte Hand legte sich in seinen Nacken, da begann Gaby auf einmal zu röcheln. Sie brachte etwas Schleim hervor, hustete und verzog dabei vor Schmerzen das Gesicht. Kowalski spürte, wie der Mann neben ihm in die Hocke ging und interessiert ihren Kehlkopf betrachtete. Sein erster Impuls war, ihn wegzustoßen, ihm den Griff der Pistole über den Schädel zu ziehen, aber da wich der Kunde schon von selbst ein Stück zurück, hob die Hände und sagte: „Ich will nur helfen."

„Du lässt schön die Finger von ihr ..."

„In Ordnung, wie Sie wünschen." Der Mann erhob sich, seine Knie knackten dabei und er lächelte.

„Gaby, alles klar? Hörst du mich?"

„Natürlich kann sie Sie hören, es geht ihr gut."

Kowalski fuhr herum und richtete die Pistole auf den Kunden, der sofort ein Stück zurückwich, aber ansonsten nicht viel Angst vor der Waffe zu haben schien. Wahrscheinlich hatte er vorhin bemerkt, dass sie nur mit Schreckschusspatronen geladen war.

„Der Kehlkopf ist nicht dauerhaft beschädigt. Das Zungenbein ist intakt, die Atemwege sind frei, glauben Sie mir: Das sieht dramatischer aus, als es ist."

Kowalski ließ die Pistole sinken. Er musste sich jetzt beruhigen und durfte die Situation nicht vollends entgleisen lassen. Gaby versuchte etwas zu sagen, brachte aber nur ein heiseres Krächzen hervor und begann erneut zu husten.

„Halsschmerzen und Probleme mit der Stimme wird sie natürlich ein paar Tage lang haben, aber dafür sind Sie beide vorab von mir finanziell recht großzügig entschädigt worden, oder?“

Gaby schloss die Augen. Ihr Lidstrich war verlaufen. Sie lehnte mit dem Rücken an der verkleideten Thekeneinfassung, hatte die Knie bis fast unters Kinn gezogen und reckte den Hals, als müsse sie sich immer wieder versichern, dem Griff des Verrückten wirklich entkommen zu sein.

Kowalski erhob sich langsam, unter seinen Füßen knirschten die Scherben der Gläser, die von der Theke gefallen waren. Die Flasche mit dem Whisky war umgefallen, aber unbeschädigt. Er stellte sie auf, sie war noch zu einem Drittel gefüllt. Der Mann stand einfach so da und sah sich im Raum um, dann gähnte er, hielt sich die Hand vor den Mund und murmelte eine Entschuldigung. Kowalski ballte die Fäuste, dann entspannte er sich wieder.

„Was mache ich, wenn sie doch größere Probleme bekommt? Ich kann sie ja schlecht zum Arzt bringen.“

„Doch, können Sie.“

Kowalski schüttelte ungläubig den Kopf. Der Typ schien vollkommen irre zu sein.

„Wenn sie einen Arzt braucht, rufen Sie mich einfach an.“ Der Mann lächelte süffisant, als habe er einen anzüglichen Herrenwitz zum Besten gegeben. „Aber das wird nicht passieren, glauben Sie mir.“

„Sie sind Arzt?“, entfuhr es Kowalski.

Der Mann sagte nichts, lächelte nur.

„Dann fahre ich Sie jetzt wieder zurück.“

„Natürlich.“

„Ach, eine Sache noch“, der Kunde nickte mit dem Kinn zur Theke hinüber, „beim nächsten Mal möchte ich richtigen Single Malt trinken.“

„Es wird kein nächstes Mal geben.“

„Warten wir es ab.“

8 Larissa Winterkorn erwachte am Mittwochmorgen und fühlte sich nicht gerade wie neu geboren, aber schon bedeutend besser als in den letzten Tagen und Nächten, die sie komplett in einer surrealen, fiebrigen Halbschlaf-Welt zugebracht hatte.

Neben dem Bett stand eine Tasse mit kaltem Tee. Sie konnte sich nicht daran erinnern, ihn zubereitet zu haben. Auf einmal hatte sie das Gefühl, dass sich noch jemand in der Wohnung aufhielt. Sie setzte die nackten Füße auf den weichen Teppichboden vor dem Bett und erhob sich langsam. Die Muskeln in ihren Beinen gehorchten, sie hatte mit wackeligen Knien gerechnet, aber ihr Körper schien sich gut erholt zu haben.

Larissa traute ihrer neu gewonnenen Fitness noch nicht und tastete sich in Erwartung eines plötzlichen Kreislaufversagens vorsichtig an Wand und Türrahmen entlang in den Flur. Der Anrufbeantworter blinkte. Sie hatte nicht mitbekommen, dass das Telefon überhaupt geklingelt hatte. Die Wohnungstür war verschlossen, der Schlüssel steckte, die Tür zur Küche stand offen, im Wohnzimmer waren die Rollläden hochgezogen und milchiges Tageslicht flutete den kleinen Raum. Hier war niemand außer ihr.

In der Küche stand ein Teller mit kalt gewordener Buchstabensuppe auf dem Tisch, der Löffel ragte über den Tellerrand heraus. Larissa schüttelte den Kopf. Ihre Erinnerung an die versuchte Mahlzeit bestand aus schlaglichtartig aufblitzenden Bildern. Sie erinnerte sich auch an Schüttelfrost und einen plötzlich aufsteigenden unangenehmen Geruch. Am Boden des Topfes, der noch auf dem Kochfeld stand, klebten die angebrannten Reste der Instantbrühe. Offensichtlich musste sie zwischendurch immer wieder mal mit dem Kopf auf den Armen ein Nickerchen am Küchentisch eingelegt haben, während die Suppe weiter munter vor sich hin köchelte.

Im Bad zog sie den durchgeschwitzten Schlafanzug und ihre Unterwäsche aus, stopfte alles in die Wäschetonne und stieg unter die Dusche. Danach schlüpfte sie in Jeans und Pulli und inspizierte ihre Vorräte. Der Kühlschrank bot außer ein paar Scheiben Käseaufschnitt und drei Eiern nicht viel Auswahl. Die Milch war sauer, das Haltbarkeitsdatum der Joghurts abgelaufen und der Kochschinken hatte an den Rändern schon eine dunkle Färbung angenommen. Sie hatte noch etwas Müsli im Schrank, was ihr ohne Milch aber nicht wirklich weiterhalf.

Als sie im Wohnzimmer lüften wollte, fiel ihr der Briefumschlag auf. Larissa nahm das Kuvert und zog ein Bündel grüner 100-Euro-Noten daraus hervor. Sie hielt die Scheine einen Moment in der Hand, dann stopfte sie das Geld zurück in den Umschlag, ohne es gezählt zu haben. Ein Angebot, das er nicht ablehnen konnte. Und eine Entschädigung für sie. In bar. Einfach mal so. Kurzum: eine ganz dubiose Sache. Larissa schob es auf das Fieber und die über sie hereinbrechende Krankheit, dass sie Philipp am Samstagabend damit einfach hatte durchkommen lassen. Das war Erpressung, Nötigung und wer weiß was noch alles. Und dann fiel ihr noch etwas ein, was Philipp gesagt hatte: Die wissen, dass ich eine Mitarbeiterin hatte, aber nicht, dass du das warst.

Larissa setzte sich auf die äußerste Ecke der Couch und fuhr sich mit der Hand übers Gesicht. Eben hatte sie noch leicht gefroren, jetzt war ihr wieder viel zu warm. Was hatte das eigentlich alles zu bedeuten? Dann dachte sie an den Cowboystiefel-Typ in Niederrad, der vor dem Büro auf sie gewartet hatte. Nein, das hatte er nicht. Das hatte sie sich nur eingebildet. Oder? Und die Popescu-Schwestern? Und Kowalski? Gab es vielleicht zwischen all dem eine Verbindung?

Der Anrufbeantworter kam ihr in den Sinn, und in ihrem Magen ballte sich etwas steinhart zusammen. Larissa hielt sich die Hand vor den Mund. Sie wartete einen Augenblick, bis sich das flaue Gefühl etwas legte, dann erhob sie sich von der Couch und ging in den Flur. Die rot blinkende Eins auf dem Display zeigte an, dass ein Anruf gespeichert war. Sie drückte die Taste zum Abspielen der Nachricht und hielt die Luft an.

„Sie haben eine neue Nachricht", verkündete die Computerstimme, benannte Zeit und Wochentag der Aufzeichnung und spielte dann den aufgenommen Teil ab. Larissa war sich so sicher, gleich eine dunkle Männerstimme mit osteuropäischem Akzent zu hören, dass sie mit der distinguiert gesetzten Frauenstimme zunächst nichts anzufangen wusste. Dann ließ sie die Luft geräuschvoll aus den aufgeblähten Backen entweichen und schloss die Augen. Ihre Mutter. Es war nur ihre Mutter. Natürlich, wer denn sonst? Sie wollte nur mal hören. Wie es ihr denn so gehe. Und überhaupt. Ob sie schon einen Termin habe für …

Larissa schaltete die Aufzeichnung ab, kehrte ins Schlafzimmer zurück und ließ sich rücklings auf ihr zerwühltes Bett fallen.

Sie musste das Bettzeug abziehen und einen Korb Wäsche anstellen. Sie musste einkaufen gehen und abspülen. Vor allem aber musste sie endlich aufhören, sich Dinge einzureden. Philipp war raus und sie war raus, und das war's. Sollte es halbseidene oder gar kriminelle Machenschaften in der Branche geben, dann hatte sie nichts damit zu tun. Es wurde Zeit, dass sie sich um ihre eigene Zukunft Gedanken machte.

Eine Stunde späte packte Larissa ihre Einkäufe in zwei mitgebrachte Stofftaschen und schob den Einkaufswagen zurück unter das Schutzdach, wo die ineinandergeschobenen Gitterwagen standen. Ihr Euro sprang aus dem Plastikschacht an der Griffstange und sie steckte ihn zurück in ihr Portemonnaie. Was man wohl als Angestellte in so einem Supermarkt verdiente? Larissa schüttelte den Kopf. Sie wollte lieber nicht darüber nachdenken.

Ein leichter Schneeregen setzte ein und Larissa zögerte. Sie hatte keine Lust, sich gleich die nächste Erkältung einzufangen. Sie holte die Kapuze ihres Pullis unter der Winterjacke hervor und zog sie über den Kopf, dann nahm sie ihre Taschen und stapfte los.

Zuhause brühte sie sich Tee auf, setzte sich an den Küchentisch und startete ihren Laptop. Im Internet suchte sie ein paar Minuten nach offenen Stellen, dann gab sie den Namen Gabriela Kowalski ins Suchfenster ihres Browsers ein. Nichts. Doch Manfred Kowalski war im Telefonbuch mit einer Festnetznummer und einer Adresse in Sachsenhausen verzeichnet. Kowalskis Haus lag am Landwehrweg, unweit des Goetheturms. Er war Mitglied in einem Schützenverein, auf der Website der Frankfurter Schützenvereinigung e. V. 1899 posierte er mit einem altertümlich wirkenden Gewehr. Weder er noch seine Frau waren bei Facebook oder einer anderen Plattform angemeldet. Elena Popescu hingegen hatte mehrere Profile auf verschiedenen Portalen und Hunderte von Freunden überall auf der Welt. Allerdings hatte sie seit Längerem nichts mehr gepostet, zumindest nicht öffentlich. Welche Rolle spielten die Kowalskis beim Verschwinden der jungen Frau? Vielleicht keine. Aber aus welchem Grund hatte der Mann sie dann angelogen? Sie musste versuchen, einmal ungestört mit der mysteriösen Schwester der verschwundenen Elena zu reden. Und sei es nur, um nicht über Jobs im Supermarkt nachdenken zu müssen.

***

Heiner Schultes öffnete die Augen und schloss sie gleich wieder. Die Matratze war ungewöhnlich hart und die Helligkeit im Raum kaum auszuhalten. Er drehte den Kopf langsam zur Seite, um dem Licht zu entgehen. Obwohl er sich wie in Zeitlupe bewegte, protestierte sein Hirn sofort mit hämmernden Kopfschmerzen. Schultes schluckte ein paar Mal trocken, aber der ekelhafte Geschmack in seinem Mund ließ sich nicht vertreiben. Er wollte sich am liebsten wieder umdrehen und weiterschlafen. Es ging aber nicht. Warum nur war das Bett heute früh so hart? Er lag mit dem Kopf auf dem Unterarm, irgendetwas stimmte auch nicht mit seiner Schlafposition. Kein Kissen und auch keine Decke. Er fror erbärmlich. Das Licht, das sonst nur gedämpft durch die Vorhänge in den Raum fiel, war auch anders als sonst. Ungefiltert, gnadenlos, schmerzenshell.

Heiner blinzelte. Er verstand nicht, was er da sah. Ein kleiner Wald aus Holzstäben wuchs vor ihm aus der Matratze heraus. Dazwischen lag Rosi, den Kopf auf den Pfoten, und wimmerte leise. Einen Moment lang war Heiner vollkommen irritiert, dann drehte sich auf einmal alles, wie ein Bild, dessen Proportionen keinen Sinn ergeben, weil man es die ganze Zeit verkehrt herum betrachtet, und das sich einem nun in der richtigen Perspektive präsentiert.

Das Licht war so viel heller, weil dies hier gar nicht sein Schlafzimmer war. Und die Matratze war so unnachgiebig hart, weil er gar nicht im Bett, sondern auf dem Küchenfußboden vor dem Tisch und den beigeschoben Stühlen lag. Rosi trottete heran und leckte ihm die Hand.

Heiner brauchte noch einen Moment, um sich in eine sitzende Position zu bringen. Seine Schläfen hämmerten, der Raum schwankte, sein Rücken drohte auseinanderzubrechen. Rosi setzte sich in einiger Entfernung vor ihn und legte den Kopf schief.

„Jetzt schau mich nicht so an“, murmelte Heiner, „alles in Ordnung.“

Aber natürlich war nicht alles in Ordnung. Gar nichts war in Ordnung. Nicht seit dem Vollrausch, den er sich von Samstag auf Sonntag angesoffen hatte. Der Kater am Sonntagmorgen hatte ihn vom Schnaps kuriert. Zumindest dachte er das. Am Nachmittag trank er grünen Tee und knabberte staubtrockene Kekse bei seinem Nachbarn, der ganz aufgekratzt erzählte, dass er am Abend noch mit seiner Exfrau telefoniert habe. Wegen der Kinder und so. Es sei ein gutes Gespräch gewesen, erst ein bisschen schleppend, aber dann sei es immer besser gelaufen. Heiner hörte zu und nickte ab und zu, es war ihm nur recht, dass er selbst nicht viel reden musste.

Am Abend ging er mit Rosi die übliche Runde, machte sich eine Tütensuppe und ging früh zu Bett. Gegen Mitternacht erwachte er schreiend. Die Negerfrau im grünen Kleid war wieder da. Ihr Kind war ein spindeldürrer kopfloser Torso auf Bleistiftbeinen, der an ihrer Hand ging. In den folgenden Nächten betrank er sich wieder, der Schnaps ließ ihn entweder gar nicht träumen oder die Träume sofort wieder vergessen, was für ihn keinen Unterschied machte. Der Alkohol-Schlaf war nicht wirklich erholsam, oft wachte er auf und starrte an die Zimmerdecke, tagsüber empfand er dann nichts als dröhnende Leere, die Scham des Säufers und den ganz großen Katzenjammer.

Am Montagabend hatte es gar nicht mehr viel gebraucht, um sich erneut abzuschießen. Am Dienstag besorgte er sich eine neue Flasche Schnaps. Und gestern Abend …

Heiner stützte sich mit beiden Händen auf der Tischplatte ab. Die Wintersonne fiel durchs Küchenfenster auf den kleinen Tisch, auf dem eine kleine Armee aus grünen Bierflaschen und eine leere Flasche Korn stand. Im Aschenbecher war eine Zigarette verqualmt. An dem langen Aschewurm erkannte er, dass es einer seiner kläglichen Versuche gewesen sein musste, Annes Anwesenheit heraufzubeschwören. Als ob sie ihm beim Saufen zugeschaut hätte. Als ob! Niemals hätte Anne … seine Anne. Heiner Schultes schloss die Augen. Er ekelte sich vor sich selbst.

Im Bad wusch er sich das Gesicht und vermied den Blick in den Spiegel. Zurück in der Küche nahm er eine Flasche Wasser aus dem Kasten unter der Spüle und trank sie ohne abzusetzen zur Hälfte aus, dann öffnete er den Kühlschrank und schüttete etwas Milch hinterher gegen das bittere Aufstoßen, das ihm in regelmäßigen Abständen die Kehle verätzte.

Als er sich wieder umdrehte, qualmte die Zigarette im Aschenbecher. Er schloss die Augen, um das Trugbild zu vertreiben, roch aber den Rauch der Zigarette, der sich mit jedem neuen Zug stärker in der Küche ausbreitete. Heiner wurde schwindlig, er lehnte sich mit dem Rücken an die Kühlschranktür.

Als er die Augen wieder öffnete, saß Anne am Tisch, klopfte etwas Asche ab und sah ihn an. Wenn sie jetzt zu reden anfängt, dachte Schultes, dann bin ich durch. Dann können sie mich einliefern, wie sie es mit dem armen Bäumler nebenan gemacht haben. Rosi stand mit gesenktem Kopf in der Küchentür und schien ihr unbekanntes Frauchen aufmerksam zu betrachten. Schultes schüttelte den Kopf und sagte leise, mehr zu sich selbst als zu der Erscheinung am Tisch: „Du bist tot.“

Du bist tot, dachte Heiner. Tot. Tot. Tot. Und besser wäre es, ich wäre auch tot. Er schloss die Augen, presste die Lider so fest zusammen, dass sein Kopf zu explodieren drohte, und riss sie dann wieder auf, wie ein grotesker Clown, der dem arglosen Publikum eine Schreckensfratze schneidet.

Im Aschenbecher lag die Kippe mit dem gewundenen weißen Aschewurm. Anne war weg. Natürlich. Was hatte er denn gedacht? Niemand war hier außer ihm und seinem Hund, der mit erhobener Schnauze verstört in der Luft herumschnupperte. Zigarettenqualm, der sich gerade verzog, war es das? Das Schellen der Haustürklingel fuhr Heiner in alle Glieder, er zuckte zusammen wie unter einem Stromschlag. Rosi sprang auf die Hinterbeine und stieß ein lang gezogenes Heulen aus, dann rannte sie nach draußen in den Flur. Als Heiner ihr mit klopfendem Herzen folgte, hatte sie sich bereits wieder beruhigt und wartete ungeduldig hin und her tippelnd vor der Tür. Sie winselte nur noch leise und wedelte vorfreudig mit dem Schwanz. Wer immer da draußen stand, konnte also kein Unbekannter sein, was die Anzahl der möglichen Besucher auf eine Person reduzierte.

Heiner öffnete die Tür und Rosi sprang Bäumler entgegen, umtanzte ihn eine Weile und ließ sich dann von ihm hinterm Ohr kraulen. Irgendetwas war anders heute an dem Ex-Lehrer, aber Heiner kam nicht darauf, was es war. Vielleicht bildete er es sich auch nur ein, heute Morgen schien ihm das sogar die wahrscheinlichste Erklärung zu sein.

Bäumler hob den Kopf und lächelte, und Heiner sah, wie dieses Lächeln schlagartig gefror. „Was ist denn mit Ihnen passiert?“, fragte sein Nachbar sichtlich geschockt.

Heiner winkte ab. „Nur gestern Abend ein bisschen zu tief ins Glas geschaut.“

Bäumler nickte, schien aber nicht restlos zufrieden zu sein mit dieser Auskunft. Er machte einen zögerlichen Schritt in die Wohnung hinein, als Heiner etwas einfiel. „Würden Sie vielleicht mit Rosi eine Runde gehen? Mir geht's nicht so gut ...“

Bäumler nickte erneut. „Sonst wirklich alles in Ordnung bei Ihnen?“

Einen Augenblick lang dachte Heiner daran, ihn zu fragen, ob er in der Küche frischen Zigarettenrauch riechen konnte, verwarf den Gedanken aber. Wortlos reichte er ihm Halsband und Leine, dann räumte er den Tisch ab, setzte die leeren Bierflaschen zurück in den Kasten und versteckte den Schnaps unter der Spüle. Den Aschenbecher mit der abgebrannten Kippe ließ er stehen und ging ins Bad.

Er stützte die Arme aufs Waschbecken, hob den Kopf und sah sich im Spiegel an. Schlaffe, fahle Gesichtshaut, Hängebacken, Doppelkinn. Blutunterlaufene Augen. Graue Bartstoppeln, geplatzte Äderchen in der Nase. Ein fast kahler Schädel, von dem ein paar schüttere Haare wild abstanden. Ein Penner-Gesicht, dachte Heiner, du hast das Gesicht eines alten, versoffenen Penners. So schnell geht das, wenn man sich mal nicht im Griff hat.

Er senkte den Kopf. Im Waschbecken klebten Seifenreste und ein paar Haare. Auf seinen Handrücken traten die Adern deutlich hervor. Er umklammerte den Rand des Waschbeckens, als wolle er es aus der Wand reißen. Er hatte noch Kraft und war für sein Alter körperlich gut in Form. Oder redete er sich das jetzt auch nur noch ein?

Als er wieder den Kopf hob und sein trauriges, ungepflegtes Hängegesicht im Spiegel sah, wusste er auf einmal, was ihm vorhin an Bäumler aufgefallen war, ohne es benennen zu können: Sein Nachbar war zum ersten Mal glatt rasiert und gekämmt und strahlte eine Frische aus, die er nicht von ihm kannte. Heiner lächelte. Ja, dachte er, der gute Herr Studienrat hat offenbar einen Zipfel seines alten Ichs erwischt und an dem zog er sich jetzt aus dem Dreck. Zumindest schien er es ernsthaft zu versuchen.

Er dachte an Rosi und Bäumler und wie sie im Gleisdreieck die lange Morgenrunde machten. Vielleicht bestand Rosi sogar darauf, die stillgelegte Landstraße bis nach Klein-Gerau zu laufen, manchmal tat sie das.

Der kleine Handwerksaum im Keller roch muffig. Hier war seit Ewigkeiten nicht mehr gelüftet worden. Die alte Werkbank mit dem Schraubstock und den beschrifteten Nagelbechern stand unter dem vergitterten Kellerfenster, durch das man die Beine der oben im Zwischenweg vorbeigehenden Personen sehen konnte.

Die Pistole lag in einem Fach hinter der untersten Schublade, die man ganz herausziehen musste. Er hatte das Versteck nachträglich selbst eingebaut. Er nahm die kleine Handfeuerwaffe heraus, löste die Magazinverriegelung und ließ das Stangenmagazin aus dem Griff in seine offene Hand gleiten. Eine alte Makarow aus DDR-Produktion. Acht Kugeln. Eine würde genügen, wenn er es richtig anstellte. Er schob das Magazin wieder zurück, bis es mit einem Klicken einrastete, und löste die Sicherung, der Abzugshahn spannte sich. Er hob die Pistole ein

Stück an, drehte sie im hellen Licht der Werkbankbeleuchtung und roch das Öl, mit dem der Stahl eingerieben war.

Er wusste nicht, wie lange er einfach so dagestanden hatte. Mit dem abgewinkelten Arm in der Luft und der Pistolenmündung an der Schläfe. Er wusste auch nicht, an was er gedacht hatte. Aber irgendwann sah er durch das Kellerfenster die Beine seines Nachbarn und die tippelnden Pfoten seines Hundes, und kurz darauf hörte er es oben an der Tür schellen. Heiner ließ die Waffe sinken, sicherte sie und packte sie zurück in das Fach. Dann ging er nach oben, wo es bereits zum zweiten Mal klingelte.

Bevor er öffnete, schlug er sich im Flur zwei Mal mit den Handflächen gegen die Wangen und atmete tief durch.

Rosi sprang übermütig herein in Erwartung ihres morgendlichen Leckerlis. Bäumlers Gesicht war von der kalten Luft gerötet, er rieb sich die Hände und sein Atem stieg als kleine weiße Wolke vor seinem Mund auf.

„Kommen Sie“, sagte Heiner leise. „Ich mach uns Kaffee.“

***

Rosi hatte es eilig gehabt. Nachdem sie bereits auf der Straße ihre Blase entleert hatte, führte sie Ingo Bäumler am Wasserturm vorbei auf das Gelände der ehemaligen Oberstufe, setzte sich auf den Grünstreifen hinter dem Hauptgebäude und verrichtete ihr Geschäft. Bäumler sah in die andere Richtung, den von Dornengestrüpp und Unkraut überwucherten Bahndamm hinauf. Die Wintersonne kam über die Lärmschutzwand gekrochen und tauchte die weißem Morgenfrost erstarrten Gräser in mildes orangegelbes Licht. Die trocken kalte Luft biss ihm in Wangen und Nase. Ingo Bäumler atmete tief ein und fühlte sich auf einmal sehr lebendig.

Rosi saß zu seinen Füßen, winselte ungeduldig und zog an der Leine zurück Richtung zuhause. Normalerweise dauerten die Morgenspaziergänge mit ihr länger. Der alte Schultes war mit ihr in der Frühe fast immer eine Stunde unterwegs. Er wäre gern noch ein bisschen mit dem Hund gegangen, beschloss aber, Rosi ihren Willen zu lassen und zurückzugehen.

Zweimal musste er klingeln, dann erst öffnete Schultes die Tür und lächelte, lud ihn zum Kaffee ein und verfütterte Leckerlis an Rosi, aber irgendetwas fühlte sich falsch an heute Morgen. Auf dem Küchentisch stand ein Aschenbecher. Der Filter einer heruntergebrannten Zigarette war in den eingekerbten Rand geklemmt.

„Darf man neuerdings bei Ihnen rauchen?", fragte er arglos, und Heiner Schultes fuhr so ruckartig von der Anrichte, wo er gerade dabei gewesen war, Kaffee in die Tassen zu gießen, zu ihm herum, dass Ingo beinahe abwehrend die Hände gehoben hätte.

„Riechen Sie hier etwa Zigarettenrauch?"

„Nein, das nicht … es ist nur wegen …" Bäumler deutete auf den Aschenbecher.

„Ah so, ja, ja, natürlich." Sämtliche Anspannung wich aus dem Gesicht des alten Mannes. „Rauchen Sie ruhig, wenn Sie wollen, rauchen Sie nur."

Heiner nahm den Aschenbecher und leerte ihn in den Abfalleimer unter der Spüle, dann stellte er ihn wieder auf den Küchentisch und schob ihn aufmunternd ein Stück zu ihm herüber. „Bitte, rauchen Sie nur."

Bäumler nickte, holte ein Päckchen Marlboro hervor, nahm aber keine Zigarette heraus, sondern legte das Päckchen vor sich auf den Tisch. Die Wachstuchtischdecke war an manchen Stellen klebrig. Im Unterschrank der Spüle standen ein Bierkasten und zwei leere Flaschen Korn. Warum begann sein stoischer Nachbar auf einmal zu saufen? Warum war er heute früh so merkwürdig? Er hatte einen ordentlichen Kater, so viel stand fest, aber das war nicht alles.

Der alte Schultes stellte einen Beutel Milch auf den Tisch, dann verteilte er die Tassen.

„Kommt noch jemand?"

Heiner schüttelte den Kopf, gab einen Schuss Milch in die dritte Tasse, die er auf dem freien Platz zwischen sich und Bäumler platziert hatte, und sagte erneut: „Rauchen Sie ruhig."

Ingo zündete sich eine an, legte das Feuerzeug auf die Packung und überlegte, wie er das merkwürdige Verhalten des Alten deuten sollte. Vielleicht baute sein Nachbar ja langsam ab?

„Hören Sie", setzte Bäumler vorsichtig an, nach den richtigen Worten suchend, „es geht mich ja wirklich nichts an, aber …"

„Ja", sagte der Alte prompt und schnitt ihm damit das Wort ab. Dann war es einen Moment lang so still im Raum, dass Ingo den Hund unter dem Tisch leise schnaufen hören konnte.

„Ja", sagte Schultes erneut und räusperte sich. Er saß jetzt mit steif durchgedrücktem Rücken am Tisch, die Hände um die dampfende Kaffeetasse gefaltet, den leicht verschleierten, aber dennoch festen Blick auf Bäumler gerichtet. „Sie haben vollkommen Recht, es geht Sie nichts an. Wirklich gar nichts. Also sparen Sie sich's."

Erst war Ingo perplex, dann musste er lächeln. Da war er ja wieder, der alte Sauknochen. Der harte Hund.

„Was führt Sie eigentlich so früh am Morgen zu mir?" Heiner nippte an seinem Kaffee und verzog das Gesicht. Er nahm den Tetrapak und schenkte sich Milch nach.

„In einer knappen Woche ist Weihnachten."

Schultes sah ihn an, als habe er den Verstand verloren.

„Ich hätte gern einen Weihnachtsbaum."

„Und ich soll Ihnen jetzt im Gerauer Wald einen fällen, oder was?"

„Nein, natürlich nicht."

„Was dann?"

Ingo zog noch einmal an seiner Marlboro, drückte sie dann im Aschenbecher aus und entließ dabei den Rauch des letzten Zuges durch Mund und Nase. „Ich habe keine Lust, das zu Fuß zu machen."

„Sie reden in Rätseln, Herr Studienrat."

„Ich habe ein Auto, bin aber seit damals … ich bin seit damals nicht mehr gefahren. Ich würde mich sicherer fühlen, wenn Sie vielleicht mitkommen würden und notfalls …"

„… übernehmen könnten?"

Ingo nickte.

***

Die Bahn fährt schreiend ein. Hält. Lokalbahnhof. Die Tür geht auf. Stöße in den Rücken. Mensch, jetzt geh schon! Geschoben werden. Wer rein will, kommt nicht rein. Wer raus will, kommt nicht raus. Jemand isst gebrannte Mandeln aus einer Papiertüte. Ein Kleinkind weint. Geruch nach nassen Mänteln. Nikotinatem. Hustenbonbons. Manfred sagt: Finger weg von meiner Frau, du Kanake. Entschuldigung. Entschuldigung. Dann bist du drin. Halt dich fest. Ein Ruck. Die Bahn nimmt schnell Fahrt auf. Setzen? Manfred schüttelt den Kopf. Lohnt nicht, ist eh alles voll. Außerdem: nur drei Stationen. Ostendstraße, noch mehr rein, keiner raus. Konstablerwache: raus, rein, raus, rein. Alles dreht sich. Hauptwache: raus jetzt, nur raus! Weihnachtsgebimmel, Menschengewimmel. Schneeluft, Abgase, egal. Jingle bells. Eine Bank. Du setzt dich. Schließt die Augen. Manfred bleibt stehen. Was denn los? Du ziehst den dicken Schal ein Stück zur Seite und berührst so vorsichtig wie möglich deinen Hals. Immer noch? Manfred flucht. Du kannst nichts essen, kriegst nichts runter. Manfred sieht sich um. Bleib da sitzen, sagt er und ist weg. Du ziehst die Schultern hoch. Dir ist kalt. Du siehst das grün-weiße S-Bahn-Schild. Hinweis: „Alle Züge über Hauptbahnhof". Eine Mutter zerrt ihre plärrenden Kinder an dir vorbei. Jemand sagt ganz nah an deinem Ohr: Haschisch? Du drehst dich um. Der Junge ist keine 17 Jahre alt. Er lächelt. Zähne wie aus Elfenbein. Dann geht er schnell weiter. Manni ist wieder da. Bratwurst mit Brötchen in der Hand, Senf am Jackenkragen. Und an der Backe. Er beugt sich zu dir herunter: Was wollte denn der Nigger von dir? Nichts. Deine Stimme ist nur ein Kratzen, aber Manfred versteht. Er gibt dir einen Becher heißen Tee. Du legst das Gesicht in den Dampf. Der Beutel schwimmt auf dem heißen Wasser. Kleine Schlucke. Nippen. Husten. In der Mitte ist der Hals wie zugenäht. Manfred sagt Scheiße. Du versuchst ein Lächeln. Komm jetzt. Er will dir doch nur eine Freude machen, also freu dich. Du taumelst durch die tropenwarme Kaufhausluft. Drehst an Ständern mit teuren Kleidern. Eine Dame im dunkelblauen Kostüm will dir helfen. Ihre kurzen Haare sind eisgrau. Du ziehst etwas an. Es dauert eine Ewigkeit. Im Spiegel siehst du dein Gesicht. Dann kommst du auf Strümpfen aus der Umkleide. Das steht Ihnen aber ausgesprochen gut, sagt die Dame. Manfred sagt: Okay, kaufen wir! Du schüttelst den Kopf. Nein. Manfred sagt: Weiber!, sieht die Verkaufsdame an und lacht. Die Verkäuferin lacht nicht. Sie sieht dich an. Sie fragt nicht, warum du den Schal nicht ablegst. Du probierst noch zwei weitere Kleider an. Steigst hinein. Der Reißverschluss am Rücken bleibt auf. Du trittst vor die Dame und Manfred. Seine Kiefer mahlen. Er hat keine Lust mehr. Du sagst: Das nehme ich. Es hört sich an wie das Krächzen eines sterbenden Vogels. Die Verkäuferin macht ein überraschtes Gesicht. Manfred sagt: stark erkältet. Sehr stark erkältet. Du sagst nichts. Draußen auf der Zeil lauern die Weihnachtsmänner und die Obdachlosen und die Geschenkekäufer. Mandelbudengeruch. Bratapfelaroma. Dir ist schlecht. Musst dich nicht bei mir bedanken, brummt Manfred. Du willst am liebsten nach Hause. Aber wo ist das? Wo könnte das nur sein? Tränen laufen dir über die Wangen. Manfred tut so, als bemerke er es nicht. Später zerstößt er eine Tablette und löst sie in Wasser auf. Elend langsam sickert die körnige Flüssigkeit durch deinen wie zugenähten Hals. Dann endlich beginnt die Zimmerdecke sich zu bewegen, wie weißes Wasser. Dann endlich steigen Wolken aus dem Wasser. Dann endlich fliegst du wieder. Du schwebst über den Häusern eures Dorfes in Rumänien, rote Dächer, Kirchturmspitze, da unten eine Schaukel auf der grünen Wiese, siehst du? Wie schön! Auf der Wiese blühen gelbe Blumen, es muss hier wohl schon Frühling geworden sein, die Sonne steht hoch am blauen Himmel und wärmt deine nackten Schultern. Du trägst ein Sommerkleid, ein Kleinmädchensommerkleid, weil du ein kleines Mädchen bist, keine acht Jahre alt, und die noch viel kleinere Elena sitzt auf der Schaukel und du stößt sie an, stößt immerzu mit der flachen Hand gegen ihre knochigen, schmalen Schultern. Immer höher fliegt sie, bis in den Himmel, und du bleibst zurück und rufst ihr hinterher: Nimm mich mit! Nimm mich doch bitte mit! Aber deine Stimme ist nur ein Krächzen und zerreißt dir fast den Hals. Elena entschwindet in den Wolken, und die Wolken sind ein weißes Meer an der Zimmerdecke, aber im Raum darunter ist es eiskalt und schneehell. Das Kleid, das Manfred dir gekauft hat, hängt am Schrank über einem Bügel. Dir schwindelt bei dem Gedanken, es jemals für irgendwen anziehen zu müssen.

***

Kowalski sah an Gabys Blick, dass sie am Abdriften war. Erst tanzten ihre Augen unruhig hin und her wie zwei Flipperkugeln, dann wurde die Iris einen Moment lang starr und glasig, dann fielen ihr die Augen zu und unter den geschlossenen Lidern konnte er die Bewegung ihrer Augäpfel sehen. Gaby lag rücklings auf dem Bett, die Decke bis knapp über die Hüfte gezogen, die Arme seitlich angewinkelt. Ihr Körper war noch hier, aber sie selbst war schon auf dem Weg ins Vollrauschland, wo sie mit lila Elefanten auf rosa Wolken tanzte oder weiß der Himmel was trieb.

Kowalski schloss die Tür zum Schlafzimmer und ging nach unten. Den Ausflug auf die Zeil hätten sie sich sparen können. Der ganze Weihnachtsrummel ging ihm sowieso gehörig auf die Nerven, und mit Gaby war nichts anzufangen. Kowalski wusste, wem er das zu verdanken hatte, und er würde dafür sorgen, dass der Typ nicht so einfach aus der Nummer rauskam.

In der Küche nahm er sich ein Bier aus dem Kühlschrank und setzte sich mit der Flasche an den Tisch. Draußen wurde es schon wieder langsam dunkel. Scheiß Winterzeit, noch nicht mal fünf Uhr am Nachmittag und schon musste man Licht machen. Aber Kowalski machte kein Licht, sondern saß mit seinem Bier in der halbdunkeln Küche und sah aus dem Fenster. Gegenüber parkte ein Kombi, auf dessen Dach ein riesiger Weihnachtsbaum festgeschnallt war. Er setzte die Flasche an und leerte sie zur Hälfte. Irgendwo spielte Musik. Langsam stellte er die Flasche zurück auf den Tisch und lauschte. Es dauerte nicht lange, bis er verstand.

Das Handy auf dem Nachttisch dudelte immer noch, als er oben das Schlafzimmer betrat. Gaby lag mit geschlossenen Augen noch genauso da, wie er sie vor ein paar Minuten hier zurückgelassen hatte. Kowalski nahm das Handy und ging wieder nach unten. Im Treppenhaus sah er auf dem Display, dass die Nummer des Anrufers unterdrückt war. Er nahm das Gespräch an, sagte aber nichts. „Hallo?" Die Stimme einer Frau. „Hallo?" Kowalski meinte ein Rauschen im Hintergrund zu hören, was aber auch an der Übertragung liegen konnte, dann wurde aufgelegt. Er verharrte auf der Treppe und starrte auf das Display. Dann rief er den Speicher des Telefons auf und überprüfte alle Nachrichten, ein- und ausgegangene Anrufe. Er checkte das Handy seiner Frau sowieso regelmäßig, aber nicht mehr allzu oft. Gaby bekam so gut wie nie Anrufe.

Er kehrte in die Küche zurück, trank sein Bier aus und durchsuchte das Handy erneut. Nichts außer einer unterdrückten Nummer auf der Mailbox vor ein paar Tagen. Keine Nachricht hinterlassen. Kowalski legte das kleine Telefon auf den Tisch und sah aus dem Fenster. Sein Nachbar schnallte gerade den Baum vom Wagendach und seine Frau stand, die Arme um den frierenden Körper geschlungen, in Jeans und Pulli im erleuchteten Türrahmen und beobachtete den Fortgang der Abladearbeiten.

Das Handy lag stumm vor ihm auf dem Tisch. Er beschloss, jetzt nicht darüber nachzudenken. Für das, was er heute noch vorhatte, brauchte er einen kühlen Kopf. Er hätte jetzt gern noch eine weitere Flasche Bier getrunken, wusste aber, dass er das auf später verschieben musste. Genau genommen hätte er schon das erste Bier nicht trinken dürfen.

Um fünf machte sich Kowalski auf den Weg, zog die Lederjacke über und fuhr den Wagen aus der Garage. Am Friedhof bog er links ab und reihte sich auf der Darmstädter Landstraße Richtung Oberschweinstiege ein. Kurz vor Ende der Ortsgrenze bog er rechts ab und gelangte in die Siedlung Lerchesberg. Bessere-Leute-Viertel, dachte Kowalski, und für einen Moment dachte er auch an die Witwe seines ehemaligen Chefs, die hier noch irgendwo in ihrem Luxus-Bungalow residierte. Alle hatten ihr damals nach der Beerdigung versprochen, sie besuchen zu kommen. Wahrscheinlich hatte sich nie auch nur einer blicken lassen. Kowalski rief sich zur Ordnung, er durfte sich von so was jetzt nicht ablenken lassen. Hier fiel man schnell auf, wenn man nicht wirklich hergehörte. Hohe weiße Mauern, Bewegungsmelder und Kameras über den Einfahrten und doppelt gesicherten Türen.

Kowalski fand das zurückgebaute einstöckige Haus sofort. Es gab vier markierte Parkplätze direkt davor, von denen nur einer besetzt war, aber er fuhr daran vorbei und parkte eine Straße weiter. Er nahm die kleine Gaspistole aus dem Handschuhfach und steckte sie sich in die Jackentasche. Er glaubte nicht, dass er sie wirklich brauchen würde, wollte aber für alle Fälle gerüstet sein. Dann saß er noch einen Moment reglos hinterm Steuer und sah die im trüben Laternenlicht daliegende Straße hinunter. In den Auffahrten parkte hier und da ein Oberklassewagen, hinter manchen Fenstern brannte Licht, andere Häuser lagen wie verwunschene Schlösser hinter meterhohen Hecken verborgen. Im Rückspiegel huschte eine Katze über die Straße. Kowalski stieg aus und bemühte sich, ohne jede Eile zu gehen.

Der Eingang des Hauses lag an der Seite und war von der Straße aus nicht einsehbar. Die Sprechanlage wurde von einer LED-Leiste beleuchtet. Das Klingelsignal war hier draußen nicht zu hören, doch ein rotes Lämpchen signalisierte dem

Besucher, dass es innen angekommen war. Kowalski konnte keine Kamera erkennen, war sich aber sicher, dass man ihn sehen konnte.

„Einen schönen guten Abend. Wie kann ich Ihnen helfen?" Die Stimme der Frau aus der Gegensprechanlage war kaum verzerrt und gut zu verstehen.

„Guten Abend", entgegnete Kowalski. Er hatte sich zum Sprechgitter heruntergebeugt und bemühte sich, so freundlich und verbindlich wie möglich zu klingen. „Ich habe keinen Termin, aber der Herr Doktor kennt mich gut und hat bestimmt kurz etwas Zeit für mich."

Die Frau antwortete nicht sofort. Erst jetzt fiel ihm ein, dass sie wahrscheinlich als Nächstes nach seinem Namen fragen würde. Noch während er überlegte, wie er darauf reagieren sollte, summte der Türöffner und die Frauenstimme sagte: „Den Gang ganz durch, dann rechts."

Der Gang war gedämpft beleuchtet und mit Teppich ausgelegt. Die Tür zur Praxis stand offen. Ein kleines Schild an der Wand verkündete in sauber gestanzten schwarzen Buchstaben auf blütenweißem Email: „Donnerstag 17:00 – 20:00 Uhr Abendsprechstunde". Nur Privatpatienten. Ja, dachte Kowalski, als er die Praxis betrat, das sieht dem Arschloch ähnlich.

Die Frau zur Stimme aus der Gegensprechanlage war jung und hübsch. Sie trug einen vorne offenen weißen Kittel über einem cremefarbenen Kleid und dazu passende Pumps. Wenn sie den Kittel nach Feierabend ablegte, konnte man sie ohne Weiteres sofort in die Oper oder in ein scheißteures Restaurant im Taunus einladen. Sie trug ihre blonden Haare halb lang und war dezent geschminkt. Die perfekte Mischung aus Empfangsdame und Arzthelferin für gehobene Ansprüche. Als sie Kowalski sah, vergaß sie allerdings einen Augenblick lang zu lächeln.

Schlecht rasierte Typen in ausgebeulten Jeans und Lederjacke spazierten hier wohl nur eher selten herein.

Sie war ihm ein Stück entgegengekommen, wohl um ihm die Hand zu geben, zog sich aber schnell wieder hinter die Rezeption zurück. Auf dem ansonsten leeren Tresen stand ein kleiner künstlicher Weihnachtsbaum mit Goldschmuck. Davor stand ein Schild mit der Aufschrift: „Wir wünschen unseren sehr verehrten Patienten ein gesundes und friedliches Weihnachtsfest."

„Wen darf ich melden?", fragte die Helferin sachlich, ohne Kowalski anzusehen.

„Sagen Sie dem Herrn Doktor einfach, ein guter Freund und Geschäftspartner braucht dringend einen medizinischen Rat."

Die Arzthelferin sagte nichts, sondern verschwand hinter einer Tür auf der anderen Seite des Ganges.

Alles in dem geräumigen Vorraum war in weißen oder cremefarbenen Tönen gehalten. An den Wänden hingen kleine Gemälde. Keine billigen Kunstdrucke, wie er bei näherer Betrachtung feststellte, sondern offenbar Originale. Irgendwelche Farbkleckse auf Leinwand eben. Im hinteren Teil der Praxis öffnete sich ein Warteraum mit bequemen Sesseln und einem riesigen Zeitschriftenregal. Ein Flachbildschirm hing in der Ecke, die dunkle Mattscheibe reflektierte Kowalskis Gesicht.

„Sie möchten bitte hier warten."

Er drehte sich um und tat überrascht, obwohl er die Helferin natürlich schon längst gehört hatte. Sie stand in der offenen Tür zum Wartezimmer. Er lächelte und sah ihr so lange in die Augen, bis sie den Blick abwandte.

„Ich bin vorne, wenn Sie mich brauchen."

„Gut zu wissen."

Die Frau verschwand wieder Richtung Rezeption. Der knielange Kittel verhinderte, dass er ihr auf den Hintern sehen konnte. Auch so eine, die es drauf anlegte und einen dann am ausgestreckten Arm verhungern ließ. Ob sie wohl wusste, was ihrem sauberen Chef so durch den Kopf ging, wenn er … aber nein, die Kleine war gar nicht sein Typ. Natürlich ließ er ihn jetzt warten. Wollte sich keine Blöße geben. Außerdem musste er sich mit der neuen Situation vertraut machen. Damit hatte Kowalski gerechnet. Er ließ sich in einen der verstellbaren Sessel nieder und drückte ein paar Knöpfe, um die verschiedenen Funktionen auszutesten. Sollte der Herr Doktor ruhig denken, er sei nur ein dummer Amateur-Zuhälter, der nichts in der Birne hatte. Andererseits hatte er ihn ja gefunden. Das sollte ihm schon zu denken geben.

In der Nacht, als der Doktor die arme Gaby beinahe erwürgt hätte, brach Kowalski zum ersten Mal eine seiner Regeln. Ihm reichte die beschissene Handynummer als Sicherheit nicht. Der Sadist konnte sich jederzeit eine andere Nummer zulegen und war dann unauffindbar für ihn. Deshalb war er ihm in der Nacht, nachdem er ihn am Holbeinsteg wieder abgesetzt hatte, gefolgt. Kowalski war immer unruhiger geworden, als der Perverse Richtung Landwehrweg zurückgefahren war. Erst als er am Südfriedhof weiter Richtung Ortsausgang fuhr und schließlich in die Lerchesberg-Siedlung abbog, wurde ihm klar, dass der Mann hier ganz in seiner Nähe wohnte. Er konnte nur hoffen, dass er ihm mit seinen ganzen Irr- und Umwegen gründlich die Orientierung geraubt hatte.

„Bitte. Sie können jetzt reingehen“, rief die Arzthelferin von der Rezeption herüber. Sie machte sich noch nicht einmal mehr die Mühe, ihn abzuholen und zu begleiten. Aber auch damit hatte Kowalski gerechnet.

Gabys Horrorkunde saß hinter einem grotesk großen Schreibtisch in einem Ledersessel, über dessen Lehne er seinen Arztkittel drapiert hatte. Er trug ein blaues Hemd ohne Krawatte und hatte die Hände vor sich auf dem Schreibtisch gefaltet, als wolle er beten. Der Blick, mit dem er seinen Gast beim Eintreten fixierte, zeugte allerdings nicht von christlicher Nächstenliebe. Kowalski schloss die mit einem dicken Lederpolster schallisolierte Tür und versicherte sich mit seiner Hand in der Jackentasche, dass die Pistole noch da war.

„Sie haben unseren Vertrag gebrochen“, sagte der Arzt.

Kowalski hob die Schultern. „Ließ sich diesmal leider nicht vermeiden.“

„Reden Sie keinen Unsinn. Ist Ihnen eigentlich klar, dass ich Sie und Ihren kleinen Privatpuff sofort auffliegen lassen kann?“

Kowalski ließ die Schultern fallen und senkte den Kopf, die Karikatur eines Mannes, der sich schuldbewusst geschlagen gab.

„Was wollen Sie hier?

Kowalski hob langsam seinen Kopf und sah den Mann, der sich hinter dem Schreibtisch kein Stück bewegte hatte, ausdruckslos an. Dann lachte er und tat so, als sei ihm gerade eben ein lustiger Gedanke gekommen. „Weiß eigentlich das kleine Mäuschen da draußen, was Sie so …“

„Halten Sie gefälligst den Mund!“

Kowalski schwieg und grinste. Er hatte den arroganten Sack aus der Ruhe gebracht. Er zeigte Nerven. Gut so.

„Was wollen Sie?“

„Sie müssen sich Gaby ansehen, mit ihrem Hals stimmt was nicht.“

Verärgert schüttelte der Arzt den Kopf. „Das wird schon, braucht vielleicht ein bisschen Zeit …“

„Sie sehen sich meine Frau an und behandeln sie, schließlich haben Sie sie auch fast umgebracht“, presste Kowalski zwischen zusammengebissenen Zähnen hervor.

Er erntete ein mildes Lächeln. „Nun werden Sie mal nicht dramatisch."

Kowalski umklammerte den Griff der Pistole. Am liebsten hätte er dem Arsch jetzt gleich eine Ladung CS-Gas in die Fresse geschossen. Stattdessen sagte er: „Wann kann ich mit Ihrem Hausbesuch rechnen?"

Der Arzt betrachtete gelangweilt seine Fingernägel. Entweder hatte er einen Trumpf im Ärmel oder war ein verdammt guter Schauspieler. „Also gut, wenn Sie darauf bestehen, komme ich eben nächste Woche mal vorbei, zufrieden?"

Kowalski schüttelte den Kopf. „So läuft das nicht, Herr Doktor. Wir treffen uns morgen."

„Ausgeschlossen."

Eine gefühlte Ewigkeit lang sagte keiner von beiden etwas. Im Raum wurde es totenstill. Der Arzt hatte die Ellenbogen auf die Tischplatte gestützt und das Kinn auf die gefalteten Hände gelegt. Der Typ war die Ruhe selbst. Auf einmal schoss Kowalski in wilder Panik ein Gedanke durch den Kopf: Das Schwein hatte dem Vorzimmermäuschen aufgetragen, die Polizei zu rufen. Er musste hier raus. Sofort. Sein Puls raste, der Schweiß brach ihm aus. Dann wieder fiel ihm ein, wie abwegig das war, er würde sich damit schließlich selbst ans Messer liefern. Gerade war er so weit, dem Arzt ein Ultimatum zu stellen, als der sich hinter seinem Schreibtisch erhob, ihm die Hand entgegenstreckte und sagte: „Ich komme am Sonntag, in Ordnung?"

Kowalski machte einen Schritt auf ihn zu und ergriff zögerlich die angebotene Hand. „Ich hol Sie am Holbeinsteg ab um …"

Die Finger des Arztes schlossen sich etwas fester um Kowalskis Hand, als er sagte: „Sagen Sie mir doch einfach Ihre Hausnummer am Landwehrweg. Ich finde es auch so, dauert aber länger."

Kowalskis Pokerface bekam nicht nur Risse, sondern brach komplett zusammen. Er wusste, dass er seine Bestürzung unbedingt verbergen musste, es gelang ihm aber nicht. Und der Arzt drückte noch ein bisschen fester zu.

„Wie … woher …“

„Mein Orientierungssinn war früher, als ich ein junger Mann war, noch viel besser. Ich brauche dazu meine Augen gar nicht, ich kann mich vollkommen auf meine anderen Sinne verlassen. Und ich kenne mich ganz gut in der Gegend aus. Wollen Sie wissen, welche Umwege Sie gefahren sind? Soll ich es Ihnen sagen?“

Der Druck der Hand auf Kowalskis Finger nahm noch zu. Er biss die Zähne zusammen. Der Schmerz war ihm sicher schon im Gesicht abzulesen. Dann kam die Wut. Glücklicherweise hatte er die linke Hand noch in der Tasche. Kowalski riss die Pistole heraus und hielt sie dem Arzt unter die Nase.

Der Griff lockerte sich sofort, der Mann trat einen Schritt zurück und hob die Arme.

„Jetzt machen Sie bloß keinen Unsinn!“, stieß er hervor, den Blick auf den Lauf der Waffe gerichtet. Gut so, dachte Kowalski. Gut so. Die Wut brannte immer noch in ihm. Wut auf den Sadisten, aber vor allem auf sich selbst, dass er diesen Kerl immer wieder unterschätzte.

Langsam rückwärtsgehend zog er sich Richtung Tür zurück. „Ich hole Sie hier ab. Am Sonntag. Um neun.“

Der Arzt nickte und blieb mit erhobenen Händen vor seinem Schreibtisch stehen. Kowalski durchquerte die Praxis mit großen Schritten. Aus dem Augenwinkel sah er die Arzthelferin hinter ihrem Tresen sitzen. Sie tat so, als sei sie mit einer Akte beschäftigt und hob den Blick nicht.

Bevor er auf die Straße trat, steckte er die Pistole wieder in die Jackentasche. Er zügelte sein Tempo und blickte sich nicht um. Als er wieder in seinem Wagen saß, schloss er die Augen und atmete ein paarmal tief durch. Etwas landete auf der Kühlerhaube vor ihm. Instinktiv zog er die Waffe hervor und zielte durch die Windschutzscheibe. Die Katze machte einen Buckel, fauchte, sprang von der Haube auf den Bürgersteig und verschwand zwischen den Gitterstäben eines Zaunes.

Kowalski schlug mit der flachen Hand aufs Lenkrad und warf die Pistole ins Handschuhfach. Wenn er die hier drin abgefeuert hätte, würde er jetzt in Reizgas baden. Er musste sich unbedingt beruhigen und einen kühlen Kopf bewahren, sonst flog ihm das alles um die Ohren.

***

Als du aufwachst, ist es dunkel. Du frierst und hast schrecklichen Durst. In der Küche versuchst du es mit Milch, dann mit lauwarmem Wasser. Immer musst du dem Drang widerstehen, große Schlucke zu nehmen. Wenn du zu gierig bist, kommt alles wieder hoch. Das Trinken strengt dich an. Das Atmen tut weh. Du musst dich setzen. Es ist ganz still im Haus. Manfred ist weg. Du hast keine Ahnung, wohin. Wie spät ist es? Auf dem Tisch liegt dein Handy. Du kannst dich nicht erinnern, wann du es zum letzten Mal benutzt hast. Du kannst dich auch nicht erinnern, es hierhin gelegt zu haben. Du willst es gerade nehmen, um nachzusehen, wie spät es ist, als das Display aufleuchtet und die Melodie des alten Lieds aus den Siebzigern, das du so liebst, erklingt. Das ist wieder nur eine Einbildung, denkst du, das bildest du dir wieder nur ein. Aber die Melodie hört nicht auf und auch der Gesang setzt ein, und da nimmst du das Gespräch an.

9

Larissa Winterkorn saß mit einer Tasse Kaffee an ihrem Küchentisch und sah aus dem Fenster. Der schwache Schein der aufgehenden Wintersonne ließ die Konturen der gegenüberliegenden Hochhäuser nur undeutlich hervortreten. Larissa hätte sich nicht gewundert, wenn zwischen den Betonquadern irgendwo ein Dinosaurierkopf aus dem morgendlichen Dunst herausgeragt hätte, so unwirklich erschien ihr der Anblick.

Es war früh am Sonntagmorgen. Viel zu früh, um wach zu sein – es sei denn, man kehrte gerade aus der Samstagnacht heim oder musste Zeitungen austragen. Larissa war einfach nur wach. Sie hatte sich in den letzten Tagen so gründlich ausgeschlafen, dass ihr Körper sie nun jeden Morgen vor Sonnenaufgang aus dem Bett trieb. Sie brauchte noch nicht einmal Kaffee, um wach zu werden. Sie war fit und es gab nichts zu tun. Außer dumm rumzusitzen und zu grübeln. Schöner Mist.

Larissa nippte an der Tasse und verzog das Gesicht, der Kaffee war nur noch lauwarm. In drei Tagen war Weihnachten. Ihre Eltern erwarteten sie zum traditionellen Gansessen am ersten Feiertag. Sie musste unbedingt noch ein paar Geschenke besorgen. Das würde sie morgen machen. Im größten Trubel, wenn alle unterwegs waren. Eine Flasche Cognac für ihren Vater, eine Schachtel Konfekt für ihre Mutter. Kind, das wäre doch nicht nötig gewesen. Wie läuft es an der Uni? Jetzt erzähl doch mal! Sie würde einen weißen Umschlag mit Geldscheinen oder einen

Scheck bekommen: Gönn dir mal was. Larissa schüttete den Rest der abgestandenen Kaffeebrühe in die Spüle. Sie würde mit ihren Eltern reden müssen. Ich habe da noch eine Überraschung für euch, ist schließlich Weihnachten.

Allein der Gedanke daran verursachte ihr Übelkeit. Vor allem weil sie auf die Frage, was sie denn nun zu tun gedenke, keine Antwort wusste. Sie hatte ein paar Bewerbungen geschrieben, aber das Beste, was sie damit ergattern konnte, waren Zeitverträge oder eine freiberufliche Beschäftigung. Natürlich blieb auch noch der Supermarkt. Stumpfsinnige Arbeit für kleines Geld. Ihr Vater würde nur den Kopf schütteln: Dafür haben wir dich aber nicht studieren lassen. Er würde sich umhören und etwas für sie finden. Ganz sicher. Im Vorzimmer eines Mandanten. Empfangsdame mit vollendeten Manieren. Tippse mit guten Fremdsprachenkenntnissen.

Larissa wollte am liebsten nur schlafen, aber ihr Körper bebte regelrecht vor Aktionsbereitschaft. Draußen wurde es jetzt langsam heller, im Hochhaus gegenüber gingen hier und da Lichter an. Frühaufsteher, die den einzigen freien Tag der Woche nutzen wollten. Wie beneidete sie diese Menschen, denen ihre freie Zeit so kostbar war, dass sie sich dafür am frühen Sonntagmorgen aus dem Bett quälten. Was trieben die da eigentlich? Frühstück mit der Familie? Angelausflug? Kirchgang?

Larissa beschloss, einen Spaziergang zu machen, um auf andere Gedanken zu kommen. Als sie wenig später zum U-Bahnhof aufbrach, wusste sie noch nicht, wohin sie fahren würde. An die Nidda vielleicht? Oder doch einfach an den Main in der Innenstadt, was den Vorteil hätte, dass sie sich, wenn sie erst einmal durchgefroren war, in ein nettes Café setzen konnte. Und später noch ins Museum? Auch Luxusprobleme waren Probleme.

Als sie wenig später auf die U5 wartete, versteckte sich die Sonne immer noch hinter einem Dunstschleier, die Luft roch nach Abgasen. Larissa zog sich den Schal vor den Mund. Auf der Fahrt zur Konstablerwache fiel ihr Gabriela Kowalski wieder ein. Eine Stimme in ihrem Kopf riet ihr immer wieder, die Sache einfach zu vergessen. Das klappte auch ganz gut, wenn sie anderweitig beschäftigt war, aber jedes Mal, wenn sie die Gedanken schweifen ließ, tauchten die beiden merkwürdigen Schwestern wieder auf. Wieder einmal dachte sie daran, ihre Beobachtungen der Polizei zu melden, was natürlich hieße, dass sie auch über ihr seltsames Arbeitsverhältnis bei der Pro East berichten musste, worüber Philipp bestimmt nicht sehr glücklich wäre. Außerdem glaubte sie nicht, dass die Beamten sie überhaupt ernst nehmen würden.

Was war denn auch passiert? Eine junge Frau, dem Alter nach volljährig, war verschwunden. Oder eher abgehauen? Gab es denn Hinweise auf ein Verbrechen? Ein schmieriger Wachmann, der mit der großen Schwester verheiratet war. Eine Mutter in Rumänien, die lange nichts von ihren Kindern gehört hatte? Ihr persönlicher Eindruck, dass da irgendetwas nicht stimmte?

Larissa sah aus dem Fenster. An der Eckenheimer Landstraße stieg ein älteres Ehepaar zu. Sie trugen beide lange graue Mäntel und klammerten sich aneinander wie Ertrinkende. Nein, dachte Larissa, bei der Polizei würde sie sich nur lächerlich machen. Aber ihren geplanten Spaziergang nach Sachsenhausen an den Landwehrweg verlegen, das konnte sie.

Larissa verlangsamte ihre Schritte, je näher sie dem Haus kam. Das Garagentor war geschlossen, die Rollläden im vorderen Teil des Hauses heruntergelassen. Alles an dem Gebäude schien ihr zuzurufen: Hau ab! Sie las die Uhrzeit von ihrem Handy ab, es war noch nicht einmal neun. Im Haus gegenüber stand ein riesiger Adventskranz im Fenster. Überall in der Nachbarschaft gab es weihnachtliche Lichterketten, teilweise hatten die Besitzer sogar ihre Hecken mit Leuchtschmuck behängt. Nur das Haus der Kowalskis stand trist und grau hinter dem verwitterten Zaun, von dem die Farbe abblätterte.

Larissa bückte sich und tat so, als binde sie sich die Schuhe. Ein lächerliches Unterfangen, schließlich trug sie kniehohe Lederstiefel. Was machte sie hier eigentlich? TKKG spielen? Mädchen in geheimer Mission? Sie erhob sich wieder, stand unschlüssig vor dem Haus, sah sich um und kam sich auf einmal saublöd vor. Niemand sonst war zu sehen. Auf den Dächern der am Straßenrand geparkten Autos lag Raureif, die Windschutzscheiben waren vereist. Die Menschen, die hier wohnten, lagen noch in ihren kuscheligen Betten und genossen den arbeitsfreien Tag, während sie bereits durch halb Frankfurt hetzte. Und warum das alles? Larissa schüttelte den Kopf. Gerade wollte sie kehrtmachen, da fiel ihr etwas auf. Die Haustür der Kowalskis schien einen kleinen Spalt offenzustehen, so als habe sie jemand beim Herausgehen nicht richtig geschlossen. Vielleicht war ja jemand nur kurz nach draußen gegangen und hatte die Tür absichtlich nicht geschlossen, um schneller wieder hinein zu gelangen. Aber wohin sollte dieser jemand gegangen sein?

Einen kurzen Moment stand Larissa unentschlossen am Zaun, dann ging sie los, betrat das Haus, zog die Tür leise hinter sich ins Schloss und stand mit hämmerndem Herzen in dem kleinen Vorraum. War das schon Hausfriedensbruch? Ein paar Treppenstufen führten zur Wohnungstür hinauf, in die eine Glasscheibe eingelassen war. Rechts führte eine Treppe in den Keller. Der Kellerabgang war tapeziert, die Treppenstufen mit Teppich bezogen. Dort unten wurden mit Sicherheit keine Kohlen und Kartoffeln aufbewahrt. Der Flur am Ende der Kellertreppe lag im Dunkeln. Larissa dachte nicht darüber nach, sondern suchte instinktiv die Wand neben sich nach einem Schalter ab. Das Licht war gedämpft, es beleuchtete den langen Gang gerade stark genug, dass sie sich orientieren konnte. An den Wänden hingen gerahmte Bilder und Urkunden. Larissa blieb stehen und hielt die Luft an. Über ihr in der Wohnung waren schwere Schritte zu hören.

Raus hier! Eine Alarmstimme in ihrem Kopf schrie: Raus hier! Sie rannte los. Am Ende des Flurs war eine schwere Sicherheitstür. Larissa drückte die schwarze Klinke nach unten. Die Tür ließ sich nicht öffnen. Sie rüttelte ein paarmal sinnlos an der Klinke. Verschlossen. Natürlich. Was hatte sie denn geglaubt? Zurück, schrie der Alarm in ihrem Kopf. So schnell wie möglich zurück! Aus dem Keller die Treppe rauf und durch die Haustür nach draußen, und dann nur weg von hier. Sie war bereits auf halbem Weg, als oben die Wohnungstür ins Schloss fiel und Schritte im Flur lauter wurden. Jemand war in den Vorraum getreten und kam jetzt in den Keller herunter. Jemand räusperte sich, hustete und fluchte. Kowalski. Jeden Moment würde der Hausherr um die Ecke kommen und sie in seinem Keller entdecken.

Larissas Herz blieb stehen. Ihr Atem stockte. Sie griff nach der erstbesten Türklinke neben sich. Der Raum war Gott sei Dank unverschlossen. Sie schlüpfte hinein und schloss die Tür so lautlos wie möglich hinter sich. Dunkelheit umgab sie. Dann machte sie einen schwachen Lichtschein zu ihrer Rechten aus. Dort befand sich eine Theke, über der eine Lichtleiste angebracht war, die offenbar im Energiesparmodus arbeitete. Angestrengt lauschte sie auf die Schritte vor der Tür, hörte aber nichts. Der Raum war offenbar vollkommen schallisoliert, nichts drang hinein und nichts hinaus. Larissa spürte, wie ihr eine Gänsehaut über den Rücken lief. Und jeden Moment konnte Kowalski auftauchen. Sie würde ihn erst bemerken, wenn er groß und breit im Türrahmen stand. Ihre Knie wurden weich. Es hatte keinen Sinn. Sie würde hier nicht mehr einfach so rauskommen. Sie rutschte mit dem Rücken an der Wand langsam zu Boden und verharrte in hockender Position. Langsam gewöhnten sich ihre Augen besser an die schummrige Beleuchtung. An der gegenüberliegenden Wand stand etwas. Ein mannshoher Schrank mit Flügeltüren. Mit schnellen Schritten durchquerte sie den Raum und öffnete die Türen.

In dem Schrank roch es nach Gummi und Leder. Larissa kauerte sich auf dem Boden zusammen, die Knie unters Kinn gezogen. Über ihr hingen Kleidungsstücke aus glattem, abwaschbarem Material und hüllten ihren Kopf ein. Latexmäntel, Metzgerschürzen, Taucheranzüge? Sie wollte es lieber gar nicht allzu genau wissen. Dann hörte sie ein Geräusch. Durch die Türritzen des Schrankes sickerte ein schmaler Streifen Licht. Kowalski musste den Raum betreten und Licht angemacht haben. Und sie saß hier drin. In einem Schrank. In der Falle.

***

Kowalski schnaufte. Zu viele Zigaretten und zu wenig Bewegung. Außerdem war er wieder auf der Couch eingeschlafen, eine Angewohnheit, die ihm sein Rücken ziemlich übelnahm. Der Morgen dämmerte draußen vor den halb heruntergelassenen Rollläden, durch dessen Schlitze ein schwacher Lichtschimmer fiel. Er musste aufstehen. Kowalski drehte sich auf den Rücken, legte einen Unterarm über die Augen und dämmerte nochmal weg.

Er wusste, dass er jetzt nicht wieder fest einschlafen durfte, und tastete sich vorsichtig an der dünnen Membran, die in seinem Bewusstsein zwischen Wachen und Schlafen gespannt war, entlang. Wie hinter einem Schleier erkannte er bereits Traumbilder, auf die er sich keinesfalls einlassen durfte. Da schien jemand unterwegs zu sein, suchende Bewegungen, leises Schaben, irgendwo bewegte sich was in dem Traum, den er noch auf Distanz hielt und jetzt sicherheitshalber immer weiter von sich wegschob, bis er begriff: Das war gar kein Traum. Da schlich jemand im Haus herum. Er nahm den Arm vom Gesicht, starrte an die Zimmerdecke und lauschte angestrengt. Auf einmal war er hellwach. Jemand schlich in seinem Haus herum. Langsam erhob er sich, drückte den schmerzenden Rücken durch und hielt den Atem an. Die Geräusche hätten von oben kommen müssen, kamen aber von unten. Gaby trieb sich also im Keller herum. Kowalski rieb sich die Augen. Seit der feine Herr Doktor sie gewürgt hatte, war seine Frau vollkommen von der Rolle. Da war es nur recht und billig, dass er sich jetzt auch um sie kümmerte.

Im Kellerflur brannte Licht. Kowalski sah zuerst in den Waschkeller. Die Maschine war ausgeschaltet, ein Korb ungewaschener Buntwäsche stand davor. Wahrscheinlich musste er sich jetzt auch darum noch selbst kümmern. Aber nicht jetzt. Er hatte nicht mehr viel Zeit, bis er den Doktor abholen musste. Der Überwachungsraum war verschlossen, aber die Tür zum Spielzimmer nicht. Kowalski schüttelte den Kopf, betrat den Raum und machte Licht. Theke, Bett, ein paar zusammengeräumte Möbel in der Ecke, der Schrank. Alles war, wie es sein sollte. Trotzdem irritierte ihn etwas.

„Gaby? Bist du hier?“ Es war ein komisches Gefühl, seine eigene, vom Schlaf noch brüchige Stimme in dem leeren Raum zu hören. Kowalski räusperte sich. „Gaby?“

Ein merkwürdiger Geruch lag hier unten in der Luft: schwer, süß und gleichzeitig frisch. Ein Frauenduft, dachte Kowalski. Es war, als wäre eine Frau mit einem bestimmten Parfum vor Kurzem hier gewesen. Oder redete er sich das nur ein?

Langsam durchschritt er den Raum, blieb vor den Barhockern stehen, nahm ein leeres Glas von der Theke, drehte es in der Hand und stellte es wieder zurück.

„Gaby? Steckst du hier irgendwo?“ Laut ausgesprochen hörte es sich einfach nur lächerlich an. Seine Frau lag natürlich immer noch oben in ihrem Bett. Wahrscheinlich war sie heute früh noch gar nicht hier unten gewesen und das Licht im Flur brannte schon die ganze Nacht. Bestimmt hatte sie in der Nacht nach seinem neuen Tablettenversteck gesucht. Zwar war er mit der Zuteilung in den letzten Tagen äußerst großzügig gewesen, aber das musste nichts heißen. Und die Geräusche, die er gehört hatte? Waren die vielleicht nicht doch von oben gekommen? Aus dem Schlafzimmer? Oder hatte er noch geträumt? Kowalski träumte viel in letzter Zeit. Jeden Morgen wachte er auf und wusste, dass er lebhaft geträumt hatte, konnte sich aber ums Verrecken nicht mehr daran erinnern, worum es in seinen Träumen gegangen war. Das Gefühl, das sich dabei einstellte, ließ ihn aber vermuten, dass es ohnehin besser war, nicht zu intensiv darüber nachzudenken. Außerdem hatte er Dinge zu tun, für die er einen klaren Kopf brauchte. Der Doktor wartete. Kowalski hatte sogar mit dem Gedanken gespielt, das arrogante Arschloch zu erpressen. Aber dann hatte er sich daran erinnert, wie ihre letzte Begegnung verlaufen war. Der Mann war schwer auszurechnen, und wie er reagieren würde, wenn man ihn in die Enge trieb, das war Russisch Roulette.

Kowalski wollte dem Doktor auf keinen Fall in seinem vom Schlafen auf der Couch zerknautschten Jogginganzug gegenübertreten, außerdem brauchte er dringend eine Tasse Kaffee. Er blickte sich noch einmal im Raum um. In einer Schublade unter der Theke lag der Bund mit den Ersatzschlüsseln für die Kellerräume. Kowalski nahm ihn an sich, knipste das Hauptlicht aus, sodass der Raum wieder im gedämpften Schein der Thekenbeleuchtung lag, verschloss die Tür von außen zwei Mal und wollte schon nach oben gehen, als er noch einmal an das Tablettenversteck dachte. Er schloss die Kellertür zum Garten auf, ging hinauf und öffnete das Garagentor. In der hinteren Ecke lagerten vier aufeinandergestapelte Ersatzreifen. Im untersten klebte das Plastiktütchen mit dem Vorrat. Um an die Tabletten zu kommen, musste man entweder den Reifenstapel abbauen oder mit dem Arm soweit in den Hohlraum in der Mitte greifen, dass man bis zur Schulter darin versank. Alles noch da. Natürlich. Er durfte sich jetzt nicht kirre machen lassen.

Während der Kaffee durchlief, zog er sich die Klamotten vom Vortag an. Zum Duschen wäre später noch Zeit genug. Jetzt hieß es erst einmal, die Sache mit Gaby und Doktor Seltsam über die Bühne zu bringen.

***

Du liest die SMS immer wieder, weil du dir die einfachsten Dinge nicht mehr merken kannst. Sonntags fahren die S-Bahnen in einem anderen Takt. Nicht so oft. Nicht so früh. Als du aufgestanden bist, war es noch dunkel. Manfred lag unten auf der Couch und schnarchte. Du hast ihn bis ins Treppenhaus gehört. Du hast dich ein bisschen geschämt. Dich gewaschen und angezogen, den kleinen Rucksack gepackt. Den Schal zweimal um den Hals geschlungen. Du bist zur Tür raus in die Kälte. Auf die dunkle Straße. Schritt für Schritt. Ganz langsam, dann schneller. Immer schneller. Dann bist du gerannt. Die eisige Luft schnitt dir in die Kehle, stach in deine Lungen. Der Rucksack schlug dir gegen den Rücken. Dann wolltest du wieder zurück. Nur zurück, bevor Manfred aufwacht. Du hattest keinen Schlüssel mitgenommen, aber die Haustür nicht richtig zugemacht, als hättest du schon gewusst, dass du wieder umkehrst. Unter einer Straßenlaterne hast du gestanden, die Arme um dich selbst geschlungen und geweint. Jemand kam aus einem Haus und hat dir zugenickt. Ein Mann mit verschlafenem Blick und tausend Fragen im Gesicht. Da bist du weitergegangen. Nach ein paar Metern ging es wie von selbst. Man darf dabei nur nicht denken. Einfach gehen, weitergehen. Immer weiter. Nicht denken. Gehen. Bis zum Lokalbahnhof. Müde Menschen auf dem Bahnsteig glotzen auf ihre Handys. Du auch. Du liest noch einmal die SMS, weil du dir die einfachsten Dinge nicht mehr merken kannst. Jetzt weißt du es wieder. Auf einmal hast du Angst. Da kommt Manfred die Rolltreppe herunter. Er schnauft. Er prustet. Er wird dich totschlagen. Er springt auf den Bahnsteig. Du willst schreien, aber dein Hals ist wie zugenäht. Immer noch. Manfred stützt sich mit den Händen auf die Knie, bläst die Backen auf und lacht. Dann geht er an einen der Automaten, wirft Geld ein und kauft sich einen Schokoriegel. Du siehst das Glitzerpapier zwischen seinen Fingern. Hörst es rascheln. Du siehst, wie er die Verpackung aufreißt und sich den Riegel in den Mund schiebt. Jetzt dreht er sich zu dir: Was gibt's zu glotzen? Das ist nicht Manfred. Natürlich nicht. Du schüttelst den Kopf und wendest dich ab. Die Bahn fährt ein. Gott sei Dank. Dunkler Tunnel. Taunusanlage. Jetzt schon? Dunkler Tunnel. Nächster Halt: Frankfurt Hauptbahnhof. Nimm die S7 steht in der SMS. Gleis 3. Du steigst ein und die Türen schließen sich, als hätte die Bahn nur noch auf dich gewartet. Der Bahnsteig endet. Die Hochhäuser wachsen über das Bahnhofsdach in den trüben Himmel. Die Bahn rattert über den Main. Langsam wird dir warm. Ein Pärchen steht vorne nahe beim Ausstieg. Sie haben Fahrräder dabei. Sie flüstern miteinander und küssen sich. Du siehst aus dem Fenster: Niederrad. Auf dem kleinen Bildschirm über den Sitzreihen siehst du den Ort und die geschätzte Ankunftszeit. Es kommt dir vor wie in einem Traum. Gleich wirst du in deinem Bett aufwachen und Manfred schnarchen hören. Gleich wirst du dich noch einmal umdrehen. Es ist so schön warm hier. Bloß nicht einschlafen. Bloß nicht! Wo musst du aussteigen? Wie heißt das? Kennst du doch! Bist du denn vollkommen verblödet? Hilft alles nichts. Du rufst noch einmal die SMS auf. Irgendwas stimmt nicht. Das Pärchen mit den Rädern ist weg. Du kannst dich nicht erinnern, wo sie ausgestiegen sind. Hast du etwa geschlafen? Hast du etwa? Drückst die Nase an die Scheibe. Draußen Feld, Wald, Feld. Im Hintergrund eine blaue lange Halle. Wohnhäuser. Autobahn. Busdepot. Nächster Halt: Groß-Gerau Dornberg. Groß-Gerau Dornberg. Okay, okay. Du hast es ja kapiert. Hier musst du raus. Aufstehen, ein paar Schritte und dann raus: Der Bahnsteig ist leer. Die Unterführung riecht nach Urin. Aus einem Kiosk strömt Kaffeeduft und Musik. Ein einzelnes Taxi wartet. Aber nicht auf dich. Der Fahrer hinterm Steuer liest die FAKT-Zeitung. Er sieht dich nicht. Jetzt weißt du wieder: Du musst den Bahnhofshügel runter und an der Ampel bei den Sportplätzen nach links. Dort führt ein Weg die ganze Straße entlang. Und am Ende des Wegs liegt die Tankstelle, an der Manfred vor gefühlten hundert Jahren Kaffee für dich gekauft hat. Jetzt erinnerst du dich wieder. Du hast den Treffpunkt ja selbst vorgeschlagen.

***

Der Traum war aus. Es war ein schöner Traum gewesen, aber jetzt war er zu Ende. Jeder Traum endete irgendwann. Das hätte sie von Anfang an wissen sollen.

Elena trug zerschlissene Turnschuhe, ihre letzte saubere Jeans und einen Kapuzenpulli unter der Lederjacke. In ihrer Hand hielt sie eine weiße Plastiktüte mit der blassblauen Aufschrift „Patienteneigentum“, in der sich außer schmutziger Unterwäsche und ein paar T-Shirts noch ein angebrochenes Päckchen Tampons, ihr Pass, ein bisschen Make-up und Seife sowie eine handsignierte CD der Boiling Heads befand. Zusammen mit einem halben Päckchen Zigaretten, ein paar Euromünzen und dem Handy in ihrer Jackentasche war das ihr gesamter Besitz.

Die Fahrstuhltüren öffneten sich und Elena trat ins Foyer des Krankenhauses, ein alter Mann im gestreiften Bademantel schlurfte an ihr vorbei in die Kabine, drückte einen Knopf und sah sie aus trüben Augen an, bis die Türen sich zwischen ihnen schlossen. Ein junger Pfleger schob einen Infusionsständer durchs Foyer und warf ihr einen schnellen Blick zu. Er trug seine Haare kurz und hatte einen Dreitagebart. Früher hätte Elena ihn angelächelt, aber nach Lächeln war ihr nicht mehr zumute. Sie ging an dem großen Weihnachtsbaum im Eingangsbereich und der Pförtnerloge vorbei und verließ das Krankenhaus.

Aus der Wärme der Klinik in den frostigen Morgen zu treten, war ein Schock. Elena zog den Kopf zwischen die Schultern und stapfte los. Sie hätte jetzt gern einen richtigen Wintermantel getragen oder wenigstens einen dicken Schal, den sie sich ein paar Mal ums Gesicht hätte wickeln können. Eine Mütze und Handschuhe wären auch schön gewesen. Aber wie hatte Monk immer gesagt? Das Leben ist kein Wunschkonzert. Sie hatte den Spruch erst nicht verstanden, und Monk hatte ihn ihr auch nicht erklärt, weil er von Anfang an dagegen gewesen war, sie überhaupt mitzunehmen. Das Leben macht nicht immer das, was du willst, hatte Brink übersetzt und ihr zugezwinkert, und sie hatte ihn zum Dank dafür auf den Mund geküsst. Eigentlich war sie ja mit André zusammen gewesen, aber der hatte sich nicht mehr für sie interessiert und meistens nur noch zugekifft im Bus gelegen.

Auf dem Parkplatz vor dem Krankenhaus standen die Autos der Bediensteten, die am Wochenende arbeiten mussten. Sie überquerte den Platz und lief ein Stück an der Schule entlang, dort, wo unter der Woche die Schulbusse hielten. Nach ein paar Metern blieb sie stehen und drückte die flache Hand auf den Bauch, sie musste langsam machen, trotz der Kälte. Vor der Unterführung gegenüber des Hallenbads stand eine Säule mit einem Zifferblatt an jeder Seite; vier Uhren, von denen jede eine andere Uhrzeit anzeigte. Elena holte ihr Handy hervor und sah auf das Display. Es war noch genug Zeit. Sie blies sich warme Luft in die vor Kälte steifen Hände, rieb die Handflächen aneinander, steckte sie zurück in die Taschen der Lederjacke und dachte wehmütig an den vergangenen Sommer. Als sie Gaby damals in Frankfurt besucht hatte, stand ihr Entschluss schon so gut wie fest: Sie würde mit André und den Boiling Heads auf Tour gehen. Deutschland, Holland, Belgien. Und vielleicht sogar England. Das hinge noch davon ab, ob sie jemand buchte, hatte André gesagt. Auf jeden Fall wäre sie mit dabei.

André hatte sie im Wohnheim kennengelernt. Er gehörte zur Putzkolonne, die zweimal in der Woche kam. Er hatte seine langen Haare zu einem Zopf gebunden, Dreitagebart und ziemlich coole Tattoos auf den Unterarmen. Seine Putzkollegen waren stämmige Frauen vom Balkan und schweigsame Schwarzafrikaner, die meistens unter sich blieben. Eines Vormittags, als sie vor der Spätschicht nackt aus der Dusche kam, stand er im Vorraum und füllte den Handtuchspender auf. Er hörte sie nicht, weil er iPod-Stöpsel in den Ohren hatte, und als er sich umdrehte, erschrak er und sie erschrak auch und wickelte sich schnell ein Frotteehandtuch um den Körper. Sie starrten sich einen Moment lang ratlos an, und dann lachten sie und später standen sie in dem kleinen Lagerraum neben den Toiletten und rauchten heimlich aus dem Fenster.

André wohnte in einer engen Einzimmerwohnung in einem heruntergekommenen Wohnblock im Norden Groß-Geraus. Er hatte kaum Geld, spielte Gitarre in einer Indie-Band und wollte nur raus aus allem. Raus aus dem miesen Job und raus aus Groß-Gerau. Und genau das wollte Elena auch. Einen letzten Schubs für ihre Entscheidung, einfach abzuhauen und dem ekligen Wohnheim und der eintönigen, schlecht bezahlten Arbeit bei Yukon zu entkommen, bekam sie an dem Nachmittag, als sie ihre Schwester in Frankfurt besuchte.

Gaby wäre nie auf die Idee gekommen, mit einer Rockband im Bus einfach so durch Europa zu reisen. Gaby wollte es gemütlich und spießig. Mit Haus und Garten. Dafür war sie sogar bereit, mit einem Ekel wie Manfred Kowalski zusammenzuleben. Elena hatte ihr also nichts von ihren Plänen gesagt, nicht zuletzt deshalb, weil sie schnell spürte, dass irgendetwas mit ihrer Schwester nicht stimmte. Ihr Blick war glasig und manchmal kippte ihre Stimme und brach, als stünde sie kurz davor loszuheulen. Und dann Kowalski. Der Wachmann. Ihr Schwager. Das Arschloch.

Es war offensichtlich, dass er sie loswerden wollte. Wahrscheinlich befürchtete er, dass sie Gaby früher oder später gegen ihn aufwiegeln würde. Womit er verdammt nochmal auch recht hatte. Sie wusste, dass er versuchen würde, ihr Angst zu machen, als er darauf bestand, sie zurück ins Heim zu fahren.

Sie erinnerte sich an die warme, abgestandene Luft in Kowalskis BMW. Die aufgekratzten Jubelkommentare zum deutschen Sieg gegen Frankreich aus dem Autoradio. Die Menschen in Fußballtrikots auf den Straßen. Kowalski hupte ein paarmal entgegenkommende Autos mit Deutschlandfähnchen an, einer beugte sich mit nacktem Oberkörper aus dem Beifahrerfenster und verspritzte Bier aus einer Dose. Kowalski lachte und legte ihr eine Hand auf den Oberschenkel. Sie tat so, als sei nichts, ignorierte seine Berührung einfach und sah aus dem Seitenfenster. Auf der Autobahn nahm er die Hand von ihrem Bein und legte sie ihr dafür in den Nacken. Im Autoradio sangen die Sportfreunde Stiller davon, dass ihr Freund aus Leder sei. Kowalski brummte die Melodie mit. Er ließ das Fenster auf der Fahrerseite herunter, der Verkehrslärm übertönte das Radio sofort. Seit sie losgefahren waren, hatte ihr Schwager nicht ein Wort gesagt, jetzt fragte er: „Steckst du mir mal eine an?"

Elena nahm die Schachtel Marlboro aus der Ablage über dem Handschuhfach.

„Nimm dir ruhig auch eine." Er schielte kurz zu ihr herüber und grinste. Sie spürte seinen anzüglichen Blick, als sie sich zwei Zigaretten auf einmal in den Mund steckte und anzündete. Zumindest löste er jetzt die Hand aus ihrem Nacken, um einen der beiden Glimmstängel entgegennehmen zu können.

„Weißt du, Gaby und ich sind sehr glücklich, so wie wir leben." Kowalski musste fast schreien, um den Verkehrslärm zu übertönen.

Elena sagte nichts, sie wünschte sich nur, er würde das Fenster wieder schließen. Der Fahrtwind schlug ihr ins Gesicht und fuhr ihr durch die Haare, aber sie hätte sich eher die Zunge abgebissen, als ihn um etwas zu bitten.

„Wir brauchen da niemanden, der sich einmischt, das verstehst du doch sicher?"

Elena schwieg. Sie sah die Gebäude des Frankfurter Flughafens auftauchen, dann glitten sie an dem schiffsartigen Rumpf des Squaire vorbei. Im Licht der Abendsonne sah es so aus, als sei ein Ufo mitten auf der Autobahn gelandet.

Kowalski wechselte auf die A67 und fädelte sich in den fließenden Verkehr ein, überholte einen Kleinlaster, blieb auf der Überholspur und legte ihr erneut eine Hand auf den Oberschenkel. Elena unterdrückte den Impuls, sie sofort wegzustoßen, und sah nur stur geradeaus durch die Windschutzscheibe. Bald würde die Groß-Gerauer Abfahrt in Sicht kommen, dann die Abfahrt nach Büttelborn und danach schließlich die Zufahrt zur ehemaligen Rastanlage, die heute das Wohnheim beherbergte. Er würde natürlich vorher irgendwo abfahren und einen Platz suchen, wo er mit ihr allein sein konnte, dessen war sie sich jetzt ziemlich sicher. Seine rechte Hand begann, rhythmisch ihren Oberschenkel zu kneten, mit der linken steuerte er den Wagen, die Augen gegen den aufsteigenden Qualm der Zigarette in seinem Mundwinkel zugekniffen.

Kowalski verlangsamte den BMW auf knapp 100 km/h, fuhr aber an der Abfahrt vorbei und blieb auf der linken Spur. Ein Opel Insignia näherte sich schnell von hinten und fuhr dicht auf. Kowalski ging noch ein bisschen mehr vom Gas und tippte das Bremspedal an, sodass die roten Lichter am Heck kurz aufleuchteten. Der Opel hielt sofort etwas mehr Abstand. Kowalski grinste und verringerte die Geschwindigkeit auf 80 km/h. Der Fahrer des Insignia setzte an, um rechts zu überholen, aber im selben Moment zog Kowalski den BMW auf die rechte Spur. Der Opel hinter ihnen hupte und blendete auf. Im Schminkspiegel in der heruntergelassenen Blende konnte Elena den Fahrer wild gestikulieren und schimpfen sehen. Es war ein deutlich älterer Mann und er saß allein in seinem Fahrzeug. Verunsichert blieb er noch eine Weile hinter ihnen, dann zog er auf der Überholspur vorbei. Als er auf einer Höhe mit ihnen war, sah er kurz herüber und Kowalski zeigte ihm seinen Stinkefinger und lachte. Elena war schlecht. Sie hätte am liebsten laut geschrien, biss sich aber auf die Lippen. Die Zigarette zwischen ihren Fingern war bis auf den Filter heruntergebrannt, sie zog den Aschenbecher aus der Mittelkonsole und drückte sie aus. Ihr Schwager hatte seine Kippe schon durch das offene Fahrerfenster entsorgt. Das Grinsen war ihm wie ins feiste Gesicht gebrannt. In Büttelborn fuhr er ab.

Kowalski fuhr Richtung Groß-Gerau, musste aber an der Ampel auf der Brücke halten. Der Verkehr im Umland war spärlich, die Autokorsos waren natürlich in den Innenstädten unterwegs.

„Vielleicht sollten wir uns mal ungestört ein bisschen unterhalten? Nur du und ich? Was meinst du?"

Elena zögerte. Sie versuchte ihrer Stimme einen möglichst beiläufigen Ton zu geben, dem man ihre Angst nicht anhörte. „Und was sollte das deiner Meinung nach bringen?"

„He, he, ich will doch nur, dass wir uns besser verstehen, wir zwei, nichts weiter, was denkst du denn?" Kowalski spielte den Gekränkten.

„Okay. Reden wir. Wo fahren wir dazu hin?"

Die Ampel sprang auf Grün. Kowalski legte den ersten Gang ein und fuhr los. „Ich kenne da ein lauschiges Plätzchen, ganz in der Nähe am Ortsausgang, da sollten wir jetzt ungestört sein."

Elena nickte. Sie glaubte zu wissen, welche Gegend er meinte. Am Ortsausgang von Büttelborn lag eine Netto-Filiale, die alle im Wohnheim zum Einkaufen nutzten. Auf der gegenüberliegenden Seite des Supermarktgeländes erstreckte sich ein breitflächiges Industriegebiet mit Lagerhallen, Büros und Speditionshöfen. Die Straßen dort waren für den Lkw-Verkehr ausgebaut und endeten meist am Feldrand in großzügigen Wendehammern. Sonntags hielt sich dort so gut wie niemand auf. Die Einfamilienhäuser am Ortsrand lagen zwar in Sicht- aber nicht in Hörweite.

„Gut", sagte Elena, „wie du meinst. Aber ich hoffe, du besorgst uns vorher noch was zu trinken."

Ihr Schwager zog überrascht die Augenbrauen in die Höhe. Damit hatte er offenbar nicht gerechnet. Er warf Elena einen überraschten Blick zu.

„Da!" Elena deutete auf die Aral-Tankstelle an der Ortseinfahrt, die gerade in Sicht kam.

Ihr Schwager lächelte und nickte. „Wusste ich's doch …"

An den blau-weißen Zapfsäulen war wenig Betrieb. Kowalski hielt direkt vor dem Eingang. Die verglasten Schiebetüren gingen gerade auf und zwei Teenie-Mädchen mit Deutschland-Girlanden um den Hals und schwarz-rot-goldener Schminke im Gesicht kamen gut gelaunt heraus.

Kowalski lehnte sich im Fahrersitz zur Seite und zog seine Brieftasche aus der Gesäßtasche.

„Was trinkst du?"

„Was du trinkst."

Er sah ihr einen Moment direkt in die Augen, und Elena zwang sich, seinem Blick standzuhalten.

Ihr Schwager erinnerte sie an die wilden Hunde in ihrer Heimat. Die meisten davon waren krank, einige hatten Tollwut. Es gab zwei Verhaltensregeln, die man jedem Kind in Rumänien einbläute für den Fall, dass sie einem solchen Hund begegneten: keine schnellen Fluchtbewegungen und keine Angst zeigen. Sie war sich sicher, dass ihr Schwager so gut wie jeder dieser verwahrlosten Hunde in ihrem Heimatdorf Angst spüren konnte und dass Angst seinen Jagdinstinkt nur noch mehr anfeuerte. Sie wusste nicht, ob sie ihre Angst gut genug im Griff hatte, und war froh, als er endlich ausstieg.

Vor dem Tankstellenhäuschen standen Einweggrills, Regale mit Motoröl und säckeweise Grillkohle. Darüber konnte man durch die Scheiben in den Verkaufsraum sehen. Sie sah, wie ihr Schwager ein Sixpack Bier aus einem der Kühlschränke an der Stirnseite des Ladens nahm und sich in die Reihe stellte, um zu bezahlen. Bei der Kundin vor ihm gab es offenbar ein Problem, der junge Kassierer schüttelte immerzu den Kopf und die ältere Dame wühlte in ihrer Handtasche herum. Schließlich verschwand der Kassierer in einem kleinen Raum und kam eine Weile nicht zurück. Ihren Schwager konnte sie nun nicht mehr sehen, weil er hinter einem der Regale stand, die den vorderen Teil des Kassenbereichs verbargen. Als er nach ein paar Minuten wieder in den Wagen stieg, fluchte er. Elena lächelte dünn und nahm das Bier entgegen. Sie fuhren durch den Ort, passierten die Kirche und das historische Rathaus, nur vereinzelt waren hier noch Fußballfans unterwegs, aus manchen Fenstern hingen Deutschlandfahnen. Am Ende bog die Straße scharf nach rechts ab und machte an der nächsten Ecke eine Linkskurve, kurz danach steuerte Kowalski den BMW in den kleinen Kreisel am Ortsende und nahm die erste Ausfahrt.

Elena sah die in Rot und Gelb angelegte Supermarktfiliale, die Einkaufswagen standen ordentlich ineinandergeschoben unter ihrem Schutzdach, der sonntäglich leere Parkplatz lag in der Abendsonne. Kowalski fuhr noch ein Stück Richtung Griesheim, bog aber im nächsten Kreisel ins Industriegebiet ab. Auf den noch nicht genutzten Arealen wucherte Unkraut hinter mannshohen Gitterzäunen, dazwischen erhoben sich die Zweckbauten einiger Unternehmen und Speditionen. Sie kamen an einer langen Reihe mietbarer Garagen und Lagerräume vorbei. Kein Mensch war zu sehen.

Die Straße endete, wie erwartet, in einem Wendehammer. Kowalski parkte den Wagen so, dass sie auf ein abgeerntetes Spargelfeld sehen konnten, das von einer dünnen Baumreihe begrenzt wurde, hinter der die Autobahn durch die Gemarkung schnitt.

„Blick in die freie Natur mit untergehender Sonne, deine Schwester ist ganz verrückt nach so einem romantischen Scheiß.“

„Ich bin aber nicht meine Schwester.“

„Ich weiß.“

„Warum sind wir hier?“

„Wolltest du nicht was trinken?“

Elena löste zwei Bierflaschen aus dem Karton. Sie stellte die übrigen vier Flaschen in den Fußraum zwischen ihre Beine und reichte ihrem Schwager die beiden Biere.

„Kannst du uns die aufmachen?“

Kowalski hebelte die Kronkorken mit seinem Feuerzeug von den Öffnungen und warf sie aus dem offenen Fenster. An den Flaschen perlte Kondenswasser. Lächelnd reichte er ihr eine der Flaschen. Sie stießen an, und bevor Elena sich abwenden konnte, hatte Kowalski sie schon auf den Mund geküsst. Sie wusste, dass es ein Fehler war, aber vor Ekel und Überraschung stieß sie ihren Schwager von sich weg.

„Lass das!“

„Was denn? Was denn?“ Kowalski fuhr zurück, legte ihr aber mit ausgetrecktem Arm eine Hand in den Nacken. Diesmal packte er fester zu als während der Autofahrt. „Erst heiß machen, dann abblitzen lassen, bist du etwa auch so eine?“

Elena versuchte ruhig zu bleiben, atmete tief ein, zog die Schultern hoch und senkte den Blick. Sie sah den aufgerissenen, schiefen Karton mit den Flaschen im Fußraum, in den Ritzen der Matte lagen ockerfarbene Lehmbröckchen. Bleib ruhig, sagte sie sich. Er kann deine Angst riechen.

Wie um ihre Ahnung zu bestätigen, beugte sich ihr Schwager erneut zur ihr herüber und drückte seine Nase in ihr Haar. Elena hielt die Luft an. Sie versuchte, nicht zurückzuweichen und ruhig zu bleiben. Sie dachte an die Straßenhunde in Rumänien.

Kowalski ließ schließlich von ihr ab und lehnte sich im Fahrersitz zurück, sie konnte hören, wie er sein Bier mit großen Schlucken austrank. Kurz darauf polterte etwas neben den Wagen. Er hatte die leere Flasche wohl aus dem Fenster geworfen.

„Was machst du mit meiner Schwester?“ Elena wunderte sich selbst, woher sie den Mut hatte, ausgerechnet jetzt diese Frage zu stellen.

„Was machst du mit meiner Schwester?“, äffte Kowalski sie nach und riss ihr dann die immer noch volle Flasche aus der Hand, nahm einen kräftigen Schluck und warf sie dann ebenfalls aus dem Fenster. „Jetzt ist aber mal Schluss hier mit Frage-Spielchen!“, schrie Kowalski und atmete schwer.

Elena sah aus dem Augenwinkel, wie er sich mit dem Unterarm den Schweiß von der Stirn wischte. Seine Hand wühlte sich unter ihr eng anliegendes T-Shirt und kam warm und feucht auf ihrem nackten Rücken zu liegen. Kurz bevor sie die Beherrschung verlor und losschreien wollte, hörte sie einen dumpfen Schlag auf dem Autodach. Ihr Schwager ließ sofort von ihr ab und fuhr herum.

André stand vor der Fahrertür, die Hände auf die Knie gestützt und den Oberkörper nach vorne gebeugt, sodass er in den Wagen sehen konnte.

Kowalski war verwirrt, fing sich aber schnell wieder. „Hast du Hippie eben meinen Wagen angefasst?"

„Lass die Frau in Ruhe."

„Sonst was?"

Elena bemerkte, dass Kowalskis Augen immer wieder zum Handschuhfach wanderten. Sie saß ihm offenbar im Weg. Noch während sie darüber nachdachte, öffnete jemand die Beifahrertür und zog sie aus dem Wagen. Es war Matze, ein glatzköpfiger Hüne mit den Schultern eines Preisboxers, der sich bei den Boiling Heads als Roadie verdingt hatte.

„Alles in Ordnung, Elena?", fragte er mit seiner sanften Stimme, die so gar nicht zu seinem martialischen Äußeren passen wollte.

Elena nickte. Gott sei Dank. Sie hatte André an der Tankstelle eine Nachricht über WhatsApp geschickt. Auf der anderen Seite des Wagens sah sie nun auch Brink, der ihrem Freund beigesprungen war, er hatte einen Baseballschläger in der Hand. Sogar Monk war da. Er stand etwas abseits am Rande des Wendehammers und beobachtete das Geschehen.

„Was soll das werden, ihr Arschlöcher?"

Kowalski hatte zuletzt Anstalten gemacht, aus dem Wagen zu steigen, hielt jetzt aber inne. Offenbar war er nicht dumm genug, um sich mit vier Männern gleichzeitig anzulegen, die noch dazu jünger und bewaffnet waren. Schade eigentlich, dachte Elena. Sie hätte zu gern dabei zugesehen, wie man ihrem Schwager mal richtig die Fresse polierte.

„Hau einfach ab!", sagte André, hinter dem sich mittlerweile die anderen Jungs versammelt hatten, und Elena konnte sehen, wie Kowalski seine Chancen abwog und dabei sehr schnell zu einem Ergebnis kam.

Elena erinnerte sich an die warme Brise, die aufgekommen war und zu ihnen herüberzog, als sie nun frierend den vereisten Fußgängerweg Richtung Tankstelle entlanglief. Es war ein wunderbares Gefühl gewesen, an diesem Sommerabend im Licht der schwächer werdenden Sonne mit den Jungs in diesem Brachland zu stehen, den Arm ihres Freundes um ihre schmalen Schultern, und zu sehen, wie die Rücklichter von Kowalskis BMW in der Ferne immer kleiner wurden und schließlich nicht mehr zu erkennen waren. Danach kamen schöne Tage: die Fahrten zu den Auftritten, die Musik, vor allem aber das Gefühl, endlich zu etwas zu gehören, das wirklich Spaß machte. Als Anhängsel des Gitarristen mitgekommen, fand sie schnell Möglichkeiten, sich nützlich zu machen: Sie verkaufte CDs und T-Shirts bei den Konzerten, half beim Auf- und Abbau und besorgte von dem wenigen Geld, das sie verdienten, die billigsten Lebensmittel. Aber eigentlich, so dachte sie nun rückblickend, war dieser Abend, als sie mit den Jungs in diesem Wendehammer gestanden hatte, der schönste Moment gewesen, weil damals alles möglich schien, wirklich alles. An Gaby oder ihre Mutter hatte sie irgendwann nicht mehr gedacht oder nur mit einem Gefühl der Scham. Es war ihr Leben, nicht das ihrer Schwester und nicht das ihrer Mutter. Sie musste sich vor niemandem rechtfertigen.

Elena rauchte mit den Jungs Marihuana und stellte fest, dass es nichts für sie war. Sie trank bei den Konzerten ein paar Becher

Bier, manchmal einen Jackie Cola, und das war's. André hingegen kam nach ein paar Wochen überhaupt nicht mehr runter und war fast ständig stoned. Der Sprung nach England misslang, sie hingen wochenlang in Calais herum, bis es aus London hieß: Sorry, no money for you. Dann begannen die Streitereien. Matze heuerte bei einer holländischen Rolling-Stones-Kopie an, deren Mitglieder ihn unbedingt als Bühnenroadie haben wollten und die ihn im Gegensatz zu den Boiling Heads auch bezahlen konnten. Brink liebäugelte mit der Rückkehr in seinen alten Job und Monk träumte von einer Solokarriere. André interessierte sich für nichts mehr, außer für die nächste Tüte, das nächste Besäufnis. Auf der Bühne verkackte er die Einsätze oder spielte permanent gegen den Rhythmus.

Im Winter kehrten die Boiling Heads nach Deutschland zurück, spielten noch ein paar Gigs in Turnhallen und bei Betriebsfesten, aber das Ende der Band stand kurz bevor. Zwei Wochen vor Weihnachten waren André und Elena wieder dort, wo sie im Sommer mit hochgesteckten Zielen nach Europa aufgebrochen waren: im Wohnblock in der Münchener Straße in Groß-Gerau.

Sie lagen herum und taten nichts. André wurde mürrisch und reizbar, weil er kein Geld für Dope hatte, und Elena wollte am liebsten von ihm weg, wusste aber nicht wohin. Die Schmerzen in ihrem Unterbauch kamen buchstäblich über Nacht, und am frühen Morgen hatte sie das Gefühl, sterben zu müssen. Wie sich im Krankenhaus herausstellen sollte, wäre sie das auch fast, denn ihr entzündeter Blinddarm stand kurz vor dem Durchbruch. In der Klinik füllte sie ein Formular aus, auf dem sie die Zeitarbeitsfirma und ihre alte Krankenversicherung, zu der sie schon seit Monaten keine Beiträge mehr geleistet hatte, als Kostenträger angab. Elena wusste nicht, was sie als Nächstes tun sollte. Es gab nur noch eine einzige Person in Deutschland, an die sie sich wenden konnte. Sie rief auf Gabys Handy an, erreichte sie aber nie. Einmal nahm Kowalski den Anruf entgegen und sie legte erschrocken auf.

Am Donnerstag hatte man ihr eröffnet, dass es Probleme mit der Kostenübernahme gäbe, am selben Tag erreichte sie zum ersten Mal ihre Schwester am Telefon.

In der Tankstelle an der Kreuzung herrschte trotz der frühen Stunde schon Hochbetrieb, nur tanken wollte kaum einer. Unrasierte Männer in Freizeitkleidung kauften Brötchen und Zeitungen, Kinder erbettelten Süßes und in Cellophan eingeschweißtes Spielzeug.

Elena bestellte Kaffee und zog sich mit dem dampfenden Pappbecher an einen der Stehtische zurück, die Tüte mit ihren paar Habseligkeiten zwischen den Füßen. Sie holte ihr Handy hervor und sah auf die Zeitanzeige im Display. Jeden Moment würde Gaby hier zur Tür hereinkommen, und dann wäre sie wenigstens nicht mehr allein.

***

Ingo Bäumler saß auf der Couch in seinem Wohnzimmer, aber sein Wohnzimmer war nicht mehr sein Wohnzimmer. CDs und Bücher waren in die Regale geräumt, auf dem Boden lagen weder Wäschestücke noch Müll herum, der Teppich war gesaugt und das große Terrassenfenster geputzt. Der Raum war ihm gestern auf einmal so groß und hell erschienen, dass es kaum auszuhalten war. Dann hatten sie den Baum aufgestellt und alles war wieder etwas geschrumpft, aber auf eine heimelige Art und Weise. Am frühen Abend hatten sie die Lichterkette an dem geschmückten Baum in Betrieb genommen, und als er dann mit seinem Nachbarn und Rosi vor der mannshohen Nordmanntanne stand, hatte er einen furchtbaren Kloß im Hals. Heiner Schultes hatte wohl bemerkt, dass er mit den Tränen kämpfte, und gesagt: „Nun reißen Sie sich aber mal zusammen, Bäumler, und holen uns zwei Flaschen Bier."

Also tranken sie Bier, mit dem friedlich schlummernden Hund unter dem Wohnzimmertisch und dem schön beleuchteten Baum, der den Raum in ruhiges Licht tauchte, während es draußen vor dem Fenster dunkler wurde und das gedämpfte Glockengeläut der Stadtkirche zu ihnen ins Zimmer drang. Bäumler ging nach dem ersten Bier zu grünem Tee über, aber Schultes leerte noch zwei weitere Flaschen. Den Alten schien etwas zu beschäftigen, aber Ingo traute sich nicht, ihn danach zu fragen. Gegen halb neun verabschiedete sich sein Nachbar. Ingo Bäumler legte sich im Halbdunkel auf die Couch und hörte Tom Waits, bis ihm die Augen zufielen. Der Tag hatte Kraft gekostet.

Am Sonntagmorgen erwachte er erfrischt und ausgeruht, machte sich Kaffee und setzte sich wieder ins Wohnzimmer, das ihm nun fremd und vertraut zugleich vorkam. Seit Sabines Auszug war es hier nicht mehr so aufgeräumt gewesen. Schultes und er würden sich in den kommenden Tagen einen Raum nach dem anderen vornehmen und nach den Feiertagen, zwischen den Jahren, würde Sabine mit den Kindern vorbeikommen, oder er würde zu ihnen ins Ried fahren. So hatten sie es abgesprochen. Ingo spürte ein Kribbeln in seinem Bauch, wenn er daran dachte. Er würde noch Geschenke kaufen müssen. Und etwas zu essen. Und …

Immer langsam, Bäumler, immer langsam. Die Stimme des Nachbarn in seinem Kopf riet ihm, den Ball flach zu halten. Obwohl das kein Ausdruck war, den Schultes benutzen würde.

Was würde der alte Mann sagen? Ruhig Blut, Bäumler. Oder: Jetzt mal ganz langsam, Herr Studienrat. Ingo musste lächeln bei dem Gedanken.

Gestern, als sie den Baum geholt hatten, war ihm am Steuer des Wagens der Schweiß ausgebrochen. Sie fuhren auf den Südring, weil er den Baum in Dornheim holen wollte, so wie er es früher auch mit den Kindern gemacht hatte, aber bereits nach den ersten 100 Metern wäre er am liebsten an den Straßenrand gefahren und hätte sich unter dem Sitz verkrochen. Schultes hatte nur stur nach vorne durch die Windschutzscheibe gesehen und zwischen zusammengebissenen Zähnen hervorgepresst: „Die Ampel da vorne, das ist unser Ziel, Bäumler, bringen Sie uns um Himmels willen zu der Ampel."

Als sie sich der Ampel näherten, wies Schultes ihn an, den Blinker zu setzen und sich auf der linken Spur einzureihen. Auch den Rest des Weges teilte er ihm in knappen Sätzen mit, eine überschaubare Etappe nach der anderen, und Ingo schaffte es tatsächlich bis zu der Hofeinfahrt in Dornheim, vor der ein Klappständer auf den alljährlichen Weihnachtsbaumverkauf hinwies. Er war auf dem ganzen Weg deutlich unterhalb der vorgeschriebenen Höchstgeschwindigkeit geblieben und auf der Landstraße hatten sie mehrere Autos überholt, aber Schultes hatte nur gesagt: „Gut so, sehr gut."

Bevor sie den Hof betraten, rauchte Ingo an den Wagen gelehnt zwei Erleichterungszigaretten, und auf dem Rückweg setzte sich Schultes ans Steuer.

Ingo nahm einen großen Schluck aus der Kaffeetasse und dachte an das Auto, das vor dem Haus stand. Es war früh am Sonntagmorgen, da war kaum jemand unterwegs. Gestern hingegen war reger Betrieb auf den Straßen gewesen. Er würde langsam machen. Einmal die Straße rauf und wieder runter. Er ganz allein. Das Kribbeln in seinem Bauch kehrte zurück.

Zehn Minuten später setzte Ingo Bäumler den grünen Volvo rückwärts auf die Straße. Er hatte den rechten Arm um die Kopfstütze des Beifahrersitzes gelegt, lenkte mit der linken und sah über seine Schulter hinweg durch die Heckscheibe auf die leere Straße. Unendlich langsam schob sich der Wagen aus der Parkbucht. Bäumler schlug ein, der Wagen gehorchte, es war wie ein Wunder. Im Schritttempo zuckelte er bis zur Einmündung der Darmstädter Straße. Gegenüber lag der Parkplatz vor der zurückgebauten Sporthalle. Eigentlich hatte er dort wenden und wieder zurückfahren wollen, aber jetzt setzte er den Blinker und bog auf der menschenleeren Straße nach links ab. Die warnende Stimme seines Nachbarn meldete sich kurz in seinem Kopf. Er solle es mal bloß nicht übertreiben jetzt, aber Bäumler flüsterte: Ich hab's im Griff, ich schwöre, ich hab's im Griff. Sagten nicht alle immerzu, er müsse sich mal was zutrauen? Der alte Schultes hatte das schon gesagt. Und Franziska Körner doch auch, auf ihre Art.

Das Schulgebäude, die Bushaltestelle, der Kiosk mit den heruntergelassenen Rollläden. Die Straße gehörte ihm. Er fühlte sich ein bisschen so wie damals bei den ersten heimlichen Fahrversuchen mit dem Opel Coupé eines älteren Freundes. Auch das war an einem Sonntagmorgen gewesen. Allerdings auf einem abgelegenen Supermarkt-Parkplatz vor über 20 Jahren.

Bäumler sah in den Rückspiegel. Von hinten näherte sich kein anderes Fahrzeug, niemand, der ihm Druck machte. Gut, dachte er und beschleunigte etwas. Die Ampel an der Kreuzung vor ihm zeigte Rot. Links senkte sich die Fahrbahn in die Bahnunterführung, geradeaus stieg die Straße an und führte zum Bahnhofshügel hinauf. Die Sonne kam zum ersten Mal an diesem Wintermorgen hinter dem milchigen Dunstschleier am Himmel hervor und blendete Ingo Bäumler genau in dem Moment, als er den Wagen vor der Kreuzung an den Sportplätzen auf die Rechtsabbiegerspur lenkte, um die Ampel zu umgehen. Er musste kurz die Augen zukneifen, weshalb er nicht sah, was da plötzlich auf der Kühlerhaube aufschlug. Aber er hörte das dumpfe Geräusch. Ein Geräusch, von dem er gehofft hatte, es niemals wieder hören zu müssen.

10

Der schmale Spalt zwischen den Schranktüren füllte sich mit Licht, und Larissa war sicher, dass ihr Herzschlag sie verraten würde, so laut pochte es ihr in den Ohren. Und wenn nicht das Herz sie verriet, dann ihr Atem, den sie möglichst flach halten wollte, aber dann schrie ihr Körper so verzweifelt nach Sauerstoff, dass sie den Mund weit aufriss und die warme, abgestandene Luft im Schrank in sich einsog. Der Geruch nach Staubsaugerbeutel und Gummi brachte sie fast zum Würgen, die Enge ihres Verstecks versetzte sie in Panik. Und das Versteck war gar kein Versteck. Es war eine Falle. Kowalski würde sie finden. Er würde den Schrank aufreißen und sie herauszerren. Er würde …

Larissa schloss die Augen und schluckte trocken. Als sie die Augen wieder öffnete, war der Lichtspalt zwischen den Türen verschwunden. Zitternd saß sie in der nun wieder vollkommenen Dunkelheit. Vor ein paar Minuten noch hatte sie draußen auf der Straße gestanden und alle Möglichkeiten gehabt, jetzt saß sie hier und konnte nicht entkommen. Und es war ihre Schuld. Ganz allein ihre Schuld. Larissa umklammerte ihre Knie mit den Armen, sie atmete tief ein und wieder aus. Sie durfte jetzt keinesfalls auch noch zu heulen anfangen. So sehr ihr auch danach war.

Die Schwärze vor ihren Augen veränderte sich, als sie die Schranktür vorsichtig ein Stück aufstieß. Da war das Licht über der Theke, das ihr etwas Orientierung schenkte. Sie öffnete die zweite Tür, so dass sie ihre Beine aus dem Schrank stellen konnte, ihr Hintern fühlte sich bereits ein bisschen taub an. Fast erwartete sie, dass die Türen in den Angeln quietschen würden wie in einem Horrorfilm, aber die Scharniere waren offensichtlich gut geölt, die Schranktüren klappten vollkommen lautlos zur Seite. Eine Schrecksekunde lang war sie davon überzeugt, dass Kowalski sie hereingelegt hatte: Er würde jeden Moment aus der Dunkelheit heraus nach ihr greifen. Ihr Herzschlag, der sich gerade erst wieder etwas beruhigt hatte, nahm erneut Fahrt auf, das Zittern in den Beinen wurde schlimmer. Sie kämpfte die Tränen nieder und versuchte das Zittern, das sich nun auf ihren ganzen Körper ausgebreitet hatte, in den Griff zu bekommen. Sie lauschte in den dunklen Raum, aber da war nichts. Es war vollkommen still hier unten.

Als sich ihre Augen langsam an das Halbdunkel gewöhnten, traten die Umrisse einiger Gegenstände im Raum hervor. Die Barhocker vor der Theke waren ganz deutlich zu erkennen, die Flaschen im Wandregal, ein Spiegel mit Whiskywerbung. Im anderen Teil des Raums schienen große Möbelstücke zu stehen, ein breitflächiges dunkles Etwas verstellte ihr den Blick.

Larissa stützte sich mit den Händen auf dem Boden ab, der Teppich unter ihren Fingern fühlte sich weich und flauschig an. Langsam erhob sie sich und war erstaunt, dass ihre Beine sie trugen. Sie machte drei große Schritte Richtung Tür, bekam nach kurzem Suchen die Klinke zu fassen und drückte sie nach unten. Nichts tat sich. Verzweifelt rüttelte sie erneut an der Klinke. Die Tür war verschlossen. Sie war eingesperrt.

Nach einigen hektischen Versuchen fand sie zumindest den Lichtschalter. Als sie sich umdrehte, lag der Raum in gedämpftem Licht. Jetzt erkannte sie auch das breitflächige Möbelstück, das sie im Halbdunkel nur hatte erahnen können: Es war eine Doppelmatratze, die hochkant gegen die Wand gelehnt stand. Daneben erkannte sie das offenbar dazugehörige Bettgestell, eine stabile Konstruktion mit ausladenden Holmen und Streben über dem Kopfteil. Die Wände in diesem Teil des Raums waren mit bordeauxroten Tüchern abgehängt. Das ganze hier unten schien eine seltsame Mischung aus Party- und Sexkeller zu sein. Die merkwürdigen Gummikleider, zwischen denen sie im Schrank gesessen hatte, fielen ihr wieder ein. An der gegenüberliegenden Wand war eine archaisch wirkende Konstruktion aus dunklen Balken angebracht. Ein mannshohes Andreaskreuz, an dessen vier Enden Lederschlaufen eingelassen waren, daneben hingen an einem Haken Lederbänder und Ketten in verschiedenen Längen und Stärken. Larissa berührte die Konstruktion. Sie war beweglich. Das Kreuz konnte um sich selbst gedreht werden. Larissa wich zurück. Sie wollte sich nicht vorstellen, was Kowalski und Gaby und weiß der Teufel wer sonst noch hier unten anstellten.

Du musst hier raus, sagt sie leise zu sich selbst, und der Klang ihrer eigenen heiseren Stimme an diesem bizarren Ort verursachte ihr eine Gänsehaut. Dann fiel ihr etwas ein. Erleichterung durchflutete sie. Beinahe hätte sie laut gelacht. Panik und Angst hatten ihr den Weg zum einfachsten Rettungsweg verstellt. Besser die Polizei fand sie hier als der unheimliche Kowalski. Sie würde einiges erklären müssen, aber das war ihr momentan völlig egal. Das Display ihres Handys leuchtete, der Akku war voll geladen. Larissa wartete, bis sich der Verbindungsbalken aufbaute. Sie schloss die Augen, zählte leise bis zehn und öffnete die Augen wieder. Das Display meldete: kein Netz.

Sie würde jetzt nicht hysterisch werden. Sie würde nicht durchdrehen. Nein. Sie hielt das Handy am ausgestreckten Arm und tippelte in kleinen Schritten durch den Raum wie ein Wünschelrutengänger. In der Mitte blieb sie stehen und streckte die Hand mit dem Gerät so weit sie konnte der Decke entgegen.

Larissa flehte zur Telekom und zum lieben Gott, an den sie eigentlich nicht glaubte, sie mögen ihr wenigstens ein schwaches Signal schenken. Ein mickriger Balken würde vielleicht schon genügen, um einen kurzen Anruf zu machen, aber als sie mit gerecktem Hals auf das Display sah, hatte sie immer noch kein Netz. Sie ließ den Arm wieder sinken und spürte erneut, wie ihr die Tränen kamen. Diesmal hielt sie sie nicht zurück.

***

Kowalski beobachtete den Doktor aus dem Augenwinkel, während sie durch die sonntäglich leeren Straßen auf dem Lerchesberg fuhren. Er trug einen hellgrauen Kurzmantel über dem schwarzen Anzug, der oberste Knopf seines weißen Hemdes war geöffnet, der Krawattenknoten gelockert. Die kleine Arzttasche stand im Fußraum zwischen seinen Füßen. Gewöhnlich mache er am Sonntagmorgen keine Hausbesuche, hatte er gesagt, als er zu Kowalski in den Wagen gestiegen war, und demonstrativ auf seine Armbanduhr gesehen. Um zehn beginne eine Theater-Matinee in der Alten Oper, und er werde dort pünktlich eintreffen, ganz egal, was für ein Problem bei ihm oder seiner Dame vorliege. Er sei schließlich nicht der Leibarzt seines kleinen Etablissements.

Kowalski hatte nur gegrunzt und war losgefahren, kaum dass der Doktor die Beifahrertür geschlossen hatte. Der arrogante Arsch ging ihm jetzt schon auf die Nerven und Kowalski hätte ihm gern mal richtig eine verpasst, war aber klug genug, seine Wut unter dem Deckel zu halten.

Diese wuchs allerdings beständig, denn als die beiden Männer am Landwehrweg eintrafen, rümpfte der Doktor die Nase, als rieche es dort schlecht. Kowalski parkte den BMW in der Einfahrt und schloss die Haustür auf.

„Stört dich was?", presste er zwischen zusammengebissenen Zähnen hervor.

Der Doktor sah ihn einen Moment lang schweigend an, dann sagte er: „Seit wann sind wir beim Du?"

Kowalski ballte die Fäuste in den Jackentaschen. Sie standen mittlerweile im Treppenhaus, er ein paar Stufen über dem hochnäsigen Sack, der deshalb zu ihm aufsehen musste. Kowalski ragte wie ein Turm über ihm auf, mit einem leichten Stoß vor die Brust hätte er den anderen aus dem Gleichgewicht bringen, ihn umwerfen, ihm den Fuß auf den Hals setzen und ihn zappeln lassen können. Und Kowalski war sich ziemlich sicher, dass der andere die Wut in seinen Augen auch sehen, dass er sich sogar vorstellen konnte, was er, Kowalski, jetzt am liebsten getan hätte, aber der Doktor schien gar keine Angst zu haben. Er lächelte nur nachsichtig, wie jemand, der dem Treiben eines trotzigen Kindes zusah. Dann streckte er den Arm aus dem Ärmel seines Mantels, sah stirnrunzelnd auf die fette Rolex an seinem Handgelenk, und als er sich wieder Kowalski zuwandte, lag in seinem Blick nichts als gelangweilte Verachtung. Verachtung für die Teppichfliesen auf den Treppenstufen, Verachtung für die schlecht geputzten Fenster und den ungepflegten Vorgarten, Verachtung für das ganze Haus und das ganze Leben Kowalskis.

„Wo ist denn nun die Patientin?"

Kowalski antwortete nicht sofort. Dann sagte er: „Sie wissen gar nichts über mich, gar nichts."

Der Doktor hob die Schultern. Er wirkte amüsiert.

„Kommen Sie, Gaby ist im Schlafzimmer."

Etwas kam ihm merkwürdig vor, als er die Tür zum Schlafzimmer öffnete, aber dann sah er Gaby in ihre tausend Decken eingehüllt auf der Seite liegen. Er beugte sich zu ihr hinunter und griff ihre Schulter. „Gaby, aufwachen, der Doktor ist …"

Hier stimmte etwas nicht. Hier stimmte etwas ganz und gar nicht. Der Deckenberg war weich und körperwarm, gab aber sofort nach. Kowalski zog eine Lage nach der anderen vom Bett, bis er die leere Matratze freigelegt hatte.

„Na?", hörte er den Doktor hinter sich, „ist das Vöglein ausgeflogen?"

Jetzt wusste Kowalski auch, was ihn beim Betreten des Zimmers gestört hatte: Eine Schranktür war geöffnet und die Schublade an Gabys Schminktisch war zur Hälfte herausgezogen. Er wirbelte herum und sah den Doktor mit dem Rücken zum Fenster stehen, die Hände in den Taschen seiner Anzugshose.

„Gaby! Verdammt noch mal, komm raus!"

Kowalski riss die Tür zum Badezimmer auf, polterte die Treppen hinunter und sah in jeden Raum im Erdgeschoss. Zuletzt sah er auch im Keller nach, der Spielraum war verschlossen, der Kontrollraum sowieso, im Waschkeller stand noch immer der Korb vor der offenen Maschine. Kowalski stütze sich mit beiden Händen an der Kellerwand ab, sein Atem ging stoßweise, sein Puls raste, Schweiß trat ihm auf die Stirn. Er suchte nach einer vernünftigen Erklärung für Gabys plötzliches Verschwinden, fand aber keine. Keine, außer der einen, die er bis vor wenigen Minuten noch für undenkbar gehalten hätte: Das Miststück war abgehauen. Einfach … abgehauen.

Aber das konnte doch nicht sein, sagte er sich. Wo sollte eine wie Gaby denn hin? Wo? Zur Polizei? Ins Frauenhaus? Zurück nach Rumänien? Wie denn? Kowalskis Kopf dröhnte. Die ganze

Sache war aus dem Ruder gelaufen. Komplett aus dem Ruder gelaufen. Und er stand mal wieder alleine da. Und hatte Scheiße am Hacken, ganz gewaltige …

Kowalski hörte Schritte von oben herunterkommen. Auf dem Treppenabsatz stieß er mit dem Doktor zusammen.

„Es sieht ganz so aus, als gäbe es für mich hier nichts zu tun, also würde ich es begrüßen, wenn Sie mich jetzt wieder nach Hause chauffieren würden."

Auf einmal war Kowalski ganz ruhig. Eben noch war er fast in Panik geraten. Aber jetzt wusste er, was zu tun war.

„Natürlich", sagte Kowalski, „natürlich, machen Sie sich mal keine Gedanken."

„Das mache ich tatsächlich nicht." Der Doktor lächelte. „Aber ich habe es jetzt doch ein bisschen eilig."

Kowalski nickte verbindlich. „Natürlich, natürlich … aber es gibt da was, was Sie interessieren dürfte, dauert nur eine Minute."

Der Doktor verdrehte die Augen und hob die Arme. „Wenn es denn absolut sein muss …"

Der Kontrollraum war kaum groß genug für die beiden Männer. Kowalski fuhr das System hoch, drückte ein paar Knöpfe und stellte den großen Bildschirm so, dass sein Gast alles gut sehen konnte. Der Doktor stand mit verschränkten Armen halb im Türrahmen und kam jetzt vorsichtig ein Stück näher. Zum ersten Mal an diesem Morgen meinte Kowalski bei ihm eine leichte Beunruhigung erkennen zu können, und er genoss das Gefühl seiner Überlegenheit trotz der angespannten Lage.

„Was gibt das hier?"

„Moment noch, Moment …" Kowalski machte eine begütigende Geste. Als schließlich ein Bild auf dem Monitor erschien, lehnte er sich mit dem Rücken gegen die Wand und grinste.

„Der Ton ist nicht besonders“, sagte er achselzuckend, „aber die Bildqualität ist enorm ...“

Die Aufnahme zeigte Gaby und den Doktor. Sie saßen an der Theke und unterhielten sich.

„Machen Sie das aus.“ Die Stimme des Doktors war dünn und tonlos.

Kowalski spielte den Überraschten. „Aber das Beste kommt doch erst noch!“

„Ich sagte ...“

„Ich hab schon verstanden, was du gesagt hast. Aber hast du auch verstanden, was das hier für dich bedeutet?“

„Sie werden es nicht wagen ...“

„Oh!“ Kowalski schlug sich mit der flachen Hand gegen die Stirn. „Entschuldigen Sie bitte, da bin ich doch wieder vertraulich geworden. Ich meinte natürlich: Wissen Sie, was das für Sie bedeutet? Für Sie bedeuten kann?“

„Machen Sie das aus ...“

„Gut.“ Kowalski bewegte die Computermaus und klickte den Film weg. Der Bildschirm wurde einen Moment lang schwarz, dann sah man die Bilder der Überwachungskamera, die den leeren Raum nebenan zeigten. Er sah den Doktor an, der auf den Innenseiten seiner Backen herumkaute. Er hatte das arrogante Arschloch bei den Eiern und er würde jede Sekunde davon auskosten. Gerade wollte er ansetzen, um dem Doktor genüsslich seine Bedingungen zu unterbreiten, als der irritiert auf den Monitor deutete und fragte: „Wer zur Hölle ist denn das da?“

Erst dachte Kowalski, der andere wolle ihn nur foppen, aber als er einen schnellen Blick auf den Bildschirm warf, sah er eine junge Frau, die auf Zehenspitzen im Raum umherging und ihr Handy in die Höhe hielt.

***

Ingo Bäumler saß wie gelähmt und umklammerte das Lenkrad mit beiden Händen. Er schloss die Augen und der Wintermorgen war plötzlich eine warme Sommernacht. Autoscheinwerfer beleuchten ein Stück Wald. Grillen zirpen. Du hast mich angefahren, sagt das Mädchen. Und: Du hast mich geküsst. Das habe ich nicht, dachte Ingo Bäumler, das habe ich nicht. Und der Polizist sagt: Tabea Heumann ist tot.

Er öffnete die Augen und wunderte sich, wie hell es war: Die Sonne stand über dem Bahndamm und tauchte die Straße vor ihm in orangerotes Licht. Die Büsche auf der anderen Fahrbahnseite standen weiß erstarrt vom Nachtfrost. Dahinter ein Metallzaun mit einem Werbeschild: Sesselwelt. Einen Moment lang durchflutete ihn Erleichterung. Die Sonne hatte ihn geblendet, und er hatte gebremst und den Motor abgewürgt. Er war zu lange nicht mehr gefahren, das war alles.

Ingo sah auf seine Hände, die immer noch das Lenkrad umklammert hielten. Die Adern auf seinem Handrücken traten hervor wie blutgefüllte Würmer, die unter seiner Haut herumkrochen. Angewidert löste er den Griff, drehte den Zündschlüssel an der Steuersäule und hörte, wie der Motor wieder ansprang. Das Gebläse setzte ein und Heizungsluft strömte in den Wagen. Schaltknüppel in den Leerlauf. Handbremse anziehen. Die Rechtsabbiegerspur, auf der er stand, wies eine leichte Steigung auf. Da war etwas gegen den Wagen geprallt. Okay. Etwas. Ein Gegenstand. Ein Ding, das er übersehen hatte. Was immer es war, es lag jetzt jedenfalls vor dem Auto und rührte sich nicht. Ingo Bäumler stellte den Motor wieder ab. Seine Finger zitterten. Sein Magen zog sich schmerzhaft zusammen. Er verharrte noch einen Moment reglos im Fahrersitz. Dann stieg er aus.

Die kalte Luft tat gut. Erfrischte. Sorgte für Klarheit. Er atmete tief ein und langsam wieder aus. Der Sauerstoff vertrieb das fiebrige Gefühl in seinem Kopf, das ihn im Wagen erfasst hatte. Die Sonne stieg und streckte ihre blassen Lichtfinger immer weiter über den Asphalt. Die Ampelanlage sprang von Rot auf Gelb auf Grün. Das Ampelmännchen am Fußgängerüberweg stand auf Rot, solange niemand drückte. Er sah zum Bahndamm hinauf und dann Richtung Unterführung. Die Kreuzung war verwaist. Die Lichtzeichen regelten unsichtbaren Verkehr. Die Tankstelle an der nächsten Kreuzung war von hier aus noch nicht zu sehen. Früher oder später würde aber höchstwahrscheinlich von dort jemand angefahren kommen. Er würde zu ihm herübersehen und sich fragen, was er da machte. Und dieser jemand würde natürlich auch sehen, was da vor dem alten Volvo lag, der die Abbiegerspur blockierte.

Ingo Bäumler tastete sich langsam um den Kühler herum, als balanciere er auf schmalem Grat über einen Abgrund. Tabea Heumann saß auf dem Asphalt vor dem Auto, hob den Kopf und sah ihn an: Du hast mich angefahren. Du hast mich geküsst. Nein. Er schloss die Augen. Nein. Nein. Nein. Seine Knie wurden weich, er wankte und musste sich mit beiden Händen auf der Motorhaube abstützen, um nicht umzufallen. Er öffnete die Augen wieder und spürte, wie ihm sein Frühstückskaffee aus dem Magen in die Speiseröhre stieg. Er würgte die ätzende Brühe mühsam wieder runter und versuchte, sich zu beruhigen.

Da saß nicht Tabea Heumann. Natürlich nicht. Aber es war tatsächlich eine Frau, die da vor seinem Auto auf der Seite lag. Es sah aus, als schlafe sie. Ein Bein hatte sie leicht angezogen, den Kopf auf einen Arm gelegt. Sie trug einen dicken türkisfarbenen Anorak und braune Stiefel, die sie über die Jeans gezogen hatte. Ein kleiner Rucksack, den sie wohl über der Schulter getragen hatte, war ihr beim Aufprall entglitten und lag einen guten Meter neben ihrem Kopf.

„Ist alles in Ordnung mit Ihnen?“ Seine Stimme war nur ein hohes Fiepen. Es hörte sich an, als sei er soeben erneut in den Stimmbruch gekommen.

Die Frau rührte sich nicht. Den Arm, auf dem ihr Kopf lag, hielt sie ausgestreckt, sodass es aussah, als wolle sie nach dem Rucksack greifen. Den anderen Arm hielt sie angewinkelt an den Oberkörper gepresst, das Handgelenk abgeknickt. Er wagte es nicht, näher an sie heranzutreten. Dabei musste er doch jetzt etwas tun. Erste Hilfe leisten musste er. Die Finger der Frau bewegten sich, ballten sich zu einer kleinen Faust zusammen und öffneten sich wieder.

Gott sei Dank! Das war das Erste, was ihm durch den Kopf ging. Sie bewegte sich, sie lebte. Er war doch auch viel zu langsam gefahren, fast schon Schrittgeschwindigkeit, das brachte doch niemanden um.

Vorsichtig kniete er sich neben den Kopf der Frau. Das bleiche Gesicht umrahmt von rabenschwarzen Haaren, blutrote Lippen. Bäumlers Kopf fühlte sich an wie mit Helium gefüllt, ihm wurde schwindelig. Er hatte Schneewittchen angefahren. Ein etwas gealtertes Schneewittchen allerdings. Er sah die kleinen Fältchen um ihre Augen, die verlaufene Wimperntusche, die eingefallenen Wangen. Er streckte vorsichtig seine Finger aus, berührte die Frau leicht an der Wange und schreckte zurück: Ihre Haut war eiskalt.

Ingo Bäumler wusste nicht, wie lange er so neben der Frau kauerte. Ein Song von Tom Waits hämmerte durch sein überreiztes Hirn: „Komme nie zu spät. Sei punktlich! Sei punktlich!“ Saxophongeschrei. Urwaldgetrommel. Erste Hilfe bei Panikattacken: Walfischgesänge. Indische Tempelmusik. Und Franziska Körner. Die gute Frau Doktor schlief noch. Tief und fest. Ob er sie wecken sollte? Und während ihm das alles durch den

Kopf ging, schrie eine Stimme im Hintergrund ständig, dass er etwas tun müsse, jetzt sofort. Es wunderte ihn überhaupt nicht, dass diese Stimme offenbar seinem Nachbarn Heiner Schultes gehörte, und als sie sich endlich gegen das Geplapper und Gekreische der anderen Stimmen in seinem Kopf durchsetzen konnte, begann in Ingo Bäumler ein Programm abzulaufen, dem er folgte, ohne weiter darüber nachzudenken.

Das Gewicht der Frau war lächerlich. Sie röchelte kurz, als er sie anhob, der Kopf sank ihr auf die Brust. Er fasste unter ihre Achseln, griff ihre Unterarme und zog sie neben den Volvo. Er öffnete die hintere Tür auf der Fahrerseite und wuchtete die Frau halb auf den Rücksitz, dann umrundete er den Wagen und zog sie von der anderen Seite ganz ins Auto. Er wollte schon einsteigen und losfahren, als ihm der Rucksack einfiel. Er lag noch immer auf der Straße vor dem Auto. Von der Schnalle baumelte eine Diddl-Maus. Ingo griff danach und zuckte zurück, als hätte er sich verbrannt. Eine Melodie erklang aus dem Rucksack. Ein Oldie aus den Siebzigern. Dann begriff er, dass es ein Klingelton sein musste. Da klingelte ein Handy. Ingo Bäumler wartete, bis das Lied verstummte, erst dann nahm er den Rucksack, warf ihn auf den Beifahrersitz und fuhr davon.

Im Rückspielgel sah er die Abbiegerspur kleiner werden, die Ampel veranstaltete weiterhin Lichtspiele für nicht vorhandene Verkehrsteilnehmer. Nichts war geschehen, niemand war hier gewesen. An der nächsten Ampel musste er sich entscheiden. Hier war die Tankstelle, einige der Zapfsäulen waren belegt. Männer in dicken Funktionsjacken verließen den Verkaufsraum mit prall gefüllten Frühstückstüten und Zeitungen unter dem Arm. Wenn er zur Polizeistation auf Esch wollte, musste er sich hier links einordnen. Ingo Bäumler setzte den Blinker, die Ampel sprang auf Grün.

Es war ein Unfall, würde er sagen. Das Krankenhaus war auch ganz in der Nähe. Polizei oder Krankenhaus? Einen Moment lang sah er sich in der Ambulanz stehen: Ich habe diese Frau angefahren. Es tut mir leid. Bitte helfen Sie ihr. Bäumler biss sich auf die Unterlippe. Er wusste nicht, was er tun sollte. Franziska Körner schwieg. Sabine sah zu Boden. Nur Heiner Schultes raunte ihm zu, er solle jetzt bloß nicht durchdrehen. Tränen standen ihm in den Augen. Und gleichzeitig hatte er das Gefühl, jede Sekunde loslachen zu müssen. Er kannte das: erst weinen, dann lachen. Und dann kam die Angst, um ihn zu erwürgen. Aber die Angst kam nicht. Noch nicht. Die nächste Ampel kam in Sicht und verschwamm vor der Windschutzscheibe. Lichtschlieren zogen sich über den Asphalt. Ingo rieb sich die Tränen aus den Augen. Er musste auf die Rechtsabbiegerspur, um zu Polizei und Krankenhaus zu gelangen. Dann schoss ihm ein neuer Gedanke durch den Kopf: Die FAKT-Zeitung würde davon erfahren. Ingo sah die Schlagzeile vor seinem inneren Auge: Er hat es wieder getan! Wer stoppt den irren Ex-Lehrer? Sind unsere Kinder noch sicher? Aber die Frau auf dem Rücksitz war doch gar kein Kind. Jetzt lachte er tatsächlich. Kind, Frau, Mann, Katze, Hund, das war diesem Scheißblatt doch egal. Sie würden ihn fertigmachen. Und diesmal endgültig. Noch einmal stand er das nicht durch.

Die Ampel zeigte Grün. Bäumler verlangsamte den Wagen. Dann bog er links nach Dornberg ab. Über dem Gelände am Lausböhl stand die Morgensonne. Grüne Weiden, Pferdekoppeln. Am Straßenrand stand ein Lkw. Die Trucker rasteten hier gern und schliefen in ihren Kojen. Ein Stück weiter vorne befanden sich auf der gegenüberliegenden Seite Tennisplätze. Bäumler sah das alles und sah es nicht, fuhr rechts ran, stellte den Motor ab und wartete. Eine Weile dachte er, die Frau auf dem

Rücksitz wäre tot, dann hörte er sie atmen. Er wartete immer noch, ohne zu wissen, auf was. Dann klingelte das Handy im Rucksack der Frau erneut. Diese Melodie. Ein kleiner Liedfetzen, der immer wieder von vorn begann. Er kannte den Song. Kam nicht drauf. Die Frau rührte sich nicht. Die Melodie brach ab. Sein Kopf war auf einmal vollkommen leer. Irgendwann startete er den Wagen wieder und fuhr im Schritttempo in die Odenwaldstraße, vorbei an den sonntäglich leeren Betriebshöfen und Lieferantenzufahrten, gelangte schließlich auf den Bahnhofshügel und näherte sich nun der Unfallstelle von der anderen Seite. Er überquerte die Kreuzung, nichts ließ darauf schließen, dass hier heute Morgen eine Frau angefahren worden war. Bäumler passierte das lang gestreckte Schulgebäude und bog dann in die Sudetenstraße ab. Er wusste nicht, was er mit der verletzten Frau auf dem Rücksitz machen sollte. Er wusste nur, dass er nach Hause wollte. Nur noch nach Hause.

***

Zu den vielen Dingen, die Heiner Schultes in seinem Leben gelernt hatte, gehörte das Briefeschreiben nicht. Er saß am Küchentisch und mühte sich mit den Worten, die aneinandergereiht einfach nie den Sinn ergeben wollten, den sie eigentlich haben sollten. Vielleicht hätte ihm sein Nachbar, der Studienrat, dabei helfen können, aber den konnte er aus naheliegenden Gründen nicht um Hilfe bitten. Seinen letzten Willen musste er schon allein zu Papier bekommen. Außerdem war Bäumlers Aufgabe eine andere. Eine Aufgabe, die nur er erfüllen konnte. Heiner hielt mit dem Kugelschreiber in der Hand inne und sah unter den Tisch. Rosi lag ausgestreckt zu seinen Füßen, hob aber sofort den Kopf, als sie merkte, dass ihr Herrchen sie beobachtete.

„Jetzt guck mich nicht so an…", murmelte Heiner, und als hätte sie jedes Wort verstanden, legte Rosi den Kopf schnaufend wieder auf die Vorderpfoten.

Einen Moment lang betrachtete Heiner den Hund und seine Gedanken begannen abzudriften, dann rief er sich zur Ordnung: der Brief. Er überlegte, ob er sich eine Flasche Bier aufmachen sollte. Schrieben sich solche Sachen nicht leichter, wenn man mit ein bisschen Alkohol nachhalf? Ganz bestimmt.

„Na mach schon", hörte er Anne sagen. „Mach schon und sauf dir einen an."

Heiner sah sie an ihrer Zigarette ziehen und ihm den Rauch über den Tisch hinweg entgegenblasen. Sie schüttelte langsam den Kopf. Nicht so, als würde sie ihn von irgendetwas abhalten wollen, sondern mehr so, als sei sie zutiefst enttäuscht von ihm.

Annes Gesicht verschwamm vor seinen Augen, und als er sich energisch die Tränen aus dem Gesicht wischte und sein Blick wieder klar war, qualmte nur noch die Zigarette im Aschenbecher, die er selbst dort platziert hatte. Im selben Moment schrillte die Türklingel und Rosi begann zu bellen. Heiner sog scharf die Luft ein und griff sich an die Brust. Rosi war bereits knurrend und mit gestelltem Schwanz auf dem Weg zur Tür. Irgendwann würde ihn so etwas nochmal umbringen, dachte Schultes und musste lächeln bei dem Gedanken.

Rosi hatte den Eindringling an der Haustür schnell erkannt, weshalb ihr drohendes Knurren bereits in freudiges Winseln übergegangen war. Heiner schob sich zwischen den aufgeregten Hund und die Tür und öffnete.

Er wusste sofort, dass etwas nicht stimmte. Ingo Bäumler stand wie eingefroren auf dem Treppenabsatz. Die Hände in den Taschen seines Parka vergraben, die Schultern hochgezogen, als erwarte er jeden Moment einen schmerzhaften Nackenschlag. In seinen Augen war wieder derselbe gehetzte Ausdruck wie in der Nacht, als man ihn zusammengeschlagen hatte. Ein Beutetier auf der Flucht, die Meute schon auf den Fersen und am Ende seiner Kräfte.

Rosi zwängte sich zwischen Heiners Beinen hindurch und stupste den Nachbarn an, aber der reagierte nicht.

„Was ist passiert?"

Bäumler öffnete den Mund und schloss ihn wieder.

„Was ist passiert?", fragte Heiner erneut, jedes Wort nachdrücklich betonend, als spräche er mit einem begriffsstutzigen Kleinkind.

„Auto …", stammelte Bäumler und machte eine vage Handbewegung zu den Parkplätzen an der Straße.

Heiner sah den Fußweg hinunter, an dessen Ende der grüne Volvo auf dem Parkstreifen stand. „Was ist mit dem Auto?"

Bäumler schüttelte den Kopf.

„Was ist mit … he, wo wollen Sie denn hin?"

Heiner drängte Rosi zurück in den Flur, angelte den Haustürschlüssel vom Haken und folgte seinem offenbar verwirrten Nachbarn. Vor dem Auto blieb er stehen. Bäumler öffnete mit zitternden Händen die Tür hinter dem Fahrersitz und trat einen Schritt zurück, sodass Heiner in den Wagen sehen konnte. Auf dem Rücksitz lag eine Frau mit angewinkelten Beinen, die Arme hingen leblos herab, das bleiche Gesicht erstarrt. Heiner brauchte eine Weile, um die Situation zu erfassen.

„Was ist passiert? Was?"

Er drehte sich zu Bäumler um, der nicht antwortete, sondern sich mit beiden Fäusten gegen die Stirn schlug. Er wimmerte.

Heiner packte seine Handgelenke und hielt sie fest. „Reißen Sie sich zusammen, verdammt noch mal!"

„Ich hab sie angefahren ...", stammelte Bäumler, „... aber doch nur im Schritttempo, es war ein Unfall, ein dummer ... sie war auf einmal da, auf einmal war sie da ..."

Heiner Schultes beugte sich so tief er konnte in den Wagen über die leblos daliegende Frau und betastete mit Mittel- und Zeigefinger ihr Handgelenk. Die Haut war trocken und kalt, aber darunter spürte er einen kleinen, festen Pulsschlag. Eine Sekunde lang flatterten ihre Lider, so als würde sie gleich die Augen öffnen, aber dann stöhnte die Frau nur leise und verzog das Gesicht, als hätte sie unerwartet auf etwas Saures gebissen. Diesen Gesichtsausdruck kannte Heiner, das Mienenspiel, das sogar im Schlaf von Qual und Schmerz zeugte. Beinahe hätte er dem Impuls nachgegeben, der Unbekannten tröstend über die Wange zu streicheln.

„Sie lebt", stellte er stattdessen nüchtern fest und sah Bäumler an, dessen Gesichtsfarbe mittlerweile fast dem Leichenteint der angefahrenen Frau ähnelte. Es sah ganz so aus, als würde sein Nachbar gleich umkippen. Es war noch früh am Sonntagmorgen, aber irgendwann würde jemand vorbeikommen oder aus dem Fenster schauen und die merkwürdige Szenerie beobachten, die sich hier vor der Reihenhaussiedlung abspielte.

Ingo stützte sich mit beiden Händen auf dem Wagendach ab und sagte: „Keine Polizei. Bitte keine Polizei."

Heiner lachte bitter. „Und wie stellen Sie sich das vor?"

„Bitte." Mehr brachte sein Nachbar nicht heraus. „Bitte."

Die Frau auf dem Rücksitz bewegte sich und stöhnte wieder. Heiner lehnte sich erneut ins Wageninnere und fragte: „Können Sie mich hören? Alles in Ordnung mit Ihnen?"

Keine Antwort. Die Frau lag schon wieder still, die Augen geschlossen. Das war nicht gut. Sie konnte sich eine Gehirnerschütterung oder innere Verletzungen zugezogen haben. Wenn sie ihnen hier unter den Händen wegstarb, waren sie geliefert, alle beide.

„Wir müssen die Frau ins Krankenhaus bringen, steigen Sie ein. Ich fahre."

Bäumler rührte sich nicht und schüttelte energisch den Kopf. „Nein. Auf keinen Fall."

„Was?" Die Vehemenz, mit der sich sein Nachbar gegen seine Entscheidung wehrte, verblüffte Heiner.

„Ich stehe das nicht noch einmal durch."

„Jetzt hören Sie mir mal zu …"

„Nein. Tun Sie, was sie wollen. Ich komme nicht mit." Bäumler hielt ihm die Autoschlüssel entgegen. Heiner zögerte. Was sollte das hier werden?

„Ich komme nicht mit", wiederholte Bäumler und ließ die Schlüssel auf den Boden fallen.

„Was haben Sie vor, Bäumler?"

„Das ist nicht Ihr Problem." Ein resigniertes Lächeln huschte über das Gesicht des ehemaligen Lehrers.

Es dauerte einen Moment, aber dann begriff Heiner. Wut stieg in ihm auf. „Sie Feigling." Er biss die Zähne zusammen und presste die Worte wie eine Drohung hervor. „Sie erbärmlicher kleiner Feigling."

„Ach ja?", kreischte Bäumler auf einmal mit unnatürlich hoher, heiserer Stimme. Er riss die Augen grotesk weit auf. „Ich bin ein Feigling, ja? Ich?" Es klang, als sei er kurz vorm Überschnappen. Und dann tat er etwas, mit dem Heiner nicht gerechnet hatte: Er stieß ihn so hart gegen die Brust, dass Heiner rückwärts gegen das Auto taumelte. Bäumler beugte sich über ihn. Sein Atem roch nach Kaffee und Zahnpasta. „Ich bin ein Feigling, ja? Okay. Okay! Aber wer ist wohl der größere Feigling von uns beiden? Hm? Wer? Was meinen Sie wohl?"

Heiner sagte nichts. Der plötzliche Angriff hatte ihn vollkommen unvorbereitet getroffen. Er fragte sich, was sein Nachbar von ihm wusste. Er hatte immer geglaubt, der labile Jammerlappen sei viel zu sehr mit sich selbst beschäftigt, um irgendetwas mitzubekommen, was nicht sein eigenes Gefühlsleben betraf.

„Was wollen Sie damit sagen?", fragte Heiner leise.

Bäumler ließ von ihm ab, trat einen Schritt zurück und sah ihn mit leerem Blick an. Dann formte er mit Daumen und Zeigefinger eine Pistole und hob sie an seine Schläfe. Im selben Moment begann die Frau auf dem Rücksitz zu sprechen.

Heiner fuhr herum und sah, dass sie sich auf den Rücken gedreht hatte, ihre Augen aber immer noch geschlossen waren. Die Worte waren verwaschen, leise, undeutlich. Auch das kannte er. Er hatte damals sein Ohr ganz nah an Annes Mund gebracht, um sie zu verstehen. Er erinnerte sich an ihren warmen, schwachen Atem. Er hatte sie nicht mehr verstanden, diese leisen, nur noch gehauchten Worte. Ihre Stimme war als Erstes gestorben.

Heiner schüttelte den Kopf, um die unliebsamen Gedanken zu vertreiben. Das half jetzt nicht weiter. Er schloss die Autotür und sagte: „Gehen Sie vor. Öffnen Sie Ihre Haustür und beten Sie, dass uns niemand sieht."

Bäumler verschwand sofort im Laufschritt den Fußweg hinunter, als habe er ein Signal bekommen, auf das er schon die ganze Zeit gewartet hatte. Heiner stieg in den Wagen und fuhr im Schritttempo auf den Fußweg, was natürlich streng verboten war, aber er hatte in der Vergangenheit bereits andere Nachbarn dabei beobachtet, wie sie beim Transport von Waschmaschinen oder Kühlschränken ihre Autos bis vor die eigene Haustür gefahren hatten. Bäumler stand in der offenen Tür und wartete schon. Sie trugen die Frau zu zweit ins Haus und dann die Kellertreppe hinunter. Hier unten war Heiner noch nie gewesen. Bäumler hielt ihre Beine und ging voran, Heiner hatte sie unter den Achseln gepackt, die Frau war so leicht, dass er sie notfalls auch alleine hätte tragen können.

Das Zimmer war leer bis auf eine Matratze auf dem Boden und ein altes Fußballposter an der Wand, ein schwacher Lichtschein fiel durch ein Fenster auf der anderen Seite des Raums. Sie legten die Frau vorsichtig auf der Matratze ab. Sie stöhnte kurz, als sie auf dem weichen Untergrund zu liegen kam, dann war sie wieder ganz still.

„Und jetzt?" Bäumler ließ die Schultern hängen und sah Heiner ratlos an. Die Aggressivität und Angriffslust, die er noch vor Kurzem ausgestrahlt hatte, waren mit einem Mal wieder verpufft. Schade eigentlich, dachte Heiner.

„Als Erstes muss ich den Wagen wegfahren, Sie bleiben bei ihr."

Bäumler nickte ergeben und kniete sich neben die Frau. „Was soll ich tun, wenn sie aufwacht?"

„Fragen Sie sie, wie es ihr geht…"

Als Heiner den Wagen langsam wieder zurücksetzte, kam ein Mann aus einem der gegenüberliegenden Häuser. Er trug einen grauen Jogginganzug und eine Tüte mit Bioabfällen in der Hand. Er blieb bei den Mülltonnen stehen und beobachtete Heiners Wendemanöver, dann verschwand er wieder im Haus.

Er parkte den Wagen und blieb mit den Händen am Lenkrad sitzen. Diese ganze Aktion war der helle Wahnsinn. Niemals hätte er sich darauf einlassen dürfen. Bäumler hatte ihn überrumpelt, wegen der Sache mit der Pistole. Aber jetzt musste er ihm klarmachen, dass sie die Frau ins Krankenhaus bringen und die Polizei informieren mussten. Spätestens wenn die Frau wieder bei Bewusstsein war, mussten sie das ohnehin tun. Sein Nachbar war in Panik, stand unter Schock. Aber er musste jetzt unbedingt einen kühlen Kopf behalten. Wie nannte man das eigentlich? Unerlaubtes Entfernen vom Unfallort? Fahrerflucht in Tateinheit mit Kidnapping? Und was konnte man ihm vorwerfen? Beihilfe? Aber zu was?

Heiner schwirrte der Kopf. Er dachte an den Richter und die Staatsanwältin bei seinem letzten Prozess. Diesmal wäre er fällig. Wenn er vorher nicht …

Auf dem Beifahrersitz lag noch der schwarze Rucksack der Frau. Er wurde am oberen Ende nur mit einer verknoteten Kordel, die durch Metallösen gefädelt war, zusammengehalten. Heiner löste den Knoten und zog die Öffnung auseinander. Ein paar Kleidungsstücke waren achtlos in den Rucksack gestopft, obenauf lagen eine Geldbörse und ein Handy.

Mit Handys kannte er sich nicht aus. In der Geldbörse waren zwei 50-Euro-Scheine und etwas Kleingeld. Im Einsteckfach entdeckte er den Personalausweis der Frau. Heiner zögerte, aber dann war die Versuchung zu groß. Gabriela Kowalski war noch keine 30 Jahre alt und wohnte in Frankfurt. Auf dem Lichtbild blickte sie mit weit aufgerissenen Augen in die Kamera, als hätte sie der Fotograf oder jemand, der hinter dem Fotograf stand, gerade mit etwas fürchterlich erschreckt. Die Frau sah älter aus, als sie war. Ihr leerer Blick erinnerte ihn an etwas. Hellwach und zugleich vollkommen abwesend. So hatte Anne ihn manchmal angesehen, als sie am Ende die Höchstdosis Morphium bekommen hatte, weil die Schmerzen anders nicht mehr in den Griff zu bekommen waren.

Heiner packte alles zurück und stieg mit dem Rucksack unter dem Arm aus dem Wagen. Auf dem Fußweg dachte er einen Moment lang an Rosi, die wahrscheinlich hinter der Tür auf seine Rückkehr wartete, aber er hatte jetzt keine Zeit, sich um den Hund zu kümmern.

Als er in das Kellerzimmer zurückkam, winkte Bäumler ihn sofort heran. Überrascht stellte Heiner fest, dass sein Nachbar der verletzten Frau ein Kissen unter den Kopf geschoben und ihr eine dünne Decke über die Beine gelegt hatte. Ihre braunen Lederstiefel standen am Fußteil der Matratze und neben ihrem Kopf lag ein in sich verdrehtes Wollbündel, das Heiner erst auf den zweiten Blick als den Schal identifizierte, den die Frau bis vor Kurzem noch getragen hatte.

„Was ist das?“, fragte Bäumler und deutete stirnrunzelnd auf den Hals der Frau.

Heiner kniete sich neben die Matratze. Er sah so etwas nicht zum ersten Mal. „Das sind Würgemale“, sagte er und fügte hinzu: „Jemand hat versucht, sie zu erwürgen.“

Bäumler stöhnte. „Das war ich nicht!“

„Natürlich nicht“, sagte Heiner und legte seinem Nachbarn beruhigend eine Hand auf die Schulter. „Die Male sind nicht frisch, es muss schon ein paar Tage her sein, dass man sie ...“

Bevor Heiner weitersprechen konnte, richtete sich die Frau ruckartig auf und begann zu schreien.

11

Larissa erstarrte sofort, als die beiden Männer den Raum betraten. Sie hatte sie nicht kommen gehört und stand immer noch mit dem Handy in der ausgestreckten Hand in der Raummitte, auf der verzweifelten Suche nach einer Stelle, an der das Display Empfang melden würde. Langsam ließ sie die Hand sinken und zog sich vor den näherkommenden Männern zurück. Beide trugen schwarze Skimasken, so als kämen sie geradewegs von einem Banküberfall. Dann dämmerte ihr, dass die Maskerade wohl einen anderen Grund haben musste. Wo war sie hier nur hineingeraten? Was sollte das alles? Trugen die beiden Typen die Masken etwa ihretwegen? Larissa musste an die ekelhaften Utensilien denken, die sie im Schrank und in den Sideboards an der Wand gesehen hatte. Sie wollte etwas sagen, brachte aber keinen Ton heraus.

Der Kleinere der beiden kam direkt auf sie zu, der andere blieb zurück. Er schnaufte unter seiner Maske, als habe er sich gerade körperlich vollkommen verausgabt. Das schlecht sitzende karierte Baumwollhemd war ihm aus dem Bund der schlabbrigen Jeans gerutscht. Das musste Kowalski sein. Den anderen Mann konnte sie nicht einordnen, zu seinem eleganten Anzug und der gelockerten Seidenkrawatte wirkte die Wollmaske wie ein grotesker Scherz.

Kowalskis Atem ging immer noch stoßweise, als er schließlich hervorpresste: „Wo ist Gaby?"

Larissa schüttelte den Kopf. „Das weiß ich nicht, woher …"

„Lüg mich nicht an, du Schlampe!"

Der Schmerz in ihrem Rücken, als sie gegen die Theke geschleudert wurde, ließ sie nach Luft schnappen. Ungläubig starrte sie den Mann an, der jetzt ihre Handgelenke umklammert hielt. Vor Schmerz und Angst schossen ihr erneut Tränen in die Augen. Der Mann im Anzug räusperte sich und Kowalski ließ von ihr ab. Er griff über den Tresen, brachte eine Flasche Whisky und ein Glas zum Vorschein und schenkte sich ein, ohne Larissa aus den Augen zu lassen.

Sie stand wie versteinert vor Kowalski, der sich die Maske vom Kopf zog, das Glas an seine Lippen hob und einen großen Schluck von der goldgelben Flüssigkeit hinunterkippte. Das schüttere Haar klebte ihm strähnig am Kopf, sein feistes Gesicht glänzte speckig im gedimmten Thekenlicht. Larissa bemerkte den deutlichen Doppelkinnansatz des Mannes und zwang sich, nicht zu genau hinzusehen.

Kowalski drehte das Glas in der Hand und grinste. „Schau mich ruhig an. Du hast mich doch sowieso schon erkannt."

„Nein, nein", entfuhr es Larissa sofort. „Nein, ganz bestimmt nicht!" Sie schüttelte heftig den Kopf und starrte vor sich auf den Boden.

Kowalski trank das Glas leer, knallte es auf den Tresen und lachte. Er legt den Kopf in den Nacken und brüllte vor Lachen. Der Mann im Anzug hielt sich weiterhin im Hintergrund. Er lachte nicht.

„Du hast mich vor ein paar Wochen im Wohnheim besucht und nach Elena ausgefragt, meinst wohl, ich bin blöd, oder was?"

Larissa wusste nicht, wie sie reagieren sollte, und schüttelte nur den Kopf. Noch nie in ihrem Leben hatte sie so viel Angst gehabt.

„Ich will wissen, was du hier in meinem Haus machst und wo verdammt nochmal meine Frau ist."

Larissa wunderte sich, dass sie überhaupt sprechen konnte. Am Anfang stammelte sie nur herum, aber dann ging es irgendwie besser. Kowalski sah sie die ganze Zeit aus seinen müden, blutunterlaufenen Augen an. Noch einmal griff er nach der Whiskyflasche, aber der Anzugträger, der zu ihnen herübergekommen war, nahm sie ihm wieder aus der Hand. Die beiden Männer sahen sich für ein paar Sekunden schweigend an, und Larissa verstummte. Schließlich wandte sich Kowalski wieder zu ihr um und gab ihr mit einem Nicken zu verstehen, dass sie weiterreden sollte.

Und Larissa erzählte alles. Sie wusste nicht, ob das letztlich ihre Lage verbessern oder verschlechtern würde, aber sie erzählte. Von Pro East und den Fahrten nach Rumänien. Von Elenas und Gabys Mutter. Als sie fertig war, sagte keiner der beiden Männer etwas. Der Große im Anzug hatte ohnehin die ganze Zeit geschwiegen, und Kowalski schien nachzudenken. Nach einer Weile nickte er, als sei ihm gerade etwas klargeworden, und fragte: „Wo ist meine Frau?"

Larissa atmete langsam ein und wieder aus, bevor sie mit leiser Stimme antwortete. „Das weiß ich wirklich nicht, ich dachte doch selbst, dass ich sie hier treffe." Einen Augenblick lang war sie sicher, dass Kowalski sie schlagen würde. Sie versuchte, sich auf die Wucht des Schlages vorzubereiten, aber der Schlag kam nicht.

Kowalski nahm ihr stattdessen das Handy ab und tauschte einen schnellen Blick mit seinem Komplizen. Dann dirigierte er sie in eine Ecke des Raums. Larissa sah, wie er eine Schublade öffnete und nach etwas suchte. Fluchtgedanken schossen ihr durch den Kopf, auf einmal sah sie sich lossprinten und durch die geöffnete Tür nach draußen rennen. Sie war eine gute Läuferin, in der Schule war sie die 100 Meter in unter 13 Sekunden gelaufen.

Kowalski schien jetzt gefunden zu haben, wonach er gesucht hatte. Der andere Mann zog sich langsam zurück und blieb im Türrahmen stehen, die Arme vor der Brust verschränkt. Er schüttelte den Kopf. Larissa spürte, wie ihre Knie weich wurden. Sie würde nicht rennen. Jetzt nicht und später auch nicht. Vielleicht nie wieder.

***

Manfred Kowalski fuhr sich mit der Hand durchs Gesicht und roch seinen eigenen Schweiß. Er fühlte sich fiebrig, betäubt und gleichzeitig hellwach. Sie standen im Kellerflur vor der geschlossenen Sicherheitstür, hinter der sie die junge Frau zurückgelassen hatten. Das war Freiheitsberaubung, Kidnapping, Entführung, was auch immer. Auf jeden Fall war es eine einzige große Scheiße.

Der Doktor riss sich die Skimaske vom Kopf und warf sie auf den Boden. Seine Bewegungen waren vollkommen überzogen, geradezu theatralisch. Kowalski hätte es nicht gewundert, wenn der gute Herr Doktor im nächsten Moment auch noch in die Luft gesprungen und auf dem Stofffetzen herumgetrampelt wäre, als führten sie hier eine alte Slapstick-Nummer auf. Dick und Doof. Väter der Klamotte. Beinahe hätte er gelacht. Das Gesicht des Doktors war kalkweiß und wutverzerrt, ein feiner Schweißfilm glänzte auf seiner Stirn.

„Verdammt nochmal!", brüllte er. „In was für einen Mist wollen Sie mich hier eigentlich reinziehen?"

Kowalski sagte nichts und starrte vor sich auf den Boden. Er hatte das starke Gefühl, jeden Moment selbst die Kontrolle über sich zu verlieren. Erst war Gaby abgehauen und dann tauchte auch noch diese merkwürdige Tusse auf, die sie jetzt am Bein hatten. Wie sollte er aus dieser Nummer je wieder rauskommen?

Der Doktor gestikulierte wild, rollte die Augen, redete unablässig auf ihn ein, aber Kowalski hörte nicht, was er sagte. Vor seinem inneren Auge spielte sich gerade eine Szene ab, die seine ganze Aufmerksamkeit beanspruchte: Zwei Streifenwagen parkten vor dem Haus, die Nachbarn waren per Megafon-Durchsage in die Häuser geschickt worden und lauerten jetzt hinter den Gardinen. Blaulicht streifte über die Hauswände. Die Tür zu seinem Haus ging auf und er wurde von zwei Polizisten in SEK-Montur herausgeführt, sie drehten ihm die Arme auf den Rücken, sodass er wie ein Idiot vornübergebeugt die Treppe hinunterstolperte. Vor dem Streifenwagen stand ein blasser Kripobeamter im langen schwarzen Mantel und drückte ihm beim Einsteigen den Kopf nach unten, damit er sich nicht am Wagendach anstieß.

„Haben Sie eigentlich gehört, was ich gesagt habe?"

„Nein", raunte Kowalski. Er sah das abgehetzte Gesicht des Doktors auf einmal ganz nah vor sich. In seinen Mundwinkeln hatten sich kleine Speichelbläschen gebildet. Er hatte gar nicht bemerkt, dass ihm der andere so nah auf die Pelle gerückt war.

„Nein …", murmelte Kowalski erneut. Er stieß den Doktor leicht vor die Brust, um ihn auf Distanz zu halten. „So wird das nicht laufen, ganz bestimmt nicht, so nicht …"

„Was reden Sie denn da für einen Unsinn?"

Der Doktor trat einen Schritt zurück und sah Kowalski misstrauisch an, aber der hatte sich schon wieder gefangen, lächelte und sagte: „Nur keine Panik jetzt, ich hab alles im Griff."

Der Doktor machte eine wegwerfende Handbewegung. „Von wegen im Griff! Einen Scheiß haben Sie!"

Kowalski ließ ihn einfach stehen und öffnete die Tür zu dem kleinen Überwachungsraum. Er kniete sich vor den Tisch mit den Monitoren und entnahm dem Tresor die Walther PPK, steckte das Magazin in den Griff und lud die Waffe durch. Sofort fühlte er sich besser.

„Sind Sie jetzt komplett wahnsinnig geworden?" Der Doktor stand in der Tür und sah ihn entgeistert an. „Das ... das ist jetzt kein Spaß mehr."

Kowalski grinste und legte mit der Pistole auf ihn an. „Das war es noch nie."

Langsam hob der Doktor die Hände. Seine Lippen bewegten sich lautlos. So gefällst du mir schon besser, dachte Kowalski. Mit der durchgeladenen Waffe in der Hand hatte er auf einmal das Gefühl, dass er alles doch noch irgendwie regeln würde. Er war mal wieder auf sich allein gestellt. Na und? War er das nicht schon immer? Sein ganzes beschissenes Leben lang? Hatte es auch nur ein einziges Mal jemanden gegeben, der ihm beigestanden hätte? Nein. Also würde er auch das hier allein durchstehen. Wenn es sein musste, bis zum bitteren Ende. Und wann es zu Ende war, das würde diesmal er bestimmen. Und wie es zu Ende ging, das auch. Er ganz allein.

Kowalski ließ die Pistole sinken und sicherte sie. Der Doktor atmete hörbar auf. Gerade, als er etwas sagen wollte, klingelte es oben an der Haustür.

„Erwarten Sie noch jemanden?"

Kowalski versuchte, sich die Überraschung nicht anmerken zu lassen, steckte die Pistole in den Hosenbund und sagte: „Du bleibst schön hier unten und kommst erst hoch, wenn ich dich rufe, ist das klar?"

Der Doktor nickte. Eingeschüchtert sah er auf einmal aus. Wie ein kleiner Bub, dem man mit Prügel gedroht hatte. Noch nicht mal das herablassende Du war ihm diesmal eine Bemerkung wert. Offenbar hatte er endlich kapiert, dass für ihn inzwischen sehr viel mehr auf dem Spiel stand als nur sein guter Ruf.

Kowalski ging nach oben. Auf der Treppe war er sich auf einmal sicher, dass Gaby zurückgekommen war. Das war überhaupt die einzig logische Erklärung. Wo sollte die kleine Schlampe denn auch hin? War ein bisschen in Frankfurt herumgeirrt, hatte sich den Arsch abgefroren und kroch jetzt wieder zu ihm zurück und wollte unter die warme Decke.

Hinter der abgetönten Glasscheibe, die in die Haustür eingelassen war, zeichneten sich die Umrisse einer Frau ab. Kowalski lachte. Jetzt würde er auch die Sache mit der komischen Tusse im Keller irgendwie hinbiegen, dessen war er sich ganz sicher. Jetzt, wo Gaby wieder da war.

***

Ingo Bäumler wich vor der schreienden Frau zurück. Am liebsten hätte er sich die Ohren zugehalten und wäre selbst schreiend davongelaufen, sein Körper aber war wie gelähmt. Sein Blick fiel auf den nun im Türrahmen stehenden Heiner Schultes, der sich nicht regte und den Anschein machte, als denke er über irgendetwas so angestrengt nach, dass das Schreien der Frau ihn gar nicht erreichte. Bäumler schnappte nach Luft. Die Frau schrie. Jemand müsste sie ohrfeigen, dachte er auf einmal. Machte man das nicht so? Oder war das nur ein Klischee?

Ingo drehte sich abrupt zu der Frau um, und im selben Moment ging ihr Schreien in ein heiseres Röcheln über, ihre Augen traten hervor und sie bekam einen Hustenanfall, der ihr ganz offensichtlich große Schmerzen bereitete. Das Gesicht der Frau verfärbte sich dunkelrot und Tränen strömten ihr in langen Schlieren aus verlaufenem Mascara über die Wangen. Zwischen den Hustenstößen wimmerte sie erbärmlich.

Der Hals, dachte er, die Quetschungen am Hals machen ihr zu schaffen. Die Kehle ist verletzt und ihr Geschrei hat wohl die wunden Stellen gereizt. Er kniete sich behutsam vor sie und machte mit den nach unten gekehrten Handinnenflächen begütigende Bewegungen zum Zeichen, dass er ihr nichts tun wolle. Die Frau hob die Arme vors Gesicht, als erwarte sie einen Schlag.

„Tee?" Bäumler griff sich an den Hals. „Warmer Tee mit Honig, ist gut für den Hals, ja?"

Die Frau sah ihn aus angstvoll aufgerissenen Augen an und schien überhaupt nicht zu begreifen, was er da sagte.

„Für den Hals. Tee. Das tut gut." Vielleicht spricht sie ja kein Deutsch, dachte Bäumler und wollte es schon auf Englisch probieren, da nickte die Frau und flüsterte: „Ja."

Sie keuchte immer noch, aber offenbar war der Hustenreiz jetzt abgeklungen. Auf einmal wurde es ganz still in dem kleinen Raum.

„Tee?", fragte Ingo erneut und erhob sich langsam.

„Bitte …", sagte die Frau, bevor sie sich erschöpft auf die Matratze zurückfallen ließ. „Bitte …"

Ingo drehte sich zur Tür und Heiner Schultes ging ein Stück zur Seite, um ihn aus dem Zimmer zu lassen. Der Alte runzelte die Stirn, sagte aber nichts.

Oben nahm er die Thermoskanne vom Tisch, in der er jeden Morgen frischen Pfefferminztee zubereitete, nahm eine Tasse aus dem Hängeschrank und füllte sie zur Hälfte mit der dampfenden Flüssigkeit. Er gab einen Löffel Honig dazu und brachte das Getränk nach unten. Auf der Treppe fiel ihm auf, dass die Tasse, die er wahllos aus dem Schrank genommen hatte, ausgerechnet die war, die sein Nachbar auf dem Weihnachtsmarkt für den Glühwein hatte erwerben müssen.

Schultes lehnte immer noch schweigend im Türrahmen. Die Frau saß auf der Matratze und hob den Kopf, als Ingo den Raum betrat. Sie nahm den Tee mit einem dankbaren Nicken entgegen, nippte, schloss die Augen und umklammerte die Tasse mit beiden Händen, als wolle sie sich daran wärmen.

Ingo überlegte, was er als Nächstes tun sollte. Was sollte er sagen? Dass es ihm leid tat? Dass er sie nicht gesehen hatte, weil die Sonne ihn geblendet hatte? Er wusste es nicht. Dann fing er einfach zu reden an. Die Frau hörte ihm mit geschlossenen Augen zu, nur als er die Polizei erwähnte, sah sie ihn einmal kurz direkt an und schüttelte energisch den Kopf. Bäumler nickte erleichtert, hörte aber, wie Schultes hinter ihm ein unwilliges Knurren von sich gab.

Dass sich der Alte auf einmal so verhielt, als ginge ihn das alles hier nichts an, irritierte Bäumler. Aber dann wurde ihm klar, dass es in gewisser Weise ja auch genau so war: Es ging ihn ja wirklich nichts an. Er hatte ihn da gegen seinen Willen hineingezogen. Er war schuld. Er ganz allein. Ingo spürte, wie eine Welle Übelkeit in ihm aufstieg. Er würde das hier nicht mit einer Tasse Tee und begütigenden Worten lösen können. Er würde …

„Sie stecken in Schwierigkeiten, die nichts mit dem Unfall zu tun haben, richtig?“

Die Stimme des Alten hinter ihm klang ruhig und sachlich. Ingo musste sich nicht einmal umdrehen, um zu wissen, dass Heiner Schultes immer noch mit verschränkten Armen im Türrahmen lehnte und beim Sprechen über den Kopf der Frau hinweg an die gegenüberliegende Wand sah.

Die Frau biss sich auf die Unterlippe. Dann erklang auf einmal Musik. Er hatte diese Melodie heute schon einmal gehört. Sie kam aus dem Rucksack, der neben der Matratze lag. Jetzt erkannte er auch das Lied. „Lady in Black“ von Uriah Heep. Ausgerechnet, dachte er, ausgerechnet diese Oldie-Schmonzette. War die Frau nicht viel zu jung für solchen Hippiekram? Immer wieder erklang das Gitarrenintro mit dem scheppernden Schlagzeug, dann setzte der Gesang ein: She came to me one morning, one lonely Sunday morning …

Wieder das Intro. Akustische Gitarre. Schlagzeug. Erneut begann der Sänger mit seinem Lamento: She came to me …

Mit einer Entschlossenheit, die ihn selbst überraschte, sprang er vor, zog das Handy aus dem Rucksack und gab es der Frau, die es zögernd entgegennahm, wie ein unerwartetes Geschenk.

Endlich erstarb das nervtötende Gedudel.

„Ja?“, sagte die Frau heiser.

Es vergingen ein paar Sekunden, in denen der Anrufer etwas sagte, dann bejahte die Frau wieder. Dann sprach wieder der Anrufer, etwas länger diesmal. Die Unterlippe der Frau begann zu zittern, in ihrem Gesicht zuckte es. „Aber … bitte …“, stammelte sie, brach ab, schluchzte. Ingo Bäumler befürchtete schon, dass sie jeden Moment wieder zu schreien anfangen würde, aber stattdessen sagte sie nur leise: „Nein, ich komme.“

Nachdem sie das Gespräch beendet hatte, legte die Frau das Handy vorsichtig auf den Boden neben die halb leere Teetasse. In ihren Augen glänzten Tränen, aber sie weinte nicht. Ganz still saß sie da, die Hände wie zum Gebet gefaltet.

Ingo Bäumler sah sich hilfesuchend um, doch sein Nachbar zuckte nur mit den Achseln.

„Gibt es irgendetwas, das ich für Sie tun kann?“

Die Frau sah ihn an, lächelte freudlos und schüttelte den Kopf. Ingo spürte, wie Heiner Schultes ihm eine Hand auf die Schulter legte.

„Wir sind gleich wieder da“, sagte der Alte zu der Frau und bedeutete Ingo, ihm nach oben zu folgen.

***

Elena legte das Handy auf den niedrigen Couchtisch und wagte nicht, den Blick zu heben. Sie sah auf den abgewetzten Perserteppich zwischen ihren Schuhen. Da war ein Brandloch. Wahrscheinlich war ihr Schwager einmal beim Fernsehen mit der brennenden Zigarette in der Hand auf der Couch eingeschlafen. Leider war er aber wohl rechtzeitig wieder aufgewacht, um den kleinen Zimmerbrand zu löschen, und hatte ihr und dem Rest der zivilisierten Menschheit nicht den Gefallen getan, mitsamt seiner heruntergekommenen Bude zu verbrennen.

„Gut“, sagte Kowalski, der neben ihr auf der Couch saß, und legte ihr seine feuchte Hand auf den Oberschenkel. „Das hat die kleine Schwester hier doch mal richtig gut gemacht, oder?“

Der andere Mann sagte nichts. Elena schielte nach rechts und konnte ihn aus den Augenwinkeln vor dem Wohnzimmerfenster stehen sehen. Er trug eine dunkle Wollmaske, hatte die Hände in die Taschen seiner eleganten Anzugshose gesteckt und schien auf etwas zu warten. Kowalski ekelte sie an wie eh und je, aber vor dem merkwürdigen Mann hatte sie richtige Angst. Vorhin, als sie sich umdrehen und wieder gehen wollte, hatte er ihr den Weg zur Tür abgeschnitten. Er war wie aus dem Nichts heraus plötzlich vor ihr aufgetaucht.

Es war ein Fehler gewesen, nach Frankfurt zu kommen. Gaby hatte es ihr ausdrücklich verboten. Und sie war ja auch nicht gerade wild darauf gewesen, den widerwärtigen Kowalski wiederzusehen. Zumal diesmal niemand da war, um sie zu beschützen. Aber nachdem Gaby nicht an der Tankstelle erschienen war und auch nicht auf ihre Anrufe reagierte, hatte sie doch etwas tun müssen.

Kowalski war natürlich überrascht gewesen, als sie plötzlich bei ihm vor der Tür stand.

„Lass sofort meine Schwester gehen", herrschte sie ihn an und drohte mit ihren Freunden, aber sie konnte ihm am Gesicht ablesen, dass er ihr das nicht abkaufte. Kowalski kam einen Schritt aus der Tür, sah nach rechts und links die Straße hinunter und grinste. Und dann beging sie den Fehler, sich an ihm vorbei ins Haus zu drücken. Im Treppenhaus rief sie nach Gaby, aber statt einer Antwort hörte sie nur die Haustür hinter sich ins Schloss fallen. Ihr Schwager kam auf sie zu und drängte sie in die kleine Diele, die zu Küche und Wohnzimmer führte, und mit jedem Schritt, den sie vor ihm zurückwich, wurde ihr klarer, dass sie in der Falle saß.

„Was hast du mit ihr gemacht?", stammelte Elena. „Was? Wo ist Gaby?"

„Sag du es mir."

Elena schüttelte den Kopf. Einem Impuls folgend schoss sie nach vorne und war auch schon an ihrem überrumpelten Schwager vorbei, als im Türrahmen vor ihr plötzlich dieser unheimliche Mann mit der Maske auftauchte. Ihr Schrei wurde sofort erstickt. Die Hand, die sich ihr über Mund und Nase legte, war aus kaltem glattem Leder. Ein dunkler Vorhang senkte sich vor ihren Augen und als er sich wieder hob, lag sie auf der Couch im Wohnzimmer und Kowalski hielt ihr Handy in der Hand.

„Was habt ihr beiden ausgeheckt?"

Elena schüttelte stumm den Kopf.

Kowalski schloss die Augen und verzog das Gesicht, als habe er von einer Sekunde auf die andere fürchterliche Kopfschmerzen bekommen.

„Ich frage dich das jetzt nur noch ein einziges Mal", sagte er mit geschlossenen Augen, „nur noch ein einziges Mal. Was habt ihr beiden Schlampen hinter meinem Rücken ausgeheckt?"

„Wir wollten abhauen, aber Gaby ist nicht gekommen."

„Aber hier ist sie auch nicht mehr, wie erklärst du dir das?"

„Ich … ich habe keine Ahnung … meinst du denn, ich wäre hier, wenn ich das wüsste?"

Kowalski sah Elena an. Seine Augen waren gerötet, sie konnte die feinen geplatzten Äderchen sehen.

„Also gut", sagte er schließlich. „Ruf sie an."

„Das habe ich schon probiert, sie geht …"

„Ruf sie an!", schrie Kowalski und Elena nahm das Handy und drückte die Kurzwahl.

„Sie geht doch nicht ran …" flüsterte sie, aber diesmal nahm Gaby nach dem vierten Klingeln ab.

Sie hatte sie nicht gefragt, wo sie war. Oder was passiert war. Sie hatte ihr nur klargemacht, dass sie zurückkommen musste. Und Gaby hatte sofort eingewilligt, weil sie natürlich verstanden hatte, was davon abhing.

„Gut", brummte Kowalski erleichtert, „sehr gut."

Der Maskenmann löste sich aus seiner Position am Fenster und kam zu ihnen herüber. Er blieb vor dem Couchtisch stehen, verschränkte die Arme vor der Brust und schnaubte.

„Wir müssen warten", sagte Kowalski.

Der Maskierte deutete mit dem Kinn auf Elena.

„Ich kümmere mich um sie."

***

Heiner Schultes wartete, bis sie oben in der Küche waren, dann sagte er: „Was zur Hölle soll das werden, Bäumler?"

„Was meinen Sie?"

„Stellen Sie sich nicht doof, Sie wissen genau, was ich meine!"

„Ich will ihr nur helfen, was …"

„Ihr helfen? Sie können doch nicht mal sich selbst helfen, verdammt nochmal!"

Schultes sah, wie seine Worte Wirkung zeigten im Gesicht des ehemaligen Lehrers. Mit zitternden Fingern steckte er sich eine Zigarette zwischen die Lippen und suchte nach Feuer. Vor nicht mal einer Stunde war er so verzweifelt gewesen, dass er sich umbringen wollte, und jetzt plante er allen Ernstes, dieser merkwürdigen Frau zu helfen.

„Falls Sie es noch nicht bemerkt haben: Die Dame da unten scheint ein paar Probleme zu haben, in die keiner hineingezogen werden möchte. Sie und ich am allerwenigsten!"

Bäumler sah ihn einen Moment lang irritiert an, dann setzte er die Suche nach einem Feuerzeug fort. Heiner meinte, ein Geräusch gehört zu haben, und ging hinaus in den Flur. Im Treppenhaus war alles ruhig. Er lehnte sich über das Geländer und lauschte nach unten in den Keller. Ein leises Weinen, kaum hörbar.

Als er in die Küche zurückkehrte, stand Bäumler mit dem Rücken an den Kühlschrank gelehnt und rauchte. „Sie ist auf der Flucht vor irgendwem, oder?"

„Vor irgendwem oder irgendwas, und jetzt scheint sie aus irgendeinem Grund wieder dorthin zurück zu wollen, von wo sie weggelaufen ist. Wie klingt das für Sie, Bäumler?"

„Das klingt für mich so, dass wir ihr helfen müssen."

Heiner lachte trocken. „Und wie stellen Sie sich das vor?"

Bäumler zog an seiner Zigarette und hob die Schultern.

„Ja, genau das dachte ich mir schon." Heiner sah seinen Nachbarn herausfordernd an, aber der wich seinem Blick aus.

„Ich muss jetzt gehen, bitte…"

Die Frau war vollkommen lautlos hinter ihnen im Türrahmen aufgetaucht. Sie war wieder komplett angezogen und hatte ihren Rucksack geschultert, in der rechten Hand hielt sie die leere Teetasse. Einen Moment lang standen alle drei bewegungslos in dem kleinen Raum, dann trat die Frau vor, stellte die Tasse vorsichtig auf den Tisch und nickte den beiden Männern zu. „Vielen Dank für den Tee."

„Wo wollen Sie denn jetzt hin?", fragte Bäumler.

Die Frau schien zu überlegen, dann sagte sie leise: „Nach Hause."

„Und… und wo ist das?"

Wieder schien sie erst über die Antwort nachdenken zu müssen. „In Kleinkopisch."

„Wo?"

„Das ist in Rumänien."

„Und da wollen sie jetzt hin?"

Die Frau schüttelte den Kopf, griff sich an den Hals und verzog das Gesicht. Die fahrigen Gesten, der leere Blick, die zierliche, fast zerbrechliche Gestalt im fahlgrauen Morgenlicht. Heiner wandte sich ab und betrachtete das aufgeschlagene Kreuzworträtsel auf dem Küchentisch, Brotkrümel lagen darauf verstreut, ein Messer, an dem noch etwas Butter klebte, lag daneben auf einem alten Frühstücksbrettchen. Die obere rechte Ecke des Kreuzworträtsels war bereits ausgefüllt.

„Wohin wollen Sie denn dann?", hörte er Bäumler die unbekannte Frau fragen. „Wir helfen ihnen. Sie können uns vertrauen."

Heiner Schultes spürte einen Seitenblick und schüttelte den Kopf, ohne sich umzudrehen. In der linken oberen Ecke des Kreuzworträtsels war sein Nachbar offenbar nicht weitergekommen. Er sah nur ein paar vereinzelte Buchstaben, die keinen Sinn ergaben.

„Gut. Ich korrigiere mich." Ingo Bäumlers Stimme klang auf einmal fest und entschlossen. „Ich werde Ihnen helfen. Ich. Ich habe ... das hier verbockt und ich werde das auch wieder ... auch wieder in Ordnung bringen."

Die Frau sagte nichts. Heiner drehte sich langsam um und sah Bäumler mit hängenden Schultern, aber geballten Fäusten dastehen, als warte er auf das Signal zum Aufbruch. Vorsichtig legte er ihm eine Hand auf die Schulter.

„Lassen Sie mal gut sein, ist besser so."

„Nein! Nein, nein, nein!" Bäumler schlug seine Hand weg und fuhr herum. Heiner wich einen Schritt zurück und hob die Hände. Das war schon das zweite Mal heute Morgen, dass Ingo Bäumler ihn derart anging.

„Ich werde das nicht gut sein lassen, ich werde Verantwortung übernehmen! Sie!" Er deutete auf Heiner, der jetzt kurz davor war, dem jüngeren Mann eine zu verpassen.

„Sie! Sie glauben, ich kann das nicht, aber da täuschen Sie sich!"

Heiner Schultes sah, wie sich die Augen der Frau vor Schreck weiteten. So wie sein Nachbar sich gerade aufführte, musste sie denken, es mit einem erstklassigen Verrückten zu tun zu haben.

Ingo ging unterdessen in der Diele auf und ab und redete sich immer mehr in Rage. Er könne viel mehr, als alle glauben würden. Er würde sich nicht mehr kleinmachen. Er habe die Angst im Griff. Das sei jetzt vorbei. Für immer.

Heiner sah, dass er am ganzen Leib zitterte. Auf einmal blieb er stehen und ging in die Hocke, die bis auf den Filter heruntergebrannte Zigarette zwischen den Fingern. Er lehnte sich ans Geländer, atmete schwer und wiederholte, dass er viel mehr könne, als alle ihm zutrauten. Dann brach er in Tränen aus.

„Ich muss jetzt wirklich gehen", sagte die Frau mit dünner Stimme.

Heiner nickte, sah sie aber nicht an. „Alles Gute."

Sie trat in die Diele und drehte sich zur Haustür, überlegte es sich aber noch einmal anders und ging zurück zu dem mit gesenktem Kopf in der Hocke verharrenden Ingo Bäumler. Sie strich ihm durchs Haar, wie man einem Kind durchs Haar streichen würde, um es zu trösten.

Heiner Schultes schloss die Augen. Er wollte das alles nicht sehen. Er hörte die Schritte der Frau auf den Fliesen im Vorraum und wie die Tür geöffnet wurde. Er hörte Bäumler schluchzen und die Tür ins Schloss fallen. Draußen entfernten sich die Schritte der Frau. Tock. Tock. Tock. Es war besser so. Genaugenommen hatten sie sogar ziemliches Glück gehabt, jede andere hätte ihn angezeigt. Aber das hatte die Frau gar nicht interessiert. Sie war mit anderen Dingen beschäftigt … Dinge, die ihn und den lädierten Herrn Studienrat hier nichts angingen.

Als die Schritte der Frau kaum noch zu hören waren, öffnete er die Augen und sah Ingo Bäumler, der mit den Armen auf den angewinkelten Knien immer noch auf dem kalten Boden saß und den Kopf hängen ließ. Heiner ging an ihm vorbei durch die Diele und verließ das Haus. Er würde das bereuen, dessen war er sich jetzt schon sicher. Am Ende des Zwischenwegs hatte er die Frau eingeholt.

12

Zuerst hatte Larissa gedacht, die Dinger seien nur besseres Spielzeug. Ein Sextoy. Ein Fetisch-Teil. Aber dann musste sie feststellen, dass die Handschellen offenbar echt waren. Zumindest so echt, dass sie ihre Handgelenke nicht aus den Stahlringen herauswinden konnte, egal wie sehr sie es auch versuchte. Im Gegenteil: Ihre Befreiungsversuche hatten bisher nur dazu geführt, dass sich die Klammern enger um ihre Gelenke geschlossen hatten, sodass eine Hautfalte an ihrem Unterarm in den Verschluss geraten war und nun bei jeder Bewegung schmerzte.

Kowalski hatte sie mit beiden Händen an einem Heizungsrohr in der Zimmerecke angekettet, was zur Folge hatte, dass sie im Sitzen die Arme auf Kopfhöhe ausstrecken musste. Die beiden Männer hatten sämtliche Lichter im Raum gelöscht, bevor sie gegangen waren. Larissa kauerte also in vollkommener Dunkelheit. Kein Laut drang von außen herein. Sie saß an die mäßig warmen Rippen des Heizkörpers gelehnt und versuchte, sich so wenig wie möglich zu bewegen. Sie spürte, wie sich die Sehnen und Muskeln in ihrer Schulter zunehmend versteiften wegen der unnatürlichen Armhaltung, aber das Schlimmste war, dass ihr mittlerweile das Zeitempfinden vollkommen abhandengekommen war. Was passierte hier eigentlich? Sie hatte doch nur mit dieser Gabriela sprechen wollen, die aber nun offenbar ebenfalls verschwunden war. Und ihren Mann, diesen Kowalski, setzte das gewaltig unter Stress. Und der andere Typ? Der seine Maske nicht abgesetzt und kein Wort gesagt hatte? Was war mit dem? Und vor allem: Was hatten die beiden nun mit ihr vor?

Larissa schloss die Augen. Es war ein merkwürdiges Gefühl, die Augen zu schließen, ohne dass es merklich dunkler wurde. Blind und taub und unfähig, sich aus ihrer misslichen Lage zu befreien, spürte Larissa, wie Panik in ihr aufstieg. Beinahe hätte sie geschrien, als schlagartig alle Lichter angingen, aber dann raubte ihr die Überraschung den Atem und sie vergrub ihr Gesicht in der Ellenbeuge, die plötzliche Helligkeit war unerträglich. Kowalski war zurückgekehrt. Sie hörte ihn und spürte, wie ihr Mund trocken wurde. Jetzt. Jetzt würde er sie bestimmt holen, und dann ... aber da war noch jemand. Nicht der andere Mann. Eine Frau. Konnte das sein? Ja. Und die Frau schimpfte. Die Frau schrie: „Bist du jetzt vollkommen verrückt geworden, du Arschloch?" Das hätte sie besser nicht gesagt. Larissa hörte den Schlag. Das Klatschen mit der flachen Hand. Die Frau stöhnte. Dann sagte sie nichts mehr.

***

Ihr Schwager war vollkommen durchgedreht. Gefährlich und reizbar wie ein rumänischer Straßenhund war er schon immer gewesen. Aber jetzt war es, als hätte man diesen Hund auch noch mit Tollwut infiziert. Der Schlag war nicht besonders fest, aber er brachte sie dennoch aus dem Gleichgewicht, sie schwankte und wäre hingefallen, wenn Kowalski sie nicht an beiden Handgelenken gepackt und festgehalten hätte.

Als sie in den Raum gekommen waren, hatte sie Gaby gesehen. Sie kauerte auf dem Boden vor der Heizung. Hier hielt er sie also gefangen. Dann hatte sie der Raum abgelenkt. Was war das hier unten eigentlich? Ein geschmackloser Partykeller? Ein geheimer Swingerclub? Elena war verwirrt. Sie wollte weg. Nur weg. Jetzt gleich. Sie bäumte sich auf. Schrie ihren Schwager an. Dann kam der Schlag. Er packte sie. Die Haare fielen ihr vors Gesicht. Wie durch einen Schleier sah sie dahinter ihre Schwester vor dem Heizkörper in der Ecke knien, das Gesicht in den Ellenbeugen vergraben. Aber irgendetwas stimmte nicht. Dann wusste sie auch, was. Diese Frau. Das war gar nicht Gaby.

Elena sagte nichts mehr. Sie wehrte sich auch nicht, als Kowalski sie neben die andere Frau auf den Boden zwang und ihr Handschellen anlegte. Ihr Schwager schwitzte wie ein Schwein, sein schwerer Atem roch nach ungeputzten Zähnen und Zigaretten. Elena drehte ihren Kopf so weit sie konnte in die andere Richtung, um seinen fauligen Ausdünstungen zu entgehen. Sie umklammerte das Heizungsrohr mit den Händen, die Kette zwischen den Handschellen spannte, sie konnte die Arme nicht mehr herunternehmen. Dann war Kowalski endlich weg, das Licht ging aus, die Tür fiel ins Schloss. Ihr Atem beruhigte sich. Sie wartete darauf, dass sich ihre Augen an die Dunkelheit gewöhnten, aber so sehr sie sich auch bemühte, sie konnte keine Umrisse in der Finsternis ausmachen. Hier gab es nirgendwo einen Lichtspalt, nur undurchdringliches Schwarz. Sie hörte, wie die Frau neben ihr sich bewegte. Sie flüsterte. Erst verstand Elena sie nicht.

„Gaby?“, flüsterte die Frau immer wieder. „Gaby …?“

„Ich bin nicht Gaby“, entgegnete Elena verwirrt.

„Nicht? Aber …“

„Nein, bin ich nicht. Ich dachte eigentlich … egal. Wer bist du?“

„Mein Name ist Larissa … ich … das ist ein bisschen kompliziert, ich wollte mit Gaby sprechen, wegen ihrer Schwester …“

„Du suchst ihre Schwester? Gabys Schwester?“

„Ja, Elena.“

Einen Moment lang dachte Elena, dass jetzt gleich das Licht wieder angehen würde. Die Handschellen würden ihr von den Gelenken fallen und sie läge im VW-Bus neben André, der seinen Rausch ausschlief, denn entweder träumte sie diesen ganzen verworrenen Scheiß hier bloß oder sie war selbst auf einem komischen Trip hängengeblieben, den ihr irgendein Idiot untergejubelt hatte. Vielleicht lag sie auch noch im Krankenhaus und hatte die Schmerzmittel nicht vertragen.

Aber es blieb dunkel. Dunkel und still. Die Frau sagte nichts mehr. War sie überhaupt noch da?

„Hey, Larissa?“

„Ja?“

„Hör mal: Ich bin Elena. Ich wollte mit Gaby abhauen, aber es ist alles … alles irgendwie schiefgegangen.“

„Du bist Elena?“ Die Frau, die sich Larissa nannte, klang vollkommen überrascht.

„Ja doch.“

Erneut war es still. Nach einer Weile meinte Elena, die andere Frau wieder zu hören. Sie machte komische Geräusche. Es hörte sich fast so an, als würde sie lachen.

***

Kowalski fror. Er stand im Kellerflur und spürte, wie ihm der kalte Schweiß das Rückgrat hinunterlief und in den Bund seiner Unterhose sickerte. Sein Steißbein juckte. Das Unterhemd klebte am Leib. Am liebsten hätte er jetzt heiß geduscht. Stundenlang.

Aber das kam natürlich überhaupt nicht infrage. Oben wartete der Doktor und hier unten hatte er gerade die zweite Frau eingesperrt. Und Gaby war auf dem Weg. Warum hatte er nicht selbst mit ihr gesprochen? Wo war sie eigentlich genau? Wie weit war sie gekommen? Das hätte er sie doch fragen müssen. Dazu war es nun zu spät. Er brauchte dringend einen Plan. Einen Plan, wie er alle, die sich hier nach und nach bei ihm eingefunden hatten, wieder loswerden würde. Er fühlte sich wie ein Jongleur, dem immer mehr Bälle zugeworfen werden, die er irgendwie in der Luft halten muss. Momentan gelang ihm das noch irgendwie. Alles hing von Gaby ab. Sie hatte ihm die ganze Scheiße eingebrockt, und sie würde ihm auch dabei helfen, alles wieder in Ordnung zu bringen. Und wenn nicht? Kowalski tastete nach der Pistole in seinem Hosenbund, dann ging er nach oben.

Der Doktor knetete die Skimaske zwischen seinen Fingern und ging im Wohnzimmer auf und ab. Kowalski ließ sich in seinen Fernsehsessel fallen und sah ihn an. Nach einer Weile sagte er: „Setz dich hin. Du machst mich nervös."

Der Doktor hielt abrupt inne und reckte den Hals, als habe er nicht richtig gehört. Er sah aus wie ein aufgescheuchter Vogel. Ein Kackvogel, dachte Kowalski und grinste.

„Setz dich!", sagte er noch einmal und deutete auf den Sessel am anderen Ende des Tisches. Zu seiner Überraschung gehorchte der Doktor diesmal sofort.

Schweigend saßen sie sich gegenüber, wie zwei Fremde in der Bahn. Kowalski dachte an Gaby. Daran, wie lange es noch dauern würde, bis sie endlich hier war. Erneut verfluchte er sich dafür, nicht selbst mit ihr gesprochen zu haben.

Das Pochen kam irgendwo aus dem Inneren des Hauses. Kowalski kannte alle Geräusche, die das Haus von sich gab. Alte Häuser machten jede Menge Geräusche. Gebälk knirschte,

Leitungen rauschten, der Wind fuhr durch den Dachstuhl und klapperte mit losen Ziegelsteinen. Aber dieses beständige Pochen hatte er noch nie zuvor gehört. Als ihm klar wurde, was oder besser wer dafür verantwortlich war, schlug er mit der Faust auf den Tisch.

„Das sind die zwei verdammten Weiber im Keller, die bearbeiten das Heizungsrohr."

Der Doktor stand langsam auf und strich seinen Anzug glatt. Er lächelte. „Ich gehe mal nachschauen."

Kowalski sagte nichts, erhob sich aber ebenfalls. Der Doktor zog sich im Gehen die Skimaske über den Kopf. Kowalski ließ ihn ziehen und bog in die Küche ab. Er schob die Gardine ein Stück zur Seite und sah hinaus auf die Straße. Als hätte ein unsichtbarer Regisseur alles minutiös geplant, fuhr genau in diesem Moment ein Auto vor. Der grüne Volvo hielt mit laufendem Motor vor dem Haus. Eine Weile passierte nichts, dann stieg Gaby aus dem Wagen, schloss die Beifahrertür und kam auf das Haus zu.

***

Heiner Schultes war schon einmal hier gewesen. Mit Anne. Sie hatten einen Ausflug zum Goetheturm gemacht, waren die verwitterten Holztreppen bis zur Aussichtsplattform hinaufgestiegen und hatten über die Skyline Frankfurts in den Taunus gesehen. Es war an einem freundlichen, sonnigen Tag im Frühjahr vor gefühlt hundert Jahren gewesen.

Heute hing der Himmel wie ein verrauchter Vorhang vor der Wintersonne und in den Rinnsteinen schmolzen Schneematschklumpen. Heiner Schultes sah der Frau nach, die durch das verrostete Gartentor in den Hof trat und ohne zu zögern auf das Haus zuging. Die Haustür öffnete sich, ohne dass sie geklingelt hätte. Er konnte nicht sehen, wer im Flur stand und offenbar schon auf sie gewartet hatte, und kurz darauf schloss sich die Tür wieder und die Frau war in der düsteren Behausung verschwunden. Damit war seine Aufgabe erledigt. Wenn man es denn eine Aufgabe nennen wollte.

Er hatte erwartet, dass die Frau eine Adresse am Bahnhof oder im Allerheiligenviertel nennen würde, und war ziemlich überrascht, als sie stattdessen ins beschauliche Sachsenhausen wollte. Dann waren sie gefahren. Die Frau mit dem Rucksack auf den Knien und dem Blick in die Ferne. Heiner mit beiden Händen am Lenkrad. Irgendwann hatte die Frau Tränen in den Augen. Heiner griff über ihre Beine hinweg ins Handschuhfach und fand tatsächlich ein Päckchen Papiertaschentücher. Sie bedankte sich bei ihm. Für jede Kleinigkeit bedankte sich die Frau. Aber ansonsten schwieg sie. Schultes deutete das als sicheres Zeichen dafür, dass sie ihn und Bäumler nicht in ihre Probleme mit hineinziehen wollte. Er sollte die Frau nur absetzen und wieder nach Hause fahren. Darauf hatte sie sich eingelassen, um so schnell wie möglich nach Frankfurt zu kommen.

Schultes sah zu dem Haus hinüber, in dem die Frau vor ein paar Minuten verschwunden war, und meinte, eine Bewegung hinter einem der Fenster ausmachen zu können. Er spürte das Gewicht der Pistole in der Manteltasche. Nur zur Sicherheit, hatte er sich gesagt, als er die Makarow aus dem Versteck im Keller geholt und eingesteckt hatte, aber eine andere Stimme in seinem Kopf, die sich ziemlich genau wie die seiner verstorbenen Frau anhörte, hatte gesagt: Unsinn, du suchst Ärger und hast das sichere Gefühl, hier welchen zu finden. Das ist alles, worum es dir geht. Er hatte innerlich heftig widersprochen, aber Anne hatte nicht mit sich reden lassen: Mach bitte einmal im Leben das Richtige und leg das Ding wieder weg.

Heiner hatte das Ding nicht weggelegt, aber wie er jetzt mit der durchgeladenen und gesicherten Pistole in der alten Familienkutsche seines Nachbarn vor dem fremden Haus saß, kam er sich auf einmal lächerlich vor. Auf der anderen Straßenseite spazierte ein Mann mit einem Dackel an der Leine vorbei. Er sah kurz zu Heiner rüber und nickte freundlich.

Rosi war ihm hinterhergelaufen und Bäumler hatte sie mit einem Leckerli locken müssen. Heiner hatte beruhigend auf die Hündin eingewirkt, sie hinter dem Ohr gekrault und ihr gesagt, dass alles gut sei und er ja bald wiederkäme. Rosi hatte zu ihm aufgeblickt, seine Hand geleckt und ihm kein Wort geglaubt. Zumindest war es Heiner so vorgekommen. Ingo Bäumler hatte eine seiner Notfall-Tabletten genommen und wieder einigermaßen normal gewirkt. Er war vernünftig genug gewesen, um zu kapieren, dass es besser war, wenn er nicht mit nach Frankfurt kam.

Heiner hing seinen Gedanken nach, sodass er nicht bemerkte, wie sich die Haustür öffnete und jemand ins Freie trat. Erst als die Person an die Scheibe des Beifahrerfensters klopfte, schreckte er zusammen. Es war die Frau, die ihm signalisierte, das Fenster herunterzulassen. Er beugte sich über den Sitz und verfluchte innerlich seine Unachtsamkeit. Kalte Luft drang ins Wageninnere und ließ ihn frösteln.

„Sie müssen gehen, bitte!“, sagte die Frau. Sie trug keinen Mantel mehr, sondern nur ihre dünne Bluse, die sie sich mit beiden Händen vor der Brust zusammenhielt.

„Alles in Ordnung mit Ihnen?“

„Es ist alles in Ordnung, aber sie müssen jetzt gehen!“

Wieder sah Heiner, dass sich hinter dem Fenster etwas bewegte. Sie wurden beobachtet.

„Wenn ich etwas für Sie tun kann …"

„Bitte fahren Sie."

Heiner sah sie noch einmal genau an, forschte in ihrem Gesicht nach einem Zeichen, einem Zucken, irgendetwas. Aber die Frau presste nur die Lippen zusammen, sie hatte denselben entrückten Blick wie zuvor. „Gut, ich fahre."

Die Frau trat einen Schritt zurück. Heiner schloss das Fenster, startete den Motor und fuhr langsam an. Im Rückspiegel sah er, wie die Frau sich umdrehte und zurück ins Haus ging.

Er fuhr den Landwehrweg hinunter bis zum Parkplatz am Goetheturm. Der Parkplatz war leer, der Turm bis zum Frühjahr geschlossen. Er saß eine Weile mit laufendem Motor im Wagen, unschlüssig, was er nun tun sollte. Er steckte seine Hand in die Tasche des Parkas und berührte den kalten Lauf der Makarow. Das Richtige tun, dachte Heiner Schultes, das sagt sich so leicht. Er schloss die Augen und dachte an Anne. Wie sie lebte. Und wie sie gestorben war. Und er sah natürlich auch die Negerfrau im grünen Kleid. Ihre untere Gesichtshälfte fehlte. Zum Schluss dachte er an seinen Nachbarn, der jetzt zu Hause mit zitternden Händen am Küchentisch saß und Rosi mit Leckerlis vollstopfte, um sich selbst zu beruhigen. Heiner lächelte und öffnete die Augen. Vor ihm stand der Wald in winterlicher Erstarrung. Er würde heute keine Entscheidung mehr treffen, außer der, nach Hause zu seinem Hund zu fahren.

In gemäßigtem Tempo fuhr er den Landwehrweg in umgekehrter Richtung zurück. Er war noch einige Meter von dem Haus entfernt, in dem die Frau verschwunden war, als plötzlich jemand zwischen den am Straßenrand geparkten Autos hervorschoss und auf die Straße lief. Heiner bremste und wurde in den Sicherheitsgurt gedrückt, der Wagen rutschte ein Stück und kam dann kreischend zum Stehen, der Motor soff ab. Heiners Herz schlug wie verrückt, er rang nach Atem. Was war das? Vor der Motorhaube des Volvos stand eine junge Frau mit wirren langen Haaren und weit aufgerissenen Augen. Sie streckte ihm ihre mit Handschellen gefesselten Hände entgegen.

13 Er hatte sie nach draußen geschickt, um den Alten zu verscheuchen. Er konnte nicht noch mehr Mitwisser gebrauchen. Kowalski sah auf seine Armbanduhr. Der Doktor war bei den beiden Frauen im Keller, das musste er im Auge behalten, dem Typ war nicht zu trauen. Wieder brach ihm der Schweiß aus, seine Kopfhaut juckte, er hatte die Schnauze gestrichen voll.

Kowalski hörte Gaby zurückkommen. Der Volvo stand noch einen Moment vor dem Haus, dann fuhr der alte Knacker endlich los. Als er sich vom Fenster wegdrehte, stand Gaby vor ihm. Die Arme vor der Brust gekreuzt, den Kopf eingezogen, in den Augen ihren Drogenblick. Er hörte das Ticken der Küchenuhr. Aus dem Keller drangen gedämpfte Geräusche. Eine Tür wurde geöffnet und wieder geschlossen, was trieben die da unten? Gaby schloss die Augen und fragte: „Wo ist Elena?"

Kowalski lachte. „Dein kleines Schwesterlein? Die ist hier, keine Angst."

„Wo?"

„Momentan genau da, wo sie hingehört."

„Was?"

„Keine Sorge. Wir machen hier schon bald ein nettes kleines Familientreffen. Fehlt nur noch eure alte Mutter, was?"

Kowalski machte einen Schritt auf Gaby zu. Er stand jetzt so nah vor ihr, als wolle er sie küssen. Gaby öffnete die Augen, holte Luft und wollte etwas sagen, aber er schnitt ihr das Wort ab.

„Aber ... ach!" Kowalski warf theatralisch die Arme in die Luft und riss die Augen auf. „Mütterchen sitzt ja weit weg im beschissenen Kleinkopisch. Wo ihr beiden, du und deine Schwester, auch noch sitzen würdet, wenn ich nicht wäre."

„Ich!", schrie Kowalski und schlug sich mit der flachen Hand auf die Brust. „Ich hab dich da rausgeholt, ich habe dich sogar geheiratet, dich!"

Gaby schluckte. Tränen liefen ihr übers Gesicht. Kowalski trat einen Schritt zurück und musterte sie. Er schüttelte den Kopf, als wäre er sich gerade über einen Riesenfehler klargeworden. „Jede von euch gottverdammten Schlampen aus dem Wohnheim hätte ich haben können. Und ich Idiot entscheide mich für dich ... ausgerechnet."

Gaby sagte nichts. Kowalski spürte, wie sie sich versteifte, als er wieder näher an sie herantrat. „Ich wollte das alles nicht", flüsterte er, „aber du, du hast es vermasselt. Du ganz allein."

Aus dem Keller schrie jemand, etwas fiel krachend zu Boden. Jemand stöhnte laut. Was ging da unten eigentlich vor?

***

Larissa war sich für einen Moment ganz sicher, durchzudrehen, verrückt zu werden. Es fühlte sich anders an, als sie gedacht hatte. Es war nicht unheimlich oder so. Überhaupt nicht. Im Gegenteil. Sie hatte gelacht. Gelacht, weil sie die mysteriöse Elena endlich gefunden hatte. Und nun saßen sie beide an ein Heizungsrohr gekettet in einem stockdunklen, schallisolierten Keller, in der Gewalt von zwei Psychopathen, die sich oben im Haus wahrscheinlich gerade überlegten, was sie alles mit ihnen anstellen könnten. Dann kam die Angst wieder und kroch ihr unter die Haut.

Elena hatte sie schließlich beruhigt, in dem sie ein paarmal ihren Namen flüsterte und dann einfach anfing zu erzählen, wie sie und Gaby nach Deutschland gekommen waren. Was sie von ihrem Schwager wusste und was im Sommer passiert war. Elena, das war jetzt eine körperlose Stimme in der Dunkelheit, die allem einen Sinn gab. Langsam bekam Larissa das Gefühl, zu verstehen, wie alles zusammenhing und wie sie in diese missliche Lage gekommen war. Und sie verstand auch, dass sie nicht allein war. An ihrer Situation hatte sich nicht das Geringste geändert, aber sie konnte wieder klar denken. Und am Ende hatte sie eine Idee, die man vielleicht sogar einen Plan nennen konnte.

Sie wussten beide, dass das Schaben und Schlagen mit den Handschellenringen gegen das Heizungsrohr nur im Haus zu hören sein würde. Teil Eins von Larissas Plan ging bereits nach wenigen Minuten auf: Die Tür wurde aufgeschlossen und die Lichter gingen an. Sie vergrub das Gesicht erneut in der Ellenbeuge. Viel würde jetzt davon abhängen, wie schnell sie sich an die Helligkeit gewöhnen konnte. Jemand kam näher. Es war nur einer der Männer gekommen, so wie Larissa es erwartet hatte.

Der Mann sagte nichts, sondern beugte sich zu ihr herunter und kam ihr ganz nah. Sie spürte das grobmaschige Baumwollgewebe seiner Skimaske an ihrem Gesicht, sein Atem ging schwer und roch nach Pfefferminz. Das war nicht Kowalski, das war der andere, der Schweiger. Er packte sie am Kinn und drehte ihr Gesicht langsam ins Licht. Larissa presste die Augen zusammen, dann blinzelte sie, sie konnte bereits Umrisse erkennen. Der Mann sagte immer noch nichts. Auch Elena verhielt sich ganz still.

„Wir müssen mal dringend …“, flüsterte Larissa. Sie konnte das Licht jetzt schon mit halb geöffneten Augen gut aushalten.

Der Mann grunzte.

„Bitte …“, fügte Larissa leise hinzu, so devot es ihr möglich war.

Der Mann schien zu überlegen, dann sprang er auf, stand breitbeinig vor ihnen und deutete erst auf die eine, dann auf die andere. Er wiederholte die Bewegung. Larissa war verwirrt, dann verstand sie: Er zählte ab, wer als Erste von ihnen gehen durfte. Sie suchte Elenas Blick, die aber die Augen noch geschlossen hatte. Die Wahl des Mannes fiel auf Larissa. Er ging in die Hocke und schloss eine der beiden Ringschellen auf, ließ Larissas Handgelenke aber nur für den kurzen Moment frei, den sie brauchte, um sich vom Heizungsrohr zu lösen, dann legte er ihr die Handschellen sofort wieder an. Der Maskierte packte sie grob am Arm und zog sie auf die Füße, dann stieß er sie hinaus in den Flur. Larissa stolperte vorwärts.

Der Mann riss eine Tür auf und stieß sie hinein. Hier war keine Toilette, hier war der Heizungskeller. Sie stand vor einem großen querliegenden Tank, an den Wänden waren Rohre mit Thermostaten, ein monotones Brummen lag in der schweren warmen Luft, die penetrant nach Öl roch.

Sie war sich nicht sicher gewesen, ob der Mann so etwas versuchen würde, aber überrascht war sie nicht. Sie drehte sich um und sah ihn langsam näher kommen, sie fragte sich, ob er die schwarzen Lederhandschuhe schon die ganze Zeit getragen hatte. Sie wusste, dass sie jetzt ganz ruhig bleiben musste. Das war der Teil des Plans, der ihr am meisten abverlangte.

„Was wollen Sie von mir?“, stieß Larissa hervor, wich einen Schritt zurück und spürte den Öltank in ihrem Rücken.

Der Mann sagte nichts, kam aber immer näher. Er hob die Hände, als wolle er zeigen, dass er nichts zu verbergen habe. Der

Impuls loszuschreien erfasste Larissa und sie musste ihn niederkämpfen. Noch einen Schritt musste er mindestens näher kommen. Sie würde nur eine Chance bekommen, nur eine einzige.

Der Mann blieb stehen, legte den Kopf schief und betrachtete sie eine Weile. Sie konnte seine tiefbraunen Augen hinter den Schlitzen sehen. Komm schon endlich her, dachte sie. Das ist es doch, was du willst. Der Mann streckte seine Hände nach ihr aus, und Larissa zwang sich, die Arme nicht zum Schutz hochzureißen. Das schien ihn einen Moment lang zu verunsichern. Er hatte wohl mit mehr Gegenwehr gerechnet. Sie spürte seine warmen Finger, die aus den offenen Handschuhen hervorschauten, in ihrem Nacken, sie wanderten wie Spinnenbeine um ihren Hals. Und dann machte er endlich den letzten entscheidenden Schritt auf sie zu.

Hätte er Jeans getragen, wäre es viel schwieriger gewesen, aber der weiche, dünne Stoff seiner Anzugshose gab sofort nach, als Larissa die linke Hand, soweit die Handschellen es zuließen, abwinkelte und mit der rechten Hand in den Schritt des Mannes griff. Sie bekam sofort seine Hoden zu fassen und presste sie so fest sie konnte zusammen. Der Mann schrie und ließ von ihr ab, torkelte zusammengekrümmt von ihr weg. Jetzt schrie auch Larissa und sprang nach vorne, stieß den nach Luft schnappenden Mann durch die Tür und in den Flur, wo er mit dem Rücken gegen die Wand prallte und ein gerahmtes Bild zu Boden riss. Larissa rannte auf den Kellerausgang zu, sie hatte die Klinke schon in der Hand, als ihr einfiel, dass die Tür vorhin abgeschlossen war, aber als sie die Klinke diesmal nach unten drückte, sprang die Tür auf.

***

Die junge Frau war vollkommen durcheinander. Sie stammelte unzusammenhängendes Zeug. Sie sei aus dem Haus geflohen. Aber im Keller sei noch jemand. Er müsse helfen. Schnell helfen. Heiner versuchte, die Frau zu beruhigen. Sie schnappte würgend nach Luft, wollte noch etwas sagen, aber ihr Mund füllte sich und im nächsten Moment übergab sie sich auf die Straße. Heiner stützte sie, über ihren Rücken hinweg konnte er sehen, dass weiter vorne ein älteres Ehepaar Einkaufstaschen aus dem Kofferraum eines Kombis auslud und ihnen immer wieder fragende Blicke zuwarf.

Heiner ließ den Volvo mitten auf der Straße stehen und schleppte die erschöpfte Frau hinüber zu dem Paar, das jetzt wie festgefroren in der Auffahrt stand. Auf halbem Weg rief er ihnen zu, dass sie die Polizei rufen sollten, aber keiner von beiden rührte sich.

Der Mann fing sich als Erster und kam ihnen schließlich entgegen. Er trug Sportschuhe, Jeans und eine rote Regenjacke mit dem Adleremblem von Eintracht Frankfurt über der Brust.

„Um Himmels willen! Was ist denn passiert? Haben Sie das Mädchen angefahren?"

Heiner schüttelte den Kopf. Der Mann war grauhaarig und mindestens genauso alt wie er. Inzwischen hatte sich auch die Frau genähert, die Einkäufe des Paares standen unbeachtet vor der offenen Heckklappe des Wagens.

„Helfen Sie ihr!", sagte Heiner und überließ dem verdutzten Ehepaar die leise stöhnende Frau. Er war schon auf dem Weg über die Straße, als er sich noch einmal umdrehte: „Und rufen Sie die Polizei!"

Das Tor stand jetzt offen. Heiner beeilte sich, betrat das Grundstück und lief die Einfahrt entlang hinters Haus, um nicht gesehen zu werden, falls wieder jemand am Fenster stand. Er presste sich an die Hauswand und spähte um die Ecke. Hier hinten war niemand. Eine Außentreppe führte in den Keller, die Tür war nur angelehnt. Er hatte keine Ahnung, was da unten vor sich ging. Er konnte da jedenfalls nicht einfach so reinspazieren. Er musste auf die Polizei warten. Alles andere wäre selbstmörderischer Wahnsinn. Heiner spürte, wie sein Atem sich langsam beruhigte, sein Herz wieder langsamer schlug. Das Richtige tun, dachte er, er würde diesmal das Richtige tun. Dann hörte er den Schrei.

***

Kowalski hörte Elena im Keller um Hilfe schreien. Er packte den verwirrten Doktor bei den Schultern und schüttelte ihn. „Hast du Idiot unten etwa die Türen aufstehen lassen?“

Der Doktor sah ihn gehetzt an, seine Arroganz war verflogen. Er hielt sich die Hände vor den Schritt. „Die eine ist abgehauen …“

Gaby stöhnte. Kowalski hob einen Finger, um sie zum Schweigen zu bringen. Am liebsten hätte er dem Doktor jetzt eine in die Fresse gehauen. Die letzte Chance, die sie hatten, war dahin. Er hätte ihn niemals allein nach unten gehen lassen dürfen. Er ließ den Mann stehen und zog die Gardine ein Stück zur Seite. Draußen schien alles ruhig zu sein. Schräg gegenüber standen zwei Einkaufstaschen unbeaufsichtigt in der Auffahrt.

Wieder schrie Elena. Diesmal antwortete ihr Gaby mit brüchiger Stimme. Kowalski schlug ihr unvermittelt mit der flachen Hand ins Gesicht. „Fresse halten, verdammt noch mal. Alle halten jetzt verdammt nochmal die Fresse!“

Seine Hand griff ganz von selbst zu der Pistole, die er in den Hosenbund gesteckt hatte. „Und jetzt", sagte Kowalski, „jetzt gehen wir alle da runter und bringen es zu Ende."

Mit der Waffe in der Hand dirigierte er Gaby und den Doktor die Kellertreppe hinunter. Die Tür zum Heizungskeller stand offen, die Außentür auch. Vor dem Eingang zum Spielzimmer hielt er einen Moment inne, dann bedeutete er den beiden, zuerst hineinzugehen. Er hörte, wie Gaby drinnen den Namen ihrer Schwester rief, dann schob er sich mit der PPK im Anschlag in den Raum.

Manfred Kowalski war verwirrt. Gaby kauerte bei Elena am Boden und flennte. Der Doktor stand kreidebleich und mit offenem Mund neben der Tür, und mitten im Raum stand ein hässlicher alter Knacker, der eine Waffe auf ihn richtete.

***

Heiner Schultes sah den kleinen kompakten Mann vor sich, sah, wie er schwitzte und das Gesicht verzog als habe er große Schmerzen. Vor allem aber sah er die halb automatische Pistole in seiner Hand, mit der er auf ihn anlegte. Links hinter ihm stand ein zweiter Mann im schwarzen Anzug, dessen weißes Hemd aus der Hose gerutscht war, er hielt einen Stofffetzen zwischen den Händen und machte große Augen. Heiner beschloss, ihn zu ignorieren. Er konnte nicht alle beide im Blick behalten, und der bewaffnete Typ vor ihm war definitiv das größere Problem.

Noch hatte keiner etwas gesagt. Heiner lauschte angestrengt und meinte, ein Martinshorn in der Ferne hören zu können.

„Was geht hier vor?", presste der Typ mit der PPK hervor. „Was zum Teufel denkt ihr euch eigentlich?"

Heiner sagte nichts. Sein Arm, mit der er die entsicherte Pistole hielt, begann zu schmerzen.

„Was glaubt ihr eigentlich …“, der Mann brach ab und schüttelte den Kopf. Er atmete schwer. „Ihr seid in mein Haus eingebrochen und ich werde euch zeigen …“

Heiner machte vorsichtig einen Schritt nach rechts, der Mann folgte ihm sofort mit dem Lauf der Pistole, aber Heiner hatte sein Ziel schon erreicht: Er stand jetzt als lebender Schutzschild vor den beiden Frauen.

„Ihr seid alle tot!“, schrie der Mann mit der Pistole, der andere Mann stöhnte auf und hielt sich die Hände vors Gesicht. Die Frauen kauerten sich enger zusammen. Heiner hörte jetzt ganz deutlich ein Martinshorn. Es kam näher. Er würde das Richtige tun. Es war noch nicht zu spät.

„Lassen Sie uns vernünftig sein.“ Heiners Stimme war laut und deutlich in dem merkwürdigen Kellerraum zu hören. Als der Mann nicht reagierte, ließ er die Makarow langsam sinken, ging in die Knie und legte sie betont langsam neben sich auf den Boden. Er richtete sich langsam wieder auf und hob die Hände.

„Sehen Sie? Ich bin unbewaffnet. Sie müssen keine Angst vor mir haben.“

„Das hatte ich nie, du alter Idiot“, sagte der Mann kühl und drückte ab.

***

Der Lärm reißt dir die Ohren ab. Jemand schreit, aber ganz weit weg. Das Pfeifen in deinen Ohren raubt dir den Atem. Der Raum um dich herum vibriert und verliert an Schärfe, alles ist wie hinter Glas. Der nette alte Mann wird gegen die Wand geschleudert und bleibt reglos auf dem Boden liegen. Seine Pistole auf dem Boden vor dir. Ein scharfer Geruch liegt in der Luft. Manfred steht breitbeinig vor euch und brüllt. Du musst mit ihm reden. Ihm etwas sagen. Du weißt aber nicht, was. Dann fällt es dir wieder ein. Du willst ihm sagen, dass du keine Opfer mehr bringen willst. Keine Opfer mehr. Kein Opfer mehr.

14

Larissa betrachtete die tanzenden Rücken vor sich auf dem Dancefloor. Der Beat trieb die Tanzenden immer mal wieder bis kurz vor die Theke, wo sie seit gut einer Stunde auf einem Barhocker saß, mittlerweile mit ihrem zweiten Glas Riesling vor sich. Neben ihr lehnte ein Pärchen am Tresen, das tapfer versuchte, sich über den Lärm hinweg zu unterhalten. Der Junge hatte ein Dauerlächeln im Gesicht, das sehr anstrengend sein musste.

Larissa war dem Ratschlag ihrer Mutter gefolgt, mal wieder unter Leute zu gehen. Sie hätte wissen müssen, dass es eine Schnapsidee war. Am liebsten saß sie in ihrer Wohnung, bei Festbeleuchtung und doppelt verriegelter Tür. Wenn sie nicht schlafen konnte, trank sie so viel Wein, bis ihr die Augen zufielen, und schlief auf der Couch oder nahm gleich eine der Tabletten, die ihr die komische Ärztin verschrieben hatte. Manchmal träumte sie schlecht, manchmal überhaupt nichts. Manchmal bekam sie mitten am Tag Herzklopfen und Schweißausbrüche, manchmal überfiel sie panische Angst und sie wusste nicht, wovor. Die komische Ärztin sagte, das sei normal.

Larissa sah die Menge auf und ab hüpfen und in die Hände klatschen. Der DJ wünschte allen einen guten Rutsch und kündigte an, es auch im neuen Jahr tüchtig krachen zu lassen. Larissa trank noch einen Schluck. Morgen war Silvester. Sie würde den letzten Abend des Jahres bei ihren Eltern verbringen, so wie sie auch die Weihnachtsfeiertage im Taunus verbracht hatte. Es gab Gänsebraten und Rotwein, Waldspaziergänge und ausgedehnte Schaumbäder. Ihre Mutter hatte sie für das Frühjahr in ein exklusives Wellnesshotel nach Füssen eingeladen, ihr Vater machte sich unterdessen Gedanken über ihre berufliche Zukunft. Im Februar würde sie in seiner Kanzlei als Assistentin anfangen. Sie würde Vorgänge sortieren, ein paar Akten digitalisieren und Kaffee kochen. Aber Assistentin klang einfach besser als Aushilfe. Und außerdem war es nur zur Überbrückung.

Für ihre Aussagen bei der Polizei hatte ihr Vater einen Rechtsbeistand beauftragt, der bei allen Gesprächen anwesend war, obwohl sie nur als Geschädigte und Zeugin gehört wurde. Es war dumm gewesen, sich auf eigene Faust in das Haus zu schleichen, aber das war kein Verbrechen, kein richtiges zumindest. Als sie die volle Tragweite der Ereignisse langsam zu erahnen begann, wurde ihr klar, wie viel Glück sie gehabt hatte. Sie hätte gerne nach Elena und Gaby gefragt, hatte sich aber nicht getraut. Nach allem, was sie wusste, waren die beiden Schwestern aber wohlauf. Ihr Vater wollte, dass sie die ganze Sache so schnell wie möglich vergaß. Ihre Mutter hatte sie zu der komischen Ärztin geschleppt.

Larissa griff nach ihrem Glas und musste feststellen, dass es leer war. Der Barkeeper warf ihr einen fragenden Blick zu, aber sie schüttelte den Kopf. Sie würde ohnehin nicht mehr lange bleiben. Aus den Boxen dröhnte jetzt etwas, das sie noch aus ihrer Studentenzeit kannte, sofort kam Bewegung in die Menge. Aus dem Pulk der Tänzer löste sich plötzlich ein Mädchen und kam auf sie zu, bog dann aber ab und verschwand in dem Zwischengang, der zu den Toiletten führte. Larissa stutzte. War das nicht Elena gewesen? Sie zahlte ihren Wein und folgte ihr.

Als sie den Toilettenvorraum betrat, stand das Mädchen an einem der Waschbecken und zog sich im Spiegel den Lidstrich nach. Sie bemerkte Larissa, die sie unverhohlen anstarrte, ließ genervt den Eyeliner sinken und sah sie an.

„Ist was?"

„Nein, nein ... ich dachte nur ..."

„Was?"

„Nichts ...", entgegnete Larissa ausweichend, „ich habe mich getäuscht, entschuldige."

Das Mädchen verdrehte die Augen, dann konzentrierte es sich wieder auf ihren Lidstrich.

„Pass auf dich auf", sagte Larissa und verließ den Waschraum. Sie kämpfte sich durch die Menge Richtung Ausgang, wo zwei breitschultrige Männer die eintreffenden Gäste beäugten. Von draußen zog es kalt herein.

Überall in Sachsenhausen waren Leute unterwegs, die bunten Leuchtreklamen der Kneipen und Clubs spiegelten sich auf dem nassen Asphalt. Offenbar hatte es geregnet, die frische Luft tat gut. Larissa zog es an den Fluss, und nach einigen Minuten stand sie am Aufgang zum erleuchteten Holbeinsteg. Sie betrat die Brücke und machte etwa in der Mitte halt, lehnte sich übers Geländer, betrachtete die Hochhauslichter der Stadt, das angestrahlte Städelmuseum und den schwarz unter ihr dahinfließenden Main. Sie war vollkommen allein auf der Fußgängerbrücke und schloss für einen Moment die Augen. Als sie sie wieder öffnete, näherten sich zwei Gestalten von der Sachsenhäuser Seite. Larissas Herzschlag beschleunigte sich, sie dachte daran, loszulaufen, bevor die beiden Männer sie erreichten, verharrte dann aber reglos. Ihre Finger umklammerten das Geländer, als einer der beiden kurz vor ihr stehenblieb und mit den Armen eine ausholende Geste über den Fluss machte, als wolle er die Stadt umarmen. Ein Windstoß fuhr ihm unter den Mantel und seine Krawatte flatterte ihm um den Hals. Der andere Mann lachte und sagte: „Komm jetzt." Dann waren sie an Larissa vorbei. Keiner der beiden drehte sich nach ihr um. Sie spürte, wie ihr Herzschlag sich wieder normalisierte, ihr Atem gleichmäßiger wurde. Die Männer verschwanden in der Dunkelheit. Larissa lächelte zufrieden.

***

„Gaby? Wie geht es dir?" Elena beugte sich über das Bett, in dem ihre Schwester lag und die Decke anstarrte. Sie küsste sie auf die Stirn und setzte sich dann in den Stuhl, der neben dem Bett stand. Seit den Ereignissen in Kowalskis Keller hatte Gaby kein Wort gesprochen. Ihre Geschichte war von anderen Beteiligten erzählt worden. Vor allem von dem Mann mit der schwarzen Skimaske, der den Ermittlungsbehörden sofort seine volle Kooperation zugesichert hatte, wenn man ihn denn nur irgendwie aus der Presse heraushalten könnte.

Elena hatte keine Ahnung, ob sich die deutsche Polizei auf einen derartigen Handel einließ, bezweifelte es aber stark. Wie auch immer: Alles, was für sie noch zählte, war, dass Gaby bald wieder gesund würde. Offenbar war ihre Schwester schon seit Jahren von verschiedenen Tabletten abhängig und reagierte auf die plötzliche Karenz mit massiven Entzugserscheinungen. Die körperliche Seite hatten die Ärzte mittlerweile gut in den Griff bekommen, aber irgendetwas in ihr schien zerbrochen zu sein, was vielleicht nicht mehr zu reparieren war. Jedes Mal, wenn Elena daran dachte, stiegen ihr Tränen in die Augen. Sie hätte es schon im Sommer merken müssen, dass Gaby in richtigen Schwierigkeiten steckte. Stattdessen war sie mit André und der Band auf Europatour gegangen.

Elena nahm Gabys Hand. Sie war warm und weich, wie die Hand eines kleinen Kindes. Das andere Bett im Zimmer war leer. Vom Flur her hörte sie die gedämpften Schritte der Schwestern, irgendwo lachte jemand, Musik erklang. Manchmal spielte einer der Pfleger im Aufenthaltsraum Klavier. Elena lächelte, weil Gaby nun zumindest bei Menschen war, die es gut mit ihr meinten.

Jedes Mal, wenn sie ihre Schwester in der Klinik besuchen wollte, musste sie eine Rundreise durch das halbe Ried antreten. Die Buslinie 41 steuerte von Groß-Gerau aus jedes noch so kleine Dorf an, das auf dem Weg lag. An der Haltestelle Philippshospital musste sie aussteigen, die Straße überqueren und ein Stück in das parkartig angelegte Gelände hineinlaufen. Die Suchtabteilungen waren in einem alten zweistöckigen Klinkerbau untergebracht. Wegen der Reporter und des öffentlichen Aufsehens hatte man Gaby nicht in eine Frankfurter Klinik eingewiesen, sondern sie zu ihrem eigenen Schutz hierher aufs Land verlegt.

Elena hatte mit ihrer Mutter in Rumänien telefoniert und sie mit Halbwahrheiten beruhigt. Sie würden wieder nach Hause kommen, sie wüsste nur noch nicht, wann, alles hinge von Gabys Gesundheitszustand ab. Nie wieder hatte sie nach Kleinkopisch zurückkehren wollen, und nun träumte sie manchmal davon.

Das Ehepaar, das sie in Groß-Gerau aufgenommen hatte, war Mitglied in einem deutsch-rumänischen Freundschaftsverein. Sie hatten Elena das alte Jugendzimmer ihrer erwachsenen Tochter überlassen und kochten jeden Tag für sie mit. Elena dankte es ihnen, indem sie im Haushalt mithalf und zum Rauchen in den Garten ging. Solche Leute gab es in Deutschland, ja. Aber es gab auch die anderen. Diejenigen, für die jede Rumänin eine Nutte und jeder Rumäne ein Zuhälter oder Schlimmeres war. Wen interessierte es da, dass es ein Deutscher gewesen war, der ihre Schwester erst geheiratet und dann versklavt hatte? Die Zeitungen und Fernsehsender konnten noch so differenziert berichten, aber was bei den meisten Leuten hier hängenblieb, war doch: Rumänin, Prostitution, Ärger.

Auf einmal schlug Gaby die Augen auf und lächelte. Elena drückte ihre Hand und Gaby erwiderte den Druck, dann schloss sie die Augen wieder, aber das Lächeln blieb.

Später an diesem Abend lag Elena auf dem Bett in ihrem Zimmer unter der Dachschräge, sah die alten Bravo-Poster von Nena und Madonna an der Wand und hörte draußen die ersten Raketen aufsteigen und Böller krachen. Vor ihrem inneren Auge sah sie noch einmal den breitbeinig vor ihr aufragenden Manfred Kowalski, der wie irre lachte, mit seiner Waffe herumfuchtelte und drauf und dran war, sie alle umzubringen. Sie hatte sich in diesem Moment schon damit abgefunden, einfach die Augen geschlossen und auf den Schuss und den Schmerz gewartet und gehofft, dass es möglichst schnell gehen würde. Und der Schuss kam, aber der Schmerz blieb aus, und dann sah sie Gaby mit der Pistole des alten Mannes auf Kowalski schießen, immer und immer wieder, bis das Magazin leer war und es nur noch klickte, wenn sie den Abzug durchdrückte. Klick, klick, klick…

***

Rosi kniff den Schwanz ein und versteckte sich unter dem Küchentisch. Ingo Bäumler sah aus dem Fenster den beiden Jungs hinterher, die vor den Häusern einen Chinaböller gezündet hatten und sich jetzt eiligst davonmachten. Als sie an der Haustür seines Nachbarn vorbeirannten, stellte sich Ingo vor, wie sich plötzlich ein Arm aus der Tür streckte und die beiden Rotzlöffel an den Kapuzen packte. Ingo Bäumler lächelte bei dem Gedanken. Die Jungs waren längst weg und der Zwischenweg lag verlassen, bis auf ein paar Böllerfetzen, im trüben Licht des Silvestertags.

„Komm!“, sagte er aufmunternd, um Rosi zu einem Spaziergang zu bewegen. Die Hündin kam unter dem Tisch hervor, streckte sich und gähnte.

Nach den Weihnachtsfeiertagen hatte er mit Rosi seine Exfrau und die Kinder im Ried besucht. Es war keine geplante Entscheidung gewesen, den Hund mitzunehmen. Es war einfach so, dass niemand sonst da war, um sich um ihn zu kümmern, und er wollte die trauernde Rosi einfach nicht allein in der Wohnung zurücklassen. Rosis Anwesenheit hatte sich dann als Glücksfall erwiesen, weil sie allen über die anfängliche Nervosität hinweggeholfen hatte. Sabine war überrascht und seine Kinder sofort begeistert. Rosi zeigte sich von ihrer besten Seite, ließ sich streicheln und kraulen und mit den Leckerlis füttern, die Ingo vorsorglich eingesteckt hatte. Es war ein guter Nachmittag und als Max und Lea mit Rosi im großen Garten herumtollten und er mit einer Tasse Tee in der Hand zusammen mit Sabine am Tisch im Wohnzimmer saß, spürte er eine tiefe Sehnsucht, die ihm fast die Tränen in die Augen trieb. Sabine sah einen Moment lang beunruhigt aus, aber da hatte er sich schon wieder im Griff. Jetzt nur nicht übermütig werden, Bäumler, dachte er und musste lächeln.

Rosi lief an der langen Leine den Zwischenweg entlang und setzte sich erwartungsvoll vor die Haustür nebenan. Ingo ließ ihr einen Moment lang ihren Willen, dann schüttelte er bedauernd den Kopf und zog sie weiter.

Sie nahmen den Fuß- und Radweg am Sportplatz entlang, die Luft war kalt und klar, in der Nacht waren die Temperaturen bis weit unter den Nullpunkt gefallen. Rosi trabte voran, die Nase am Boden, den Schwanz aufgestellt.

Das neue Jahr würde Veränderungen bringen. Im Frühjahr würde er wieder unterrichten. Eine Doppelstunde in der Woche an der Volkshochschule, „Lesereise durch die literarische Moderne“. Auf seinem Schreibtisch hatte er sich bereits die entsprechenden Bücher zurechtgelegt. Es war ein merkwürdiges Gefühl, wieder an seinem alten Arbeitsplatz zu sitzen und eine Stunde vorzubereiten. Merkwürdig, aber gut.

Das Schulgelände auf der anderen Seite der Unterführung lag wie ausgestorben vor ihnen, die Schüler hatten noch eine Woche Winterferien. Das Leuchtemblem mit dem stilisierten Herzen auf dem Dach der Kreisklinik stach rot vom bleigrauen Himmel ab. Bäumler und Rosi überquerten den Parkplatz und steuerten auf den gepflasterten Vorplatz des Krankenhauses zu. Rosi hob den Kopf und begann, leise fiepende Geräusche auszustoßen. Ingo sah sich noch einmal um, dann ließ er die Hündin von der Leine.

Rosi spurtete los und hatte schnell den Mann erreicht, der sich auf einer der Gitter-Sitzbänke vor dem Gebäude niedergelassen hatte. Als Bäumler näherkam, erhob sich Heiner Schultes schwerfällig und streckte ihm die linke Hand entgegen. Seine rechte Seite steckte in einem Schulterverband, der angewinkelte Arm ruhte quer über dem Bauch, die rechte Hand hing schlaff herunter.

„Gehen wir ein paar Schritte.“ Heiner Schultes setzte sich in Bewegung.

„Dürfen Sie das denn?“

„Natürlich, der Idiot hat mir schließlich in die Schulter geschossen und nicht in die Beine!"

Bäumler schüttelte den Kopf. „Das meine ich nicht. Ich meine, dürfen Sie sich denn vom Krankenhaus entfernen, solange Sie hier in Behandlung sind?"

Heiner sog scharf die Luft ein. „Mensch, Bäumler, wir stehen noch keine Minute beisammen und schon gehen Sie mir wieder auf die Nerven mit ihrer ewigen Betulichkeit."

Ingo nickte. „Ich weiß, ich freue mich auch, dass es Ihnen wieder besser geht."

Schultes sagte nichts, aber Ingo sah, wie ein Lächeln über das Gesicht des Alten huschte. Sie gingen ein paar Schritte, Rosi trottete zufrieden zwischen ihnen einher. Eine Zeit lang standen sie schweigend auf dem Parkplatz, dann umrundeten sie die Schule und kehrten schließlich zum Eingang des Krankenhauses zurück.

„Kommen Sie gut ins neue Jahr", sagte Ingo zum Abschied und erwartete eigentlich eine sarkastische Erwiderung, aber Schultes sah ihn einfach nur eine Weile schweigend an und nickte. Dann drehte er sich um und betrat das Foyer der Klinik. Ingo sah dem alten Mann nach, bis er um die Ecke verschwunden war. Er hätte nicht sagen können, warum, aber er hatte das sichere Gefühl, einen Mann gesehen zu haben, der mit sich und der Welt seinen Frieden gemacht hatte.

Der Autor

Ralf Schwob wurde 1966 in Groß-Gerau geboren, arbeitete lange als Krankenpfleger und studierte später Germanistik in Mainz. Heute arbeitet er als freier Autor und Buchhändler und lebt mit Familie in seiner Heimatstadt Groß-Gerau. Für seine literarischen Arbeiten wurde er mit verschiedenen Preisen ausgezeichnet, unter anderem mit dem Literaturförderpreis der Stadt Mainz. 2011 erschien sein Ried-Roman „Büchners letzter Sommer". Im Societäts-Verlag sind bereits „Problem Child" (2013) und „Last Exit – Goetheturm" (2015) erschienen.

Andreas Schäfer

Mainhattan Star

Schlagersternchen Nadine Goldberg wird von einem Stalker verfolgt. Nachdem ihr kolumbianischer Fitnesstrainer erstochen aufgefunden wird, deuten die Spuren in Richtung Beziehungstat, aber auch Drogenmilieu. Kriminalhauptkommissar Thomas Bach führen seine Ermittlungen in die Glamourwelt der Mainmetropole, mit Edel-Italienern, Nobel-Diskotheken und adretten Musikmanagern. Lange bleibt unklar, welchem Phantom er nachjagt, bis es im Squaire am Frankfurter Flughafen zum Showdown kommt.

240 Seiten · Broschur
ISBN 978-3-95542-143-4
12,80 Euro

ERHÄLTLICH IM BUCHHANDEL ODER

Peter Jackob

Schotten dicht

Der Gewinn des Hauptpreises bei der Polizei-Tombola führt Schack Bekker auf ungewohntes Gebiet. Nicht ganz freiwillig ist der eigensinnige Mainzer Kommissar mit dem Kreuzfahrtschiff „Pandora“ auf dem Rhein unterwegs. Doch die anfänglich idyllische Reise nimmt eine dramatische Wendung: Während der Rückfahrt durch das Mittelrheintal erkranken mehrere Passagiere und Besatzungsmitglieder an einem Virus. Als ein Mann an den Folgen stirbt und kurz darauf ein Mord geschieht, ahnt Bekker, dass er gegen mehr als nur körperliche Unpässlichkeiten zu kämpfen hat.

272 Seiten · Broschur
ISBN 978-3-95542-258-5
12,80 Euro

ERHÄLTLICH IM BUCHHANDEL ODER

Hanna Hartmann

Totengräbers Tochter

Jack arbeitet am Airport und ist tief in den internationalen Drogenhandel verstrickt. Doch er kommt über den Tod seiner Freundin Rena nicht hinweg. Als er aus dem Geschäft mit Kokain aussteigen will, stehen ihm nicht nur seine Auftraggeber, sondern auch grimmig entschlossene Fluglärmgegner von den Montagsdemos im Wege.

Als ein heftiges Gewitter den Flughafen lahmlegt und die Zollbeamten in der Ankunftshalle eine Leiche finden, beginnt Kommissarin Tannhäuser zu ermitteln.

208 Seiten · Broschur
ISBN 978-3-95542-218-9
12,80 Euro